Un cadáver con clase

Jessica Fellowes es escritora, periodista y conferenciante. Conocida por ser la autora de los cinco libros oficiales de *Downton Abbey*, gracias a estos se consolidó como autora best seller de *The New York Times* y del *Sunday Times*. Anteriormente fue editora de *Country Life* y columnista para *Mail on Sunday*. Vive en Londres y en Oxfordshire con su familia.

Un cadáver con clase

Los crímenes de Mitford

Jessica Fellowes

Traducción de Rosa Sanz

rocabolsillo

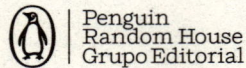

Penguin
Random House
Grupo Editorial

Título original: *Bright Young Dead*

Primera edición en Rocabolsillo: marzo de 2025

© 2018, Little, Brown Book Group Ltd.
La autora de este libro es conocida como Jessica Fellowes.
Primera publicación en el Reino Unido en 2018 por Sphere, un sello de Little, Brown Book Group.
Edición en lengua española publicada por acuerdo con Little, Brown Book Group, Londres.
© 2019, 2025, Roca Editorial de Libros, S.L.U.
Travessera de Gràcia, 47-49. 08021 Barcelona
© 2019, Rosa Sanz, por la traducción
Diseño de la cubierta: Sophie Guët
Imagen de la cubierta: © Sophie Guët

Printed in Spain – Impreso en España

ISBN: 978-84-10197-36-7
Depósito legal: B-1.423-2025

Impreso en Novoprint
Sant Andreu de la Barca (Barcelona)

RB 9 7 3 6 7

1

1925

$\mathcal{L}$lega un momento en la vida de toda joven que marca la transición definitiva a la edad adulta. Sin embargo, ese momento no había llegado aún para Pamela Mitford, temblorosa y malhumorada ante las escaleras de una estilizada vivienda de Mayfair. La noche era fresca y fría, pero eran los nervios los que la hacían estremecer. A su lado estaba Louisa Cannon, dolorosamente consciente de que la rubia Pamela era carnaza para los leones que se refugiaban en el interior.

—Dile a Koko que venga a por mí —dijo Pam, de espaldas a la puerta—. Si entro contigo, todos pensarán que soy una mocosa.

—No puedo. Le prometí a tu madre que te acompañaría. Además, nadie sabe que soy tu niñera —replicó Louisa, no por vez primera. El viaje desde Asthall Manor en Oxfordshire hasta Londres se había hecho algo largo, a pesar de que conocían bien la ruta en ferrocarril, y de que un taxi las había recogido en la estación de Paddington nada más poner un pie en la calle.

—Te lo ruego. Trae a Koko.

Con Koko se refería a Nancy, la mayor de las seis hermanas Mitford. Louisa llevaba cinco años al servicio de la familia, y ya se había aprendido los apodos de cada uno de sus miembros, que podía recitar como si de un examen de francés se tratara. Tras llamar al timbre de mala gana, la puerta se abrió con más celeridad de la que esperaban y vieron a una muchacha que se parecía a Louisa. Eran como dos gotas de agua: de altura similar, con el mismo cabello castaño claro, si bien el suyo estaba recogido bajo una cofia, y un vestido de buena factura aunque gastado, probablemente de segunda mano, como el que llevaba la propia Louisa, que había sido de Nancy. Su bonito rostro aparentaba cansancio, pero las pecas de su nariz le aportaban cierta vivacidad. Al ver que Pamela le daba la espalda, ambas criadas intercambiaron una mirada con la que confirmaron que se hallaban en el mismo barco.

—Buenas noches —la saludó Louisa—. ¿Puede decirme si está la señorita Nancy Mitford, por favor?

La doncella estuvo a punto de echarse a reír.

—Creo que antes debería saber quién lo pregunta —respondió con un acento que Louisa reconoció como procedente de la ribera sur del río.

—Su hermana, la señorita Pamela. El problema es que no quiere que entre con ella, y yo no puedo dejar que vaya sola. ¿Me permite que pase para que hable con la señorita Nancy?

La criada asintió con la cabeza y le franqueó la entrada.

—Sígame.

En el vestíbulo, la muchacha señaló una puerta y desapareció por otra distinta. A Louisa le extrañó que no la anunciara formalmente, pero pronto entendió por qué. En una salita poco iluminada, ante un fuego que crepitaba y siseaba, vio dos sillones raídos de los que surgían sendos brazos esbeltos que se extendían el uno hacia el otro hasta tocarse. El primer brazo, de una mujer, llevaba un guante de seda negra hasta más arriba del codo; el segundo pertenecía a un hombre, cuya muñeca cubría un rígido puño blanco y la manga de una chaqueta de frac, con la mano desnuda a excepción de un anillo de oro macizo. Fueran quienes fuesen, jugueteaban entrelazando los dedos cual títeres de cachiporra; él lanzando estocadas y fintando, ella dando golpecitos y retirándose, dejándose atrapar con facilidad.

Louisa contempló la escena durante un instante demasiado largo, hasta que la cabeza, conectada a la mano enguantada, se asomó por la oreja de su sillón. Ya hacía algún tiempo que la melena corta de Nancy había dejado de escandalizarla, y ahora más bien le despertaba admiración. Y aunque su rostro no estaba dotado de una belleza clásica, tampoco carecía de encantos, como aquella «boquita de piñón», que dirían los cronistas cinematográficos, pintada de rojo oscuro, la nariz respingona y los grandes ojos redondos que entonces entornaba, enfocando a su antigua niñera. Louisa experimentó la acostumbrada mezcla de afecto y exasperación que solía provocarle la joven.

—Perdone, señorita Nancy, pero vengo a decirle que la señorita Pamela está fuera.

El hombre se asomó también. Tenía el rostro anguloso, tan repeinado su cabello rubio que parecía una lámina de oro incrustada sobre el cráneo. Sebastian Atlas. Había visitado Asthall Manor varias veces con Nancy, pese a que lord Redesdale enrojecía como la grana al verlo, para regocijo de su hija y disgusto de su esposa, más discreta en sus demostraciones. Si lord Redesdale era el fuego y la ira, lady Redesdale era el hielo y la cólera.

—Bueno, ¿y por qué no entra? —preguntó Sebastian con tono displicente, soltando los dedos de Nancy y reclinándose de nuevo en el sillón. Con la otra mano alzó un vaso de whisky.

Nancy dejó escapar un suspiro teatral, se puso en pie y sacudió su arrugado vestido de seda, cuyo dobladillo iba lastrado por el peso de cientos de diminutas cuentas que formaban un dibujo zigzagueante en blanco y negro. Era su atuendo más elegante, puede que el único que se ajustaba a la moda del momento, y lo usaba con una frecuencia que sacaba al aya Blor de sus casillas.

—Lo siento, señorita Nancy —se disculpó Louisa, sin abandonar el tratamiento formal, al contrario de como había hecho hasta poco tiempo atrás—, pero la señorita Pamela no quiere entrar conmigo. Piensa que parecerá una cría si la acompaña una niñera.

Nancy le dedicó una media sonrisa a Louisa, lo que le hizo recuperar algo de su antiguo aspecto.

—Qué boba —dijo—. Las carabinas están poniéndose en boga otra vez, pero qué va a saber ella.

Fue Nancy quien propuso a sus padres que Pamela viajara a Londres con ella, para que asistiera a un par de fiestas y empezara a darse a conocer, de modo que pudiera invitar a algunos de sus amigos al baile que se celebraría por su cumpleaños al cabo de un mes.

—De otro modo, sería pedirles que fueran a la casa de una desconocida en el quinto pino, y parecería un acto desesperado por nuestra parte —explicó Nancy—. Las cosas ya no son como antes, Papu. Estamos en 1925.

—No creo que el año vaya a suponer diferencia alguna —respondió su padre con tono desabrido.

—Supone una diferencia abismal. Hay que relacionarse con las personas adecuadas. Uno no puede acudir a cualquier festejo así porque sí.

En realidad, como Nancy le había contado a Louisa en confianza, aquello no era del todo cierto. No había nada en el mundo que le gustara más a su pandilla que un festejo cualquiera, siempre que ofreciera la promesa de vino a raudales y un buen baile. La gente sabía que eran el alma de todas las fiestas, y los demás caían en la oscuridad más profunda frente a su brillo rutilante. Por otro lado, Louisa sabía que, aunque fuera el cumpleaños de Pamela, Nancy planeaba convertirlo en su propia fiesta.

El programa de esa noche consistía en una cena en el domicilio de lady Curtis, la madre de Adrian y Charlotte. Nancy había conocido a Adrian el verano anterior a través de Sebastian, durante la semana de las regatas de Oxford, la competición anual de remo y la única ocasión en que se permitía la presencia femenina entre los muros de piedra amarilla de la universidad. La joven llevaba unos meses tocando el ukelele, y según le comentó a Louisa, el instrumento hechizaba a los hombres como si de una encantadora de serpientes en Marruecos se tratara.

Después de recoger a Pamela en la escalera, volvieron a entrar los tres en el vestíbulo. La doncella había desaparecido, pero se oía música jazz desde un gramófono de la segunda planta.

—¿De verdad tienes que venir tú también? —susurró Pamela a su niñera mientras subían con cuidado por la empinada escalera, tras los pasos de la hermana mayor—. Al fin y al cabo, estoy con Nancy.

—Se lo prometí a lady Redesdale —le recordó ella. En el fondo se compadecía de la muchacha, a la que había oído sollozar antes en el baño, del que salió con un botón de la falda en la mano que le entregó en silencio. Louisa cogió aguja e hilo y se lo cosió también en silencio, entre los suaves hipidos de Pamela.

La niñera se preparó para lo que estaba por llegar. Una cosa era ver a los amigos de Nancy en Asthall Manor, y otra muy distinta contemplarlos en su hábitat natural, donde eran libres de ejercer las costumbres de la nueva era. Entrar en aquella estancia fue como perderse entre las páginas de sociedad de la revista *Tatler*, solo que en color. Sus ojos tardaron unos instantes en acostumbrarse a las llamas titilantes del fuego y a las lámparas de vidrio emplomado, cuyo resplandor difuminaba a la vez que resaltaba los rostros de los jóvenes que se apiñaban dentro. Su mirada se fijó en los detalles: una mancha de carmín en una copa vacía; cigarrillos en largas boquillas que amenazaban con chamuscar el pelo de cualquiera que se acercara demasiado; diademas de llamativas plumas y atrevidos calcetines de color morado que asomaban cuando uno de los hombres cruzaba las piernas. La multitud parecía haberse tragado a Pamela como a Jonás la ballena, de modo que Louisa se aposentó en una silla contra la pared, desde la que podría vigilar a la menor que tenía a su cargo y a las amistades de Nancy.

De pie ante la enorme chimenea, con los dedos apoyados sobre la repisa para mantener el equilibrio, Adrian extendía su vaso de whisky sin prestar la más mínima atención al joven que se lo servía. Louisa lo reconoció por la descripción que le había dado Nancy y por su retrato en los periódicos, generalmente bajo algún titular sensacional acerca de las peripecias de los llamados *Bright Young Things*, aquellos jóvenes y modernos aristócratas de la época. En persona, la sonoridad de su voz resultaba chocante, pues no parecía posible que procediese de su cuerpo delgado como una culebra. La gomina no había logrado domar del todo sus cabellos negros y rizados, y sus ojos de un azul claro, aunque vidriosos, no se despegaban de las clavículas de Nancy. Llevaba la pajarita suelta y una mancha de humedad en la pechera, producto de un descuido. Louisa sabía que Adrian era la presa mayor; si conseguían que asistiera a la fiesta de Pamela, sería la ficha de dominó que arrastraría consigo a todos los demás.

—¿Qué me has traído, encanto? —preguntó dirigiéndose a Nancy, pero observando a la hermana pequeña—. La pobre parece un corderito de camino al matadero. —Soltó una carcajada y apuró el vaso hasta el fondo.

—Te presento a Pamela, que solo tiene diecisiete años y es un auténtico corderito, así que pórtate bien con ella, A —respondió Nancy, con una expresión que, como bien sabía Louisa, indicaba lo contrario.

Pamela alargó la mano y, con la voz más adulta que fue capaz de adoptar, dijo:

—Es un placer conocerle, señor Curtis.

Él se echó a reír.

—Qué anticuada —contestó él, apartándole la mano—. Nosotros no hablamos así, querida. Puedes llamarme Adrian. ¿Quieres tomar algo?

Se volvió para darle un golpecito en el hombro al escanciador del whisky, pero lo interrumpió el gemido de otra joven que se sentaba cerca. Sus rizos eran aún más rebeldes que los de Adrian, pues había dejado que crecieran, y pese a que sus ojos eran castaños en lugar de azules, el mohín de sus labios era similar. También era esbelta, y sus pómulos daban fe de siglos de crianza selectiva.

—No hagas caso a mi hermano, es un pelmazo además de un grosero. Yo soy Charlotte, por cierto.

—Yo, Pamela. —No añadió nada más, sino que se quedó de pie en silencio. Aparte de algunos meses en Francia, la muchacha había pasado toda su vida en el cuarto de los niños, en compañía de sus hermanas y hermano, o del aya y Louisa, y aquel era territorio inexplorado para ella.

—Ven, siéntate aquí —la invitó Charlotte, quien se levantó de la silla, cogió dos copas de una bandeja y le entregó una.

Pamela bebió un trago después de darle las gracias pero empezó a toser y se secó la boca con el dorso de la mano, emborronando el carmín que se había atrevido a ponerse en el taxi.

—¡Recórcholis! —exclamó, arrancándole una risita a Charlotte.

—Eres tan tierna —le dijo ella—. Deja que lo arregle con mi pañuelo. Tendrás que reconocer que ha sido bastante jocoso.

Pamela asintió con alivio y soltó una risita propia.

Mientras le limpiaba la barbilla, Charlotte se detuvo para mirar a Nancy, y Louisa vio que le estaba dando vueltas al reloj que reposaba en la repisa de la chimenea.

—¿Es que se ha parado? —quiso saber Charlotte.

Nancy le guiñó el ojo con picardía.

—Estamos de fiesta —explicó—. Siempre adelanto los relojes media hora para concedernos algo más de tiempo.

—Qué gracia —dijo Charlotte, prosiguiendo con su tarea.

Louisa desvió la mirada y se alegró de ver a Clara Fischer paseando por la habitación. A sus casi veintiún años, la que los Mitford denominaban La Americana estaba más próxima a la edad de Nancy, pero se mostraba mucho más amable con Pamela. Alguna vez habían jugado juntas con los perros de Asthall mientras charlaban animadamente acerca de las distintas razas caninas y de cuánto les gustaría que los animales hablasen, elucubrando sobre lo que dirían si pudieran. Clara era sin duda una belleza, con su cabello rubio ondulado a la perfección y unos labios rosados y carnosos. Siempre vestía con colores pálidos y materiales vaporosos y delicados, como si estuviera envuelta en gasa.

—¡Hola! —saludó a Pam—. No sabía que vendrías.

—Ha sido de puro milagro. Papu no estaba demasiado entusiasmado con la idea.

—Ya me lo imagino —dijo Clara con una sonrisa burlona—. Pero tampoco le culpo. Menuda panda de degenerados.

Pamela echó un vistazo a los demás.

—A mí no me parecen tan terribles.

—No dejes que te engañen. A ver, hazme un poco de sitio.

—Clara —la llamó Charlotte, si bien con cierta frialdad—. ¿Has visto a Ted? Ha vuelto a escabullirse para telefonear a la dichosa Dolly, ¿verdad?

—Sí, está justo ahí. —Clara volvió la vista hacia la chimenea, enarcando una ceja perfectamente depilada—. Me gustaría saber qué es lo que traman esos tres.

Nancy estaba al lado de Adrian y de otro joven moreno, más menudo, con la barbilla afilada y los ojos tan hundidos que apenas se veían. Clara y Charlotte lo habían llamado Ted, pero Louisa lo conocía como lord De Clifford por los periódicos. El trío parecía tambalearse levemente, y estallaba en carcajadas antes de terminar las frases. Nancy debió de percibir sus miradas, pues se dio la vuelta y les hizo una seña con la mano.

—Venid aquí. Estamos planeando algo fantástico.

Charlotte se acercó a ellos, a pesar de que su paso lento delataba su reticencia. Clara la siguió, pero luego se volvió hacia Pamela y la señaló.

—Tú también.

—Reuníos todos, camaradas —exclamó Adrian con voz resonante.

Sebastian apareció de la nada, cumpliendo sus órdenes, y se situó junto a Charlotte, estirando el cuello como una cigüeña. Aunque parecía aburrido, Louisa sabía que se trataba de la pose habitual de los amigos de Nancy. Ella se puso en pie para escucharlos, mientras formaban un corro en torno a la chimenea. Adrian prosiguió al mismo volumen, pero más despacio, arrastrando las palabras como un disco puesto a pocas revoluciones.

—A Ted se le ha ocurrido una gran idea: vamos a hacer una búsqueda del tesoro.

—¿Cómo, ahora? —La boca de Charlotte dibujó un mohín más pronunciado—. No entiendo qué le veis a esas tonterías...

—No, ahora no —replicó Adrian—. Estas cuestiones requieren su tiempo. Será durante el cumpleaños de Pamela, el mes que viene.

Acto seguido sonrió de oreja a oreja alzando los brazos, cual maestro de ceremonias que anunciara a los leones tras la actuación de los malabaristas.

Pamela empalideció al instante.

—No creo que Papu...

—Chitón, Mujerona —la interrumpió Nancy. Louisa se encogió al oír el apodo más cruel que le reservaba a Pamela, ideado años atrás para burlarse de su figura desarrollada antes de tiempo—. No hace falta que Papu lo sepa. Lo haremos después de que los viejos se vayan a la cama. Así tendremos toda la casa para nosotros, y el pueblo entero si es necesario.

—Más vale que no aparezca ningún ridículo reportero siguiendo nuestros pasos —dijo Sebastian, mirando a Ted. Los periódicos hacían su agosto cada vez que pillaban a algún joven par del reino envuelto en una de sus alocadas búsquedas del tesoro londinenses. Sin embargo, tampoco se podía negar que estos disfrutaban de la publicidad: Louisa recordaba que el mismo lord Rothermere había publicado una de las pistas del juego en el *Evening Standard*.

Clara aplaudió entusiasmada.

—¿En la campiña inglesa, decís? ¡Oh, estaremos a oscuras y será terrorífico! No podría ser más perfecto.

—Sí —confirmó Adrian—. Además, Nancy me ha dicho que hay un cementerio detrás del jardín. —Soltó una risita ominosa y estuvo a punto de caerse. Ella se carcajeó al verlo.

—Pero nada de carreras en coche, solo iremos a pie. Cada uno tendrá que escribir una pista, que apuntará a un objeto común. Si venís todos, podríamos hacerlo en parejas.

Un plan astuto para asegurarse la asistencia a la fiesta, pensó Louisa.

—Me pregunto quién ganará —dijo Clara.

—El último hombre vivo, por supuesto —repuso Adrian.

Y así fue como Adrian Curtis, de veintidós años de edad, planeó su propia muerte con tres semanas de antelación.

2

Guy Sullivan llevaba desde las ocho de la mañana en el mostrador de recepción de la comisaría, y había tramitado exactamente tres casos. El de una anciana que vino a darle las gracias al joven sargento que la ayudó a bajar a su gato *Tibbles* del tejado el día anterior, el de un detenido por embriaguez y escándalo público que ahora dormía la mona en el calabozo y el de un anillo de oro encontrado, por una feliz casualidad, en Golden Square. Guy tomó nota con diligencia del mensaje, de la declaración y del objeto extraviado, selló y archivó cada uno de ellos, y entonces luchaba por no caerse de sueño y bostezar por quinta vez. Eran las diez y media, y todavía le quedaban al menos un par de horas para comer y siete para volver a casa. Aun así, no deseaba mostrarse desagradecido. ¿Acaso no había soñado con ser un sargento de la Policía Metropolitana de Londres? Seguía estando orgulloso de sacarle brillo a la placa de su sombrero, y sus botas relucían como el sol, aunque a veces no tenía muy claro para qué servía o cómo lograría ascender. Guy era policía desde hacía tres años —uno de verdad, no de los ferrocarriles como antes—, pero estaba deseando poder presentarse a inspector.

La conversación que mantuvo al respecto con su superior, el comisario Cornish, fue un fracaso desde el principio. Cornish se encargó de recordarle al joven sargento que pertenecía al mejor cuerpo policial del mundo, y que, si quería un ascenso, debía probar que lo merecía, en lugar de esperar de brazos cruzados a que le llovieran las recompensas. Sin embargo, dado que se hallaba enclaustrado en comisaría, igual que durante los siete meses anteriores, a Guy no se le ocurría cómo podía mostrar iniciativa. Los agentes que llevaban sus casos al mostrador no querían que nadie metiera la zarpa en ellos, y los que llegaban por parte del público debía asignarlos a otro sargento, porque no tenía permitido abandonar su puesto.

Guy se atusó el pelo y se limpió las gafas por centésima ocasión aquella mañana. En ese momento se preguntó si su mala vista —por la que no pudo participar en la guerra— sería el motivo de que su jefe no le confiara ningún caso importante. Una vez no reconoció al comisario cuando llegó a la comisaría sin el uniforme, por lo que hubo varias bromas acerca de su incapacidad para distinguir rostros familiares. Él protestó alegando que no se trataba de que no viera bien, sino de que no estaba acostumbrado a verlo de paisano, pero aquello no hizo más que añadir leña al fuego. Siendo así, ¿cómo iba a identificar a un conocido criminal si se disfrazaba? Cornish oyó el alboroto que se formó, preguntó qué ocurría y, desde ese momento, Guy había estado castigado. O al menos, esa era la impresión que daba.

Mientras se debatía entre organizar los expedientes por orden alfabético o regar la planta de la entrada, una joven vestida de uniforme captó su atención acercándose al mostrador. Sin duda era una visión poco habitual, pues se rumoreaba que solo había cincuenta mujeres policía en el cuerpo. Un par de años antes les habían concedido la potestad para hacer detenciones, cosa que produjo bastante revuelo entre los hombres, pero solían recibir las misiones más sencillas, como salir en busca de niños o gatos perdidos. Guy apenas si había hablado con ninguna. Sí que había visto a aquella alguna vez y se había fijado en su bonita sonrisa, pero en ese momento lo más llamativo en ella era el chiquillo que llevaba agarrado de la oreja y que no dejaba de retorcerse. La joven se plantó ante el mostrador con el aliento entrecortado, aspecto de furiosa determinación y satisfecha consigo misma.

—Lo he pillado robando manzanas en un puesto del mercado de Saint James —dijo con la clase de tono que indicaba que escoltaba a duros criminales a la comisaría de Vine Street todos los días. Él decidió seguirle el juego.

—Apuesto a que tampoco es la primera vez, ¿cierto?

La agente sonrió agradecida.

—No, desde luego que no. —Su respiración se normalizó, pero no soltó la oreja del chico, quien aparentaba unos catorce años, pequeño para su edad y enjuto, aunque podría haberse zafado con facilidad si hubiera querido. Tal vez no le disgustara la idea de descansar un rato en los calabozos, con un plato de sopa y unos mendrugos—. Será mejor que le tome los datos y consulte el siguiente paso con el superintendente.

—Sí, señora agente —respondió él, arrancándole otra sonrisa de gusto a la joven, algo que lo complació bastante. La figura alta y delgada de Guy se hinchó de orgullo, cual gato alardeando. Louisa Cannon había sido la última mujer que había producido tal efecto en él, como recordó negando con la cabeza.

Volviendo al trabajo, apuntó el nombre y la dirección del chico, pese a que probablemente serían falsos, y llamó a otro oficial para que lo acompañara al calabozo. Sin embargo, tras decirle que podía retirarse, la decepción se pintó en el rostro de la muchacha.

—Enhorabuena —la felicitó—. Aún no es la hora de comer, y ya ha hecho una detención.

—Sí, supongo que sí —repuso con tristeza. Guy observó su pulcra estampa, el uniforme perfectamente planchado y sus esbeltas piernas, enfundadas en unas pesadas botas negras de cordones. Ella echó un vistazo alrededor para asegurarse de que nadie más la oyera—. Es solo que…

—¿Qué?

—Nunca me dejan rematar la faena, como un policía de verdad. Pensaba que esta vez podría llevarlo a los calabozos, pero supongo que lo soltarán esta misma tarde, ¿verdad?

Guy se encogió de hombros y decidió ahorrarse la charla condescendiente.

—Sí —admitió—, es lo más probable. No hay pruebas suficientes para procesarlo. Aun así, ha hecho usted un buen trabajo. Estoy seguro de que, a partir de ahora, ese golfillo se lo pensará dos veces antes de volver a delinquir.

—Puede que sí. Gracias. —Entonces se enderezó como si fuera a marcharse, pero miró de nuevo a Guy—. Por cierto, ¿cómo se llama?

—Soy el sargento Sullivan. —Y luego, con más suavidad—: Pero puedes llamarme Guy.

—Lo haré —replicó ella—, si tú me llamas Mary. Soy la agente Moon.

—¿Mary Moon?

—Sí, pero será mejor que no lo intentes. Ya he oído todos los chistes imaginables sobre mi nombre, y unos cuantos que no te imaginarías jamás.

Mientras ambos se reían, otro sargento se acercó al mostrador.

—Si no tenéis nada mejor que hacer que pelar la pava, podéis ir entrando a la sala de reuniones. Cornish ha convocado a todos los agentes que no estén asignados.

Acto seguido siguió adelante y arrinconó a otro.

El rostro de Mary se iluminó más todavía y echó a andar de inmediato, hasta que se detuvo y miró atrás.

—¿No vienes?

—No puedo. No se me permite abandonar mi puesto —le explicó él.

—¿Ni cinco minutos?

Negó con la cabeza, sintiéndose como un idiota.

Mary volvió al mostrador.

—A ver qué te parece esto: entras tú, y yo me quedo aquí de guardia. Seguro que podré apañármelas un rato.

—Pero ¿qué pasa con…?

—De todos modos, no me permitirán que haga nada. Ve tú y después me lo cuentas.

Guy titubeó unos instantes para demostrarle que no tenía por qué hacerlo si no quería, pero no era más que pura fachada. Estaba ansioso por aprovechar la oportunidad que se le presentaba.

La sala de reuniones estaba a reventar, con el comisario Cornish al frente, que ya había empezado a informar a los ávidos policías. Guy entró en silencio y se apoyó contra la pared, escuchando con atención para no perder detalle. El comisario tenía fama de violento, pero obtenía resultados, de modo que se toleraban sus malas maneras y muchos las consideraban idóneas para su línea de trabajo. «Si no lo aguantas, ¿qué haces en el cuerpo?», era una de las frases que había oído Guy al respecto, aunque por suerte nunca dirigida a él mismo. Los trajes de Cornish tenían mejor factura de lo esperable en un comisario, y se sabía que conducía un precioso Chrysler nuevo, lo que también sorprendía un tanto teniendo en cuenta sus honorarios. Corrían rumores de favores y sobornos, pero ninguno hizo mella en él, y Guy se había dado cuenta de que solían venir acompañados de un encogimiento de hombros, con una especie de complacencia que resultaba deprimente. No obstante, después de tres años en la policía londinense, tampoco había presenciado muchos actos que le hicieran confiar en la buena fe de los hombres.

—Para ustedes, la Navidad es un señor gordo que baja por la chimenea para traerles guantes —bramaba Cornish—, o un gran pavo relleno para el pequeño Tim. —Hizo una pausa para desternillarse de su propio chiste—. Pero los maleantes solo piensan en robar, y no esperan a abrir la primera solapa del calendario de Adviento. —Algunos se rieron por educación, como si jalearan un espectáculo en la noche de su estreno—. Pues bien, tenemos motivos para creer que la señorita Alice Diamond ha regresado a las calles de Londres con sus Cuarenta Ladronas, después de haber pasado un par de años en las provincias, ahuyentada por nosotros. Pero ha vuelto a casa por Navidad, y esta vez tenemos que asegurarnos de echarle el guante, por lo que los quiero a todos patrullando el centro, y que me informen directamente al final de cada turno. ¿Ha quedado claro? —preguntó, fulminándolos con la mirada—. Bien. Pues ahora pónganse en fila para que el sargento Cluttock les indique su ruta. Deberán trabajar en parejas y con ropa de paisano. —Y así, con un último vistazo a sus erguidos hombres, abandonó la sala.

Guy echó una ojeada entre sus colegas con aire desvalido. Los demás no tardaron mucho en encontrar pareja, y a algunos les bastó con un simple guiño o asentimiento de cabeza para formar sólidas asociaciones. Entonces recordó con nostalgia a Harry, su antiguo camarada de la Policía Ferroviaria de Londres, Brighton y la Costa Sur. Harry se había quedado allí cuando él ascendió a la Metropolitana, y hasta dimitió de su puesto al cabo de unos meses, a fin de dedicarse por completo a su carrera como músico en los nuevos locales de jazz que iban surgiendo por toda la ciudad. No era que Guy no tuviera amigos en la comisaría, o algún conocido al menos, pero aquello no era como buscar una compañía agradable para sentarse en la cantina y disfrutar de un pastel de carne con puré de patatas. Se trataba de hallar a alguien que pudiera ayudarle a conseguir una detención que llamara la atención de Cornish, un compañero que le brindara elogios, alabanzas y promoción. Por desgracia, los siete meses que había pasado detrás del mostrador no le habían concedido reputación de ser un sabueso precisamente, y así contempló paralizado cómo la sala se iba vaciando de dos en dos, como los animales que se embarcaron triunfantes en el Arca de Noé. Cuando salieron los últimos, que más bien parecían un par de hienas carcajeantes, el sargento Cluttock empezó a juntar el papeleo para marcharse. Guy se acercó a la mesa y se dispuso a hablar, aunque tenía la boca seca y sus palabras sonaron como un graznido.

—Con permiso, señor.

Cluttock lo miró con sus bigotes relucientes.

—¿Qué quiere?

—¿Puede decirme cuál es mi tarea, señor?

El sargento señaló con la cabeza las cuatro esquinas de la sala.

—Está usted solo, y ya ha oído al jefe. Tienen que ir de dos en dos.

—Sí, señor. Tengo una pareja, pero ahora está… —Se detuvo a pensarlo menos de una décima de segundo—. Está encargándose de otra labor, pero volverá pronto y podremos ponernos manos a la obra.

—¿Nombre?

—¿El mío, señor?

—No, el del limpiabotas del rey de Inglaterra, no te fastidia. Sí, su nombre.

—Sargento Sullivan, señor. Y mi pareja es Moon.

Cluttock consultó su lista.

—Pueden ocuparse de Great Marlborough Street. Las tiendas de la zona son pequeñas y es poco probable que vayan a por ellas, pero nunca se sabe. Deberán estar de vuelta a las seis en punto para informar. Tomen nota de cualquier actividad sospechosa, hablen con las dependientas y todo eso. Usted ya sabe. —Alzó una ceja—. Porque lo sabe, ¿no?

—Sí, señor. Muchas gracias, señor. —Guy sonrió como si acabara de descubrir que su calcetín navideño contenía monedas de oro en vez de chocolate, pero cambió la expresión al darse cuenta de que Cluttock seguía mirándolo—. Más vale que me vaya.

—Sería lo mejor, sargento Sullivan.

—Adiós, señor. —Al momento salió de la sala y volvió a la recepción.

Mary dio saltitos de alegría al recibir las noticias.

—¿Les has dicho mi nombre? —preguntó ella por tercera vez—. ¿Y no te han puesto pegas?

Guy la tranquilizó nuevamente.

—Sí y no. Pero hay otro problema.

—¿Cuál?

—Se supone que tengo que quedarme en el mostrador.

—Bueno, ¿y por qué no le dices a quien organiza los turnos que te han asignado una tarea especial? No tendrán más remedio que buscar a otra persona. —Abrió mucho los ojos y unió las manos en gesto de plegaria—. Tienes que intentarlo, por favor. Esta es mi única oportunidad para destacar. Tengo que aprovecharla.

Guy, sin duda, podía entenderla muy bien, así que asintió con la cabeza y se puso en marcha con decisión antes de perder el valor. Por suerte, su superior accedió sin hacer muchas preguntas. Ya debía de saber que harían falta todos los efectivos posibles para atrapar a Alice Diamond y su banda de Cuarenta Ladronas. Y así, Guy y Mary volvieron a casa a la velocidad del rayo para cambiarse de ropa y emprendieron el camino hacia Great Marlborough Street, tras la pista de las delincuentes más infames del país.

3

$\mathcal{N}$ancy, Pamela y Louisa regresaron al piso que tenía Iris Mitford en Elvaston Place después de la fiesta. Su retorno a altas horas de la madrugada quedó en evidencia por lo tarde que se levantaron a la mañana siguiente y por sus lentas respuestas al interrogatorio de Iris durante un almuerzo intempestivo. Louisa ayudó a las hermanas a hacer el equipaje y las acompañó a la estación de Paddington, donde tomaron el tren con el que llegarían a casa a tiempo para la cena. Por lo tanto, Louisa se quedó libre para acudir a la cita que había acordado la noche antes con la doncella de los Curtis, Dulcie Long.

Le había pedido permiso a lady Redesdale para pasar el resto de la jornada en Londres con la excusa de visitar a una prima, aunque lo cierto era que allí no tenía familia alguna. Su padre murió unos cuantos años antes, su madre se había trasladado a Suffolk y su tío Stephen se unió al ejército y no se había vuelto a saber de él desde entonces, algo de lo que se alegraba. Era hija única y había empezado a trabajar a los catorce años, tras dejar la escuela. Cuando se empleó con los Mitford, tan lejos de los edificios Peabody en los que había crecido, básicamente perdió el contacto con toda la gente que conocía. Su amiga más antigua, Jennie, se movía en círculos distintos gracias a su arrebatadora belleza, pese a que Louisa sabía que siempre se alegraría de verla. No obstante, la oportunidad de combinar un viaje a Londres con su domingo de libranza mensual era demasiado buena como para desaprovecharla. Más que cualquier otra cosa, ansiaba volver a respirar el aire de la ciudad. Después de tanto tiempo entre el barro del campo, cualquier tramo de adoquines le resultaba casi medicinal. La mezcla acre de niebla y hollín podría ofender la naturaleza bucólica de lord Redesdale, pero para Louisa era un placer tan nostálgico como el bizcocho de Guinness de su madre.

Por un momento pensó en reunirse con Guy Sullivan, pero no fijó ningún plan para verlo. Luego, en la casa de los Curtis, mientras que Nancy y Pamela cenaban tranquilamente, se había enzarzado en una conversación con la doncella que les abrió la puerta.

Tal vez fuera el acento londinense de la muchacha lo que la hizo sentirse identificada con ella, o tal vez fuera por vanidad, pues le agradaba tratar con quien era como un reflejo de sí misma. De cualquier modo, su instinto había dado en el clavo: Dulcie, al igual que ella, ejercía tanto de criada como de carabina, en su caso, de la señorita Charlotte. Y así, al tiempo que ayudaban a la cocinera a preparar la cena, ambas jóvenes intercambiaron chismes y anécdotas sobre las excentricidades y exigencias de sus respectivas familias. De la misma manera, reconocieron tener un pasado que sus patrones ni sabían ni entenderían jamás. Estar con Dulcie logró que se sintiera más en casa de lo que se sentía durante su estancia anual en la casita de campo de su madre en Hadleigh.

A causa de tan amistosa conversación, habían quedado en verse junto a los leones de Trafalgar Square a las seis de la tarde del día siguiente. El lugar de encuentro fue idea de Dulcie, y Louisa estuvo tentada de pedirle que lo cambiaran, hasta que le puso coto a su propia necedad. No le gustaba recordar la última vez que estuvo allí con Nancy, tras haber salido huyendo de aquel baile en el Savoy, cuando temió que uno de los asistentes le revelara su paradero a tío Stephen. Nancy y ella tuvieron una discusión por no poder volver a la fiesta, pero entonces se toparon con un hombre que decía ser Roland Lucknor. Ese momento marcó el comienzo de lo que resultó ser una relación larga y tumultuosa entre los tres, en la que se vieron implicados Guy y el asesinato de una enfermera llamada Florence Nightingale Shore.

Durante los años sucesivos, aunque Louisa disfrutaba en general de su trabajo, extrañaba la amistad que había tenido con Nancy y la envidiaba por su sencilla transición a la vida adulta. Nancy ya ni siquiera dormía en el cuarto de los niños, sino que se había trasladado al ala principal de la casa y pasaba los fines de semana en Oxford y Londres con sus amigos, tras los que volvía con historias de bromas pesadas y animadas fiestas.

Louisa tampoco había visto mucho a Guy, aunque se escribían a veces y disfrutaba de sus amenas cartas, en las que le hablaba de la gente loca, mala y peligrosa con la que se encontraba desde que estaba en la policía. Leyendo entre líneas podía adivinar que sus encuentros eran más fugaces de lo que podrían ser si fuera él quien llevaba a cabo las detenciones, pero nunca se había compadecido de sí mismo en sus relatos, algo que le parecía admirable, si bien no demasiado emocionante.

Unos diez minutos después de las seis, Louisa seguía esperando junto a los leones de piedra con su mejor vestido, un modelito azul marino heredado de Nancy al que le hizo unos ajustes. Hombres y mujeres elegantes pasaban ante ella de camino a sus veladas, y Louisa empezó a vacilar, preguntándose si habría sido una buena idea después de todo, cuando apareció Dulcie por una esquina y la saludó con la mano.

—Perdón por el retraso —le dijo con una sonrisa—. Madame Charlotte no encontraba su broche de granates, y como era el único que quería ponerse, he tenido que buscarlo con ella... —Se detuvo para lanzarle una mirada de complicidad a Louisa, y ambas se echaron a reír. Cielos, qué agradable era poder hacerlo—. Tenemos que tomar el autobús número 36, que nos deja al lado de mi antiguo pub, donde podremos pasarlo bien, beber y disfrutar sin que nadie nos moleste. No como aquí, que solo hay tipos estirados que te preguntan si pueden mirar debajo de tu falda por medio penique. Sí, ya sabes que tengo razón. Ven conmigo, chata.

Dulcie se puso en marcha al momento. Louisa respiró hondo y la siguió.

4

*A*l cabo de una hora estaban sentadas tras una mesa en el pub Elephant and Castle de Southwark, situado en la esquina de un concurrido cruce. Aunque aquella zona de Londres quedaba al otro lado del Támesis, bien podía haber sido otro país. Se veían menos farolas y aún no se había producido la transición del gas a la electricidad. Todo parecía más basto, más oscuro y más lento. No circulaban tantos automóviles como carros tirados por caballos; los chiquillos correteaban por las calles junto a las piernas de los transeúntes, o incluso entre ellas, arrancando gritos airados al paso de sus figuras borrosas. Las mujeres se apresuraban a llegar a sus destinos o, si esperaban al coche de línea, hablaban sin cesar con un acento que añadía vocales al comienzo y al final de las palabras. Los hombres caminaban a zancadas decididas, con la cabeza gacha y un cigarrillo en la comisura de los labios. Los autobuses traqueteaban al pasar, con los viajeros como sardinas en lata, de los que al menos cinco se agarraban como podían a la barra del fondo.

El pub no estaba menos concurrido que el exterior, pero sí más iluminado. Relucían los apliques de latón y la madera de la barra estaba tan bruñida que resplandecía. No cabía duda de que el dibujo recargado de la moqueta ocultaba una infinidad de antiguas manchas, pero a simple vista se trataba de un local regentado con orgullo, y la clientela iba vestida con lo que la madre de Louisa hubiera llamado sus mejores galas. Y pese a que había unos cuantos varones repartidos por la sala, trasegando pintas en silencio o jugando a las cartas, casi todo eran mujeres. Louisa vio fascinada que pedían sus propias bebidas, en ocasiones más de una, y que incluso le mandaban una jarra de cerveza a un bigotudo, quien alzó el vaso e inclinó la cabeza en señal de agradecimiento. Además, eran mujeres jóvenes, de la edad de Louisa. Y aunque resultaba evidente que no procedían de Mayfair —sus ropas no eran lo bastante elegantes ni suntuosas—, se gobernaban con el aura de confianza de cualquier esposa de millonario. No estaban oprimidas, sino al mando. Louisa no entendía cómo era posible, cuando lo más seguro era que estuvieran sometidas al mismo afanoso tráfago que todas las mujeres que había conocido durante su infancia y adolescencia.

En ese momento se abrió la puerta y entró una mujer que se detuvo unos instantes bajo el umbral, esperando a que la muchedumbre prosiguiera con la cháchara que se había apagado con su llegada. Permaneció allí hasta que el bullicio comenzó de nuevo, más quedo que antes. Dulcie le dio un codazo en las costillas a Louisa.

—Es Alice Diamond —susurró en tono reverente—. Tenía la esperanza de que se dejara caer por aquí esta noche, pero nunca se sabe.

Alice Diamond era tan alta como un hombre, llevaba un grueso abrigo de brocado y un reluciente pedrusco en cada dedo. Tenía el cabello corto y ondulado, color caoba como la barra de madera, pero su rostro era pálido, con los rasgos hundidos como monedas en una masa de harina, un hoyuelo en la barbilla y la línea plateada de una cicatriz debajo del ojo izquierdo. La seguían a unos pasos tres mujeres en formación, cortesanas escogidas por su monarca.

—¿Quién es? —susurró Louisa a su vez.

—Es la reina —respondió Dulcie, atreviéndose a levantar la voz ahora que el ruido había vuelto a su volumen anterior—. La que dirige el cotarro por estos pagos.

Louisa la observó mientras se sentaba a la mesa del rincón, que seguía curiosamente vacía, pese a que el resto del pub se iba llenando. Entonces supo por qué: formaba parte de los dominios de Alice. Dos de las mujeres se sentaron a su lado, y la tercera se acercó a la barra blandiendo un billete de una libra. Una de ellas era corpulenta y poco atractiva, con cara de malas pulgas; la otra poseía un rostro indudablemente bello, con largas pestañas oscuras y una nariz delicada. Dulcie siguió la mirada de Louisa y volvió a agacharse sobre su oreja.

—Esa es Babyface, su lugarteniente, por así decirlo. Pero no te dejes engañar por su aspecto, es la más peligrosa de todas. Estuvo a la sombra por rajar a otra mujer.

Después de que una joven camarera, en cuyas manos temblaba la bandeja, les sirviera las copas en la mesa, las tres mujeres no tardaron en bebérselas a grandes tragos entre sonoras carcajadas. Tras eso, a Louisa le pareció notar que casi toda la concurrencia relajaba la mandíbula de alivio. Había sido un buen día para Alice Diamond, de modo que estaba de buen humor y todos eran libres de participar en el festejo.

—¿De quién es reina exactamente?

—De las Cuarenta Ladronas —dijo Dulcie, antes de limpiarse la espuma de la cerveza del labio superior—. Son una banda de ladronas. También están los Elefantes, donde solo hay hombres. Son dos bandas distintas… pero no del todo, ya sabes. Todos viven a menos de media milla de aquí.

Louisa asintió al oírlo. Los nombres le sonaban un poco, y quería que Dulcie creyera que no le incomodaba aquella información, y hasta que le era familiar. No deseaba quedar de tonta ni de ingenua.

—Sé algo de las Cuarenta —afirmó, rindiéndose a la tentación de sacar partido de su pasado, con una fanfarronería un tanto extraña—. Cuando mi tío y yo nos trabajábamos las estaciones, sabíamos que debíamos evitar las tiendas de Oxford Street.

Dulcie le dedicó una sonrisa.

—Exacto, aunque de un tiempo a esta parte han tenido que

alejarse de Londres. Llevarse a las Cuarenta a las provincias fue su golpe maestro. A ciudades como Birmingham, Nottingham y Liverpool. No me gustaba estar allí... —Se calló y miró a Louisa de reojo.

—¿Tú también...?

Dulcie asintió.

—Pero eso se acabó. —Bebió un trago—. ¿Otra?

Louisa aceptó y echó una nueva ojeada a la sala mientras Dulcie iba a la barra. Era como si la llegada de Alice hubiera colocado una lente ante sus ojos: el mundo se veía más nítido y brillante. Ahora se daba cuenta de que, aunque Alice fuera la ama, sus súbditas —todas mujeres— también se beneficiaban de su posición. Pese a que algunas llevaban abrigos con los codos desgastados y botas a las que había que cambiarles las suelas, la mayoría iban lo bastante elegantes para pasar por compradoras normales de los grandes establecimientos. Un par de ellas habrían encajado incluso en el departamento de peletería de Harrods. Además, había algo en su manera de actuar que indicaba que vestían aquellas ropas porque disfrutaban de ello. ¿Acaso la misma Louisa no se había puesto un par de vestidos de Nancy por encima, en un momento de soledad ante el espejo, al levantarlos de la silla para zurcirlos y lavarlos? En una ocasión, se apoyó uno de ellos sobre los hombros, lo agarró de la cintura con el brazo e hizo girar su pierna bajo la falda. Con aquel vestido de seda, nadie habría adivinado nunca que era una criada. Pero entonces oyó a la señora Windsor por el pasillo y se apresuró a colgárselo del brazo, esperando que el rubor de sus mejillas hubiera desaparecido para cuando bajara las escaleras hasta el cuarto de la colada.

Dulcie dejó los vasos en la mesa.

—¿En qué piensas?

—Oh. —Louisa negó con la cabeza—. En nada, solo...

Fue interrumpida por una mujer que se acercó a Dulcie y le dio una palmada en el hombro con su mano carnosa, obligándola a sentarse en el taburete. Tenía el pelo negro y grueso, que parecía más un casco que un peinado a la moda, y una sombra en el mentón que podría haber sido pelusilla de barba. Emitió un sonido que quizás pretendía ser una carcajada, pero que más bien sonó como un ladrido.

—¿Quién es esta? —Señaló a Louisa con la barbilla, y ella se encogió en su asiento—. No se permite la entrada a los extraños.

—Es de las nuestras —le aseveró Dulcie—. No hay por qué preocuparse.

Louisa no supo qué pensar de aquella respuesta. La mujer la miró entornando los ojos.

—¿Una nueva recluta? No recuerdo haber oído nada al respecto.

—No, pero también está en el ajo. Te aseguro que no nos delatará.

—Ajá. —La mujer pareció aplacarse, o tal vez no estaba de humor para armar gresca. Todavía era temprano—. Encárgate de que no lo haga. Te estaremos vigilando.

—Lo sé. —Dulcie esbozó una leve sonrisa—. Aquí estoy, tal y como prometí. No he huido a ninguna parte.

El bulto con dos patas asintió y se marchó para volver a su puesto de perro vigía desde la barra, apoyada sobre los codos, bebiendo de su cerveza mientras observaba el panorama con atención.

—Lo siento —se disculpó Dulcie—. La cosa no suele ponerse tan fea, pero ahora mismo estoy en una especie de aprieto, ¿sabes?

—¿Por qué? —Louisa estaba pasmada.

—Quiero dejar la banda. Mi hermana se ha casado con alguien ajeno y ahora les preocupa que las delatemos si me voy yo también. Por eso he intentado hacer un trato con ellas.

—¿Qué clase de trato? —Louisa se enderezó en la silla.

—Tengo que comprar mi libertad. Será lo último que haga por ellas. De hecho, me preguntaba si… —La miró con timidez.

Louisa no dijo nada. No estaba segura de querer oír lo que vendría a continuación. La cabeza le decía que no, pero el corazón le martilleaba en el pecho y la emoción que sentía era más intensa que nada que hubiera sentido en mucho tiempo.

—Esperaba que pudieras ayudarme.

5

$\mathcal{H}$abía pasado menos de un mes desde que se enviaron las invitaciones al cumpleaños de Pamela, y los jóvenes y brillantes amigos de Nancy ya habían respondido. La señora Windsor, el ama de llaves, había contratado a más sirvientes para la velada, y la señora Stobie, la cocinera, se había pasado varios días despachando pedidos en previsión de la cena, además del desayuno que se serviría al final como broche de oro. Pam se mostró muy interesada en esa parte de los preparativos, y se colaba en la cocina para rogar que le dejaran darle vueltas a una olla o que le enseñaran a estirar la masa.

Louisa y el aya Blor se las habían visto y deseado para que el entusiasmo por la fiesta no se contagiara a las más pequeñas, quienes de otro modo habrían exigido bajar para mirar a los invitados que fueran llegando, como normalmente se les permitía hacer. Esa noche no sería así. Lord Redesdale hizo una visita espontánea al cuarto de los niños para instruir al aya de que tenían prohibidísimo siquiera posar los ojos sobre los «escandalosos» amigos de Nancy. «Como aparezca un pijo con un peine en el bolsillo de la chaqueta, a Papu le da un ataque», predijo Nancy con satisfacción cuando Louisa le repitió sus palabras. Las chiquitinas —Debo de cinco años, Unity de siete y Jessica de nueve— se distraían fácilmente con promesas de chocolate caliente antes de dormir, pero Diana, a punto de cumplir los quince, se puso hecha una furia. Por suerte, Tom seguía en Eton y todavía faltaban dos semanas para que volviera a casa por Navidad.

Esa noche, la expectación crepitaba en el ambiente y los troncos ardían con furia en las dos chimeneas situadas a cada extremo del vestíbulo. Los solemnes retratos al óleo estaban decorados con banderines de papel, y una infinidad de velas encendidas le conferían a la estancia un aire festivo anticipado. A fin de cuentas, ya no quedaba mucho para que llegara el Adviento. A Louisa le había tocado arrimar el hombro y sostenía una bandeja de copas de champán junto a otras dos criadas. Lord Redesdale se paseaba impaciente por delante de la puerta, mientras que su esposa dejaba escapar suaves sonidos de exasperación y toqueteaba los botones del vestido de Pamela. Nancy había logrado convencer a sus padres para celebrar la mayoría de edad de su hermana con una fiesta de disfraces, y aunque a Pamela le había parecido una buena idea en su momento, ahora llevaba un voluminoso vestido blanco que la hacía parecer, y sentirse, una tarta de bodas, una peluca de tirabuzones que le daba calor y, para colmo de males…

—¡Ya basta! —la reprendió su madre—. Si no te preocuparas tanto por tu aspecto, quizás podrías disfrutar de la fiesta.

Nancy cogió una copa de la bandeja guiñándole el ojo a Louisa. Iba vestida como una condesa española del siglo XVIII, con una mantilla enjoyada que dejaba ver su cabello corto por detrás, lo que creaba un efecto extraño. Llevaba un jubón de satén sin mangas, un broche enorme colocado con picardía sobre el escote y una amplia falda con miriñaque, lo que hacía que su mitad superior se asemejara al ornado chapitel de la torre de una iglesia. Lord Redesdale, a pesar de sus canas y las arrugas cinceladas de su frente, se conservaba ágil y delgado. Se había puesto su traje de caza como disfraz, y Nancy afirmó que nunca se le había visto tan cómodo en una fiesta. Lady Redesdale aparentaba mucha más edad que su marido, algo a lo que no ayudaba la peluca amarilla que le demacraba el rostro ni el vestido medieval que le quedaba como un saco, y que Louisa sospechaba que había salido del fondo de la caja de disfraces con la que solían hacer representaciones en Navidad. Había tantas cosas que organizar para el acontecimiento, que no era de extrañar que se hubiera olvidado de su propio atuendo hasta esa misma tarde.

Al cabo de un rato, Nancy pareció recordar de quién era el cumpleaños, tomó una segunda copa de la bandeja y se la entregó a Pamela. La hermana pequeña titubeó después de que lord Redesdale les lanzara una mirada hosca.

—Déjalo, Papu —dijo Nancy—. Le calmará los nervios.

Papu soltó un resoplido y atizó el fuego. Justo cuando Louisa creía que no iba a poder sostener la bandeja por más tiempo, oyeron que un coche aparcaba en la entrada, y luego el roce de pasos sobre la gravilla y un coro de voces. La señora Windsor, quien ejercía de mayordomo dado que lady Redesdale se negaba a emplear a sirvientes varones, abrió la puerta dejando entrar una ráfaga de aire frío y al primero de los invitados.

En ese momento, lady Redesdale y Nancy marcharon hacia delante, y Louisa vio que quienes habían llegado eran los mismos que estuvieron en la fiesta de los Curtis, los amigos de Nancy. Seguramente eran puntuales porque se alojaban todos juntos en casa de los Watney, los vecinos de al lado, donde habrían cenado antes del baile, ya que lord Redesdale se había negado a invitarlos. Nancy empujó a Pamela en dirección a Oliver Watney, el hijo. Se había hablado de emparejarlos en el pasado, aunque Louisa no entendía por qué, puesto que ella era fuerte y sana, y él pálido e insípido, con una tos permanente a causa de una tuberculosis que padeció siendo niño. El disfraz de Sombrerero Loco, al que no le faltaba la levita de retales, no le hacía ningún favor a su rostro severo, y Louisa estuvo a punto de soltar una risita mientras se acercaba con la bandeja.

—Tus amigos son absolutamente ridículos —dijo Oliver cogiendo una copa.

—En realidad no son mis amigos —protestó Pamela, a la que no se le daba demasiado bien repartir sus lealtades.

—Espero que no —contestó él—. Sobre todo ese Adrian Curtis. Qué hombre tan insoportable. Se cree que el mundo entero está a sus pies. Juro por lo más sagrado que, como se me acerque… —Louisa no pudo oír el final de la frase, pues Oliver siguió adelante con su bebida, seguido de una nerviosa Pamela.

Sebastian Atlas, quien se hallaba entre el grupo, tomó dos copas de Louisa, y su cabeza dorada subió y bajó al apurar primero una y luego la otra, tras lo que las dejó en la bandeja y continuó andando con una tercera, sin hacerle el más mínimo gesto de reconocimiento. Daba la impresión de que iba disfrazado de pirata, aunque sin loro ni sombrero, sino con unos pantalones bombachos, un chaleco oscuro sobre una camisa blanca que mostraba su pecho lampiño y una bufanda roja moteada alrededor del cuello. Seb se acercó a Clara Fischer, quien esperaba junto a la puerta, y le rodeó la cintura con el brazo, aunque Louisa detectó que la joven daba un respingo cuando la tocó.

Louisa entró rápidamente en el pasillo que conectaba con la cocina y llenó su bandeja vacía con las copas de una mesa que se había colocado allí de forma temporal. Cuando volvió a la entrada, supuso que habrían llegado uno o dos coches más, porque el vestíbulo parecía más concurrido que antes y se oían saludos y exclamaciones por los disfraces. Dos de las amigas de Pamela estaban con ella, intimidadas ante la multitud, y a Louisa le agradó ver que la cumpleañera se esforzaba por demostrar que lo estaba pasando bien, pese a que no dejara de manosearse el vestido.

Clara iba de Campanilla, envuelta en vaporosas capas plateadas que casi parecían rielar por el resplandor de su propia piel traslúcida. Con esos ojazos y esa boquita de piñón se daba un aire a Mary Pickford, y Louisa se creyó el rumor de que había venido a Londres para abrirse paso en el mundo de la interpretación. Clara cogió una copa de champán y se quedó un momento al lado de Louisa.

—Menuda fiesta, ¿verdad? —comentó en voz baja, suavizando su acento neoyorquino, y Louisa tardó un instante en percatarse de que hablaba con ella.

—Sí. La hemos estado preparando desde hace días.

—Apuesto a que sí, está todo precioso —respondió Clara,

dando sorbitos lentos. Entonces respiró hondo—. Vaya, allí está Ted. —Le dirigió una sonrisa de disculpa—. Bueno, será mejor que empiece a alternar. ¡Hasta luego!

—Hasta luego —repitió Louisa, insegura, pero Clara ya había desaparecido entre los huéspedes que eran conducidos al claustro, la pasarela exterior que llevaba al salón de baile. En esta ocasión, Papu no había encendido los braseros de aceite, como hiciera en la fiesta de Nancy de tres años atrás, de modo que estaba más oscuro y más frío, pero al menos nadie tosía a causa de las vaharadas de humo.

Louisa recogía unas copas que se habían dejado en las mesas del vestíbulo cuando se abrió la puerta y entró Adrian Curtis a toda prisa, seguido de su hermana Charlotte. Aquello la sobresaltó, recordándole la promesa que le había hecho a Dulcie. En el fondo, tampoco había parado de pensar en ello en todo el día. El joven se mostraba taciturno, con el ceño fruncido, mientras que su hermana le hablaba en voz alta, clavando en él sus ojos oscuros. Adrian se había disfrazado de cura de pueblo, con gafas de media luna, un amplio alzacuellos blanco y un anticuado sombrero de paja negro. La vestimenta le daba un aspecto sereno y, tal como suponía Louisa, fastidiosamente altanero para su hermana. Resultaba evidente que a Charlotte, una reina Victoria un tanto desganada, no le hacía ninguna gracia la ocurrencia. De pronto se percataron de su presencia, y la joven se interrumpió a mitad de la frase.

Adrian agitó la mano en dirección a Louisa sin mirarla.

—Y bien, mi querida hermana, ¿qué decías? Continúa, por favor.

—Cállate —respondió la reina Victoria.

Se hizo un silencio incómodo.

—Los demás han entrado ya al salón de baile —les explicó Louisa, como si no hubiera visto ni oído nada—. ¿Les indico el camino?

Entonces echó a andar, y ellos la siguieron unos pasos por detrás. De hecho, Charlotte continuó hablando, y pese a que no gritaba, Louisa podía oírla. Ella sabía que un buen sirviente no escuchaba nunca, pero a veces era imposible cerrarse de orejas. Ada y ella solían reírse de aquellos retazos de conversaciones que no estaban dirigidas a ellas. Echaba de menos esos momentos, cada vez menos habituales, aunque ahora podría hacer lo mismo con Dulcie. Esa noche no, sin embargo.

—Has de decirle a madre la deuda que tienes. Aún no sabe nada y ya casi estamos en Navidad.

—¿Y eso qué tiene que ver? —gruñó Adrian.

Louisa no los veía porque ambos iban atrás, pero se imaginó los blancos hombros de Charlotte erizándose de rabia.

Por fin llegaron al salón de baile, y Louisa se hizo a un lado para dejarles pasar por la puerta. Ninguno le dedicó una segunda mirada.

Dentro, la celebración estaba en pleno apogeo. Aunque Charlotte y Adrian entraron por error a través de la puerta principal, distraídos como estaban por su discusión, otros habían seguido caminando por el patio y accedieron en tromba al salón de baile, una estancia a la que por lo general denominaban la «biblioteca». Habían retirado el sofá temporalmente para la fiesta, y colocado varias sillas contra las paredes para que se sentaran las carabinas. En ese momento solo había tres o cuatro de ellas, madres felices de ver el interior de la mansión de los Mitford y ponerse al día de los cotilleos con las amigas. Louisa había descubierto que la gente de clase alta actuaba como si todos se conocieran entre sí, y se referían a los demás como sus amistades o conocidos, aunque no se hubieran visto nunca. Se regían por un sistema de presentaciones: del mismo modo que para entrar en un club, debían ser presentados y secundados por dos miembros para poder formar parte. Tal vez no fuera un espacio físico hecho de ladrillos, pero sin duda existían unas reglas a las que habían de atenerse para no ser excluidos y exiliados.

Algunas de esas reglas iban cambiando, para consternación de los viejos, como llamaban los amigos de Nancy a la generación anterior. Hubo una época en que el divorcio equivalía a la expulsión permanente de la sociedad, al menos en el caso de las mujeres, pero desde que el duque y la duquesa de Marlborough anularon su matrimonio tras la guerra y siguieron recibiendo tantas invitaciones como antes, comenzó a aceptarse discretamente. «Si Mamu y Papu se divorciaran, todo sería mucho más divertido, pero supongo que nunca lo harán», había dicho Nancy una vez, fingiendo tristeza.

No obstante, algunas reglas estaban escritas en piedra y poseían el mismo peso: nada de hijos ilegítimos, zapatos marrones en la ciudad ni regalar flores cortadas a la anfitriona. Con recordarlas, era suficiente. De todos modos, Louisa sabía que, aunque imitara el acento a la perfección y le prestaran el vestido y las perlas, cualquier miembro de la clase alta la identificaría enseguida como una plebeya. Por cada una de las reglas tácitas sobre las que bromeaban, había otro millón de reglas no escritas. Con solo errar una vez —llevar el traje equivocado a una cacería, o pedir una servilleta en vez de usar el pañuelo propio para quitarse las migajas de la boca—, se descubría el pastel. En el mejor de los casos, tus supuestos amigos se reirían de tus deslices sociales con disimulo; en el peor, la puerta se cerraría para siempre, y ninguna cantidad de llamadas, dinero o ruegos valdría para abrirla de nuevo.

Louisa divisó a Clara entre la multitud, quien la miró y le hizo un leve gesto con la mano. Esa era la clase de error que podía cerrar la puerta por toda la eternidad, aunque Nancy le había explicado que a Clara se le perdonaba casi todo: «No se puede esperar que lo sepa, y al ser estadounidense, no tiene clase». Nancy siempre le comentaba esas cosas a Louisa con el mismo tono que empleaba el aya para explicarle a Decca por qué tenía que comerse las zanahorias. Se trataba de un timbre de enseñanza paciente, pero también tenía algo de intimidante. Comer zanahorias para tener buena vista y que los estadounidenses no tenían clase se presentaban como hechos inapelables. Cosa que dejaba a Louisa confundida con respecto a lo que debía hacer con la entonces contradictoria información que le había enseñado su madre desde pequeña. Todavía no se había acostumbrado a decirle a las niñas que dijeran «¿cómo?» en lugar de «¿mande?». Distaba un abismo entre ambos mundos, y en ocasiones le daba vértigo pensar que pudiera abrirse lo suficiente para caer por él.

Algunos de los invitados ya tenían el rostro sonrojado, pero si se debía al calor que les daban los disfraces o a haber bebido demasiado vino —una o dos copas durante la cena antes de la fiesta, a lo que habría que sumarle el champán—, Louisa no lo sabía. Sea como fuere, le alivió comprobar que Pamela no llevaba un vaso en la mano. Ya estaba lo bastante nerviosa sin que el vino lo exacerbara todo. Nancy bailaba con Oliver Watney, quien parecía agraviado por las circunstancias, aunque ella no lo miraba siquiera, sino que al parecer mantenía múltiples conversaciones con otros invitados mientras daban vueltas por la pista. Louisa reconoció a un par de ellos que habían venido de visita algún fin de semana: Brian Howard, un hombre de aspecto enfermizo y ojos hundidos, pero que hacía que Nancy se mondara de la risa, y Patrick Cameron, quien solía ser la pareja de baile de Nancy, aunque ahora lo era de Pamela. Para darle más emoción a la velada, también habían asistido dos muchachas que salían en los periódicos de forma habitual, las hermanas Jungman, mayores que Nancy y endiabladamente cautivadoras, con sus bellos rostros y su apetito por las travesuras. Esa noche iban vestidas de lecheras, a las que no les faltaba ni el balde, que amenazaba con derramarse por el suelo. Lord Redesdale ya había sido visto contemplándolas con los ojos desorbitados, mientras que su esposa lo refrenaba posándole una mano en el codo.

Louisa notó un golpecito en la espalda y un susurro quedo en el oído.

—Louisa, te necesitan en la cocina.

—Sí, señora Windsor. Inmediatamente.

Y así se marchó de la fiesta, de vuelta al lugar al que pertenecía.

6

$\mathcal{A}$l cabo de unas horas, después de que se hubiera retirado a dormir la señora Stobie, agarrotada y rezongando porque ya no estaba para esos trotes, Louisa y Ada se reunieron frente a la pila de la cocina. Las otras criadas habían limpiado casi todo el salón de baile, al igual que los platos, de modo que ya no quedaba mucho que hacer. El arroz con arenques y la panceta estaban preparados y reposaban en el horno, y serían servidos con café y tostadas como refacción sobre las dos de la noche. Aparte de eso, Louisa sabía que aún tenía por delante la tarea más importante de todas.

Esperaba que Dulcie apareciera pronto, tal como habían acordado en secreto. El encuentro tendría lugar un poco antes de las dos y media, la hora oficial que habían pactado lady Curtis y lady Redesdale. La madre de Charlotte quería que su doncella la llevara de vuelta a casa de los Watney para que no estuviera en compañía de hombres a horas tan intempestivas. Dulcie iría a pie desde la finca vecina, a una media milla escasa de distancia, pero Hooper estaría esperando para escoltarlas a ambas con el coche. No tuvieron más remedio que llegar a ese compromiso puesto que Charlotte quería evitarse la humillación de llevar una carabina a la fiesta, ya que ninguna de sus amigas lo iba a hacer. También significaba que Dulcie y Louisa tendrían poco tiempo para llevar a cabo su tarea.

Unos minutos antes, la señora Windsor le había dicho a Louisa que lady Redesdale había pedido que subieran dos tazas de chocolate caliente a su habitación, lo que indicaba que la fiesta había terminado para la señora de la casa y el resto de los invitados de su generación. Anteriormente se había dispuesto un piscolabis en el salón, y el ama de llaves había colocado una bandeja con vasos y botellas de whisky y oporto para disfrute de los más jóvenes. Tras llevar el chocolate, la señora Windsor no se fue a la cama —sería la última en hacerlo—, sino que se quedó leyendo en su salita.

A esas horas ya no quedaba demasiada concurrencia. Aunque Nancy había logrado traer a sus amigos de Londres, aparte de unos cuantos más procedentes de Oxford, la mayoría de los asistentes había salido de las propias agendas de lord y lady Redesdale, para quienes el hecho de acostarse tarde suponía un trastorno similar al de una nevada en el mes de mayo. Por otro lado, sabían bien que la medianoche era para los jóvenes, y no tenían la intención de impedirlo. Por desgracia, los invitados más fascinantes se habían marchado ya: Brian Howard había prometido llevar a las hermanas Jungman de vuelta a Londres esa misma noche, dado que su prima se casaba al día siguiente y no podían faltar a la boda. Louisa y Ada, con un par de criadas más, se apostaron a la entrada para contemplar su partida, incapaces de resistirse a echar un último vistazo a las celebridades, envueltas en largos abrigos con cuellos de piel. Los baldes de leche se volcaron en la acera antes de que entraran al coche, y el líquido blanco formó un charco en la gravilla. Hooper no estaría muy contento de verlo por la mañana.

También se había producido un pequeño drama, cuando la amiga de Clara, Phoebe Morgan, una belleza de cabellos azabache disfrazada de Cleopatra, tropezó con uno de los perros de lord Redesdale en el pasillo y se lastimó el tobillo. Y como no quería perderse la diversión volviendo temprano a casa de los Watney, se hallaba tendida en el sofá junto al fuego, con una compresa fría en la pierna y un *hot toddy* en la mano, que era un whisky con agua caliente, limón y otras hierbas.

—Quizás deba preguntarle si necesita algo —dijo Louisa. Esperaba que la búsqueda del tesoro comenzara antes de la llegada de Dulcie.

—Querrás decir que podrías ir a husmear lo que pasa en la fiesta —bromeó Ada.

—Anda, vuelvo en un periquete. —Louisa le dio un azote juguetón en el brazo con el trapo de secar.

Al pasar por el vestíbulo, pudo oír que alguien había encendido el gramófono del salón, por el que sonaba el rechinante crepitar de la música de moda. Cuando abrió la puerta, la recibió una nube de calor y humo de tabaco. Sebastian y Charlotte bailaban juntos, con más languidez de la que marcaba el ritmo de la canción. Ella apoyaba la cabeza sobre su pecho, cerrando los ojos. Phoebe los observaba desde el sofá con la pierna en alto, pero recuperado ya el color en sus mejillas, y con otros dos apretándose a su vera. En el sofá opuesto había una mezcolanza de cuerpos que Louisa separó en su mente hasta formar cuatro personas más. Las pelucas se habían dejado a un lado y las mujeres se habían revuelto el pelo, aunque Nancy seguía llevando su mantilla, y Adrian sus gafas y su sombrero de sacerdote. Este parecía estar a mitad de explicar algo, entre caladas a la colilla de un puro, con una postura que indicaba que se dirigía al grupo al completo, pese a que Nancy era la única que lo escuchaba con atención.

Clara, tan bella como un retrato de Toulouse-Lautrec incluso al final de la velada, hablaba en voz baja con Ted. Louisa dio por hecho que iba disfrazado de Drácula, aunque el traje era de una factura impecable, con una capa de tupido terciopelo sobre los hombros. Nancy se había puesto loca de contenta cuando aceptó su invitación, con un papel de cartas casi tan grueso como el cartón en el que aparecía el antiguo blasón de los De Clifford.

Louisa titubeó, preguntándose si debía anunciar su presencia con una tos o entrar y recoger discretamente algunos vasos vacíos, cuando Nancy la vio y la llamó.

—¡Lou-Lou!

La niñera sonrió. Hacía mucho que Nancy no la llamaba por su viejo apodo.

—Ven aquí, has llegado en el momento justo. Queremos

comenzar un juego y nos falta una persona porque la pobre Phoebe se ha lesionado. ¿Nos harás el favor de igualar los números?

Louisa miró a sus espaldas para comprobar que se refería a ella.

—¿Yo, señorita Nancy?

—Sí, tú —dijo, animándola a acercarse con un gesto. A Louisa se le revolvió el estómago. De pronto se sintió desaliñada con su sencillo vestido y sus leotardos de lana. Nunca se había echado una pizca de maquillaje en toda su vida. Los rostros y los cuerpos que la rodeaban se fundieron en un arcoíris de lentejuelas, plumas y uñas rojas. Nancy se levantó y dio unas palmadas para llamar la atención del resto. Sebastian y Clara se separaron, y cada uno de ellos se aposentó en un extremo de un sofá. Pamela, quien no dejaba de ser la homenajeada, dejó escapar un gran bostezo y miró a su hermana con aprensión. Sus propias amigas se habían retirado ya —la mayoría tenían diecisiete años, y sus madres las habían acompañado como carabinas—, por lo que Louisa supuso que habría deseado irse a la cama pero no quería perderse nada de lo que sucediera en su propia fiesta. Nancy se habría reído de ella durante semanas.

—Vamos a jugar a la búsqueda del tesoro.

Charlotte soltó un suspiro tremendo al oírlo.

—¿De verdad es necesario?

—¡Sí! ¡Todos juntos! —Nancy se dirigió a su auditorio, y el placer de ser la estrella del espectáculo se dibujó en su rostro. Al menos, Louisa esperó que se tratara de eso, y no del champán. Era raro que Nancy sufriera los efectos de trasnochar, pero cuando ocurría, no solía ser agradable para ninguno de los habitantes de la casa—. Ahora que Lou-Lou está aquí, somos ocho y podemos ir en parejas. Ya sabéis cómo funciona. Cuando encontréis una respuesta, deberéis traerla aquí, y Seb o Phoebe os darán la siguiente pista. Hay nueve en total, y todos recibiremos las mismas, pero en distintos momentos para que nadie las busque a la vez. Ganará el primero que las encuentre.

—¡Una auténtica búsqueda del tesoro! —exclamó Clara—. Las que se hacen en Londres han perdido la gracia, con todos los chicos derrapando con sus bólidos.

—Gracias, señorita Fischer —replicó Adrian con frialdad—. Hacemos lo que podemos.

—Ay, qué tonto —dijo ella, un tanto ruborizada—. Ya sabes a qué me refiero.

—Mi pareja será Clara —se impuso Nancy—. Pamela, tú irás con Louisa.

Louisa respiró aliviada.

—Ted, tú irás con Togo... Quiero decir con Oliver. Perdona, Oliver—. El enjuto rostro de Oliver se agrió un poco más al oír el mote que le pusieran los Mitford—. Eso significa que Adrian y Charlotte irán juntos, lo que es ideal porque son hermanos.

—Si no queda más remedio —accedió Adrian, lanzando anillos de humo por encima de la cabeza de su hermana, quien lo fulminó con la mirada—. Pensaba que Seb sería mi pareja.

Sebastian observó a Phoebe con mala cara.

—Ha habido un cambio de planes —explicó él.

Phoebe esbozó una sonrisita de suficiencia, pero Charlotte volvió la cabeza, mostrando un inusitado interés en los botones de su camisa.

—En ese caso —prosiguió Adrian—, y dado que somos tan pocos, creo que deberíamos hacerlo en solitario. No necesitamos dos cerebros si ya tenemos uno en perfecto estado. —Hizo una pausa—. Por lo menos, algunos de nosotros lo tenemos.

¿Había sido aquello una estratagema para librarse de Louisa? La joven intentó no ofenderse, y lo consiguió más o menos; seguramente no se refería a ella, porque ni siquiera se habría dado cuenta de su presencia. En todo caso, se quedó con una desagradable sensación de decepción, aunque tal vez debería haberse sentido agradecida porque el juego no interfiriera con lo que tenía que hacer.

—De acuerdo, podemos jugar de uno en uno —dijo Nancy, sin dedicarle ni un vistazo a su antigua niñera.

Louisa sabía que aquella era su señal para marcharse, pero quería ver cómo se resolvía la situación. Pamela empezó a agitarse a su lado.

—¿Va todo bien, señorita Pamela? —le susurró al oído.

Pamela asintió incómoda y esbozó un amago de sonrisa.

—Sí —susurró a su vez, al tiempo que comprobaba que Nancy miraba hacia otro lado—. Me hacía ilusión que fueras conmigo. Los demás me ponen un poco nerviosa.

Louisa la comprendía perfectamente.

—No te preocupes —articuló en silencio, pero no se atrevió a añadir nada más, puesto que vio que Nancy había cruzado el salón hasta su escritorio junto a la ventana (semioculto tras un biombo, ya que a lord Redesdale no le gustaba ver su máquina de escribir mientras tomaba una copa después de cenar) y cogió un libro, *Alicia en el país de las maravillas*. Louisa se lo había leído muchas veces a Decca y a Unity, a quienes les fascinaba la idea de deslizarse por una madriguera hasta un mundo en el que todo era exactamente lo contrario a lo familiar y lo lógico. El pensar que las cosas no tenían por qué seguir las reglas del universo las embargaba de una profunda emoción.

Nancy abrió el libro y sacó un fajo de papeles en los que había palabras mecanografiadas. La máquina de escribir era su posesión más preciada, comprada solo hacía unos meses. El resto de las hermanas tenían terminantemente prohibido tocarla, aunque, a decir verdad, ella misma la usaba rara vez. Louisa sospechaba que a Nancy le gustaba exhibirla para provocar a su familia con la novela que estaba escribiendo, pero cuando se la veía trabajando en ella, siempre era a mano sobre una vieja libreta. Tal vez fuera un hábito que tenía demasiado arraigado ya.

—Como recordaréis, cada uno ha contribuido con una adivinanza, lo que significa que habrá ocho pistas de las que no sabréis la respuesta y una de la que sí, pero igualmente tendréis que buscarla por toda la casa. Se supone que las respuestas son objetos comunes, aunque no me extrañaría que alguno de vosotros lo haya puesto difícil. —Hizo un gesto cómico mirando a Adrian, quien le respondió con una sonrisa afectada—. Ahora le entregaré las pistas a Sebastian. ¿Puedes hacer los honores y leer la primera en voz alta, querido? He pensado que podríamos empezar todos por la misma, para darle emoción al asunto, y después vas repartiendo las siguientes a medida que vuelva la gente.

—Claro que sí, señora mía —dijo Seb en tono burlón. Su cabello parecía de oro bruñido como siempre, sin un pelo fuera de lugar, pero tenía los ojos vidriosos. ¿Estaría ebrio, o se trataba de otra cosa? Hubo algo en su manera de levantarse y tomar las pistas de la mano de Nancy que hizo que Louisa se encogiera.

El joven separó las piernas con gesto firme sobre la alfombra persa.

—Tengo seis patas colgando, pero no soy el escarabajo Fernando. A las bestias puedo azuzar, y a los hombres lisiar. ¿Qué soy? —Hubo un momento de silencio mientras Seb cogía su copa rebosante de whisky y la alzaba en el aire—. ¡Buena suerte a todos! ¡Espero que retornéis como los héroes que sois!

Los invitados aplaudieron y se pusieron en marcha entre susurros de emoción. Louisa salió de la estancia con Pamela.

—¿Sabes qué significa? —le preguntó.

La muchacha respondió en el acto.

—¡Creo que sí! —dijo alegremente—. Gracias, Lou-Lou.

Louisa sonrió con más confianza de la que sentía. Aún tenía que cumplir su tarea, y no tenía nada claro si había hecho bien en comprometerse a ella.

Con la búsqueda del tesoro en marcha, el sonido de pasos y las risitas reverberaban por toda la planta baja mientras los jugadores corrían de un lado a otro en pos de la primera pista. Louisa aprovechó la oportunidad para subir las escaleras y comprobar cuál de los cuartos de las invitadas seguía estando vacío. Lo único que le había pedido Dulcie era una habitación en la que reunirse con Adrian Curtis, pero tenía que ser «la de una mujer soltera, porque así aceptaría la invitación». Louisa tenía las esperanzas puestas en la de Iris Mitford, la hermana de lord Redesdale. Normalmente se alojaba en un dormitorio en el mismo pasillo que el vestidor de su hermano, pero con un amplio cuarto de baño entre ambos. Conocida como la «habitación ranúnculo» por el amarillo de sus paredes, era una de las estancias más pequeñas de la casa, pero la única en la que Iris consentía dormir, pues creía que en todas las demás había fantasmas. Louisa sabía que lady Redesdale y su cuñada solían mantener largas charlas nocturnas en el dormitorio de la señora, y estaba segura de que tendrían mucho de qué hablar tras la fiesta. El pasillo se veía vacío y la luz de lord Redesdale encendida, de modo que estaría cambiándose de ropa. Una vez se retirase a su propia habitación, se quedaría dormido enseguida. El cuarto de Iris estaba a oscuras, y no se oía nada dentro. Debía de estar vacío.

Bien. La señora Windsor les habría subido el chocolate diez minutos antes, y Louisa calculó que tenían menos de una hora para llevar a cabo el plan. Al principio había tenido sus dudas, pero después de repasarlo con unos tragos en el Elephant and Castle, la petición le había parecido, si bien no del todo inocente, al menos no demasiado terrible. Dulcie le dijo que solo necesitaba un momento para hablar con Adrian, quien se negaba a verla a solas. «En casa se protege con compañía a todas horas, y no sé cuándo volveremos a Oxford. Además, tú conoces la disposición del lugar», le explicó. No quiso cuestionarle el por qué; había cosas que era mejor no preguntar, aunque eran fáciles de adivinar. Él era un joven arrogante y ella una criada bonita. No serían los primeros, ni los últimos.

Louisa bajó de nuevo y a toda prisa hasta la cocina, que ahora estaba desierta y lampaceada como las galeras de un barco. Ada se había marchado después de fregar el suelo caminando de espaldas hacia la puerta del jardín. La fregona se había quedado apoyada contra la pared, y Louisa la recogió junto con el cubo de agua grisácea. Al acercarse a la pila oyó un suave golpe y, pese a que se lo esperaba, se hallaba en tal estado de nervios que la sobresaltó el ruido, salpicándose el vestido.

—Rediós —dijo. Otra expresión de los Mitford, esta de lord Redesdale, que había adoptado como propia. Si su madre la hubiera oído le habría arreado un capirotazo en la oreja, escandalizada.

Dejó el cubo con cuidado y fue a abrir la puerta. Dulcie entró de inmediato, como si le diera miedo que la vieran desde fuera. Acto seguido ojeó la cocina para comprobar que no había nadie más.

—¿Hay alguien por aquí? —susurró. Estaba blanca como el papel; hasta las pecas parecían haberse borrado de su rostro, cubierto de un leve sudor, lo que podía deberse a la caminata de media milla que había que recorrer desde la casa de los Watney, incluso en una noche fría como esa.

—No —respondió Louisa con extraña calma, ahora que por fin ocurría. La cruda realidad era que iba a colar en un dormitorio de la casa a una muchacha que había pertenecido a una banda de ladronas. Desde luego, no era una conducta que la señora

Windsor fuera a aprobar—. Lady Redesdale está con su cuñada en su habitación y les han subido chocolate caliente. Creo que dispondrás de tres cuartos de hora por lo menos.

Dulcie miró su reloj, demasiado grande para su fina muñeca y curiosamente elegante, un reloj de caballero tal vez.

—Entonces será mejor que me conduzcas ya a la habitación para que espere allí. ¿Dónde están los demás criados?

—En su casa o durmiendo. La señora Windsor es la única que sigue despierta, pero está en su salita. Mientras no nos topemos con el señor Curtis o con su hermana, nadie se dará cuenta de que no eras una de las doncellas que había en la fiesta. Sin embargo, deberías quitarte el abrigo.

—Sí, bien pensado —dijo Dulcie, que se desabrochó el abrigo de lana marrón, otra pieza de su guardarropa que podía haber salido del de Louisa, y lo dejó doblado en una silla de la cocina. Louisa tuvo la sensación de que habían vivido vidas paralelas, tanto por su condición de sirvientas como por sus orígenes. Las dos sabían que, aunque la vieran, ni Clara ni Sebastian recordarían que se trataba de la misma criada que estuvo en la fiesta de los Curtis en Londres. Era raro que alguien reconociera a un sirviente de otra casa, ¿quién miraba a la cara de quien sostenía la bandeja de las copas?

—Sígueme, iremos por las escaleras de atrás.

Subieron a la segunda planta procurando pisar solo el borde de los escalones, donde era menos probable que chirriaran. Justo antes de alcanzar el rellano, Louisa levantó una mano a sus espaldas para detener a Dulcie y miró a uno y otro lado. El pasillo estaba desierto. A lo lejos se oían risotadas y pasos amortiguados sobre las alfombras.

Los dormitorios que había comprobado se encontraban en la parte derecha del pasillo. La puerta de lord Redesdale estaba cerrada y no se veía luz por debajo. Le indicó cuál era la habitación a Dulcie y susurró:

—No hagas ruido. Lord Redesdale acaba de irse a dormir. Yo estaré vigilando para que no te sorprenda nadie.

—¿Dónde?

—Allí. —Señaló las gruesas cortinas festoneadas de la ventana que había enfrente del baño, desde la que se podía ver el cementerio.

—De acuerdo. —Dulcie tragó saliva y se dirigió hacia la derecha mientras que Louisa daba media vuelta.

Después de echar una ojeada al vestíbulo, que estaba vacío, y a la salita de día —donde solo estaba Oliver, examinando un abrecartas del escritorio de lady Redesdale—, Louisa se detuvo delante del comedor. Desde allí pudo oír a Nancy y a otra mujer —¿Charlotte, quizás?— en la sala de fumadores. Supuso que Adrian, con la reputación que tenía de ser tan inteligente, según decía Nancy, ya estaría enfrascado con la segunda pista, y esperó que la respuesta se hallara cerca, porque no le apetecía tener que buscarlo por toda la casa. Se aproximó a la puerta con el corazón desbocado, mientras repasaba en su cabeza las frases que había prometido pronunciar. Ya con la mano sobre el pomo de cristal, distinguió dos voces dentro. Una era la de Adrian, sin duda, y la otra... de Pamela. Estaba claro que a la chica se le daban bien los acertijos. Louisa pensó algo con rapidez y entró.

El comedor estaba a media luz, se habían retirado los restos de la cena y no ardía vela alguna, pero había dos lámparas eléctricas en la pared que proyectaban un foco brillante aunque reducido, por lo que el resto de la estancia quedaba en la penumbra. Pamela rebuscaba en un cajón del aparador; Adrian, al otro lado, fumaba de pie en la semioscuridad. Él hablaba con su voz grave y monótona, ella emitía ruiditos infantiles, medio protestando.

—Ted sabe que tú eres mucho más adecuada que ella, yo mismo se lo he dicho. No puede seguir perdiendo el tiempo con esa mujerzuela de Dolly.

—Seguro que es buena muchacha —dijo Pamela, encima del cajón en el que se guardaban los servilleteros, pese a que en la casa nunca se usaban servilletas. Lady Redesdale no aprobaba el ajetreo ni el coste que suponía llevarlas a la lavandería.

Louisa cerró la puerta tras de sí.

—¿Qué pasa? —le soltó Adrian al verla.

—Discúlpeme usted, señor Curtis, no quería interrumpir. Traigo un mensaje para la señorita Pamela.

La joven había dejado de rebuscar y miraba a Louisa con timidez, como si la hubiera sorprendido haciendo una travesura.

—Lady Redesdale desea verla en su habitación —mintió. Era lo único que se le ocurría. Así al menos, Pamela y su madre mantendrían un diálogo de besugos durante el que podría concluir su papel en todo aquello.

—Qué fastidio —se lamentó Pam—. Ahora me quedaré por detrás de los demás. Y yo que pensaba que lo estaba haciendo bien… —Sin embargo, no cuestionó el mensaje de Louisa, ni se planteó desobedecer a su madre, como habría hecho Nancy. La muchacha se fue del comedor, pero Louisa no la siguió. Adrian se acercó al aparador y se metió un tenedor en el bolsillo, tras lo cual se fijó en ella y le lanzó una mirada inquisitiva.

—También tengo un mensaje para usted, señor.

—¿De parte de quién?

—De la señorita Iris Mitford. Le invita a reunirse con ella en su cuarto. —Hizo una pausa para que el otro asimilara la información—. Si quiere puedo mostrarle el camino.

Adrian pareció sorprenderse, pero se recuperó pronto.

—Esto sí que no me lo esperaba —murmuró—. De acuerdo, muéstramelo pues. Pero camina deprisa.

Louisa salió al vestíbulo seguida de Adrian. Allí estaba Clara a cuatro patas, con la cabeza y los hombros dentro de la consola con tablero de mármol.

—Menudas vistas —se rio Adrian pasando de largo.

Entonces se oyó un golpe y una exclamación de Clara, quien levantó la cabeza conservando la postura, con el pelo alborotado y la cara sonriente. No obstante, palideció en cuanto vio a Adrian y volvió a esconderse.

—No creo que vaya a encontrar lo que busca ahí abajo —opinó él, casi para sí—. Pero tampoco es la primera vez que Clara se pone de rodillas para conseguir lo que quiere.

Louisa se paró un instante al oírlo, Adrian tosió sin añadir nada más y ambos siguieron subiendo las escaleras. Al llegar a la segunda planta, ella vio la luz bajo la puerta del cuarto de invitados y un par de zapatillas colocadas fuera, la señal acordada para comunicar que no había moros en la costa. Ahora que lo pensaba, había sido una suerte que Pamela estuviera con Adrian en el comedor, puesto que podría retrasar el regreso de Iris. Se situó en silencio junto a la puerta y le indicó al señorito que ya estaban allí. Él entró sin dedicarle otra mirada.

Después de volver a comprobar que no había nadie en el pasillo, Louisa se ocultó detrás de las cortinas, desde donde sería capaz de avisar a Dulcie en caso de que Iris retornara. Las zapatillas ante la puerta no eran una simple señal; si la mujer las veía, haría ruido al recogerlas, lo que le brindaría a su amiga el tiempo suficiente para asumir el papel de criada poniéndose a doblar el edredón. Si era necesario, dejarían que fuera Adrian quien balbuceara e intentara explicarse, aunque esperaban que no se diera el caso.

Detrás de las cortinas había una ventana en voladizo, de modo que pudo sentarse en la repisa sin que la delataran las puntas de los pies. Aun así, pese a que intentó serenarse, el corazón le martilleaba en el pecho y se le agolpaba la sangre en las orejas, como las olas de la playa de Saint Leonards. De improviso le vino el recuerdo de estar sentada delante del mar, comiendo patatas fritas calientes y saladas con Guy Sullivan, y tuvo un arrebato de nostalgia. Aun con todos los contratiempos que se produjeron a partir de ese momento, Guy había demostrado ser un hombre de una rectitud innegable. Dadas las circunstancias, no tenía tan claro que pudiera decirse lo mismo de ella.

En ese instante, un estruendo la distrajo: gritos procedentes del cuarto de invitados. La voz de Adrian sonaba más alta; la de Dulcie, más baja y obstinada. Puso todo su empeño en escucharlos, pero entre las gruesas cortinas y la puerta que los separaba, lo único que oía eran palabras sueltas: «ningún derecho», «indignante» y «mentira».

Al cabo de un rato se percató de que estaba tan absorta que había pasado por alto que otra persona había subido desde el vestíbulo y se había detenido ante la habitación ranúnculo. Apartó las cortinas menos de una pulgada, lo suficiente para ver a Pamela, tocada con la peluca de madame Pompadour, inclinando la cabeza sobre la puerta. No le veía la cara, solo los hombros rígidos, pero su temor y su preocupación eran evidentes, cual María Antonieta al enfrentarse a la guillotina.

¿Qué podía hacer? Sabía que Pamela no debía enterarse de nada ni descubrir a Dulcie saliendo del dormitorio. La muchacha había insistido mucho en que nadie supiera lo suyo con Adrian, y ella deseaba que así fuera. «La gente no hace más que entrometerse y complicar las cosas», dijo.

Entonces, antes de que pudiera decidirse, sonó un golpe seco desde detrás de la puerta. Rápido, repentino y siniestro. ¿Un bastonazo? ¿Un crujir de huesos? Pamela echó a correr pasillo abajo y por las escaleras como si hubiera sido un pistoletazo de salida. Louisa también huyó asustada, pero por las escaleras traseras a la cocina, no sin antes oír el sonido cercano de la puerta y unos pasos pesados que únicamente podían ser los de Adrian.

8

*L*ouisa acababa de llegar a la cocina con las mejillas encendidas cuando entró Pamela pronunciando su nombre llena de angustia.

—Louisa —la llamó, con las faldas arremolinadas en torno de la cintura a fin de no tropezar con ellas, la peluca torcida y el rostro pálido como la cera—. Louisa, creo que ha ocurrido una desgracia.

La niñera se tranquilizó, dando gracias porque Pamela estuviera demasiado exaltada para notar que ella también seguía recuperando el aliento.

—¿Qué sucede? Seguro que no será para tanto —dijo empleando la respuesta habitual que daban los mayores a la inquietud de los niños. La había aprendido del aya Blor, quien era capaz de aliviar casi todos los miedos de sus protegidas, ya fuera un osito de peluche al que se le hubiera desprendido la cabeza o un perro callejero ladrando de camino al pueblo. Louisa deseó contar con la presencia firme del aya, pero ya estaba metida en la cama.

Pamela se detuvo, se soltó las faldas y tomó las manos de Louisa entre las suyas.

—Ha sido tan extraño… Después de ir a la habitación de Mamu, resulta que no me había mandado llamar.

Louisa no tuvo más remedio que mentir.

—Tal vez no lo entendí bien.

—Eso ya no importa —replicó Pamela negando con la cabeza—. Cuando llegué, la tía Iris me pidió que le trajera un libro de su habitación para enseñárselo a Mamu, pero salían voces de la puerta cerrada. No me atreví a abrirla, aunque juraría que era el señor Curtis discutiendo con otra persona. Tiene una voz muy particular, ¿no es cierto? —Miró a Louisa esperando que le diera su aprobación. Esta asintió—. Luego dijo: «Nadie te va a creer, ni le importará a nadie», y se oyó un ruido terrible… —Sus palabras se apagaron en un murmullo.

—¿Qué clase de ruido? —preguntó, aunque lo sabía de sobra, pues aún reverberaba en su mente como un eco.

—Una especie de golpe o crujido, como si algo se rompiera, o alguien recibiera un azote. Sin embargo, acabo de ver al señor Curtis en el vestíbulo y estaba indemne. Temo que haya herido a alguien. Tenemos que ir a comprobarlo.

—¡No! —Louisa habló demasiado rápido, y Pamela la miró sorprendida.

—¿Por qué no?

—Porque no sabes qué ha sucedido en realidad. Puede que sea un malentendido.

El miedo de Pamela se trocó en indignación.

—Sé perfectamente lo que he oído.

—¿Y si el señor Curtis no hubiera atacado a nadie? ¿O si se hubiera roto algo por accidente? A lo mejor estaba discutiendo con una de las amistades de Nancy —insistió Louisa, intentando calmarla—. Es mejor esperar. Tal vez forme parte del juego.

Aquello pareció aplacarla.

—Tal vez tenga razón. Gracias, Louisa. —Miró a su alrededor, un tanto apurada.

Louisa sospechó que deseaba volver a la búsqueda del tesoro, pero no quería que pareciera que desestimaba el incidente sin más, así que se encargó de hacerlo por ella.

—Vuelve con los demás. Disfruta un poco. Yo iré a mirar si va todo bien, como estoy segura de que así será.

Pamela hizo un gesto de asentimiento y salió por la puerta a todo correr.

Había faltado muy poco. Louisa debía encontrar a Dulcie lo antes posible.

9

*L*ouisa volvió a subir las escaleras a toda prisa, pero a medio camino estuvo a punto de estrellarse con Dulcie, quien intentaba huir, aterrada. Ostentaba un verdugón amoratado en un ojo, entreabierto y ensangrentado; el otro lo tenía encarnado de las lágrimas y el cansancio.

—Te ha pegado. —No era una pregunta.

—Estoy bien.

—Quieta —le dijo Louisa. Se quedaron inmóviles en los escalones, donde no llegaba más luz que la del rellano superior y la de la cocina más abajo, como ratas en una tubería—. ¿Qué ha pasado?

—¿A ti qué te parece? —repuso Dulcie con frialdad.

—¿Piensa delatarte? ¿Y a mí? —Louisa sintió que su empleo se le escapaba entre los dedos.

—No, más le vale no hacerlo. Déjame pasar. Sé que intentas protegerme, pero solo vas a empeorar las cosas.

—Puede que él no, pero la señorita Pamela sí.

Aquello hizo que la muchacha se parara en seco.

—¿Cómo? ¿De qué hablas?

—Subió antes a la habitación. No la vi porque estaba detrás de las cortinas, y no la oí porque el señor Curtis y tú estabais gritando, pero es posible que ella escuchara algunas palabras. Pamela no te conoce, pero podría adivinarlo por el ojo amoratado. ¿Y si se lo cuenta a Charlotte?

Dulcie bajó la mirada hacia las escaleras sumidas en la oscuridad.

—Entonces me esconderé hasta que llegue la hora de recogerla. Ahora he de irme. Siempre sospechan primero de los nuestros.

—Dulcie —la intentó retener Louisa, asustada, aunque no sabía por quién. Finalmente se apartó un poco, y la criada la dejó atrás a todo correr, bajando los peldaños de dos en dos, hasta llegar a la cocina y salir por la puerta trasera. Cuando descendió ella a paso lento, le temblaban las piernas como la preciada gelatina de frutas de la señora Stobie. ¿A qué se refería con eso de que siempre sospechaban de los suyos? ¿Qué habían de sospechar?

La descarga de adrenalina y el miedo le impedían pensar con claridad. No confiaba en lo que pudiera hacer Adrian Curtis a continuación. A Louisa no le gustaba aquel hombre, ya fuera por su arrogancia desmesurada o por las diminutas agujas de negra oscuridad que pasaban por pupilas en sus pálidos ojos azules. Nancy lo encontraba divertido y encantador, pero se dejaba llevar por sus chistes mordaces, sus contactos y su educación en Oxford.

Aquellos pensamientos no le servían de nada. Por lo que ella sabía, el señorito podría haber vuelto a la fiesta, hablado de Dulcie a los demás y revelado que ella, Louisa, le había hecho subir a la habitación con una mentira. Pamela estaría horrorizada. ¿Qué podía hacer ahora? El plan original había parecido muy sencillo, como si nada pudiera salir mal. La única dificultad había sido domeñar su propia conciencia, que en ese momento le remordía el alma como un millar de alfileres.

El abrigo que Dulcie dejó apoyado en el respaldo de una silla había desaparecido, al igual que ella. Miró el reloj que colgaba encima de los fogones y que ayudaba a la señora Stobie a preparar sus postres con precisión. Acababa de dar la una y media. La cocina estaba completamente desierta y en silencio, pero todavía podía oírse algún ruido ocasional, y los pasos de los invitados en busca de pistas. Estaba segura de que nadie iba a entrar —las estancias del servicio solían respetarse en general—, pero tenía que saber si Adrian estaría causando problemas. Así pues, aunque era arriesgado, decidió salir para simular que limpiaba después de la fiesta. La señora Windsor jamás aprobaría algo así: a partir de determinada hora, se esperaba que la familia y los invitados se las arreglaran por sí mismos, y que los sirvientes disfrutaran de cierta intimidad.

Sin embargo, cuando Louisa pasó al vestíbulo, también lo encontró vacío y no se oía gran cosa de lo que estuviera sucediendo. Había algunos desperdicios de la fiesta, mas nada terrible —unos cuantos vasos, partes de un disfraz en una silla junto a la puerta—. ¿Dónde estaban todos? Se sintió como una intrusa y caminó de puntillas para que los tablones de madera no hicieran ruido. Entonces, mientras dudaba si entrar en el salón, apareció Nancy, quien la miró con curiosidad, pero sin enfado. Resultaba evidente que estaba disfrutando de lo lindo de la velada, y vio que en la mano portaba una cajita de cerillas de plata que solía guardarse en el despacho de lord Redesdale.

—He venido a ver si había algo que limpiar—dijo, pero su voz se fue apagando a medida que hablaba. Sabía que Nancy se daría cuenta de su embuste. Por suerte, la joven estaba dispuesta a mostrarse indulgente.

—Ah, bueno, pues continúa. Yo voy a por mi próxima pista. Creo que lo estoy haciendo de maravilla. Por cierto, ¿has visto a la Mujerona por alguna parte?

Aquello la pilló por sorpresa.

—Hace un rato que no. ¿Por qué?

—Sebastian la estaba buscando para darle un regalo después de las doce. Simplemente quería enterarme de lo que era. —Esbozó una sonrisa picaresca—. Pobrecilla, seguro que no sería más que una broma. Él nunca querría tener nada con ella.

Louisa optó por no dignarse a responder y se excusó. Iba a ser mejor que aguardara en la cocina hasta que Dulcie regresara para recoger a la señorita Charlotte.

Un grito.
¿Seguro que había sido eso?
Otro más.

Lo era. No venía de dentro de la casa, sino de fuera. Aunque lejano, el sonido resultaba inconfundible. Louisa, leyendo en la cocina mientras esperaba a Dulcie, alerta como un perro durmiendo con un ojo abierto, cerró el libro apresuradamente y echó a correr hacia el vestíbulo. Clara salió del comedor con su vaporoso traje de Campanilla aplastado y el pelo revuelto. El carmín se había borrado de sus labios, dejándole una línea purpúrea sobre las comisuras, y tenía la garganta cubierta de marcas rojas.

—¿Qué ha sido eso? —le preguntó a Louisa—. ¿Forma parte del juego?

—No lo creo —respondió ella, sintiendo que la sangre le abandonaba el rostro.

Ambas cruzaron la puerta principal en dirección al sendero, donde se les unió Ted, quien se atusaba su peinado de Drácula un tanto avergonzado. Sebastian llegó poco después, temblando a causa del viento nocturno, vestido aún de pirata, pero con la mayoría de los botones de la camisa abiertos. Se oyó un nuevo grito desde el otro lado del muro de la capilla, esta vez más de angustia que de terror. Todos atravesaron el portón a la carrera, cuando Louisa vio que Charlotte salía de la casa, preguntando qué ocurría con voz chillona. Nancy la seguía unos pasos por detrás.

¿Dónde estaban Pamela y Oliver? Aparecieron los últimos, aunque por separado; ella, blanca como la cera; él, parpadeando como si acabara de despertarse.

En ese momento, el grupo ya había recorrido la arcada que daba al cementerio, al otro extremo del sendero que rodeaba la fachada de la casa. La hierba estaba empapada del rocío de la noche, y la luna se ocultaba entre las nubes. Soplaba una leve brisa, y en el silencio se podía oír el rumor de las hojas de los árboles. Las lápidas de hombres, mujeres y niños que vivieron y murieron bajo el reinado de diversos monarcas, desde Isabel I hasta Jorge V, formaban siluetas oscuras que se recortaban contra el cielo. Todo estaba sumido en las tinieblas, salvo un punto cruelmente iluminado por un rayo de luna.

Sobre la tierra húmeda al pie del campanario, con un brazo surcándole el cuello y las piernas retorcidas, la boca abierta y unos ojos que miraban sin ver, yacía el maltrecho cadáver de Adrian Curtis. De pie a su lado, con un ojo amoratado y las manos tapándole la boca, se alzaba la triste figura de Dulcie Long.

10

Guy y Mary se encontraron en la puerta de la estación de metro de Oxford Circus, como habían hecho durante las últimas semanas. La primera vez estuvieron a punto de no reconocerse, vestidos de paisano y envueltos en largos y pesados abrigos, en parte para protegerse del frío, y en parte para ir de incógnito. El aburrimiento y la frustración habían hecho mella en su ánimo, pero esa mañana Guy daba saltos como un niño que celebrara su sexto cumpleaños, sintiendo tan segura la promesa de atrapar a un maleante como la de un regalo envuelto y atado con un lazo. El objetivo del día eran las tiendas pequeñas de la zona de Great Marlborough Street, paralela a Oxford Street, un par de callejones laterales que brindaban una oportuna vía de escape a los rateros que operaban sin un vehículo para la huida.

—¿Coches? —preguntó Mary—. ¿Las ladronas van en coche?

Guy asintió. La noche anterior había recopilado algo de información de un sargento antes de marcharse de la comisaría, y estaba seguro de que aquello podría cambiar su suerte.

—Y además son buenos coches. Alice Diamond, la cabecilla, tiene un Chrysler negro.

Mary soltó un silbido, impresionada.

—Y luego dicen que el crimen no sale a cuenta…

—Oye, cuidadito con eso —se rio él—. Será mejor que nos pongamos en marcha.

—¿Para hacer qué, exactamente?

Ya habían enfilado por Little Argyll Street y caminaban a paso lento, guiñando los ojos contra el sol.

—He estado pensando en lo que me dijo el sargento Bingham. Aunque las Cuarenta Ladronas tienen fama de ir bien vestidas y aseadas, nunca utilizan lo que roban. Supongo que les parece demasiado arriesgado. Así pues, lo que hacen es pasarle los artículos a un perista que los vende por ellas.

—¿Un perista?

—Así se llama al que comercia con objetos robados.

—¿Y a quién se los vende?

Guy se encogió de hombros.

—A algunos individuos del mercado negro, imagino. Siempre habrá gente dispuesta a pagar de menos por algo valioso. Lo que se me ha ocurrido es lo siguiente. —Hizo una pausa mientras esquivaban a un anciano que caminaba despacio delante de ellos—. Puesto que el Soho y esas tienduchas quedan tan cerca de Oxford Street, lo más lógico sería que se deshicieran de los abrigos de pieles o los vestidos lo antes posible. Creo que deberíamos buscar entre los objetos que se venden a los comercios, en lugar de lo contrario.

Mary le lanzó una mirada en la que, estaba seguro, había un destello de admiración. ¿Y por qué no? Guy sentía que todo era posible ese día. No obstante, ella le respondió:

—No sé, no lo tengo yo tan claro. ¿Crees que saldrán directas de Debenham y Freebody para vender el botín en la tienda de al lado? Lo normal sería que lo hicieran con más discreción.

El globo de euforia fue pinchado por una afilada aguja.

—Puede ser —balbuceó él.

—Puede ser —repitió Mary con tacto—. De todos modos, eso no quita para que no hablemos con los peristas. Supongo que serán hombres, ¿no?

El sargento Bingham solo le había contado lo poco que sabía, de modo que Guy, ansioso por ocultar su ignorancia, asintió dándoselas de enterado.

—Hombres de mala reputación, me temo. Las Cuarenta Ladronas de Alice Diamond están íntimamente relacionadas con la banda de los Elefantes. Todos proceden del mismo rincón de Londres.

—Sí, he oído hablar de ellos, con sus pistolas y sus bólidos. El año pasado hubo una persecución desde Piccadilly por todo Londres —repuso ella—. Dicen que los coches alcanzaron las cincuenta millas por hora. Ni siquiera sabía que se pudiera ir tan rápido.

Guy miró a lo lejos, como si recordara el momento preciso en que se inició la persecución.

—Así es. Vamos, empecemos por estas tiendas. —Se volvió hacia ella con una sonrisa—. Buena suerte —susurró, tomándola del brazo.

Cuatro horas y varias tiendas más tarde, ambos se sentían cansados y desilusionados. Resultaba evidente que aquella táctica no iba a brindarles resultados rápidos. Daba la impresión de que era más difícil evitar a otros policías de incógnito que encontrar a una de las Cuarenta Ladronas o a sus peristas.

—No lo hemos pensado bien —suspiró Guy conforme bajaban la calle, sin hacer contacto visual con otra pareja de compañeros que iban en la dirección opuesta.

—¿Hay alguna persona con la que podamos hablar para saber más? —preguntó Mary.

—¿Más de qué?

—No sé, sobre las Cuarenta, sobre los hombres que venden la mercancía robada… Algo que nos dé alguna pista. De momento, no tenemos nada.

A Guy le agradó observar esa clase de ambición en Mary. Sabía que varios de los demás agentes veían aquella operación como una excusa para trabajar menos, deambular por las calles y hacer paradas en los cafés. Sin embargo, ella consideraba que era una oportunidad para demostrar lo que valían.

—Hay un lugar en el que podríamos probar —dijo él, vacilante—. Es arriesgado y no estoy seguro de que vaya a funcionar, pero cuento con un arma secreta…

—¿*Socks*? —preguntó Mary, agachada sobre un perro negriblanco que le husmeaba las manos.

—Venía con nombre —le explicó Guy—. Es una larga historia, pero llegó a mí a través de… —No estaba seguro de cuánto desvelar sobre cómo había adquirido al perro, un chucho de raza indefinida y talante alegre que había pertenecido al tío de Louisa, un hombre con un carácter muy distinto—. Digamos que nos encariñamos el uno con el otro.

—Ya lo veo —se rio Mary. *Socks* había empezado a dar saltos en torno a Guy, deseoso de ganarse una caricia detrás de las orejas.

—Su antiguo dueño era un sujeto desagradable, y sospecho que algunos de sus compinches podrían hablar con nosotros si lo ven. Es posible que conozcan a unos cuantos peristas y sepan cómo dar con ellos.

—Merece la pena intentarlo.

—¿Estás segura de que quieres acompañarme? Ya son más de las seis, podrías volver a casa.

—¿Y mirar la pared mientras me tomo la sopa? No, gracias. Prefiero mucho más hacer lo que vayamos a hacer —respondió ella.

Desde la casa de Guy en Hammersmith, donde seguía viviendo con sus padres y donde habían ido a recoger a *Socks*, el pub solo quedaba a un par de trayectos cortos en autobús, en pleno barrio de Chelsea y bordeando los edificios Peabody en los que había crecido Louisa.

Al aproximarse al pub Cross Keys, Guy le hizo un recordatorio a Mary:

—No somos más que dos personas bebiendo un trago antes de volver a casa, ¿de acuerdo?

—Que sí, no sufras. Hasta yo he pisado un pub antes de hoy.

Nada más abrir la puerta, *Socks* entró corriendo delante de ellos, olisqueando los complejos aromas del local. Por suerte era un viernes noche, y ya estaba a reventar de parroquianos dispuestos a fundirse la paga de esa semana —o lo que hubieran afanado por ahí, pensó Guy, aunque se abstuvo de mencionarlo—. El salón estaba inundado de un humo espeso que tapaba el tufo a sudor de los que trabajaban duro y los que se lavaban poco. Los hombres se apiñaban ante la barra rebosante de vasos llenos y medio vacíos. Había también un par de reservados y unas cuantas mesas a los lados, con casi todos los asientos ocupados, pero Guy divisó una mesa libre en un rincón y le indicó a Mary que se sentara allí. Aunque las únicas otras mujeres eran camareras, pudo ver que la joven estaba decidida a no dejarse intimidar.

—¿Una zarzaparrilla? —le preguntó, a lo que ella asintió.

Guy se abrió camino hasta la barra de manera cortés, arrancando algún gruñido ocasional, pero sin que nadie le cortara el paso. Aun así, fue objeto de unas cuantas miradas que le demostraron que estaba fuera de lugar. Además de ser un extraño, sus gafas y su aspecto pulcro lo identificaban como un chupatintas de alguna clase. Devolvió una o dos de las miradas con bravura y pidió las bebidas. *Socks* parecía haber desaparecido.

Al regresar a la mesa, Guy dejó los vasos y se sentó.

—¿Dónde anda *Socks*? —preguntó.

—Por ahí —dijo ella—. Creo que se ha encontrado con un amigo.

Efectivamente, había un anciano acariciando a *Socks*, que no despegaba los ojos de sus bolsillos. Al cabo de unos segundos, el hombre se sacó algún bocado de ellos y se lo lanzó al perro con una carcajada. Entonces se dio cuenta de que Guy los miraba, y señaló al animal.

—¿Es suyo?

Guy asintió y, para su sorpresa, el anciano se acercó a ellos seguido de *Socks*. Debía de tener unos ochenta años, con una espesa mata de cabello plateado peinado hacia atrás, y vestía ropas ajadas, aunque limpias. Sus ojos le recordaron a los de un mono, hundidos y brillantes. Enseguida encontró un taburete que colocó ante su mesa, y se sentó alzando el vaso hacia ambos.

—Un amigo de Stephen, supongo —dijo.

—Lo fui hace un tiempo —respondió Guy, mientras que Mary se recuperaba de su asombro.

—Siempre le tuve cariño a su perro. Me llamo Jim, por cierto.

—Yo Bertie —añadió Guy rápidamente—. Y ella es Mae.

—Mucho gusto, Mae. —Jim se levantó una gorra imaginaria—. ¿Qué ha sido de Stephen? Desapareció de pronto y nunca más se supo.

—Se alistó en el ejército —replicó Guy, dándole un buen trago a la cerveza para calmar los nervios—. Puede que esté en el extranjero.

—Seguro que se fue huyendo de sus acreedores —se rio Jim.

Guy respiró hondo y echó un vistazo a su alrededor, como si comprobara que nadie pudiera oírlos. Jim se inclinó hacia delante.

—Bueno, esa es la versión oficial.

—¿Y la oficiosa?

—Dicen que bajó al sur y se unió a los Elefantes.

Jim aspiró entre dientes.

—Mala gente. Con ellos no le faltará trabajo, eso está claro.

—Mae está pensando en unirse a las Cuarenta Ladronas —añadió, señalando a Mary.

—Esas son más listas que el hambre. Pero no creo que se pueda entrar así como así. Es una especie de clan familiar.

—Yo soy de la familia —saltó Mary, sorprendiendo a Guy con un inmejorable acento del sur de Londres.

—¿Y ha decidido volver a sus raíces?

—Algo así —respondió ella, con la misma perfección.

—Pensaba que ya no trabajaban en Londres —observó Jim—. La policía les seguía el rastro demasiado cerca.

—¿Y dónde iban a ir si no? —dijo Guy, demasiado rápido.

Jim lo miró con mala cara.

—Hay grandes almacenes por todas partes: Mánchester, Birmingham. Hablando de eso… —Jim se dio la vuelta y le indicó a otro anciano que se sentara con ellos. El hombre se acercó renqueando, derramando cerveza con cada paso vacilante.

—¿Qué? —dijo al llegar, aunque con tono amistoso.

—¿Quiere mi taburete? —le preguntó Guy, poniéndose en pie.

—Qué va —se rio el viejo—. Me viene bien, he estado sentado todo el santo día. ¿En qué puedo servirles?

—¿Qué sabes de las Cuarenta Ladronas? —intervino Jim, antes de dirigirse de nuevo a Guy y Mary—. En esta ciudad no ocurre nada de lo que no esté al tanto Pete, aquí presente.

Pete volvió a reír entre dientes.

—No crean todo lo que les diga este, pero las Cuarenta son una banda de ladronas. Se supone que llevan al menos un par de siglos dando vueltas por aquí. No sé quién las dirige ahora. Antes de la guerra tenía una prima que trataba con ellas. —A continuación enarcó las cejas—. ¿Es usted quien lo pregunta?

—Tal vez —respondió Mary, sacando la barbilla, desafiante.

Pete le dio un sorbo a su cerveza.

—Bueno, pues no sé por dónde paran ahora. Me parece que se fueron de Londres.

—Eso les he dicho —apostilló Jim.

—Lo último que oí es que se empleaban como doncellas en las casas de los ricachones —continuó Pete—. Una manera fácil de birlar cosas.

—¿Y cómo se deshacen del botín? —preguntó Guy.

—Pues mire usted, me estoy quedando seco —dijo Jim, agitando un vaso al que aún le restaba un buen tercio.

Guy se volvió hacia Mary.

—¿Te importa? —le pidió, dándole unas monedas. Se sintió culpable, sabiendo que tendría que aguantar unos cuantos comentarios indeseados de alguno de los parroquianos, pero no quería arriesgarse a perderse nada. Aunque con un leve mohín, ella se levantó y fue a la barra. Jim se inclinó con mirada lasciva.

—¿Es su chica?

—Algo así —replicó Guy.

—Pues tenga cuidado si se une a las Cuarenta. No les gusta que sus mozas pesquen fuera de su estanque, ¿sabe lo que le digo?

Guy notó que se le hacía un nudo en la garganta, que le dificultó tragar.

—¿Qué pasa entonces?

—Les piden favores a los Elefantes —interrumpió Pete—. Ellos les consiguen cosas. Venden lo que ellas hurtan y, si hace falta… —se pasó el dedo por el cuello.

Guy agradeció que Mary dejara dos vasos llenos en la mesa en ese momento.

—¿Dónde lo venden?

Pero ya había tentado demasiado a la suerte.

—Hace muchas preguntas —dijo Jim, cuya voz se había agriado como la nata dejada al sol—. ¿Por qué?

No estaba seguro, pero le dio la impresión de que o Pete o Jim habían hecho alguna señal sin que se diera cuenta. Tres o cuatro hombres se volvieron desde la barra y los miraron fijamente. Guy se levantó a toda prisa y *Socks* salió de debajo de la mesa, donde había estado echándose una siesta a sus pies.

—Les estamos muy agradecidos, pero debemos volver a casa. Vamos, Mary.

—Creía que había dicho que se llamaba Mae —objetó Jim, dejando el vaso.

—Me he equivocado —contestó, intentando que Jim se apartara, seguido de cerca por Mary. Varios de los hombres le daban la espalda a la barra para observar la escena. Guy acababa de llegar a la puerta y cerró la mano en torno al pomo cuando percibió que Mary se giraba con rapidez. Los parroquianos se aproximaban a ella, pero la joven se mantuvo firme, con *Socks* a su lado.

—Yo no lo haría —les dijo con tono amenazante—. No olvidéis de dónde vengo.

Los hombres se detuvieron, sorprendidos. Jim extendió el brazo para calmarlos y miró a Mary con una sonrisa.

—Atrás, muchachos. No hay por qué pelear esta noche.

Guy abrió la puerta aliviado, y Mary, *Socks* y él salieron a la noche oscura. Finalmente habían conseguido lo que querían, y ya sabían cuál debía ser su próximo paso.

11

Sebastian rompió el silencio, adelantándose y agarrando a Dulcie de los hombros con suavidad.

—Será mejor que entre en la casa —le dijo, con la voz pastosa por el whisky y la conmoción.

Louisa buscó su mirada, pero la criada iba dando trompicones con la cabeza gacha y las manos sobre la boca, guiada por Sebastian. ¿Qué había pasado? ¿Un segundo altercado entre ella y Adrian? La última vez que la vio fue cuando corrió escaleras abajo y salió por la puerta. Podía haber ocurrido cualquier cosa, como de hecho había sido.

Y Pamela… Santo cielo, ¿qué diría Pamela acerca de lo que había escuchado antes desde el cuarto de su tía? ¿Le contaría a la policía que Louisa la mandó subir para nada? ¿Se convertiría en sospechosa? Tal vez debía sentirse culpable. Había sido ella quien dejó entrar a Dulcie en la casa, a una habitación vacía en la que se reunió con un hombre que apareció muerto una hora después. Empezó a cerrársele la garganta y deseó que todo el mundo se marchara, rápido, antes de que ella misma se pusiera a pegar gritos de miedo y confusión. De repente ansió tener a Guy a su lado, tranquilo y sereno, dándole consuelo con un abrazo. Nunca se había sentido tan sola.

Los demás también reaccionaban a su manera a la horrible visión. Charlotte estuvo a punto de desplomarse, pero Ted la recogió y la acompañó a la casa, mientras que Nancy impedía que volviera la vista atrás. Louisa le pidió a Clara que se llevara a la señorita Pamela, quien no lloraba, pero tampoco dejaba de soltar unos sonoros hipidos. Cuando el resto ya había retrocedido por la arcada, Louisa se acercó al cuerpo. No cabía duda de que estaba muerto. Una pátina blanquecina cubría su rostro, la máscara de la muerte. El *rigor mortis* no se había extendido todavía, y se preguntó si debía enderezarlo para que no hubiera dificultades más adelante, pero pensó que podría considerarse una alteración del lugar del crimen. Si es que había sido un crimen. Quizás se hubiera caído. ¿Y si había saltado? Una broma pesada a propósito de la búsqueda del tesoro. La embargó una ira repentina por el suicidio egoísta de aquel hombre cruel, que probablemente creía que la vida no solo era corta, sino también brutal. Después se calmó; había que esperar a la llegada inevitable de la policía. En el suelo no se veía nada aparte del cadáver, pero el sombrero de paja negro que formaba parte del disfraz de cura había aterrizado a unos pasos de distancia. Lo dejó también y volvió a la casa.

Cuando llegó al vestíbulo, lady Redesdale y su cuñada estaban allí en bata, junto con otros huéspedes que se habían acostado temprano, amigos de los señores. Sin embargo, faltaban tres o cuatro que supuestamente habían logrado seguir durmiendo en pleno alboroto. Louisa no siguió a los demás por la puerta principal —no sabía si por la costumbre, o por el deseo de respetar el protocolo mientras todo se venía abajo—, sino que dio la vuelta como siempre y entró por la puerta tapizada en verde que separaba las estancias de la familia de las de los criados. Parecía como si todos hicieran cola en una oficina de correos, arrastrando los pies en silencio y sin hablar con nadie. El único sonido era el llanto de Charlotte, una sucesión desacompasada de sollozos e hipidos. Las velas se habían consumido, pero las lámparas estaban encendidas e iluminaban cada rincón con su luz artificial cual si fuera de mañana. Lord Redesdale salió del armario del teléfono con la bata bien ceñida.

—Bueno, he llamado a la policía, que ya viene de camino. No es menester que nos quedemos aquí pasando frío, será mejor que vayamos al salón.

Sebastian abrió la marcha, sosteniendo aún a Dulcie, quien caminaba con pasos lentos e inseguros, como una niña aterrorizada. Phoebe se había asomado para ver qué sucedía, pero no tardó en regresar cojeando a su sitio en el sofá amarillo. Pamela recibía las atenciones de su madre, cuyo semblante mostraba su expresión habitual, decidida a no dejar entrever lo que pensaba realmente. Louisa atizó el fuego del salón y echó un par de troncos, tras lo que sacó unas mantas del baúl bajo la ventana y las repartió entre las mujeres con movimientos mecánicos y profesionales. Nancy se había quitado la mantilla y Pamela la peluca, de modo que se les veía el pelo chafado, y su rostro exhibía una palidez mortal.

—Voy a llamar a la señora Windsor y a calentar leche, milady —dijo Louisa, y se marchó a toda prisa, tan agradecida por salir de allí como ansiosa por hablar con Dulcie. Estaba convencida de que la muchacha no había cometido el crimen, pero siempre cabía la posibilidad de que estuviera implicada de otra manera. ¿Habría engañado a Adrian para que subiera al campanario, a sabiendas de que ello significaría su muerte? En tal caso, ¿para qué concertar una cita con él dentro de la casa? Nada tenía sentido.

La señora Windsor se había quedado dormida en el mullido sillón de su salita, con la boca abierta, un libro caído en el suelo y un suave ronquido que hacía temblar su labio superior. Louisa la sacudió por un hombro para despertarla y le explicó lo sucedido como buenamente pudo.

—¿El señor Curtis? ¿Muerto? —exclamó el ama de llaves. Louisa asintió con la cabeza.

—Están todos en el salón, esperando a la policía. Voy a calentarles un poco de leche. El desayuno está listo, aunque no creo que a ninguno le apetezca mucho comer… —Su voz se fue apagando mientras hablaba.

—Sí, sí —dijo la señora Windsor, poniéndose en pie, apartándose el pelo de la cara y buscando su cofia con la otra mano. Parecía como si intentara recordar la página del libro en que se explicaba cómo cuidar de los señores de una tras la muerte repentina de un invitado. Lo que no estaba tan claro era si se le ocurría alguna respuesta.

Cuando Louisa y la señora Windsor volvieron al salón con las tazas humeantes, amén de unas galletas y una torta de frutas que encontraron en la despensa, ya había llegado un agente de la policía a la casa. Por lo que pudieron oír, otro examinaba el cadáver en el cementerio.

Clara, en el asiento de la ventana, apoyaba la barbilla sobre sus rodillas, arrebujada en una manta. Respondió con gratitud al recibir la taza, de modo que Louisa se atrevió a hablarle. Siempre había sido más amable con ella que los demás, así que murmuró:

—¿Qué ha pasado?

Clara miró al grupo que se reunía en torno a la chimenea. Lady Redesdale le pasaba un brazo por los hombros a Pamela, a quien se le había ido el hipo y ya solo parecía asustada y exhausta. Sebastian contemplaba el fuego con las manos en los bolsillos. Charlotte no paraba de llorar al lado de Nancy, quien no parecía saber qué hacer con ella. Ted se había despojado de su capa de Drácula y departía en voz baja con un adusto lord Redesdale. A pesar de estar bien atizado el fuego, hacía frío en el salón. Louisa sintió que el fresco le helaba los dedos y se fijó en que Dulcie no estaba allí.

—Se han llevado a la criada para interrogarla —la informó Clara—. Todo apunta a que fue ella. ¿Verdad que parece increíble? —Tomó un sorbo de leche y continuó—: Ni más ni menos que la carabina de Charlotte, la doncella de su madre. Tenían a una asesina bajo su mismo techo. —Sus grandes ojos se tornaron aún más grandes si cabe—. Le daban de comer. Le pagaban un sueldo.

Se estremeció cerrando los ojos, como si fuera incapaz de creer lo que había sucedido en su presencia, aunque no lo hubiera visto. En realidad, no lo había visto nadie.

Louisa estuvo a punto de dejar caer la bandeja.

—¡No fue ella! —se le escapó sin poder evitarlo.

Clara la miró con sorpresa, y hubo cierto revuelo junto a la chimenea, donde una o dos cabezas se volvieron en su dirección.

—Con permiso —se excusó con voz ronca. Depositó la bandeja sobre una mesita y emprendió la huida, sin saber hacia dónde ni de qué huía exactamente.

Había andado unos pasos por el pasillo cuando le cayó una mano pesada en el hombro.

—Tiene usted que acompañarme, señorita —le dijo un policía—. El inspector quiere hacerle unas preguntas.

Louisa se dio la vuelta a la vez que sacudía el hombro para quitarse la mano de encima. Le costaba acabar con las viejas costumbres. Aquel era un policía joven, con el pelo tan corto por detrás de las orejas que se le veía una línea rosada por los bordes. En ese instante recuperó una parte de su antigua insolencia, el recuerdo de un instinto que no había estado tan enterrado algunos años atrás.

—No se sulfure tanto, solo iba a la cocina.

—Sígame —le ordenó él dando media vuelta. A ella le molestó que estuviera tan seguro de que obedecería.

—Usted no conoce el camino —replicó—. Supongo que vamos al despacho de lord Redesdale, ¿no?

Si había un inspector interrogando al personal, sería allí donde lo habrían mandado. Pasó de largo delante de él y caminó deprisa, haciendo caso omiso de sus protestas hasta que se quedó callado y huraño mientras la seguía por los pasillos, hasta la robusta puerta de la habitación a prueba de niños. Louisa se hizo a un lado al llegar. No sentía el menor deseo de orquestar el siguiente paso.

Las palabras que había dicho Dulcie en su última conversación resonaban en su mente: «Siempre sospechan primero de los nuestros».

12

*E*n el despacho, un hombre que Louisa supuso sería el inspector del pueblo se sentaba al escritorio de lord Redesdale, lleno como siempre de un desorden de facturas, recortes de periódico y arreos de pesca. Era durante los meses de invierno cuando el señor se dedicaba a desenredar las cuerdas y recolocar las plumas en los anzuelos. Habían encendido una lamparita de mesa con guardabrisa de cristal verde, que dejaba en sombras los ojos y la frente del policía. Lo único que se veía de su rostro era una nariz bulbosa de color magenta, picada como la luna, sobre un prolijo bigote y unos labios carnosos. El hombre, cruzado de brazos, se retrepaba como podía en el sillón de madera. Lord Redesdale no consideraba que fuera necesario estar cómodo cuando había trabajo que hacer.

Enfrente del escritorio había una silla raquítica sobre la que no solía reposar nada más que unos cuantos ejemplares de la revista *Country Life*, aunque entonces cargaba con el peso de Dulcie Long. Louisa pudo ver sus hombros tensos y su espalda recta. Cada uno de sus cabellos parecía tener vida propia y reaccionar al ambiente, pero no se volvió cuando entró ella con el agente. Dulcie era incapaz de apartar la mirada del bigote que tenía delante, como un conejo encandilado por los faros de un coche.

—Aquí le traigo a la señorita Louisa Cannon, señor —dijo el policía—. Es la criada interna, la que estaba con los invitados cuando se descubrió el cadáver.

—Gracias, Peters —respondieron los labios iluminados por

la lámpara—. Ahora vuelva al salón con el resto de grupo y no permita que se marche nadie.

—Sí, señor —afirmó Peters, y se fue.

Louisa se situó detrás de Dulcie. Casi podía sentir el calor que emanaba de su cuerpo, y deseó poder consolarla colocándole una mano encima del hombro. Pero si lo hacía, no podría salvarse a ella misma. Al menos una de las dos debía salir indemne de allí.

El inspector se inclinó sobre la mesa, y Louisa pudo ver sus ojos enrojecidos. Lo habían llamado de madrugada, probablemente lo habrían sacado de la cama, y no parecía muy contento. Aun así, una muerte bien valía el esfuerzo. Aquello merecía su atención plena. Entornó los ojos y se centró en Louisa.

—¿Conoce a esta mujer?

Ella pensó en la noche del Elephant and Castle.

—Sí.

El hombre chasqueó la lengua con impaciencia y prosiguió:

—¿La conoce usted bien?

—No mucho, señor. La conocí cuando acompañé a la señorita Pamela a una cena en Mayfair el mes pasado, en la residencia de lady Curtis. —Cada palabra elegante que pronunciaba era como un ladrillo que fortificaba sus muros.

—¿Volvieron a verse después?

—No hasta esta noche, señor. Entró por la puerta de servicio, como me habían informado. Lady Redesdale acordó que acompañaría a la señorita Charlotte a casa de los Watney. Hooper iba a acercarlas en coche.

El inspector hizo otro intento de retreparse, pero no lo logró e hizo crujir sus nudillos en su lugar. Entonces miró primero a Dulcie y luego a Louisa, durante un rato demasiado largo para su gusto. Dulcie no movió ni un músculo, aunque su silla emitió un leve crujido.

—¿A qué hora llegó la señorita Long?

—No estoy segura, señor. Era tarde, la fiesta estaba a punto de terminar y solo quedaban unos pocos invitados.

—¿Estaba usted sola en la cocina cuando llegó?

—Sí, señor. La señora Stobie, es decir, la cocinera, se había ido a dormir. Las criadas habían vuelto a casa y la señora Windsor estaba en su salita.

—¿Condujo a esta mujer a uno de los dormitorios de arriba?

Louisa no sabía adónde llevaba esa pregunta. ¿Sabría aquel hombre que Dulcie y Adrian habían tenido una cita? ¿Y que fue ella quien lo hizo posible? Desde luego que no. Dulcie le había prometido que guardaría el secreto, o ambas perderían su empleo. Así pues, apostó su suerte confiando en que no la hubiera delatado.

—No, señor. Cuando llegó ella, me fui de la cocina para recoger las copas vacías de la fiesta. Supuse que se quedaría allí hasta que fuera la hora de acompañar a la señorita Charlotte a casa de los Watney.

—¿Dónde estaba usted cuando se oyó a la señorita Long gritar desde fuera?

—Había vuelto a la cocina y estaba preparando el desayuno.

—¿Estaba allí la señorita Long?

Louisa dudó durante una milésima de segundo.

—No, señor. Pensé que habría salido a buscar a la señorita Charlotte. —Esperaba no dejar a Dulcie en la estacada con su respuesta, pero no había mucho más que pudiera hacer.

El inspector se inclinó sobre el escritorio y levantó un trapo cual camarero mostrando un *steak au poivre* bajo una campana de plata, pero lo que vieron sus ojos fue una centelleante colección de joyas: una larga sarta de perlas, una pulsera de zafiros y diamantes, unos cuantos anillos y varios pendientes. Casi le dio un patatús. ¿Dulcie había robado todo eso? Se sintió traicionada, y sin embargo… ella ya sabía que había pertenecido a las Cuarenta Ladronas. Y le había abierto la puerta de la casa. Había dejado entrar a una ladrona a sabiendas de que lo era, y la había llevado a un dormitorio vacío en el que pasaría al menos media hora sola. ¿De qué más delitos sería culpable por ello? Su corazón latió con violencia y notó que se le entrecortaba el aliento. Debía mantener la calma a cualquier precio, y aparentar inocencia. Pasara lo que pasase, ella no había matado a nadie.

—Verá, lo que no entiendo es cómo es posible que la señorita Long tuviera estas joyas en su poder si venía a recoger a la señorita Charlotte —comenzó el inspector—. No solo le dio tiempo a subir al dormitorio de la señorita Iris Mitford, sino que además tuvo la suerte de encontrárselo vacío. Y eso a pesar de que la señorita Long nunca había pisado esta casa. —Su voz sonaba tranquila, y hablaba con el aplomo de un profesor de matemáticas que resuelve en cuestión de minutos una ecuación que vuelve locos a sus alumnos durante días. Sabía sin el menor género de duda que tenía razón.

Louisa estaba segura de que Pamela le contaría al inspector que había oído al señor Curtis discutiendo con una mujer, que no podía ser otra más que Dulcie. Él le había puesto el ojo amoratado, y a ella la encontraron con los bolsillos llenos de joyas junto al cadáver. Ante algo así, no le quedó más remedio que improvisar y cruzar los dedos para no tener que arrepentirse más adelante.

—No sé qué decirle de eso, señor. Después de irme de la cocina no la volví a ver hasta que oí los gritos y… ya sabe usted el resto.

—Eso parece —respondió el inspector. Los hombros de Dulcie empezaron a temblar—. Puede retirarse, señorita Cannon, pero no quiero que se vaya a ninguna parte, ¿entendido? Nadie debe abandonar la casa.

13

*P*oco después del desayuno, que se sirvió a las ocho en punto como siempre —lord Redesdale no renunciaba a sus costumbres ni por una estampida de caballos salvajes ni por un asesinato—, el inspector Monroe, que así se presentó, convocó en la biblioteca a todos los que estuvieron presentes en el cementerio cuando hallaron a Dulcie junto al difunto Adrian Curtis. Louisa también estaba incluida como testigo. Los pocos invitados que habían seguido durmiendo mientras se desarrollaba el drama se habían marchado ya, probablemente horrorizados, o tomaban café en la salita de día.

El sol invernal teñido de azul brillaba a través del amplio ventanal. Los restos de la noche anterior habían desaparecido, salvo por un cenicero que alguien había dejado en un anaquel alto y que Ada no había visto cuando entró a limpiar al amanecer. El sofá volvía a estar en el centro de la sala y se habían retirado las sillas de madera de las carabinas. Los invitados, sin pelucas ni complementos, con jerséis prestados sobre sus disfraces, eran pobres remedos de los personajes que representaban. Los ojos de Pamela estaban enrojecidos, pero no era ni mucho menos la única: ninguno de ellos exhibía los efectos de un sueño reparador. Además de las entrevistas que llevó a cabo el inspector a lo largo de la noche, no había camas suficientes, y los cuartos vacíos estarían gélidos, por lo que muchos se apañaron con los sillones y sofás del salón, envueltos en ásperas mantas de lana.

Louisa recorrió la biblioteca con la mirada y vio a lord Redesdale de pie ante la chimenea, vaciando su pipa en un platillo.

Nancy, Clara y Charlotte se sentaban juntas en un sofá, levemente separadas, mientras la desconsolada hermana fumaba un cigarrillo, sin molestarse en usar la larga boquilla de plata que lució durante la velada. Phoebe apoyaba la pierna en un escabel, y Sebastian reposaba en un sialloncito con las piernas cruzadas, fumando también. Ted estaba al lado del piano, y Oliver Watney, con el rostro ceniciento y manos temblorosas, fingía hojear las partituras sentado en la banqueta, aunque era poco probable que pretendiera dar un recital.

Lady Redesdale, su cuñada Iris y Pamela estaban en el asiento de la ventana, sin tocarse ni mirarse unas a otras. Dulcie no se encontraba en la sala.

—Les agradezco que se hayan reunido aquí esta mañana —comenzó Monroe, haciendo caso omiso de un resoplido de lord Redesdale—. Sé que algunos estarán ansiosos por retornar a Londres, pero es importante que antes me dirija a ustedes. Huelga decir que ya conocen el motivo. Sin embargo, les alegrará oír que creo haber descubierto al culpable.

Acto seguido soltó una tosecilla, como si quisiera ocultar su expresión de complacencia. El corazón de Louisa se puso a martillear cual pata de conejo.

—Como es lógico, aún queda esperar al informe del forense, pero he detenido a Dulcie Long tanto por el robo de una gran cantidad de joyas como por el asesinato del señor Adrian Curtis.

Louisa se tambaleó al oírlo, pero hubo de contenerse para que nadie percibiera su agitación. El hecho de saber que Dulcie había desvalijado la habitación ya era bastante duro de por sí (y eso sin contar con el sentimiento de culpa que lo acompañaba), pero enterarse de que el inspector la había detenido por asesinato fue como recibir una patada en el estómago. Había sido tan ingenua como Pamela, y tenido el cuajo de considerarse una mujer de mundo. Qué bochorno tan espantoso.

Charlotte volvió a sollozar y Clara le tomó la mano, pero Louisa se dio cuenta de que la muchacha la apartaba sin interrumpir el ritmo de sus lágrimas.

—Parece ser que se produjo un altercado entre el señor

Curtis y la señorita Long poco antes de su muerte, cuando se reunieron en el dormitorio de la señorita Iris Mitford. Podemos suponer que él la descubrió robando las joyas y le plantó cara. —Monroe echó un vistazo a los presentes antes de continuar, como asegurándose de que contaba con su atención—. La discusión llegó a oídos de la señorita Pamela, así como el sonido de lo que creemos que fue una bofetada del señor Curtis a la señorita Long, que le dejó un ojo amoratado.

»La señorita Curtis me ha confiado que su hermano y la señorita Long mantenían una especie de, digamos, relación, lo que me hace creer que esta lo atrajo hasta el campanario con la promesa de practicar el acto carnal.

Soltó una nueva tos, esta vez para ocultar su azoramiento, y lord Redesdale enrojeció de ira contenida. Lady Redesdale se limitó a desviar la vista.

—Allí, haciendo uso del elemento sorpresa, cumplió su verdadero objetivo: empujar al señor Curtis al vacío, ocasionándole lo que creemos que fue una muerte casi inmediata. Al bajar y darse cuenta de lo que había hecho, la señorita Long empezó a gritar alertando al resto del grupo, cuando varios de ustedes acudieron al cementerio para encontrar tanto a la víctima como a su verdugo.

Monroe echó otro vistazo a su público, se sacó un pañuelo de buen tamaño y procedió a sonarse la nariz —del mismo púrpura chillón a la fría luz de la mañana— lentamente y por largo rato. El silencio era absoluto.

Louisa sintió que se mareaba. Jamás sospechó que Dulcie tuviera la intención de robar en la casa, pero se había equivocado de lleno. Había creído que eran semejantes, que podían entenderse la una a la otra, pero en ese momento entendió que en realidad no sabía quién era Dulcie Long. En pocas palabras, debía enfrentarse a la posibilidad de que su supuesta amiga fuera culpable, y además la hubiera traicionado.

14

Guy se tomó la conversación del pub Cross Keys como una advertencia para no acercarse a los peligrosos peristas, de quienes sospechaba que pertenecían a la banda de los Elefantes, de modo que siguieron indagando sobre ellas, las Cuarenta Ladronas. Él y Mary Moon (no podía evitar llamarla por el nombre completo, ni siquiera en su cabeza) habían ideado un sistema para encontrarlas que al principio le pareció bastante agradable. Él debía entrar solo en algún comercio, como una peletería o joyería, el tipo de tienda que imaginaban les interesaría a las Cuarenta, y entablar una animada conversación con la empleada de mayor rango acerca de sus productos. Así, una ladrona que pasara por allí se vería tentada de manera irresistible, puesto que la persona que podría descubrirla estaría distraída (Guy ya sabía que parecería un policía vestido de paisano por ser un hombre en un establecimiento femenino). Mary llegaría unos cinco minutos después que él, y podría observar fácilmente cualquier signo de que alguna clienta quisiera apropiarse de algo sin pagar.

Al menos, ese era el plan. Sin embargo, durante los dos días que había pasado recorriendo los locales de Great Marlborough Street, Guy había sufrido interminables monólogos sobre la historia, el diseño y el valor de diversos artículos, como relojes de señora, estolas de piel de zorro, un collar enjoyado para perros y un juego de copas de cristal. Hasta ese momento, lo más cerca que había estado del peligro fue cuando estuvo a punto de comprar el collar para *Socks*. No se produjo el más mínimo indicio de hurto mientras vigilaban. De hecho, tenía la sensación de que los que empezaban a levantar sospechas entre las dependientas eran Mary y él.

Al final del turno anterior, a Guy le llegó la noticia de que se había hecho una tercera detención. Y aunque todavía no se había confirmado que estuviera relacionada con las Cuarenta, esa noche se bebieron varias pintas para celebrarlo en el pub de la esquina de la comisaría de Vine Street. Incluso el mismo Cornish se había pasado por allí para tomarse un whisky y darle una palmadita en la espalda al agente triunfante. Guy se marchó después de dos cervezas e hizo a pie casi todo el camino de vuelta a casa, agradecido de sentir el aire fresco en la cara, como si de algún modo pudiera borrar las nubes de tormenta que se arremolinaban detrás de su frente.

A la mañana siguiente, mientras caminaban por Oxford Street esquivando charcos de cuatro días, grasientos de aceite, los grandes almacenes se alzaron ante sus ojos y tomó una decisión.

—Hoy iremos a Debenham y Freebody, agente Moon —anunció, con cuidado de no perder el ritmo de sus pasos.

—¿No hay ya varios hombres apostados? —preguntó ella, tirándose del lóbulo izquierdo. Aquel era un tic de Mary que Guy había empezado a encontrar adorable.

—Tal vez sí, pero tú eres nuestro as en la manga. Sabemos que se denuncian hurtos en los grandes almacenes, pero dos hombres en el departamento de señoras llaman demasiado la atención. Las Cuarenta huirán de ellos en cuanto los vean. Es como si llevaran un cartel anunciando que son policías. Sin embargo, contigo no sospecharán nada.

—Eso es lo que tú crees, pero de momento no hemos tenido ni una sola alegría.

Consciente quizás de que se tiraba del lóbulo, Mary se cruzó de brazos. No se puso de morros porque no era su estilo, pero Guy sabía que se moría de ganas por hacer una detención. Y lo sabía porque él se sentía exactamente igual.

—Piénsalo un poco. Lo lógico es que actúen en lugares

grandes, donde es más fácil pasar desapercibido y abundan los compradores legítimos. Saben que no hay personal suficiente para vigilarlas, aun cuando se comporten de forma sospechosa. La última detención se hizo allí.

—¿Y qué pasa si nos metemos en el terreno de un compañero? —Ese lóbulo otra vez.

—Eso ya lo veremos, si llega el caso. A Cornish no le importará tanto si le echamos el guante a una de las Cuarenta, ¿no crees?

—Hum, supongo que no. —Se detuvieron delante de un cruce mientras aguardaban a que se abriera un hueco entre el tráfico, y Mary extrajo un cigarrillo de una fina pitillera de plata. Le ofreció otro a Guy, quien lo rechazó con una sonrisa—. Sé que tienes razón, pero me sigue pareciendo una falta de cortesía.

Ella le dio el mechero para que lo encendiera él. Otro ritual. Guy se dio cuenta de que habían creado sus propios hábitos en poco tiempo y sintió un cosquilleo en el estómago, aunque no sabía si era de agrado o de angustia.

Por otro lado, no iban vestidos de uniforme, algo que también le restaba gravedad a la situación. Sin el corte recto y severo de sus chaquetas azul marino y sus botas lustradas, su actitud había ido relajándose poco a poco, aun estando de servicio. El atuendo de Guy era su traje de los sábados, con un toque de elegancia añadido: un alfiler de corbata y un pañuelo almidonado en forma de triángulo en el bolsillo delantero. Estaba pensado para aparentar ser un hombre acostumbrado a visitar tiendas de postín, y hacer preguntas enrevesadas sobre el forro de seda de una estola de visón.

Guy se planteó si Mary se habría inventado un personaje acorde a su indumentaria, algo tan sorprendente como el acento con el que habló en el pub, aunque supuso que no. Su traje gris, con la falda plisada y la chaqueta entallada, resultaba elegante sin ser extravagante. ¿Era esa la palabra que buscaba? Se la había oído decir a su cuñada para describir con admiración a personajes que parecían sacados de las páginas de la revista

Vogue. En cualquier caso, Mary lo parecía cuando se ponía levemente de costado, doblando su esbelta cintura de modo que parecía aún más fina, y arqueando la espalda al alzar la cabeza para exhalar volutas de humo. Por curioso que fuera, la primera vez que se veía a alguien sin el uniforme, esa persona solía tener peor aspecto y perdía autoridad. A Mary le pasaba lo contrario. Con el uniforme parecía una niña disfrazada, pero sus propias ropas le devolvían el arrojo. Así era más fácil percibir las agallas que tenía y que la habían llevado a unirse al cuerpo de policía.

—Probemos suerte en Debenham y Freebody —insistió Guy—. Y si no encontramos oro ni diamantes... —añadió con una sonrisa—, nadie tiene por qué enterarse.

Mary aplastó el pitillo con el pie y se caló el sombrero. Era de su hermana y le venía un poco grande, así que le resbalaba por la frente al bajar la mirada, pero el tul azul marino hasta la nariz le daba un aire sofisticado.

—De acuerdo, vamos allá —accedió.

15

*D*os horas después, ya habían recorrido hasta la última pulgada de los grandes almacenes Debenham y Freebody. Guy se dedicó a examinar varios jarrones de cristal, corbatas de seda y una cubertería completa de plata. Mary, por el bien de la investigación, se resistió a probarse una serie de preciosos vestiditos. Empezó a rugirles la tripa, más de aburrimiento que de auténtica hambre, pero la idea de un cuenco de sopa y un panecillo caliente en algún café cercano no tardaría en volverse irresistible. Por lo menos no se habían cruzado con ningún compañero de la policía, lo que hizo que Guy se preguntara si no se habrían decidido a probar suerte en otras latitudes, al igual que ellos. A medida que se acercaba la hora de la comida, el establecimiento fue llenándose de secretarias y telefonistas, que pululaban por la sección de maquillaje y perfumería de la planta baja. Cuando Mary, ociosa, se pintó el dorso de la mano con un carmín color cereza de la casa Revlon, Guy estaba impaciente por salir de allí. No se sentía cómodo entre tantas mujeres que se contemplaban a sí mismas con fruición en sus diminutos espejos.

—Voy a subir a la mercería —dijo él.

Mary se limpió la mancha purpúrea, ruborizada.

—Voy contigo.

Los rollos de tela que cubrían las paredes de la tercera planta tranquilizaron a Guy, con su olor a algodón que le recordaba al hogar. En un extremo, de pie ante una larga mesa, una dependienta cortaba con mano experta y tijeras dentadas largos retales de lino verde. Aparentaba la edad de su madre, y hacía gala del mismo estilo práctico de todas las mujeres que encanecieron antes de la guerra: el cabello recogido en un moño, gafas de media luna levantadas sobre la frente, a punto para descender cuando fuera necesario. Y entonces, a pesar de haberla visto esa misma mañana, sintió añoranza de su madre. Le hacía falta su sonrisa alentadora y que le dijera que todo iba a salir de perlas.

La empleada y su clienta parecían estar pasando un buen rato, pues se oían risitas sofocadas mientras la tela era doblada y colocada en una bolsa de papel marrón. ¿De qué se reían siempre las mujeres cuando se juntaban? Aunque no se conocieran apenas, un simple gesto y un guiño bastaban para encenderlas. Era como si todo el sexo femenino compartiera un chiste secreto que los hombres no entendían ni podrían entender nunca. Mary paseaba entre las máquinas de coser, leyendo el reverso de distintos paquetes de agujas como si buscara un tamaño concreto, pero Guy sabía que sus ojos no dejaban de vagar por la tienda. En ese momento había bastantes personas reunidas, que miraban los carretes de hilo de algodón, retales para tejer colchas y varas de cinta.

Guy se fijó en una mujer bien vestida y bastante más alta que el resto. Algo le dijo que no se trataba de una telefonista, con su abrigo de brocado y un primoroso sombrero negro. Se conducía con seguridad, desplazándose lentamente, rozando el borde de varios rollos de tela, aunque sin que pareciera necesitar ayuda de nadie. Luego se percató de que había un corrillo de tres vendedoras rollizas al lado de las cajas, quienes cuchicheaban entre ellas meneando la cabeza y revoloteando las manos. Con sus camisas blancas metidas por dentro, parecían un trío de pinzones picoteando semillas. Guy se dio cuenta, demasiado tarde, de que los ojillos brillantes de las dependientas seguían cada movimiento de la señora, quien sin duda había causado sensación en ellas. ¿Quién sería? Una estrella de *music-hall*, quizá. Tenía cierto aire anticuado, pese a que no podía tener mucho más de veinticinco años. Tal vez fuera una de esas actrices de Hollywood sobre las que leía Mary en las revistas; ella había intentado interesarlo en uno o dos de los artículos, pero aquello no era para él. No entendía a esa gente que quería saber lo que había almorzado un actor o cómo era su casa. De lo que se trataba era de creerse al personaje que salía en la pantalla, y no de conocerlo en la vida real. Y, además, nadie iba a ser tan interesante en persona como en el cine, donde podían ser princesas o cazadores de dragones, o incluso...

Una mano le agarró el brazo y, al volverse, se encontró a Mary, con el sombrero tan calado que sus ojos eran lo único que se veía tras el tul. Respiraba deprisa, entrecortada.

—¿Qué pasa? —le preguntó en voz baja.

—Por ahí —dijo ella, señalando con la cabeza la mesa larga en la que se había cortado la tela verde unos momentos antes. La dependienta llevaba ahora las gafas en la nariz, y sostenía sus tijeras sin moverse demasiado, mientras observaba a la mujer alta. Sin embargo, Mary no la miraba a ella, sino que clavaba sus ojos grises en una chica que estaba delante de varios rollos de seda apilados, vestida con un abrigo barato y una falda inusitadamente amplia debajo de él. Si no hubiera tenido el rostro tan demacrado, Guy habría sospechado que había comido demasiados pasteles.

—¿Has visto algo? —le susurró.

Mary negó con la cabeza.

—No exactamente, pero... aquí hay gato encerrado. Mírale la falda, es demasiado grande.

Las cotorras de la caja habían dejado de parlotear, y aunque una de ellas estaba cobrando a una clienta, las otras dos parecían petrificadas. En ese momento, la mujer alta, que había estado caminando despacio, aceleró el paso, giró a la derecha y desapareció por una esquina. Tras perderse de vista, las dependientas soltaron el aliento de forma visible, y Guy pudo ver que incluso la de las gafas mostraba una expresión de alivio antes de ponerse a despejar su superficie de trabajo.

No obstante, la mano de Mary lo agarraba del brazo con la misma fuerza de antes. Entonces tiró de él y volvió a señalar a la joven demacrada, quien se había apartado de las sedas y se dirigía a la puerta con las manos en los bolsillos, casi como si se abrazara a sí misma.

Guy sacudió el brazo para soltarse y marchó a su vez hacia la puerta con pasos cortos y ligeros. Sin embargo, antes de llegar, se interpuso en su camino una oronda señora que portaba una cesta de mimbre, y que ocupaba casi todo el estrecho pasillo que había entre la mesa de corte y la pared cubierta de telas. Llevaba unos quevedos en la otra mano, y se agachaba para apreciar mejor el dibujo del género.

—Con permiso —le dijo Guy, sin querer tocarla, pero con la necesidad urgente de que se moviese y le dejara pasar. Pudo ver con el rabillo del ojo que la amplia espalda del abrigo barato se escabullía con rapidez hacia la salida. La señora terminó por levantarse, pero también se volvió hacia él, cortándole el paso a causa de su envergadura y de su cesta, y lo miró con suspicacia a través de los quevedos.

—Perdone usted, caballero —se disculpó en un tono que distaba mucho de sonar a disculpa, y que revelaba su escasa paciencia para con la clase trabajadora—. Resulta que…

—Mil perdones, señora —respondió Guy, sin el más mínimo interés por lo que tuviera que decir. Le daba igual—. Necesito pasar.

La señora alzó los hombros, se bajó los quevedos y respiró hondo. Se disponía a darle una lección de buenas maneras acerca del comportamiento que se esperaba de los hombres en lo que sin duda era una sección dirigida a las mujeres, quienes debían dedicarle su tiempo a las labores domésticas. O al menos, eso fue lo que imaginó Guy, pero no pensaba quedarse a comprobarlo.

En ese instante, a la vez que la falda amplia se esfumaba de su campo de visión, Mary echó a andar detrás de ella a toda prisa, lo que hizo que el sombrero se bamboleara sobre su cabeza. Si Guy hubiera sido Teseo, habría abatido a aquel Minotauro con anteojos, pero no era un héroe griego. Así pues, le dio la espalda a la bestia y buscó otra salida del laberinto, una que lo acercó a la puerta a tiempo de oír las palabras triunfales de Mary:

—Será mejor que me acompañe, señorita.

El ambiente cambió en un segundo, como si un rayo hubiera atravesado a todos los presentes. Guy llegó hasta Mary, quien se aferraba temblorosa a la detenida, la cual agitaba el brazo mientras gritaba que aquello era una vergüenza. Guy la agarró del otro brazo y —no pudo evitarlo— se volvió hacia Mary con una enorme sonrisa, que se le borró del rostro cuando la joven se puso a gritar más alto.

—Silencio —la acalló él—. Ya nos lo contará todo en la comisaría.

Recordó entonces que no había llegado a verla robar nada, y le pidió a Dios que Mary sí la hubiera visto. Como si pudiera leerle la mente, la chica dejó de resistirse y recurrió a farfullar que ella no había hecho nada, que era un insulto hacia su persona y cosas así. Guy fue dolorosamente consciente de las miradas de la clientela mientras la escoltaban por la tienda, incluido un incómodo viaje en ascensor a la planta baja. A punto de salir a la calle, tomándola cada uno de un codo, los abordó un señor vestido de traje que resoplaba con la cara enrojecida. Miró a Mary con extrañeza y se dirigió a Guy.

—¿Pueden decirme qué ocurre aquí?

Guy se detuvo en seco, a sabiendas de que ninguno de los dos iba con el uniforme. Seguramente formaban una extraña estampa.

—Soy el señor Northcutts —prosiguió el otro, cuyo rostro había adquirido ya un color rosa peonía, sobre el que caían algunas guedejas de cabello blanco—. El director general —apostilló, al ver que su nombre no provocaba reacción alguna.

—Perdone, señor —dijo Guy—. Soy el sargento Sullivan de la comisaría de Vine Street, y ella es la agente Moon. —El director no se dignó a mirarla y continuó fijando sus ojos en él—. Acabamos de detener a esta joven bajo sospecha de haber cometido un robo en su establecimiento, en la sección de mercería.

—Sí, sí —replicó el señor Northcutts, sin darle importancia—, pero ¿qué hay de ella? —añadió bajando la voz e inclinándose hacia Guy. La detenida se quedó quieta y se inclinó también.

—¿Quién es ella?

—Alice Diamond.

Guy notó una respuesta por parte de la joven y la agarró del brazo con un poco más de fuerza.

—También ha estado aquí —dijo Northcutts—. Las empleadas saben qué aspecto tiene. Es su viejo truco: ella entra, las distrae, y mientras tanto, una de estas —señaló con el pulgar— se sale con la suya. Bueno, o casi.

¿Alice Diamond había estado allí también? El orgullo que Guy había sentido por atrapar a una ratera fue borrado de inmediato por el miedo a que Cornish descubriera que había dejado escapar al pez gordo. Volvió a lamentarse por tener tan mala vista. Fue como si hubiera creído pescar un bacalao de buen tamaño cuando en realidad no tenía más que una caballa y unas cuantas hierbas en el anzuelo. Casi estuvo tentado de dejar libre a la chica, pero no del todo.

El señor Northcutts seguía hablando, quejándose de que la policía cayera una y otra vez en el mismo truco, a costa de su negocio… Hasta que Guy lo cortó.

—Señor Northcutts, le insto a que se acerque a la comisaría para declarar cualquier detalle importante que haya presenciado. Pero ahora, si nos disculpa, debemos marcharnos.

Se hizo el silencio mientras que varios pares de ojos observaban la escena que se desarrollaba ante ellos. Esa noche, la anécdota animaría más de una cena y una cerveza en el pub. La gente que entraba en tropel por la puerta era parada en seco por una serie de figuras inmóviles repartidas por la planta baja de la tienda, algunas de ellas en mitad de una acción, cual cadáveres fosilizados de Pompeya.

—Yo no he hecho nada —exclamó la prisionera cuando Guy y Mary la sacaron a rastras al aire frío de la calle.

Tanto Guy como Mary desearon con todas sus fuerzas que sí hubiera hecho algo…

16

A Louisa le encantaba que el invierno rodeara la piedra de Asthall Manor con sus gélidos brazos, tal vez porque la primera vez que vio la casa fue en la época de frío, cuando cayó rendida a sus encantos. Tras despertar aquella mañana inicial, contempló la alfombra de escarcha que se extendía sobre los campos más allá del muro del jardín; más cerca, había telarañas cubiertas de diminutas gotas de rocío congeladas. Para ella fue como descubrir un nuevo mundo, y de algún modo, así había sido. Mientras crecía en Londres, tenía que alzar la vista al cielo para contemplar una distancia tan vasta como la que se podía observar desde las tierras que poseía lord Redesdale.

Las niñas se quejaban del frío, daban pisotones para llamar la atención y amenazaban con cerrar las ventanas que su madre insistía en mantener abiertas al menos seis pulgadas durante todo el año (aunque jamás se habrían atrevido a hacerlo). El aya Blor las reprendía con ternura y les sacaba rasposos jerséis de lana que olían a lavanda por los ramilletes secos que guardaban en los cajones para disuadir a las polillas hambrientas. Louisa casi llegaba a disfrutar de aquel cosquilleo en la punta de la nariz, mientras se calentaba las manos sobre los fogones de la cocina. Cada mañana, antes de que saliera el sol, Ada encendía la chimenea del dormitorio de lady Redesdale sin hacer ruido y ayudaba a la señora Stobie a preparar el desayuno. Seguía cumpliendo esas tareas a pesar de haberse casado y de vivir en el pueblo, y Louisa se preguntó quién tendría que hacerlas cuando se marchara. Ada le había confiado que estaba encinta: «Un regalo navideño anticipado», le dijo con una sonrisa. Y aunque se alegraba por su amiga, no podía dejar de pensar que lo único que le esperaba en el futuro eran años de penosas labores domésticas.

El invierno perdió su atractivo tras la muerte de Adrian Curtis. Las horas se sucedían frías e indistinguibles como si fueran eternas. Tampoco había diferencia entre el alba y el ocaso, envueltos ambos en una luz plomiza. Nadie sentía el deseo de entregarse a sus pasatiempos habituales, pues se les antojaban demasiado frívolos o fatigosos. Nancy se mostraba cansada, cosa nada propia de ella, y hasta lady Redesdale había pasado los últimos tres días en cama, según ella a causa de un resfriado, y pedía que le subieran sopa en una bandeja dos veces al día. Sin embargo, lady Redesdale jamás caía enferma. Lord Redesdale daba largos paseos con sus perros, regresaba a casa al anochecer y se retiraba de inmediato a la habitación a prueba de niños, en la que ahora había que encender el fuego cada tarde. El comedor se quedó a oscuras, y la señora Stobie quejumbrosa, sin saber quién iba a presentarse a las comidas ni si alguien probaría bocado.

Arriba, en el cuarto de los niños, el aya Blor y Louisa trataban de mantener la normalidad por el bien de las más pequeñas, que al menos eran las únicas que ignoraban lo sucedido, aunque sabían que algo había pasado. Debo se chupaba el pulgar con bastante más ferocidad que antes —«Te vas a quedar sin dedo», le repetía el aya tres veces al día—, pero por lo demás jugaba sin alborotar con la casa de muñecas, una cosa vieja y destartalada después de haber pasado por las garras de sus cinco hermanas. Cuando no estaban en el aula de estudio con la institutriz, Decca y Unity se dedicaban a cuchichear entre ellas desde el asiento de la ventana. Aun cuando que no parecían jugar a nada, lo que fuera que se dijeran parecía divertirlas sobremanera. En tales circunstancias, las risitas que se escapaban de su habitación suponían una especie de alivio.

Diana, que ya se puso hecha una furia por no poder asistir a la fiesta antes de saber que iba a perderse la que probablemente sería la mayor sensación que sacudiera Asthall Manor en toda su historia, optó por aislarse de los demás por completo. Menos cuando estaban Pamela o Nancy, a quienes acribillaba a preguntas y les echaba en cara que no hubieran hecho nada para que ella pudiera estar presente. Aquello terminaba en portazos o en lágrimas, si no en ambas cosas. En cualquier caso, era un comportamiento agotador.

Louisa seguía aturdida. Ada había intentado sonsacarle algún detalle, pero ella se negó a contarle nada. Se sentía un poco culpable, como si fuera la responsable de todo, aunque la razón le dijera que no era cierto. ¿Había animado a Dulcie de alguna manera? ¿Se había negado a ver quién era y de lo que era capaz, cegada por el glamur de las Cuarenta? ¿O había actuado movida por el deseo irrefrenable de ayudar a Dulcie a escapar de su pasado, igual que hiciera ella? No estaba segura. Sus antiguas certezas le resultaban ajenas ahora. Intentó escoger un libro de la biblioteca, pero se quedó de pie ante las estanterías, incapaz de recordar a sus escritores favoritos. También perdió el apetito, y no distinguía lo que sabía bien de lo que no. Al cabo de tres días, se dio cuenta de que no se había mirado en el espejo ni una sola vez. Se encontraba tan desconectada de su propio cuerpo, que una tarde que bajaba al pueblo se asustó de su propia sombra alargada.

Los demás invitados de la fiesta se marcharon a toda prisa a la mañana siguiente, aunque tuvieron que esperar a que Monroe les diera permiso. Cuando les dijo que de momento había concluido con sus preguntas, todos se agitaron al unísono con rigidez, como una cadena de muñecos de papel. Un té caliente y unas tostadas los revivieron lo suficiente para entrar en acción. Clara se fue con Ted, quien arrancó el coche y empezó a salir despacio, hasta que Sebastian los asustó a ambos derrapando sobre la gravilla mojada, y durante una milésima de segundo pareció que iba a estrellarse contra el gigantesco roble que crecía en mitad de la entrada. Charlotte, sin embargo, se había quedado en Asthall Manor, puesto que aún estaba demasiado histérica para irse a ninguna parte. Lady Redesdale, en contra de su creencia de que «los cuerpos sanos» se curaban solos, había llamado al médico del pueblo para que sedara a la desolada hermana de Adrian, lo que le permitió dormir sin interrupción casi dos días seguidos. Louisa repartía su tiempo ayudando al aya Blor en el cuarto de los niños y a Charlotte en la habitación azul, lo que requería numerosas subidas y bajadas de una planta a otra. En un momento dado, se descubrió a sí misma aferrándose al pasamanos como si trepara por una empinada escalerilla que pudiera venirse abajo con una corriente de aire.

Si la policía no solicitaba una autopsia, el funeral de Adrian tendría lugar diez días más tarde. Louisa estaba atizando el fuego de la habitación de Charlotte cuando la oyó despertar de su sueño largo y profundo. La joven, tumbada de lado con las rodillas flexionadas, la miró con los ojos como platos. Era posible que no recordara dónde se hallaba.

Louisa corrió a su lado y le sirvió un vaso de agua, tras lo que la ayudó a incorporarse y beber. Después de apurar hasta la última gota, Charlotte se acostó de nuevo, exhausta por el esfuerzo. Luego volvió a abrir los ojos y se incorporó otra vez, saltando hacia delante como el cuco de un reloj.

—Adrian —dijo.

—Procure no alterarse —intentó calmarla Louisa, aun sabiendo que era inútil.

—Está muerto. —Habló como si tuviera la esperanza de plantear una pregunta, aunque sabía que exponía un hecho.

Louisa asintió con la cabeza.

—Voy a buscar a la señorita Nancy.

—¡No! —exclamó, pero entonces pareció caer en dónde estaba, y en quién era Louisa, y se dio cuenta de que necesitaba saber qué ocurría.

Al final fue a Pamela a quien encontró primero. Venía de cabalgar y andaba descalza por el vestíbulo, con su traje de montar y el pelo alborotado porque nunca se molestaba en ponerse una redecilla bajo el sombrero. La muchacha había revelado una nueva faceta de su persona en los últimos días, una fuerza y una valentía que resultaban impresionantes. Su refugio, como siempre, fueron los caballos y la comida, y mientras pudiera disfrutar de alguno de ellos, se mostraba casi como de costumbre. Louisa pensó que, en conjunto, Pamela podía serle de más ayuda a Charlotte que Nancy en ese estado.

—Señorita Pamela —la llamó.

Pamela se detuvo y se dio la vuelta.

—¿Sí?

—La señorita Charlotte ha despertado. ¿Te importaría subir a verla? Creo que le vendría bien algo de compañía.

La chica asimiló la información y sacó pecho.

—Por supuesto. Haz que le lleven un té y unas tostadas. O mejor aún, tráelo tú.

Louisa se sorprendió; era la primera vez que Pamela daba una orden.

—Sí, señorita. Ahora mismo.

Acto seguido, cada una siguió por su camino.

17

*L*a vista por la muerte de Adrian Curtis se celebró en el juzgado de Banbury Crown tan solo cinco días después del suceso. Lord Redesdale no sentía el más mínimo deseo de acudir, pero habían citado a todos los que vieron a Dulcie junto al cadáver, por si había que corroborar con una segunda entrevista alguna de las declaraciones prestadas aquella noche. El anuncio originó un estallido de furia en el señor, que culminó en un encontronazo con su perro favorito. Al final, lord Redesdale fue en un coche con su mujer, Nancy y Charlotte, mientras que Louisa y Pamela lo hicieron con la madre de Oliver Watney, a quien acompañaba su hijo, el cual se pasó todo el trayecto con cara de estar a punto de vomitar. El joven no soltó prenda aparte de dar los buenos días, pero en cambio su madre habló por los dos, y se encargó de dejar patente su indignación por todo el asunto. Pamela miraba por la ventanilla y Louisa pensó en tomarla de la mano, pero enseguida se dijo que la muchacha ya era demasiado mayor para consolarse con tales cosas y terminó por abstenerse. Por otro lado, a ella sí le habría venido bien que alguien la tomara de la mano. (Debo parecía entenderlo como por instinto, y agarraba la palma de Louisa entre sus dedos suaves y gordezuelos durante sus paseos por el jardín.)

La sala resultó ser bastante decepcionante, con paredes de color gris pizarra, una larga mesa para el juez de instrucción y filas de bancos para los asistentes. El jurado de dos mujeres y diez hombres se sentaba en un extremo, evitando cuidadosamente la mirada de cualquiera que no fuera el juez. Louisa se quedó horrorizada por el aspecto que presentaba Dulcie. Daba la impresión de haber adelgazado, y su bonito rostro estaba pálido. Por lo menos se le había borrado el cardenal del ojo, y solo se le insinuaban unas líneas amarillas y moradas. En un momento dado miró a Louisa, pero apartó la vista con rapidez. A su vera había un alguacil de pie, aunque no iba esposada.

El juez, el señor Hicks, comenzó por presentarse a sí mismo y se lamentó por los acontecimientos que se produjeron en la madrugada del 21 de noviembre, tras lo que le rogó al jurado que prestara gran atención a las pruebas que le serían mostradas. Hizo hincapié en que el objetivo de la vista consistía en establecer la causa del deceso, pero que no era un juicio, pese a que era posible que se hicieran más preguntas a los testigos si fuera necesario. Louisa se fijó en Charlotte, sentada entre lord y lady Redesdale, tan blanca su piel que pudo ver las venillas azules de sus párpados. Sin duda echaría de menos al padre, fallecido tiempo atrás, y a esa madre que parecía incapaz de soportar otro dolor más que el suyo. —Se rumoreaba que lady Curtis no había salido de su habitación desde que recibiera la noticia de la muerte de su hijo—. Al lado de Charlotte, el semblante de lord Redesdale indicaba que habría preferido regresar a una de aquellas noches de guerra en Ypres en el año 17 a estar en esa sala con una joven llorosa pegada al codo. Los demás llegaron a Londres justo antes de que empezara la sesión —Sebastian, Ted, Clara y Phoebe—, y se colocaron en el banco detrás de los Mitford, tan solemnes como las estatuas de un museo.

—El tribunal llama a declarar a la honorable señorita Pamela Mitford.

Pamela se acercó al estrado de los testigos, que no era más que una tarima baja rodeada de una especie de barandilla. Su rostro conservaba aún la lechosa redondez de la infancia, pero se había puesto un traje de chaqueta marrón oscuro de su madre y una camisa color crema de cuello alto. El conjunto se veía anticuado y poco acorde para su edad, y la hacía parecer una niña disfrazada de mujer.

—Diga usted su nombre y su lugar de residencia.

—Pamela Mitford, de Asthall Manor.

—¿Es cierto que en la noche de autos, el 21 de noviembre, se celebró una fiesta en honor de su decimoctavo cumpleaños?

Pamela confirmó que así había sido.

—¿Puede repetirle al jurado lo que le declaró al inspector Monroe con respecto a la reunión que tuvo con el finado poco antes de su muerte?

Pamela vaciló y se miró los pies durante un instante.

—No fue una reunión en toda regla, su señoría.

—Llámeme usted señor Hicks —la corrigió él, aunque en tono amable—. Cuénteselo al jurado, se lo ruego.

Pamela asintió con la cabeza y se volvió hacia el jurado. Louisa se dio cuenta de que no fijaba los ojos en sus caras, sino en un punto de la pared.

—La fiesta estaba a punto de acabar, solo quedábamos unos pocos y estábamos jugando a la búsqueda del tesoro. Algo pequeño, por los alrededores de la casa. Nada más comenzar, me llegó el mensaje de que fuera a ver a mi madre en su habitación.

—¿Cómo le llegó ese mensaje?

—La niñera fue a decírmelo.

—¿Y dónde se encontraba usted?

—En el comedor, con Adrian Curtis.

Una onda de emoción se extendió por la sala, además de unos cuantos jadeos y un leve movimiento entre los duros bancos de madera.

El señor Hicks se inclinó para delante.

—¿Cómo estaba el señor Curtis en ese momento?

Pamela volvió la cabeza, sin saber muy bien a quién dirigirse, al juez de instrucción o al jurado.

—Parecía normal. Es decir, yo no le noté nada raro. Solo lo había visto en una ocasión anterior. Nos encontramos en el mismo sitio porque ambos habíamos adivinado el segundo acertijo y buscábamos allí la siguiente pista. —Desvió la mirada hacia los miembros del jurado—. La cuestión es que te dan una pista, y la respuesta es algún objeto…

—Estoy seguro de que las señoras y los señores del jurado saben bien en qué consiste una búsqueda del tesoro —la interrumpió Hicks—, aun sin pertenecer a los *Bright Young Things* de Londres. —Acto seguido enarcó las cejas y se oyeron unas risitas nerviosas entre el público.

La tez de Pamela adquirió una tonalidad escarlata de cuello para arriba.

—Sí, por supuesto.

—Continúe, por favor. ¿Después de recibir el mensaje qué…?

—Subí al dormitorio de mi madre, que estaba allí con mi tía, Iris Mitford. Al final resultó que no me había llamado, pero como ya estaba allí…

—Un momento, ¿dice que lady Redesdale no le había pedido que fuera a verla?

—No, señor. Después, la niñera me explicó que le preocupaba que estuviera a solas con un caballero, y que mis padres podían molestarse.

La barbilla de Pamela tembló ligeramente. Era verdad que Louisa le había dicho eso en los días posteriores al asesinato, por si acaso lo preguntaban más adelante. Gracias a Dios que lo hizo.

Hicks escribió unas palabras.

—Entiendo. Continúe.

Las ventanas del juzgado estaban tiznadas de hollín y había barrotes tras los cristales, pero Louisa pudo ver que el cielo blanco se había tornado gris oscuro.

—Ya que estaba allí, mi tía me pidió que le trajera un libro de su habitación. Quería enseñarle un pasaje a mi madre. —De pronto vaciló, como si temiera estar dando demasiados detalles, o tal vez para tomar aire—. Así que corrí al cuarto amarillo, el de mi tía. Queda a unos minutos, cerca del vestidor de mi padre.

—¿Estaba su padre allí?

—Eso creo. La luz estaba apagada, y di por hecho que estaría durmiendo. —Hizo una pausa, y el señor Hicks la animó a continuar con un gesto—. La puerta estaba cerrada, pero me pareció oír un altercado…

—¿Sabe quién había dentro?

—No, pero reconocí la voz del señor Curtis. Discutía con una mujer, aunque entonces no sabía quién era.

—¿Lo supo más adelante?

Hubo una nueva pausa. Louisa contuvo la respiración.

—Sí —afirmó Pamela—. Tenía un acento muy característico, del sur de Londres. Volví a oírla luego, cuando… encontramos al señor Curtis.

—¿La conocía de antes?

—En realidad no. —El tono de Pamela indicaba que su certeza le infundía seguridad—. La vi el mes pasado, haciendo de criada cuando asistí a una cena en casa del señor Curtis en Londres.

—¿Se fijó en si estuvo presente durante la fiesta?

—No que yo sepa.

—¿Se encuentra esa criada en la sala en este momento?

Pamela asintió con la cabeza.

—¿Puede decirnos quién es?

Señaló a Dulcie, quien le devolvió la mirada, haciendo que Pamela apartara la suya. El señor Hicks le hizo otro gesto para que continuara con su relato.

—Me quedé allí unos segundos y estaba a punto de irme cuando oí un fuerte golpe, como si algo se rompiera. El sonido me asustó y salí corriendo.

—¿Qué hizo después?

—Fui a la cocina para contárselo a Louisa. Me refiero a Louisa Cannon, nuestra niñera.

—¿Por qué se lo contó a la señorita Cannon?

Louisa tuvo la desagradable sensación de que todos los ojos se clavaban en ella, a pesar de que el jurado no podía saber quién era.

Pamela hizo otra pausa.

—No sabía a qué otra persona acudir. Los demás estaban buscando el tesoro por toda la casa, y me sentía inquieta a causa del alboroto.

—¿Qué fue lo que le dijo la señorita Cannon?

Pamela miró a Louisa y luego al jurado.

—Me dijo que no podíamos estar seguras de lo que se trataba, puesto que quizás formaba parte del juego, y me recomendó que volviera a la fiesta.

—Ya veo. Puede retirarse, señorita Mitford. Ha sido usted de gran ayuda.

Pamela regresó al lado de su madre, quien no la tocó en ningún momento, pero le dedicó una sonrisa tensa que se desvaneció de su rostro casi con la misma rapidez con la que había llegado.

La siguiente fue Dulcie, acompañada por un alguacil que se mantuvo detrás de ella durante todo el tiempo, aunque su figura se asemejaba a la de un muñeco de nieve y resultaba dudoso que pudiera correr detrás de un testigo huido. En todo caso, Dulcie no se iba a ir a ninguna parte.

Después de la confirmación rutinaria de su nombre y lugar de residencia —del que dijo que era el domicilio de lady Curtis en Mayfair, pese a las escasas probabilidades que tenía de volver algún día—, el juez de instrucción comenzó con su interrogatorio.

—Explíquele al jurado el motivo de su presencia en Asthall Manor, por favor.

—Tenía que recoger a la señorita Charlotte para acompañarla a casa de la señora Watney, donde se alojaba.

—¿La casa de la señora Watney está próxima a la de los Mitford?

Louisa vio que la señora Watney se enderezaba cuando la mencionaron, y echaba un vistazo alrededor por si cosechaba alguna mirada de admiración. No fue así.

—A una media milla carretera abajo.

—¿Qué hizo al llegar a la casa? ¿La recibió alguien?

—Sí, señor. Louisa, la niñera, me abrió la puerta de la cocina.

Dulcie se mostraba desafiante a pesar de su pobre atuendo de prisionera, un vestido recto de arpillera gris con una sucia camisa blanca debajo, demasiado amplia para su delgado talle. Se produjo una pausa.

—¿La dirigió Louisa Cannon al dormitorio de la segunda planta?

—No, señor —replicó Dulcie, quizás más rápido de lo que debía. Louisa sintió que le ardía la cara a todo rubor—. Me dijo que iba a limpiar los enredos de la fiesta y me dejó sola en la cocina.

—Pero usted no se quedó allí, ¿verdad?

—No, señor —negó ella con tono calmado—. Vi las escaleras traseras y subí.

—¿Qué intención tenía en ese momento?

—Pensé que podía encontrar algún cuarto vacío… —Resultaba chocante oírlo decir así, en voz alta, y Louisa tuvo que hacer acopio de toda su voluntad para no esconderse debajo del banco. Dulcie siguió hablando con más decisión—: Y a lo mejor llevarme algo que valiera la pena.

—¿Es eso lo que suele hacer, señorita Long? ¿Allanar las moradas ajenas con la intención de hurtar?

—No. Nunca lo hice mientras estuve al servicio de la señora Curtis.

—¿Pero sí lo había hecho antes de ser su empleada?

Dulcie no respondió.

—Para que conste en acta, la testigo ni confirma ni desmiente la pregunta —dijo Hicks—. Continúe.

—Subí y no vi a nadie. Había una habitación abierta y cuando miré estaba vacía. Sabía que estarían todos en la fiesta, así que entré.

—¿El señor Curtis llegó poco después?

—Sí.

—¿Había acordado verse allí con él?

Dulcie hizo un gesto de negación.

—La testigo ha indicado que no.

La boca de Louisa estaba completamente seca.

—¿Qué sucedió cuando entró en la habitación?

La línea capilar de Dulcie se había llenado de gotitas de sudor, como el rocío sobre una telaraña, y tenía los nudillos blancos de agarrarse a la barandilla, pero no apartaba la vista del frente. Sin saber por qué, Louisa volvió la cabeza hacia atrás, donde había unas pocas personas repartidas entre los bancos. Los chicos de la prensa, supuso. En el extremo más alejado, cual elogio al contorno redondeado de la patata, se sentaba la mujer que había amenazado a Dulcie en el Elephant and Castle. No le quitaba ojo de encima, y Louisa entendió que la vida de la muchacha corría peligro. El más mínimo desliz podía resultar fatal.

—Me pilló echando mano de las joyas de la mesilla.

—¿Y cómo reaccionó él? —preguntó Hicks, con la pluma presta a tomar nota.

—Se enfureció. Me dijo que devolviera las joyas y me golpeó cuando me negué.

—¿Dónde la golpeó?

—Aquí, en el ojo. —Se señaló el lado izquierdo.

El señor Hicks cruzó los brazos sobre la mesa.

—¿Fue entonces cuando decidió vengarse de él?

—¿Cómo dice? No, señor. ¡De eso nada! —Dulcie elevó la voz, pero siguió aferrada a la barandilla, y Louisa adivinó que se habría desplomado de no hacerlo.

—¿Acordaron reunirse en el campanario más tarde?

—No, eso fue todo. Él se marchó de la habitación, y algo después me marché yo.

—Así pues, ¿coincidieron en la capilla de pura casualidad?

El rostro de la muchacha reflejó lo desesperado de su situación, pero no alegó nada más que pudiera redimirla ante el jurado.

—No me reuní con él, señor. Solo vi… —Fue incapaz de terminar la frase.

—Díganos qué ocurrió cuando se fue de la habitación, señorita Long.

Dulcie se lo pensó un poco, pero no demasiado; no tanto como para que pareciera que recordaba una respuesta inventada. Parpadeaba nerviosa y tenía el aspecto de una niña que esperase a su madre a la puerta del colegio.

—Bajé a la cocina y cogí mi abrigo. No había nadie más.

—¿Y bien? ¿Luego qué? —El tono templado de Hicks se tiñó de impaciencia.

—Todavía no era la hora de vuelta de la señorita Charlotte y no quería que nadie me viera, así que salí a esperarla fuera.

Dulcie se quedó en silencio mientras que Hicks ojeaba sus notas.

—Según el informe del inspector, la noche era fría pero seca. La luna estaba oculta tras una nube. —Miró a la testigo—. ¿Llevaba un candil consigo?

—No, señor, pero salía algo de luz de las ventanas de la casa. Caminé por el jardín y me senté en un viejo pabellón de verano durante no sé cuánto tiempo, hasta que me enfrié. Entonces se me ocurrió acercarme al cementerio que había visto al llegar.

—Curioso lugar por el que pasear en plena noche. A casi todo el mundo le daría miedo ir solo. Pero usted sabía que se iba a encontrar con el señor Curtis, ¿no es cierto?

—¡No, señor, no fue así! —Dulcie estuvo a punto de elevar la voz otra vez, mas se contuvo—. Lo que pasa es que no temo a los fantasmas, porque no creo en ellos. Pensé que igual podía entrar y esperar en un banco de la capilla.

Hubo un movimiento al lado de Louisa, que casi se había olvidado de que estaba sentada con los demás. Lord Redesdale y Pamela intercambiaron una mirada: ellos sí creían en los fantasmas, aunque no tenían más remedio que callárselo desde que lady Redesdale había decretado que era una bobada. Ambos insistían en que habían oído un goteo de agua en el sendero durante varias noches, junto a la ventana del despacho de lord Redesdale, a pesar de que allí no había ningún grifo ni se había formado charco alguno.

—Me fui al cementerio —prosiguió Dulcie, y todas las cabezas se volvieron hacia ella. Aquello era un circo, y la doncella en el estrado, el monstruo exhibido—. Estaba oscuro, pero la capilla se veía bien porque era de ladrillos blancos que parecían brillar —añadió, encogiéndose levemente—. Eché a andar hacia la parte de atrás pensando que ahí estaría la puerta, hasta que vi…

Todos sabían lo que había visto Dulcie, y todos contuvieron el aliento.

—Dígaselo al jurado, señorita Long.

—Al señor Curtis, muerto.

La criada agachó la cabeza y relajó los nudillos. Se tambaleó un poco, aunque sin llegar a desmayarse. En ese momento, Louisa se acordó del trozo de tarta de manzana que había dejado en la despensa para cuando volviera, un reconstituyente tras el que suponía iba a ser un arduo día. Se imaginó una cucharada del dulce manjar entrando en su boca, pero se convirtió en ceniza.

18

*E*l recorrido a pie desde Debenham y Freebody hasta la comisaría de Vine Street duraba solo diez minutos. Normalmente. Con una chica que no paraba de chillar y patalear mientras que Guy y Mary la llevaban a rastras por todo Oxford Street, tardaron casi media hora. Cuando por fin cruzaron las puertas, Guy estaba sudando y Mary se había quitado el sombrero y lo tenía en la mano.

En el mostrador estaba uno de los veteranos, con un bigote curvado tan frondoso que parecía un tejón pequeño echándose la siesta bajo su nariz. Y aunque ni Guy ni Mary mostraban el disciplinado aplomo que se esperaba de un agente de policía, los recibió con una amplia sonrisa, pues resultaba evidente que habían cazado una presa digna de elogio.

—Vaya, vaya, qué tenemos aquí —les dijo. Entre los policías se estilaba la broma de hablar como en las tiras cómicas de los diarios.

Guy, que seguía agarrando el codo de la prisionera, se acercó al mostrador jadeando.

—Hemos descubierto a esta joven robando en Debenham y Freebody. Necesitamos una sala de interrogatorios de inmediato.

El hombre enarcó las cejas.

—¿Ah, sí? ¿Usted y quién más?

—Yo y la agente Moon, señor.

—La agente Moon puede ir a asearse. A usted lo llevaré a una sala de interrogatorios y llamaré al comisario Cornish, que sé que anda por aquí.

Acto seguido consultó qué salas estaban libres en una lista.

Mary dio un paso atrás con la furia pintada en el rostro, mas no dijo nada, ni soltó el brazo de la prisionera, que ya había dejado de resistirse y se limitaba a estar en silencio con expresión malhumorada. Guy se inclinó hacia delante y, en voz baja pero firme, dijo:

—Perdone usted, pero la colaboración de la agente Moon ha sido fundamental para la detención, y es necesario que esté presente durante el interrogatorio.

El policía se encogió de hombros y el tejón cambió de postura en sueños.

—Como quiera. Cornish se encargará del asunto. Entren por la tercera puerta de la izquierda.

En la sala de interrogatorios, Guy le pidió a Mary que cacheara la falda de la joven, quien pataleó y se retorció proclamando su inocencia, hasta que por fin se rindió al oír sus palabras:

—Déjelo ya, señorita. Recuerde dónde se encuentra.

Para mayor claridad, le indicó las sucias paredes pintadas de marrón y beis, la puerta cerrada de metal y su ventanilla cuadrada.

Mary recorrió la falda con los dedos en busca de una abertura, como si abriera unas cortinas, y localizó dos rollos de seda bajo la capa superior, que extrajo y colocó sobre la mesa.

—¿Y esto qué es?

La muchacha no respondió.

—¿Cómo se llama? —le preguntó Guy, con la libreta y el lápiz preparados.

—Elsie White.

—¿Edad y lugar de residencia?

—Diecinueve años. Vivo en el número 36 de Dobson Road.

—Al sur del río, ¿no?

—Si usted lo dice —replicó ella, sonriendo ante su propia insolencia. Lo más seguro era que ni siquiera se llamara así.

Justo cuando Guy iba a amenazarla con acusarla de obstrucción a la justicia, la puerta se abrió con estrépito y entró Cornish, con su traje de cuadros y sus anchos hombros, bloqueando la luz del pasillo. Tras echarles una ojeada a Elsie y a Mary, le dirigió una sonrisa a Guy.

—Veo que ha pescado a dos elementas.

—No, señor, solo a una —dijo Guy, señalando con la cabeza a Elsie, quien seguía de pie en mitad de la sala. A ninguno se le había ocurrido usar las sillas.

—¿Y usted quién es? —le ladró a Mary.

—La agente Moon, señor. Estaba de servicio con el sargento Sullivan, con ropa de paisano. Ya sabe, de incógnito…

Cornish la desdeñó con un gesto de la mano, que parecía haber recibido una manicura reciente, y la carne asomaba bajo sus uñas cortas y limpias.

—De acuerdo. —Se volvió hacia Guy—. ¿Qué ha sucedido, y qué tiene de interesante?

Guy notó que la sangre se le agolpaba en las orejas.

—A las once de esta mañana estábamos en la mercería de Debenham y Freebody, cuando nos fijamos en que las dependientas no le quitaban ojo a una señora alta que se paseaba sin comprar nada.

Cornish arrastró una silla, cuyas patas traseras chirriaron por el suelo, y se sentó pesadamente en ella. Guy esperó mientras el inspector sacaba un puro, le cortaba la punta y lo encendía con parsimonia. Los tres se quedaron inmóviles, como si fueran los personajes de un cuento de hadas, afectados por un conjuro. El hechizo se rompió cuando el comisario le hizo un gesto a Guy.

—Durante el momento de distracción, la agente Moon observó que esta mujer se comportaba de manera sospechosa y echó a correr tras ella cuando intentó huir…

—Olvídese de eso por ahora —lo interrumpió Cornish, exhalando una voluta de humo gris que flotó hasta el techo—. Quien me interesa es la señora alta. ¿Qué aspecto tenía?

Aquello logró descolocar a Guy.

—Llevaba un abrigo y un sombrero oscuros, diría que caros. —Titubeó un instante—. Me temo que no vi mucho más.

—Maldijo en silencio su mala vista. ¿Cuál era su aspecto, por todos los diablos? ¿Qué había pasado por alto?

—Ha sido culpa mía, señor —se apresuró a contestar Mary, lo que hizo que Cornish se enderezara un poco más—. Yo distraje al sargento Sullivan diciéndole que viniera conmigo para arrestar a esta joven.

—Su necedad ha permitido que Alice Diamond escapara —le espetó Cornish, escupiendo las palabras entre los dientes.

Guy miró a Mary asustado. El director de los almacenes tenía razón. ¿Habría dicho algo? ¿Habría telefoneado a la comisaría? Era posible que sí.

Cornish volvió a expulsar el humo de sus pulmones.

—No obstante, he de reconocer que esa Alice Diamond es una mujer inteligente. Aunque la hubieran detenido, lo más seguro es que no llevara nada encima que pudiera incriminarla. Eso se lo deja a sus secuaces —dijo, echando una nueva nube con la última palabra, que lanzó sobre la cara de Elsie. La muchacha hizo una mueca, pero no tosió—. Averigüe a quién se lo iba a entregar.

—¿Cómo dice, señor?

—El perista, Sullivan. —Cornish se levantó apoyándose una mano en el muslo—. Tómele declaración, rellene el informe y enciérrela. Ha hecho un buen trabajo. —Guy notó que el fragor de sus orejas disminuía un poco—. Pero podría haberlo hecho mejor. Mucho mejor. Vaya a que le revisen las gafas, Sullivan.

La puerta se cerró con estruendo.

19

$\mathcal{T}$ras el testimonio de Dulcie, la sesión se aplazó hasta después del almuerzo, que el variopinto grupo tomó en un café cercano. A Louisa le dieron escalofríos al pensar en cuántos criminales y afligidos deudos habrían pasado por allí, a la espera de un veredicto. Charlotte seguía estando delicada, y caminaba entre lord y lady Redesdale, quienes la soportaban con estoicismo. Pamela parecía agotada por la entrevista, pero rechazaba todas las muestras de apoyo que recibía, aduciendo que lo suyo no era nada «en comparación con lo que sufría la pobre Charlotte».

Louisa, sintiéndose incapaz de resistir el calor sofocante de los fogones y el olor a panceta ahumada en el aire, salió a la calle y vio a Ted y a Clara, que cuchicheaban en la acera, de modo que retrocedió por instinto y se escondió en el zaguán de la puerta. Ambos fumaban un cigarrillo bajo una farola, muy cerca el uno del otro. Aunque el ambiente estaba más bien tranquilo, a Louisa le costaba escuchar sus palabras. Por increíble que pareciera, el mundo seguía adelante como si fuera un día más en la ciudad.

—¿Y si te preguntan dónde estabas esa noche? —dijo Ted.

Clara, con su abrigo rosa cubierto de polvo de la calle, hizo un mohín.

—No lo harán, pero puedes estar tranquilo. No pienso descubrir la tarta.

—El pastel —la corrigió Ted entre dientes.

—¡Por el amor de Dios! —protestó Clara—. Como sea que lo digáis en este país.

Ted levantó la vista, y pareció fijarse en el abrigo de Louisa, que asomaba por la puerta.

—Será mejor que entremos.

Apagó el cigarrillo con el pie y echó a andar hacia el café, pero Louisa ya se había ido cuando llegó, y estaba sentada en su silla antes de que él cerrara la puerta.

¿Qué sería eso sobre lo que no iba a descubrir el pastel? Estaba claro que lord De Clifford y la americana se habían confabulado para ocultar algún secreto relacionado con aquella noche, pero Louisa no sabía si tendría algo que ver con el asesinato. En cualquier caso, era lo bastante serio para no querer contárselo a la policía. La única conclusión a la que podía llegar era que ni Ted ni Clara habían estado donde afirmaban estar mientras asesinaban a Adrian.

Cuanto más lo pensaba, viendo a Nancy y sus amigos, más le extrañaba el hecho de que, aparte de Charlotte, ninguno de ellos parecía estar muy apenado por la muerte de Adrian Curtis. Se notaba consternación ante el crimen y lo repentino del asunto, pero en ningún momento había oído que nadie dijera que lo echaba de menos ni se lamentara demasiado. Por lo que lo conoció, Louisa sabía que Adrian había sido grosero y desagradable, pero ¿acaso era ese motivo suficiente para matarlo?

Había otra cosa que la desconcertaba: ¿por qué Dulcie admitía el robo, pero no el asesinato? Evidentemente, uno de los delitos era más grave que el otro, pero si hubiera matado a Adrian, ¿no intentaría negarlo todo a fin de borrar toda mácula de pecado de su persona? Fuera cual fuese la respuesta, la misteriosa conversación entre Ted y Clara infundía dudas sobre la culpabilidad de Dulcie. Por lo tanto, optó por confiar en su primera impresión y creer que Dulcie había sido sincera cuando le aseguró que quería enmendarse. El robo habría sido el último trabajito que hacía para las Cuarenta. Y el asesinato lo cometió otra persona, pero ¿quién?

$\mathcal{A}$l volver a la sala, los señores y señoras del jurado se mostraban tan hieráticos en sus asientos como si los hubieran sustituido por soldados de madera, inmutables en su expresión vacía. Entonces se llamó al estrado al forense, el señor Stuart-Jones, un hombre de maneras frías que calzaba unos zapatos relucientes como los de un coronel. Describió con respuestas breves y lacónicas la causa de la muerte de la víctima —una fractura cervical—, los huesos rotos a consecuencia de la caída, y los rasguños en el cuello y los antebrazos que indicaban un forcejeo durante los momentos previos al óbito. Así lo indicaban también las gafas rotas que se localizaron al pie del campanario, y que, como se ratificó, habían formado parte del disfraz del difunto.

Inmediatamente después se convocó al inspector Monroe, cuya nariz morada seguía tan hinchada como siempre. El señor Hicks le pidió que explicara dónde se hallaban los invitados de la fiesta durante la supuesta hora del crimen.

—Había varias personas presentes aquella noche —comenzó Monroe en tono estentóreo—. Primero diré en qué habitaciones se encontraban los participantes de la búsqueda del tesoro cuando se dio la voz de alarma. Lord De Clifford estaba en el cuarto ropero, la señorita Clara Fischer en el comedor, el señor Sebastian Atlas y la señorita Phoebe Morgan en el salón…

El juez de instrucción soltó una tos.

—Perdone, continúe usted.

—La señorita Charlotte Curtis y la señorita Nancy Mitford estaban en la salita de día, el señor Oliver Watney en el armario del teléfono, la señorita Pamela Mitford en la sala de fumadores. La niñera, la señorita Louisa Cannon, estaba en la cocina. El resto de los invitados, lord y lady Redesdale, las niñas y los sirvientes se encontraban en sus habitaciones, salvo la señora Windsor, quien estaba en su salita, y el palafrenero, Hooper, en su dormitorio encima de los establos. No estaban durmiendo, pero no oyeron la conmoción.

—¿Puede decirle al jurado qué objetos llevaba consigo la señorita Long al ser interrogada?

—Un anillo de platino con zafiros y diamantes, unos pendientes de oro y rubíes, un collar de perlas, una pulsera de zafiros y diamantes y un collar de oro con rubíes y diamantes engarzados. La señorita Iris Mitford ha confirmado que todos ellos eran de su propiedad.

—Gracias, inspector Monroe. Ha sido usted de lo más conciso.

Monroe bajó del estrado y, según le pareció a Louisa, tuvo que reprimirse para no hacer una reverencia.

Entonces se pronunciaron los alegatos finales, pero Louisa no los escuchó. Solo podía concentrarse en la triste figura de Dulcie, sentada en el banquillo con los hombros caídos. Cuando el jurado se retiró a deliberar, las palabras de Dulcie regresaron a su cabeza igual que lo hicieron los días anteriores, como un tren eléctrico de juguete: «Siempre sospechan primero de los nuestros». Y, sin embargo, la muchacha tenía que ser inocente. Era imposible que poseyera la fuerza suficiente para arrojar a un hombre por una ventana, y no tenía sentido que se reuniera con él después de su enfrentamiento en el dormitorio. Tampoco le había gustado lo que había escuchado de la conversación entre Ted y Clara, aunque no tuviera muy claro lo que significaba. Lo que sí sabía era que las cosas no eran tan blancas y negras como afirmaba Monroe.

El jurado tardó menos de veinte minutos en alcanzar su veredicto. Una mujer, que no podía ser mucho mayor que Dulcie, tenía los ojos enrojecidos, delatando que había llorado, pero los demás permanecían tan impenetrables como antes. El portavoz se puso en pie a una orden de Hicks y anunció su dictamen: culpable de homicidio doloso.

—La vida de un joven ha sido segada de manera trágica y absurda —peroró Hicks ante el público, quien escuchaba en completo silencio. Puede que pareciera un hombre que jamás había lucido nada más atrevido que un clavel rosa en el ojal, pero declamaba su colofón como un emperador romano con toga y una corona de hojas doradas sobre su cabeza—. Al señor Curtis le quedaba mucho por vivir y podía haber hecho una contribución importante a la sociedad. Señorita Dulcie Long, queda usted acusada de robo y asesinato en primer grado. Permanecerá en prisión a la espera de juicio sin posibilidad de fianza.

Acto seguido no se oyó mazazo alguno, sino un rumor de papeles mientras el alguacil se llevaba a Dulcie consigo. Esta vez sí, con esposas en las manos.

21

*C*ornish salió de la sala de interrogatorios dando un portazo. Elsie White, todavía de pie en mitad de la habitación desde que Mary le registró la falda, soltó una risita, pero puso cara de póquer cuando Guy se volvió hacia ella. La cólera hervía en el pecho del joven sargento, quien se sintió tentado de lanzarle una silla a la detenida y reducirla a astillas contra el suelo. Mary le extendió la mano con la palma hacia arriba.

—Alto —le dijo, como si supiera lo que estaba pensando—. Volveremos a salir las veces que haga falta, hasta que demos con ella.

Elsie se echó a reír, con una carcajada que ascendió desde su estómago y escapó por su boca abierta, enseñando sus dientes grisáceos.

—Jamás podréis atraparla —resopló desdeñosa tras la última risilla, que se convirtió en un bufido—. No podréis atraparnos a ninguna.

Mary se colocó detrás de Elsie y, con una fuerza insospechada, la empujó por los hombros hasta obligarla a sentarse en una silla a un lado de la mesa. Después le indicó a Guy que ambos debían hacer lo propio en las sillas del lado opuesto. Elsie los miró boquiabierta mientras tomaban posiciones. Guy colocó su libreta y su lápiz delante de él, y comenzó a hablar:

—Me parece que a usted la hemos atrapado ya, señorita White. Estaba en posesión de bienes robados, y tanto la agente Moon como yo podemos testificar en su contra.

Elsie trató de responder con una sonrisa desafiante, pero fracasó.

—Si el juez está de buen humor, tal vez consiga librarse de… No sé, ¿qué cree usted, agente Moon?

Mary se cruzó de brazos y fingió adoptar una expresión pensativa.

—Con mucha suerte, puede que la señorita White se enfrente a una condena de unos pocos meses.

Elsie permaneció en silencio.

—Tengo la sensación —dijo Guy— de que la señorita White debe de contar con varios antecedentes en su haber. Creo que podrían caerle hasta dieciocho meses de trabajos forzados.

Mary asintió.

—Sí, es lo más probable.

—A menos, claro está, que podamos convencerla para que nos ayude a encontrar a alguno de sus estimados colegas… —A Guy le dieron ganas de esconder las manos debajo de la mesa para cruzar los dedos.

—No soy ninguna chivata —replicó ella con firmeza.

—No tiene por qué darnos sus nombres —insistió él. Estaba improvisando. Debía asegurarse de conseguir algún resultado, y no le quedaba más remedio que aceptar lo que fuera. Disponía de un margen escaso para negociar, puesto que a una mujer como Elsie no debía de darle mucho miedo ir a la cárcel—. Lo que me gustaría saber es cómo encontrar a esos hombres que sirven de intermediarios entre usted y las de su calaña.

Elsie negó con la cabeza.

—No sé de qué me habla. Si va a acusarme de algo, hágalo ya. No me importaría descansar la cabeza en una celda durante un rato.

—Estaremos aquí el tiempo que sea necesario —dijo Mary. A Guy le impresionó su sangre fría.

—Ya sabe a lo que me refiero —añadió él—: a los peristas. Los que se encargan de vender la mercancía que roba su banda. ¿Dónde lo hacen?

Elsie frunció los labios formando una línea fina y pálida, y volvió a negar con la cabeza.

—Si nos da un nombre, podremos rebajar esa severa condena de dieciocho meses a solo seis —le ofreció—. Si nos da varios nombres, podremos borrarla de un plumazo.

Elsie mantuvo la boca cerrada, pero sus ojos miraron de un lado a otro con incertidumbre. Aunque no fue más que un pequeño desliz, era lo único que Guy necesitaba.

—Un nombre, Elsie.

—No pienso decirles nada, por nada del mundo —contestó ella, menos segura de sí misma que antes.

—Entonces díganos un lugar, una dirección en la que encontrarlos. Podría ser algún local en el que se reúna mucha gente, donde no fuera difícil tropezarse con ellos por casualidad. Nadie tiene por qué saber quién nos habló de él —la persuadió—. Un pub, una cantina de mala muerte… Algo así.

Mary se inclinó hacia delante.

—Elsie, ¿tiene usted hijos?

Elsie se sobresaltó al oírlo y pegó un grito:

—¡Ni se les ocurra tocar a mi Charlie!

Mary le dirigió una sonrisa tranquilizadora.

—No le haremos nada a Charlie. Pero ¿no cree que dieciocho meses es mucho tiempo para estar separada de él?

—Un nombre —repitió Guy.

—El Club 43 —dijo Elsie—. Eso es todo lo que van a sacar de mí. Y ahora, déjenme en paz.

22

*D*e vuelta a la casa, Louisa se acurrucó en el sillón que había junto a la chimenea en el cuarto de los niños. El aya Blor le había llevado una taza de té y dos bollitos; Unity y Decca, una manta. Las chiquitinas ignoraban el motivo de que su niñera necesitara consuelo, pero parecían disfrutar del cambio de tornas. Incluso la misma Debo había correteado hasta su dormitorio en busca de su conejito de peluche favorito, al que le faltaba una de las orejas desde hacía mucho, y cuando se lo dio, Louisa la tomó en su regazo. La benjamina tenía unos rizos rubios tan gruesos y redondos como su pancita, y un carácter tan dulce como la miel —a menos que alguien intentase que dejara de chuparse el pulgar, cuando ardía Troya, según decía el aya—. Louisa no estaba segura de por qué deseaba tanto la presencia de las pequeñas, salvo porque en algún momento entre la casa y el juzgado había dejado de sentir el suelo bajo sus pies, como si fuera pisando sobre algo blando, como una capa de musgo. A esa sensación la acompañaba el deseo irresistible de esconderse en una cajita oscura durante horas. Sin embargo, no podía, claro está. Aún tenía tareas por delante, y pronto empezaría la rutina ineludible de bañar a las niñas y acostarlas, algo que también actuaba como un bálsamo que calmaba sus aguas turbulentas.

Pamela no subió con ella al llegar, sino que se quedó en el salón con sus padres. Charlotte había regresado a Londres con Sebastian, Ted, Phoebe y Clara, tal como se había previsto, y se suponía que se reuniría allí con su madre. Por desgracia para ambas, todavía tenían que preparar el funeral. Nancy estaría asimismo abajo, o así lo supuso Louisa. Un poco más tarde, mientras cenaba con el aya Blor, sentadas una enfrente de la otra, y menos animadamente de lo habitual, Nancy apareció por la puerta. Llevaba sus pantalones de montar y un viejo jersey azul con un agujero en el codo, el pelo revuelto como si se hubiera peinado con los dedos, y, pese a que su tez tenía la blancura de la clásica rosa inglesa, el rubor había teñido sus mejillas por primera vez en varios días y brillaba en sus ojos un resplandor.

—¡Hola! Se me ha ocurrido pasarme a veros —las saludó—. Hace una eternidad que no venía, y abajo están todos de un humor de perros. ¿Habéis tomado ya el postre? Me apetece algo dulce.

Louisa tenía delante un buen plato de sémola con nata y una cucharada de mermelada de frambuesa, pero no había probado bocado. Se estaba preguntando si sería capaz de comérselo, de modo que agradeció no tener que hacerlo.

—Tómate el mío. No tengo más hambre.

—Gracias, Lou-Lou —le dijo Nancy, sentándose a la mesa como si volviera a tener seis años.

El aya Blor había estado inclinándose hacia delante con inquietud, sosteniendo la cuchara a medio camino entre el plato y la boca, pero relajó los hombros cuando Nancy aceptó la sémola de Louisa. Después comieron en un agradable silencio hasta dejar los platos limpios. Nancy se incorporó y estuvo a punto de decir algo, pero se lo pensó mejor.

—¿Te ha comido la lengua el gato? —le preguntó el aya.

—Es posible que sí.

—Entonces me iré a sentar junto al hogar. —El aya se levantó con esfuerzo y les dedicó una mirada cariñosa—. Estoy leyendo una novela de misterio de lo más entretenida, y me muero por seguir hincándole el diente.

Louisa se levantó también y empezó a colocar los platos en la bandeja para que los recogiera la criada, pero Nancy tenía ganas de hablar.

—Pobre Charlotte. Su propia doncella. ¿Por qué crees que lo haría?

Louisa alzó la bandeja y se la apoyó en la cadera.

—No creo que haya sido ella.

—Pero ¿qué dices? ¡Si no había nadie más! La vieron con el cadáver, Pam los oyó discutir antes. ¿Qué más pruebas necesitas?

La bandeja comenzó a pesarle.

—A lo mejor sí que había alguien más.

Nancy se puso de pie, le quitó la bandeja de las manos y la dejó en la mesa.

—¿Qué insinúas? ¿Quién?

—No sé…

Louisa se tapó los ojos igual que una niña, haciendo como si nadie la escuchara. Se había pasado todo el día pensando en la mujer que estaba entre el público de la vista, recordándole a Dulcie que no debía hablar de su relación con las Cuarenta. Evidentemente, su objetivo había sido proteger a Alice Diamond. ¿Querría eso decir que Dulcie también protegía a otra persona cargando con la culpa del robo? ¿Y a qué venía aquella conversación entre Ted y Clara? De todos modos, Louisa no podía expresar sus dudas sin confesar que había traicionado la confianza de sus señores. En ese momento se dio cuenta de que envidiaba a Nancy por su libertad, una libertad que ella no conocería nunca. Al fin y al cabo, ¿qué diferencia existía entre ellas, aparte de la mera suerte de haber nacido en una familia o en otra? El rencor que había ido acumulando, puede que a lo largo de los años, estalló en una furia ciega que palpitó detrás de sus ojos.

—Lo que ocurre es que nada tiene sentido —exclamó con dureza—. ¿Por qué iban a reunirse de nuevo después de discutir? ¿Y cómo es posible que tuviera la fuerza necesaria para hacerlo? Tuvo que ser otra persona.

—¿Piensas hacer algo al respecto? —Nancy tenía el rostro arrebolado.

Louisa no lo supo hasta que las palabras salieron de su boca.

—Voy a demostrarlo. Descubriré al asesino y demostraré que no fue ella.

—Ten cuidado, Lou-Lou —le advirtió Nancy—. Puede que tengas que decidir de qué lado estás: del de Dulcie, o del nuestro.

23

*L*ady Redesdale, al contrario que de costumbre, había resuelto pasar la mañana en la biblioteca, sentada en el banco de la ventana, sobre el que caían los rayos del sol. De vez en cuando tenía que ir desplazándose para seguir calentándose la espalda, encorvada ante una pila de tarjetas de felicitación navideñas. Louisa, con su cesto de costura, estaba en una silla de madera junto a la chimenea —a pesar de la claridad, era una fría mañana de diciembre—, mientras que Decca y Unity jugaban con la casa de muñecas. Debo quería participar, pero sus torpes intentos por mover los muebles en miniatura siempre eran interrumpidos por la orden imperiosa de que lo hiciera de otra manera. El voluminoso juguete lo bajaron del cuarto de los niños lord Redesdale y Tom, quien había vuelto al hogar por las vacaciones, para alegría de toda la familia, y sin duda el motivo por el que se habían reunido en la biblioteca, aun cuando en ese momento esperaban a que padre e hijo retornaran de dar de un paseo. Diana estaba en el aula de estudio con la institutriz, pero solo después de haberse puesto hecha una furia durante el desayuno por tener que aprender «las ridículas lecciones de francés». El aya Blor estuvo de acuerdo en que la gente del continente no sabía preparar una buena taza de té, aunque admitía que su idioma sonaba muy bonito, cosa que hizo sonreír a Louisa.

Pamela y Nancy se sentaban cada una a un lado de su madre, y la ayudaban con las felicitaciones: Nancy sacando nombres de la agenda, y Pamela lamiendo sobres y sellos. Habían pasado casi una hora entera en un amistoso silencio, por lo que Louisa pensó que el tedio no tardaría en hacer estragos en ellas, cuando Nancy se puso a hablar en un tono pedigüeño que amenazaba con convertirse en lloriqueo en cualquier momento.

—… más de un mes que no voy a Londres. Tengo una entrada para el teatro la noche del jueves, y hay un baile el viernes, una colecta por las madres viudas, a la que va a asistir todo el mundo. He oído que lord De Clifford también estará allí, y creo que podría ser una buena pareja para nuestra vieja Pam.

Nancy se inclinó para guiñarle el ojo a su hermana, quien soltó un chillido y aseguró no sentir nada por Ted, pero ya era tarde: se le habían encendido las mejillas.

Lady Redesdale permaneció encorvada hasta que firmó la felicitación y se la entregó a Pamela, tras lo que se irguió y miró a la mayor de sus hijas.

—Koko, no puedes salir a bailar por ahí después de todo lo que ha ocurrido. Sería poco decoroso. —Acto seguido cogió otra tarjeta, indicando que la conversación había terminado.

—Fue hace tres semanas. ¿Acaso debemos guardar luto durante un año? No somos victorianos.

Lady Redesdale enarcó una ceja.

—No lo serás tú, pero yo nací bajo el reinado de su graciosa majestad, que Dios la tenga en su gloria.

—Pues ahora han cambiado mucho las cosas, Mamu. —Nancy bajó la voz—. A este paso no me voy a casar nunca. El año que viene será mi tercera temporada de bailes…

Aquello, como sabía Louisa, era una vergüenza para los Mitford, y su talón de Aquiles. Faltaban menos de tres años para la presentación en sociedad de Diana, quien ya era lo bastante bella para hacer temer que la «cazaran» antes que a Nancy. Por muy conflictiva que fuera, y por mucho que dijera que había cosas mejores que hacer que encontrar marido (¿hablaría en serio? Louisa no estaba segura), nadie le deseaba a Nancy la humillación de ser dama de honor en la boda de su hermana menor. «Más le valdría meterse en un convento», como se mofó Ada una vez que chismoseaban en la cocina.

Lady Redesdale paró de escribir y alzó su pluma sobre la felicitación, igual que una avispa encima de un parterre de flores.

—Y no nos olvidemos de la Mujerona —añadió Nancy, volviendo a su tono normal—. Su puesta de largo será el próximo año y la pobre estará muerta de miedo, como si todas las fiestas acabasen con un asesinato.

—¡Basta ya! —prorrumpió su madre, soltando la pluma con brusquedad.

Pamela se puso en pie y dejó caer los sobres franqueados al suelo, al tiempo que protestaba:

—¡Yo no tengo miedo! ¡Ya no soy una niña!

En el rostro de Nancy se fue dibujando una sonrisa, una que Louisa conocía bien y que anunciaba que la muchacha había alcanzado al objeto de sus burlas, algo que parecía hacerla más feliz que nada en este mundo. Incluso Decca, Unity y Debo interrumpieron su juego para saber cómo iba a terminar la cosa, con Decca sosteniendo aún una cama diminuta en el aire.

Nancy no se inmutó ni alteró el volumen de su voz.

—Louisa podría acompañarnos. Creo que a las tres nos vendría bien cambiar de aires, ¿no te parece?

En cuanto cesó de hablar, una ráfaga de aire frío se coló en la estancia y allí entró lord Redesdale, seguido de cerca por Tom, que traían consigo el perfume de las hojas caídas y el humo de leña. Lady Redesdale les dirigió una mirada y volvió a sentarse con elegancia.

—Ya comentaré el asunto con tu padre —dijo, y ese fue el final de la conversación.

Cómo no, Nancy se salió con la suya, de modo que, el miércoles, Pamela, Louisa y ella tomaron el tren de Shipton-under-Wychwood a Paddington, y de ahí fueron al piso de Iris Mitford en Elvaston Place. La primera noche transcurrió de manera decorosa, como si quisieran demostrar sus nobles intenciones, por lo que cenaron y se acostaron temprano. La mañana la dedicaron a hacer recados y a dar un largo paseo por Hyde Park. Nancy y Pamela parecían hacer buenas migas por una vez, y fueron tomándose del brazo por el camino. Louisa andaba a su lado, y no pudo evitar hacerse partícipe de su entusiasmo.

—¡Oh, qué maravilloso es estar lejos de las bestias! —exclamó Nancy.

—¡No seas tan mala, Koko! —la riñó Pamela.

—Me refiero a los perros peludos, claro está —declaró Nancy con gesto elocuente, y estallaron a la par en carcajadas.

A las seis en punto, las hermanas ya estaban vestidas con sus trajes de cóctel, con tacones bajos y guantes largos. Entre los rizos rubios de una y los azabache de la otra, no cabía duda de que formaban una pareja encantadora. Louisa, como es lógico, llevaba el mismo atuendo de esa mañana, dado que, según le explicaron, las entradas de teatro eran solo para ellas: «Pero no para ti, cielo, tú tendrás que esperar en el vestíbulo hasta que acabe la obra». Así, no tuvo más remedio que disimular su humillación y desengaño. ¿O qué? ¿Acaso se creía que la iban a invitar a ella también? «Por supuesto», respondió, y la tía Iris inclinó la cabeza en señal de aprobación.

La obra era *La fiebre del heno*, en el Criterion de Piccadilly Circus. Cuando llegaron, todo el glamur y las luces de Londres refulgían en su máximo esplendor, proyectando una neblina de luz blanca sobre el mismo cielo, que ya se habría teñido de un negro oscuro en Asthall. Como aún era pronto, hicieron tiempo en el vestíbulo, mientras admiraban los azulejos pintados y las enormes vidrieras policromadas.

—Supongo que el teatro es la nueva iglesia —observó Nancy, lo que le valió una mirada desaprobadora por parte de Pamela.

Poco después apareció Clara, falta de aliento por la emoción y engalanada con lo que Louisa pensó que era un maquillaje excesivo y un vestido dorado de escote vertiginoso por delante y por detrás, enfatizado por un largo collar de perlas. En lugar de guantes, llevaba unas finísimas pulseras de metal que le cubrían el brazo de muñeca a codo, que le daban un aire bastante atrevido. Tal vez se hubiera inspirado en las fotos de los periódicos de Josephine Baker, la famosa bailarina que causaba sensación en París. Saludó a Nancy y a Pamela con un beso y les hizo una seña para que se arrimaran a ella.

—Corre el rumor de que el mismísimo Noël Coward va a estar aquí esta noche —les dijo, ilusionada—. ¡Es mi gran oportunidad!

—¿Para qué? —le preguntó Pamela.

—Para salir en su próxima obra, obviamente. Soy actriz —replicó con orgullo.

—¿De veras? —Nancy fue incapaz de ocultar el tono de burla de su voz—. ¿Dónde has actuado?

Clara trató de adoptar una actitud relajada.

—Todavía en ningún sitio, pero he hecho pruebas para distintos papeles. Allá, en los Estados Unidos, ya sabéis.

Nada más decir eso, Sebastian surgió a su lado como un fantasma. Ninguna lo vio llegar, pero de repente estaba codo a codo con Clara, compuesto como un figurín y con una sonrisa irónica en los labios.

—Por supuesto que sí, señorita Fischer.

Clara dio un respingo y, en vez de saludarlo, fue a comprarse un programa. Nancy se acercó para darle un rápido beso en la mejilla.

—Hola, querido —le dijo—. No deberías ser tan cruel.

—Mira quién habla. ¿Ha llegado alguien más?

Pamela le echó un vistazo a la puerta.

—Ahí está Ted, con una chica que no conozco.

—Es Dolly —repuso Ted con frialdad—. ¿Piensas competir con ella?

—Desde luego que no —le contestó Pamela, desafiante. Louisa se alegró de oírlo. Estaba aprendiendo a manejar a los amigos de Nancy, lo que sin duda alguna le iba a venir bien.

Ted le pasaba el brazo sobre los hombros a Dolly con indolencia. Ella era bastante más baja que él y lucía ricos atavíos. Su largo abrigo de visón debía de valer más que todo el guardarropa de Nancy y Pamela, pero sin embargo sonreía nerviosa al aproximarse a los demás. Louisa vio que Ted le lanzaba una somerísima ojeada a Clara antes de clavar sus pupilas oscuras en las hermanas Mitford.

—Gracias por venir —les dijo.

—No, gracias a ti —respondió Pamela—. Me siento muy honrada de estar aquí.

Nancy la fulminó con la mirada, pero se mordió la lengua.

Charlotte fue la última en entrar, aún más delgada que antes, según dictaban los cánones, aunque sin la honda tristeza que la ensombrecía durante la vista. Saludó a todo el mundo de manera cordial, si bien poco entusiasta.

—¿Llego tarde? —preguntó.

—No —dijo Nancy—. Todavía no ha sonado la campana, pero si estamos todos, podríamos ir pasando.

Enseguida bajaron al patio de butacas, perdiéndose entre la bulliciosa multitud de espectadores, sin que ninguno de ellos se dignara a volver la vista atrás hacia Louisa.

El vestíbulo quedó desierto veinte minutos más tarde, esfumado ya el murmullo expectante que rodeaba al montaje más esperado de la temporada londinense. En lugar de sentarse sola en el ambigú —imposible hacerlo sin parecer una mujerzuela—, decidió sentarse en la que debía de ser la silla del acomodador, al lado de donde vendían los programas de mano. Se había traído un libro nuevo de la biblioteca de Burford, *El hombre del traje color castaño* de Agatha Christie, pero su mente no dejaba de divagar. El tráfico del exterior y el ajetreo de la gente la distraían demasiado. Además, seguía pensando en Dulcie: ¿cómo estaría ella? Y al mismo tiempo, ahí estaban ellos, alternando en el teatro, supuestamente tan felices, mientras que la joven languidecía en la prisión de Holloway. Por supuesto, sabía que Dulcie no era del todo inocente, pero tampoco lo era ella. Louisa también había actuado movida por la desesperación en algún momento, y por mucho que Dulcie fuera una ladrona, igualmente merecía alguna ayuda. No había recibido ninguna de su antigua señora, quien fue tan rápida como los demás en creerla capaz de un acto tan abominable como el asesinato.

Entonces se oyó un crujido a sus espaldas, y Louisa vio a Sebastian saliendo por la puerta lateral, con esos andares un tanto felinos que tenía. Él no pareció darse cuenta y siguió hasta la calle. Aquello la intrigó, aunque solo fuera por su aire furtivo, así que se acercó a las grandes puertas de cristal del teatro. Al asomarse vio a Sebastian con otro hombre, algo más bajo que él, con abrigo oscuro y un sombrero. Louisa distinguió un toque de rojo por el cuello. Su conversación fue breve: Sebastian le entregó algo —¿dinero, tal vez?— y recibió algo a cambio. Fuera lo que fuese, tenía que ser pequeño, porque desapareció de inmediato en el bolsillo de su chaqueta. Louisa volvió a su asiento a toda prisa y abrió de nuevo el libro, de modo que si entonces se fijaba en ella, la hallara totalmente enfrascada en su lectura.

24

$\mathcal{L}$ouisa, adormilada, se sobresaltó al oír el rugido de los aplausos que señalaban el final de la obra. Los acomodadores abrieron las puertas y el público brotó como un gran suspiro tras revelar un secreto largo tiempo guardado. Muchos se dirigieron a los aseos y guardarropas, otros a la calle, y la corriente de aire frío de las puertas abiertas terminó por despertar a Louisa del todo. Al momento escudriñó entre la multitud, pero Pamela la divisó antes, con los ojos brillantes de emoción.

—¡Ay, Lou, qué bien lo he pasado! Creo que nunca me había reído tanto.

Louisa no vio nada censurable en tan inofensiva diversión.

—Y, además, Clara dice que podemos pasar a los camerinos. Conoce a una de las actrices. Vamos a ir todos. Sígueme.

Ambas salieron casi a la carrera para alcanzar a los demás, que habían doblado a la izquierda por Jermyn Street, donde había un discreto cartel en blanco y negro que anunciaba la entrada de los artistas. Llegaron a tiempo de tirarle del frac a Ted, el último en ser admitido por el portero, quien le daba tanto dramatismo al asunto como a lo sucedido anteriormente encima del escenario.

—No puede haber más de ocho personas en los camerinos —les advirtió—. Así lo dice la normativa contra incendios. Voy a tener que hacer recuento…

Ted le calló la boca entregándole un billete de una libra con un apretón de manos.

—Un millón de gracias, jefe —le dijo con soltura—. Estamos

deseando ver a nuestra amiga, la señorita Blanche. Usted ya me entiende.

El portero se detuvo, se quitó la gorra y se guardó el dinero en el bolsillo.

—Desde luego, caballero. Que pasen una buena noche. —Luego se sentó detrás de su mesita junto a la puerta, con expresión satisfecha.

Sin embargo, cuando llegaron ante el camerino número seis, se dieron cuenta de que el portero tenía razón. Aun pasando por alto la normativa contra incendios, el cuarto era diminuto, y ya lo ocupaban unas cinco o seis personas. Blanche era sin duda una actriz apreciada, que entonces expresaba su complacencia por la atención recibida al tiempo que les servía champán a sus invitados. Aún llevaba el maquillaje de la actuación, pero se había envuelto en un kimono de seda japonés, bien ceñido a su esbelta cintura. La habitación estaba intensamente iluminada, y en el enorme espejo habían colgadas varias tarjetas y fotografías de sus admiradores. Sobre el tocador, al lado de sus pelucas, un jarrón con flores marchitas y otro con rosas blancas recién cortadas. Clara no se despegaba de su amiga, embebiéndose de cada palabra que pronunciaba, así como de grandes tragos de champán. Seb hablaba por los codos con otro joven, al cual no dejaba meter baza. Dolly tomaba sorbitos en silencio, mientras que Ted, a su vera, observaba al resto de los hombres como si fuera un bulldog guardando un chuletón frente a una manada de perros callejeros.

Louisa y Pamela, sin saber qué hacer, se quedaron en el pasillo, atribuladas. En ese momento, Charlotte salió a empujones del camerino, seguida de cerca por Nancy. Charlotte parecía querer marcharse de allí, pero Nancy le tiró del abrigo.

—No te vayas —le rogó—. Si esperas un poco, podríamos irnos todos juntos…

—No tengo ganas —respondió la otra con aspereza.

Louisa se retiró a un segundo plano. No era que Charlotte hubiera reparado en ella, pero igualmente sintió que se estaba entrometiendo en una conversación ajena.

—¿No te ha gustado la obra? —le preguntó Pamela, con bastante valentía.

—Dolly no podría comprar nuestro favor ni con todas las entradas de teatro del mundo —dijo, cerrándose el elegante abrigo de terciopelo—. No sé si lo sabéis, pero Adrian estaba totalmente en contra de que Ted se casara con ella.

—¿Y qué más le daba a él? —Cuando los demás entendían que era mejor no tocar ciertas cuestiones, Nancy era incapaz de quedarse callada.

Charlotte se encendió un cigarrillo y exhaló un suspiro.

—Cuando Ted tenía nueve años, su padre murió en un accidente automovilístico, así que su madre lo mandaba a pasar las vacaciones con nosotros. También era el ahijado de nuestro padre, y supongo que necesitaba alguna figura masculina en su vida. Después de que Pa muriese hace tres años, Ted se lo tomó aún peor que mi hermano, quien adoptó el papel de padre con él. Algo muy propio de su carácter pomposo. —Soltó una risa amarga—. Tampoco es que Ted se lo agradeciera mucho. En realidad, creo que estaba un poco prendado de mí. Siempre se ponía de mi parte cuando me peleaba con Ade. —Le dio una última calada al cigarrillo, lo tiró al suelo y lo aplastó con el tacón—. Ahora, Adrian no está, y esa ramera le ha echado el guante a Ted. No, no me ha gustado la obra. ¿Podemos irnos ya?

Nancy había estado escuchándola con atención, y Louisa casi pudo ver cómo iba tomando nota mental de cada palabra, pero una voz masculina y estridente se oyó a sus espaldas antes de que le diera tiempo a responder.

—Qué espantosa calamidad, querida. Espero que la próxima sea mejor en su opinión.

Estalló un coro de carcajadas. Al volverse, Nancy, Pamela, Charlotte y Louisa se encontraron ante un elegante caballero de ojos afables, enmarcados por unas cejas tan finas como las de una mujer. Se trataba a todas luces del autor de la obra, el señor Noël Coward. Detrás de él había un corrillo de tres o cuatro hombres y mujeres que no dejaban de soltar risitas. Nancy empalideció al instante, y Pamela intentó esconderse en alguna parte, pero Charlotte parecía ofendida y no pensaba aceptarlo, así que se abrió paso entre ellos e hizo un furioso mutis por el pasillo.

Nancy decidió cuál sería su siguiente paso.

—Señor Coward —dijo—, algunos tenemos la lengua tan afilada que nos cortamos al hablar. —Él se quedó delante de ella, con las caderas ligeramente inclinadas a un lado y una sonrisa divertida en los labios—. Usted, como hemos podido comprobar esta noche, pule la hoja.

El señor Coward se echó a reír, sacudiéndose como si fuera de gelatina.

—Vaya, vaya —repuso él, rodeando la cintura de Nancy con el brazo—. Es usted la monda, señorita. Quiero saberlo todo sobre usted... —Entonces la acompañó hasta el atestado camerino, que milagrosamente se abrió para hacerle sitio.

Louisa y Pamela, fascinadas por aquel giro de los acontecimientos, no pudieron por menos de seguir mirando desde la puerta. Clara intentó esconder su enfado con una sonrisa congelada tras ver a Nancy entrar del brazo de Noël Coward, pero era evidente que creía haber perdido su oportunidad. Dolly y Ted se marcharon, empujados por los recién llegados. Antes de desaparecer, la joven miró a Clara, luego al dramaturgo, y le murmuró a Ted al oído:

—De todos modos, no iba a poder acostarse con ese para ascender.

Ted corrió detrás de ella, susurrándole lisonjas que Louisa no logró oír.

Pamela y Louisa se miraron.

—¿Qué hacemos? —le preguntó Pamela.

—Será mejor que esperemos a Nancy. —La situación la superaba.

Pamela tiró de ella para apartarla de la puerta.

—Empezaba a sentirme idiota, ahí plantada como un pasmarote. Además, me muero de hambre.

Louisa recorrió el pasillo con la mirada; había otros camerinos abiertos, de los que salían luces y ruidos.

—Podríamos dejarle un mensaje al portero, y comer algo en un café cercano.

Pamela asintió con la cabeza.

—Sí, por favor.

Así pues, volvieron a la entrada para despachar el recado y salir por Jermyn Street. El portero, bastante más obsequioso que al principio, les recomendó el nuevo Kit-Cat Club de Haymarket y prometió informar a los amigos de la señorita Blanche de que allí estarían. Pamela arguyó que alguien como ella no podía poner un pie en un antro semejante, pero el hombre le explicó que se trataba de un restaurante de estilo americano, lo que quería decir que se podía pedir hasta altas horas de la madrugada.

—De hecho —dijo, como si les ofreciera una perla de sabiduría mundana—, la cena no empieza a servirse hasta las diez. Entonces es cuando llega todo el mundo, una concurrencia bastante animada, por lo que sé. El local se transforma en cabaré a medianoche —añadió con un guiño.

Pamela se despidió a toda prisa y ambas se fueron.

Louisa, poco acostumbrada a saltarse los horarios puntuales del cuarto de los niños, sentía un vacío en el estómago. Por lo que parecía, Nancy y sus amigos enmascaraban el apetito con tabaco y alcohol, ya que ninguno hizo mención de la cuestión alimenticia.

—No creo que debamos ir a ese lugar —opinó Pamela.

—Seguramente no.

Llegado ese punto, Louisa estaba tan hambrienta como desilusionada. Le hubiera gustado echar un ojo a los círculos de la alta sociedad, por no hablar del espectáculo. Mientras pensaban qué hacer, algo aturdidas por la cacofonía de luces, personas y tráfico que hacía que parecieran más las once de la mañana que de la noche, Clara apareció delante de ellas. Había estado llorando, y llevaba chorretones de maquillaje sobre la cara.

—¡Clara! —exclamó Pamela—. ¿Qué te ha pasado?

Clara resopló por la nariz y las miró. Aun con las mejillas emborronadas y las lágrimas que anegaban sus enormes ojos, seguía estando indudablemente guapa. El resto del mundo se afeaba al llorar, pensó Louisa, y tuvo que contenerse para no decir en voz alta que le parecía una injusticia. Las expresiones del cuarto de los niños podían ser contagiosas.

—Nada nuevo —respondió, llena de indignación—. Dudo que haya un solo hombre decente por aquí. Son todos unos puer… —Entonces pareció acordarse de la inocencia juvenil de Pamela y se calló—. Lo único que pido es que alguien me dé una oportunidad sin tener que… —Volvió a callarse, soltó un hipido ahogado y se llevó la mano a la boca—. Ay, madre —dijo—, estoy borracha.

—¿Nancy viene ya? —le preguntó Pamela, tratando de obviar la última frase con educación.

Clara asintió.

—Con Sebastian —apostilló asqueada.

Pamela retrocedió espantada.

—¿Te ha hecho algo, Clara?

Clara miró a su alrededor, al torbellino de gente. Nadie se fijaba en ellas. Se puso el dedo sobre los labios y se tambaleó un poco al levantar su bolso de noche, prendido de una larga cadenita. Abrió el cierre y se lo enseñó a Pamela y Louisa.

—Pero no lo volverá a hacer más. Ninguno de ellos podrá hacerlo. —Al mirar dentro, vieron el brillo de un puñal, reposando sobre el forro de seda rosa y una polvera enjoyada.

—Clara… —comenzó Pamela, pero la aspirante a vampiresa americana ya se había alejado dando tumbos, y lo siguiente que oyeron fue el sonido de un vómito cayendo a las alcantarillas de Jermyn Street.

Unos días después de la detención de Elsie White, Guy y Mary seguían patrullando de incógnito por Oxford Street, aunque con pocas esperanzas de dar en el blanco dos veces. El reloj marcaba esa hora indeterminada en la que el aburrimiento despertaba el hambre, pero todavía era temprano para comer. El cielo estaba cubierto de nubes plomizas y amenazaba con llover. Se oía el rugido del tráfico y los peatones circulaban deprisa, aunque las tiendas parecían casi vacías. La Navidad no estaba tan próxima para infundir el frenesí de compras que vendría después. Ambos se detuvieron delante de un quiosco, y Mary se puso a hojear las páginas de sociedad de la revista *Tatler*.

—¿Quién es esta gente? —se burló—. Mira qué nombres tan raros: Ponsonby, Fitzsimmons, Tralará.

—¿Tralará? —Guy fingió lanzarle una mirada severa por encima de las gafas—. ¿En serio?

—Así es. —Mary adoptó un tono de pregonera—: Se ha visto a la señorita Tralará bailando en el Ritz con el señor Treleré, en un acto benéfico por los soldados caídos.

Se estaban riendo cuando Guy vio un titular en la página tres del *Times* que le cerró la boca en el acto. Entonces le dio unas monedas al repartidor antes de que se le pusiera insolente por leer sin pagar.

—Joynson-Hicks le declara la guerra al vicio —dijo.

—¿Cómo?

Guy leyó un poco la noticia.

—Es un político que quiere cerrar las salas de fiestas. No

las que frecuentan los encopetados, sino las del Soho. Y mencionan el 43. Mira, este es el problema del que hablamos, aquí lo dice. —Le señaló un párrafo a Mary, quien lo leyó haciendo frente a una fría ventolera.

—La policía debe pisar los locales para detectar los vicios que se desarrollan en ellos, pero al hacerlo se entrega a lo mismo que debería combatir —resumió ella—. ¿Y cómo iban a hacerlo si no?

—Ni idea. El de la fotografía es George Goddard. Dirige la brigada antivicio de la comisaría de Savile Row. No queda lejos de aquí.

—Tenemos que ir —dijo Mary, devolviéndole el periódico.

—Lo sé, pero ya lo hemos discutido. Cornish no nos dará permiso, y no podemos ir sin permiso. —Guy se pellizcó el caballete de la nariz donde reposaban sus gafas, sintiendo los inicios de una jaqueca.

—Pues iremos fuera de servicio.

Guy exhaló un suspiro y enrolló el periódico.

—Pero nunca estamos fuera de servicio, ¿no?

—Me dijiste que tu amigo Harry tocaba en la banda de ese lugar —añadió Mary.

—Sí, pero…

—Pues ya está decidido. Si nos pillaran por algún motivo, podremos decir que hemos ido a ver a Harry. No tenemos por qué hacer nada ilegal mientras estemos allí, ¿sabes? —Mary le estaba implorando, y a él le costaba mucho resistirse cuando lo hacía—. Solo iríamos a echar un vistazo. Podríamos indagar un poco y tal vez descubrir algo. Es mejor que nada, que es lo que tenemos por ahora.

—Esta noche no —respondió él.

—Pues esta noche no —convino ella—, pero próximamente.

Guy se dio cuenta de que Mary ya había empezado a contar las horas.

26

Antes de marcharse de Asthall Manor, Louisa pidió tres horas libres para visitar a un pariente enfermo durante su estancia en Londres, que se descontarían de su horario de la semana siguiente. Tras estudiar el mapa de la ciudad que poseía lord Redesdale, con su esquema del metro impreso en el reverso, Louisa estimó que, si salía a las ocho de la mañana, podría estar de vuelta a las once, a tiempo de acompañar a las hermanas a su sesión de compras. Lady Redesdale se mostró reacia, pero terminó accediendo. Entre tanto, Louisa había escrito una carta a la prisión de Holloway en la que solicitaba visitar a la prisionera Dulcie Long. Y como Dulcie seguía estando bajo custodia preventiva, el proceso fue bastante rápido, y Louisa recibió el permiso a tiempo. Los prolegómenos se desarrollaron con relativa facilidad, lo que le infundió una falsa sensación de seguridad hasta que se vio encaminándose hacia la cárcel aquella mañana de viernes.

Al doblar por Camden Road, distinguió entre los árboles lo que no podía ser sino un penal, que se alzaba amenazante ante sus ojos como el castillo de un cuento de hadas. La cercanía con el lugar no hizo nada por tranquilizarla, pues flanqueaban la portada dos gigantescos grifos de piedra, empequeñecidos a su vez por los muros de ladrillo gris que parecían alcanzar una altura semejante a la de las habichuelas mágicas de Jack. Los torreones estaban rematados con cruces talladas, y las ventanas eran simples troneras, que no dejaban pasar la luz ni admirar el paisaje. Louisa se arrebujó aún más en su abrigo y cuadró los hombros porque sabía que estaba obligada a seguir adelante.

De alguna manera, ver a otros como ella y de su misma clase le brindó cierto consuelo. Los visitantes habían formado una cola ante la puerta de madera, lo que producía un efecto casi cómico, como si al otro lado les esperase un mago con su dragón. La mayoría eran mujeres, de sombreros baratos y abrigos ralos, con alguna mancha de carmín sobre sus rostros tristes, aunque también había unos cuantos hombres, tocados con gorras y fedoras, los cuellos de las chaquetas oscuras levantados, y casi todos sostenían un pitillo entre el índice y el pulgar. Una de las mujeres destacaba por su belleza y juventud, de la mano de una chiquilla con un cuello de terciopelo, que se aferraba a su osito de peluche como si fuera un salvavidas.

Entonces repicó una campana a lo lejos, se abrió la puerta y desfilaron todos en orden, prestos a dar su nombre y ser cacheados por el funcionario de turno, cuya actitud revelaba una combinación ponzoñosa de aburrimiento y suspicacia. Louisa avanzó con paso firme, a la vez que se recordaba que no había hecho nada por lo que sentirse culpable. La cuestión era si lo habría hecho la persona a la que iba a visitar.

Después del registro, se indicó a los visitantes que siguieran a un oficial por una serie de pasillos. Cada puerta debía ser abierta con llave y volverse a cerrar con estruendo antes de proceder a la siguiente, de modo que eran conducidos como ovejas entre una y otra. Finalmente llegaron a la sala de visitas, dividida por una larga línea de lo que parecían ser armarios abiertos, lo que le daba un aspecto de casa de empeños. Varios guardias vigilaban apostados contra la pared, todos ellos con los brazos cruzados sobre una barriga prominente. Le dijeron a Louisa el número de ventanilla, y allí se sentó ella, delante de una pantalla de madera en la que había una abertura cuadrada con barrotes de hierro. Tuvo que esperar unos minutos hasta que apareció Dulcie al otro lado, con la cara macilenta y las clavículas marcadas bajo el uniforme gris. Louisa volvió a sorprenderse por su increíble parecido, pero en esa ocasión fue como si mirase a través de un espejo la que podía haber sido su vida, un cruel recordatorio del camino que no había tomado.

Intentó no inmutarse ante la expresión derrotada de Dulcie, a pesar de que la muchacha sonrió al verla.

—Cuando me dijeron que ibas a visitarme, no me lo creía. Pensaba que no querrías volver a verme.

Louisa vaciló un instante. Aunque había ido hasta allí y empatizaba con Dulcie, todavía no tenía muy claro lo que pensaba de ella.

—Esas joyas… —comenzó a decir, cuando Dulcie apartó la mirada—. ¿Por qué te las llevaste? ¿Era ese el trato que hiciste con… ya sabes quienes? —No se atrevía a pronunciar el nombre de las Cuarenta en aquel lugar—. ¿Lo que me contaste?

Dulcie hizo un leve gesto de asentimiento, mas no dijo nada.

Louisa echó un vistazo a su alrededor, pero nadie parecía escucharlas. De todos modos, bajó la voz.

—Ya sabes que puedo entender tu situación, pero si lo hubiera sabido, no te habría dejado entrar en la casa…

Dulcie alzó los ojos, empañados en lágrimas.

—Lo sé. No tuve más remedio que mentirte, pero te prometo que todo lo demás era verdad.

—Vi a esa mujer del pub durante la vista. ¿Estaba allí para que no hablaras de ellas?

—Sí —contestó Dulcie, pronunciando a duras penas.

—¿Acaso las estás protegiendo, Dulcie? Porque no creo que debas hacerlo, seguro que pueden valerse perfectamente por sí mismas. —Louisa empezó a envalentonarse.

El semblante de Dulcie se ensombreció.

—Saben bien dónde estoy, y ya me han advertido de malas maneras que no abra el pico. En el fondo les conviene tenerme aquí encerrada.

Louisa bajó los ojos mientras se armaba de valor, hasta que volvió a enfrentarse al rostro de Dulcie al otro lado del ventanuco, y susurró:

—¿Fuiste tú?

Dulcie estuvo a punto de gritar, pero se contuvo.

—No, no fui yo. No sé lo que pasó, pero yo no lo hice.

—Entonces habrá algún modo de demostrarlo.

—No. Estoy acabada, aquí dentro y fuera. Y si no me tienen a mí, irán a por mi… —se calló de pronto.

—¿A por quién? —preguntó Louisa.

—A por mi hermana, Marie. Creo que lo mejor que podrías hacer es olvidar que me conoces.

Louisa volvió un poco la cabeza, pero el guardia más cercano dedicaba toda su atención a una mujer que había dos mesas más atrás, que amenazaba con besar al preso que estaba visitando.

—Podrían colgarte por esto.

—Déjalo ya, por favor.

Louisa trató de sonreír. Como si alguna de ellas fuera capaz de ponerse a hablar del tiempo, o de la última película de Mary Pickford.

—De acuerdo.

—Y, por cierto, ¿qué haces en Londres?

—He venido de carabina. Las hermanas Mitford van a asistir a un baile en Chelsea esta noche.

—¿Sabes si estará la señorita Charlotte?

—No lo sé —respondió Louisa con franqueza—. Puede que sí. Anoche estuvo en el teatro.

Dulcie hizo una mueca.

—Lo único que sabe hacer esa gente es andar de fiesta. Si la ves, ¿podrías darle un mensaje de mi parte?

—No lo sé, Dulcie.

La chica dejó caer los hombros.

—Sí, tienes razón. No puedes hacer eso. Era una tontería, no sé por qué se me ha ocurrido.

—¿De qué se trata? —Louisa intentó animarla con la mirada—. Tal vez podría decírselo si surgiera el momento oportuno.

—Pues, es que resulta que la modista estará esperando a que recoja y le pague un vestido, y ya sabes, es una de nosotras. Le hará falta el dinero. Es la señora Brewster, en el número 92 de Pendon Road, en Earl's Court.

Louisa dudó. No tenía muy claro que debiera hacerle ese favor.

—Bueno. Pero ¿quién crees tú que lo hizo? Tuvo que ser alguno de los que estaban en la fiesta, ¿no?

Dulcie torció el gesto.

—Sé que tienes buena intención, pero es mejor que lo olvides. Te aseguro que no hay nada que hacer. El juicio será después de Navidad, y se acabó. Nadie podrá evitarlo. No le des más vueltas.

En ese momento la asaltó el recuerdo de su tío Stephen, y de todas sus fechorías que quedaron impunes. Dulcie no era mejor ni peor que ella, y había intentado ir por el buen camino. Había sido una cuestión de pura mala suerte. La suerte que siempre le tocaba a los de su clase, porque nadie más podía entender lo imposible que resultaba cambiarla. Si vivías entre ladrones, se te trataba como tal, y al final, desesperada, hambrienta, terminabas por creer que tú también lo eras. Y encima, si te esforzabas por mejorar, nadie te dejaba hacerlo. O, mejor dicho, casi nadie. A Louisa le habían dado otra oportunidad; era difícil, pero no imposible. No podía darse por vencida con Dulcie, todavía no.

27

*L*ouisa se habría metido en la cama con gusto nada más volver al piso de Iris Mitford, pero ni siquiera era mediodía. Encontró a Pamela y a Nancy en el salón con su tía, una mujer esbelta de cuarenta y tantos años, bella y salvaje para su generación, con los labios pintados de rojo. (Su cuñada no se habría dejado ver con afeites en la cara ni muerta.) En sus ojos grises había un brillo malicioso y acerado. Iris adoraba a la juventud, un concepto que para ella excluía a la infancia, y no dudaba en remachar la importancia de llevar un buen atuendo y de ser interesante en la vida. Cuando supo que Pamela iba a dar una fiesta de disfraces por su cumpleaños, les recomendó a las hermanas que «conquistaran al hombre, no el premio». («Y sin embargo, Iris no lo ha hecho nunca», como había señalado Nancy, llevándose un golpe de Pamela en el brazo.)

Pamela pegó un respingo al entrar Louisa, y la niñera sospechó que había interrumpido una de las anécdotas más salaces de Iris sobre la época eduardiana, algo que lady Redesdale no habría aprobado jamás de los jamases. Fue Iris quien le contó a Nancy el viejo truco del merodeador de pasillos, que consistía en no pisar más que el borde de los escalones para evitar los crujidos delatores.

«En realidad es bastante raro —había dicho Nancy en el tren de ida—, porque Iris siempre ha tenido fama de santurrona. Supongo que como ahora vive en un piso y tiene dinero, puede hacer lo que le da la gana», añadió con mal disimulada envidia.

«Pero también adora a los animales, igual que yo —replicó Pamela—. Una vez escribió una carta al *Times* mostrándose de acuerdo con la duquesa de Hamilton en que la leche de cabra tiene "un sabor delicioso", y animando a que más gente la probara. Y se encargó de cuidar de las gallinas del abuelo en Batsford, recogiendo los huevos y todo eso.» Después de haber conocido a Iris Mitford, a Louisa le costaba bastante trabajo creerse la última parte, pero Pamela juraba que era verdad.

—Hola, Louisa —la saludó Pamela—. Estaba hablándole a Iris de la cena de anoche. —Mentía, pero era una buena mentira. Todo el mundo sabía que Pamela recordaba hasta el último detalle de cada bocado que probaba.

Iris, fumando con una boquilla larga y cruzada de piernas, no se inmutó ante su llegada.

—Buenos días —dijo Louisa, con cuidado de no decir «Iris», lo que no habría estado bien, ni «señorita Mitford», lo que no le habría gustado a su anfitriona. A pesar de que en sentido estricto su título era el de «señorita», prefería ser llamada por su nombre y apellido, sin añadidos—. Solo quería avisar de que he vuelto y estoy lista para acompañar a las señoritas a hacer sus recados.

Iris le lanzó una mirada con actitud indolente.

—Bien, pues ya podéis marcharos, niñas. Pero venid a verme antes de salir esta noche, quiero ver lo que os ponéis.

Las hermanas soltaron una risita y se despidieron de su tía con un beso en la mejilla.

A las seis de la tarde, tras una agradable jornada de compras y encargos realizados, además de una escapada a la cafetería de los almacenes Peter Jones para tomar un chocolate caliente, las jóvenes regresaron a casa, se cambiaron de ropa y entraron al salón para someterse a la inspección de su tía. Iris también iba de gala, con un vestido negro de crespón de china hasta la rodilla, y un colgante de estilo egipcio atado a una cadena de oro que caía bastante por debajo de su cintura. Pamela se cuadró cual soldado en un desfile al lado de la chimenea, con la espalda bien recta a fin de ocultar las curvas que le restaban elegancia a su atuendo, aunque al menos el color mermelada la favorecía. Nancy volvía a lucir su vestido con cuentas, pero ahora llevaba unos guantes nuevos de lo más atrevido, jalonados de diminutos botones morados de la muñeca al codo.

—Esta noche voy a salir con el coronel Maltravers, y no sé a qué hora volveré —explicó Iris—. Confío en que no me molestaréis por la mañana, ¿de acuerdo? Gracie se ocupará de todo. —Hizo una pausa esbozando una sonrisa lobuna—. Estáis arrebatadoras, queridas. Y ya sabéis: dejad el pabellón bien alto.

Entonces se rompió el hechizo que las ataba, y se despidieron en un torbellino de besos y adioses, antes de arrastrar a Louisa a la puerta, donde les esperaba un taxi.

Primero asistieron a una cena, una pequeña reunión organizada por una amiga de lady Redesdale, a la que Louisa no estaba invitada. Se pasó el rato esperando en el vestíbulo, desde el que se podía oír el entrechocar de los cubiertos y el murmullo educado de la conversación procedentes del comedor. Cuando acabó por fin, tomaron un segundo taxi a pesar de que el baile no quedaba lejos, en Lower Sloane Street. Nancy y Pamela habían estado entusiasmadas durante el trayecto, pero Louisa supo que iba a ser una decepción desde antes de entrar. Aunque había algún hombre que otro, la mayoría eran muchachas de la edad de Nancy, ninguna de ellas guapa, y vigiladas casi todas por sus ancianas tías. Louisa se aguantó la risa al ver a un decrépito caballero con sombrero de copa y bastón, el cual ponía cara de asco cada vez que iba a dar un sorbo a su copa y la ramita de menta le hacía cosquillas en la nariz.

Pamela divisó a dos amigas suyas y fue con ellas, mientras que Nancy, amohinada, cogía una copa de un camarero que pasaba. La banda tocaba una pieza de jazz desganadamente, aunque todavía era pronto para que nadie saliera a bailar, y las tías empezaron a sentarse en grupos alrededor de la sala como cuervos territoriales. Louisa se quedó al lado de Nancy por el momento, sin terminar de aceptar la cruda realidad de que su sitio estaba junto a las vetustas carabinas.

—Esto va a ser mortal —se lamentó Nancy, a lo que Louisa le respondió con expresión comprensiva. El aya Blor le había explicado que su tarea consistía en recordar a las chicas lo afortunadas que eran, incluso en las situaciones más desesperadas, pero ni siquiera ella habría podido fingir que Nancy iba a disfrutar de la velada. Una mujer robusta de cuello ancho y perfil equino se aproximó a ellas, y Louisa se retiró rápidamente.

—Nancy, querida —la saludó con voz atronadora—, qué alegría que hayas venido, sobre todo después de ese feo asunto de la muerte de Curtis. —Las últimas palabras las pronunció en un susurro teatral que solo habría dejado de oír quien hubiera estado fuera de la sala.

—Señora Bright —dijo ella en tono gélido—. Mi madre les manda sus mejores deseos a usted y su marido. Lamentamos mucho enterarnos de la expulsión de Paul de Oxford.

La señora Bright dio un paso atrás.

—Fue una marcha voluntaria, a raíz de un malentendido —farfulló, pero el cuchillo había hecho blanco—. Mis mejores deseos a ellos también. —Salió huyendo.

Pamela regresó con el rostro pálido.

—Nadie habla de otra cosa —murmuró. Las dos sabían bien a qué se refería.

Nancy apuró su copa.

—Mira, nos quedaremos un poco más porque Mamu tiene a sus espías controlando nuestros movimientos. Es peor que los malditos bolcheviques. No te sorprendas tanto, Mujerona. Ya la conoces. Pero luego podríamos escaparnos y visitar alguna sala de fiestas.

—¡No podemos! —gimió Pamela—. Mamu lo sabría.

—No tiene por qué, si volvemos antes de que acabe el baile y nos ven despedirnos de la señora Bright y las demás.

Louisa fue a abrir la boca, pero Nancy le chistó.

—Tú no tienes por qué meterte en esto, Louisa. Puedes quedarte aquí, y si nos descubren, diré que no sabías nada.

—Pero el caso es que sí lo sé —respondió ella. Aparte de eso, deseaba ir a una sala de fiestas con toda su alma, mucho más de lo que le apetecía quedarse allí con los cuervos, aunque sabía que no debía reconocerlo. Hacía mucho tiempo que había aprendido que mostrar entusiasmo ante la clase alta era tan malo como bañarse en sopa fría. Habrían hecho lo posible por ponerle coto. La única manera de salir adelante era a golpe de afectada indolencia. A menos que fueras estadounidense, claro, la excepción que confirmaba la regla, como en tantas otras cosas. Clara Fischer era tan entusiasta como un cachorro de labrador, pero a sus amigos les enternecía igual. Entonces se acordó del puñal que vio en el bolso de Clara. ¿Lo habría usado alguna vez? ¿Por qué demonios lo llevaba? Sin embargo, optó por desterrar el recuerdo de su mente. En ese momento no podía hacer nada al respecto.

Las tres echaron otra ojeada. Las cosas no habían mejorado ni un ápice. En todo caso, los camareros empezaban a contagiarse del tedio imperante.

—No hay nada tan deprimente como una fiesta fallida —sentenció Nancy—. Preferiría estar en un funeral. Allí al menos puedes echarte a llorar si quieres. —Pamela soltó una risita, cosa que complació a su hermana.

—Vamos a hablar con toda la gente que podamos. Así nos cubrimos las espaldas —propuso Pamela, afable.

Ambas muchachas miraron a Louisa expectantes.

—De acuerdo —accedió, como si se hubiera dejado convencer—. Pero iré con vosotras para saber que estáis a salvo y asegurarme de que volvéis a tiempo.

—Lo sabía —repuso Nancy, cuando se hizo el silencio y un ujier invitó a la concurrencia a pasar al salón del baile—. Nos vemos aquí dentro de veinte minutos —susurró—. Nadie se dará cuenta si nos vamos entonces.

Poco después, Nancy las condujo a través de una puerta vidriera en la parte posterior del salón. Hacía un frío que pelaba sin los abrigos, pero rodearon el edificio a toda prisa hasta la calle, donde Nancy paró un taxi como si lo hubiera hecho toda la vida. Louisa se quedó mirándola.

—A veces le digo a Mamu que voy a visitar a Tom en Eton, pero en realidad tomo el tren a Oxford para pasar el día allí. No te escandalices tanto, Lou, ya tengo veintiún años. Sería tonta si no saliera por ahí de vez en cuando.

Se subieron al taxi y Nancy le indicó la dirección al chofer: el número 43 de Gerrard Street, en el Soho.

—¿El Soho, Nancy? ¿Estás segura?

Louisa no había estado nunca, pero, como todo el mundo, había leído los artículos del *Daily Sketch* sobre prostitutas, proxenetas y embriaguez. Desde la llegada de las *flappers*, los músicos de jazz y los bailes de negros, por no hablar de las sobredosis de cocaína y el alcohol que se servía después de la hora permitida, todas las historias pintaban un retrato bastante sórdido del lugar.

—Estarán todos allí —replicó ella con confianza. Pamela no dijo nada, pero, curiosamente, tampoco parecía estar nerviosa.

El taxi avanzaba a gran velocidad, acercándose a la vertiginosa rotonda de Hyde Park, donde los coches se incorporaban desde cuatro puntos distintos, y en la que no se podía hacer sino rezar para salir por el carril correcto.

—¿Cómo lo sabes? —le preguntó Louisa.

—Porque Ted se ha prometido con Dolly Meyrick, y ella está a cargo del local mientras que su madre pasa unos meses de incógnito en París. Por eso sé que la pandilla al completo estará allí. —Nancy le dedicó una mirada de falsa conmiseración a Pamela—. Siento mencionar su nombre otra vez, querida. —Pamela hizo caso omiso.

—¿Dolly es hija de la señora Meyrick?

La noticia asombró a Louisa. El hecho de que se hubiera prometido con lord De Clifford también era de lo más extraordinario. La señora Meyrick, como sabía cualquiera que disfrutara de los chismes de sociedad, era célebre por sus infames cabarés y sus frecuentes detenciones.

—Sí —dijo Nancy, arqueando las cejas—. Ahora bien, es muy posible que no llegue a suceder nunca. Ted todavía no ha cumplido los veinte años, y su madre jamás le dará su bendición. Sin embargo, ella era actriz cuando se casó con su padre, y hay quien podría decir, y sin duda lo harán, que Ted va a casarse con su madre, igual que todos los hombres.

—Naunce, no seas tan mala —la regañó Pamela, pero las tres estallaron en una lluvia de risitas y resoplidos, un alivio merecido tras la tensión de las últimas semanas y de esa noche. Cuando Piccadilly surgió ante su vista, con el Eros sobre un fondo de enormes carteles luminosos que anunciaban los cigarrillos Army Club y CANNES, LA COSTA DE LAS FLORES Y LOS DEPORTES, en una cascada de luces rosas y naranja amanecer encima de un mar azul, Louisa sintió una descarga de adrenalina que recorrió su cuerpo como si ella también estuviera conectada al generador.

La puerta del Club 43 no revelaba lo que albergaba en su interior. Estaba situado en una callejuela larga y estrecha, y la hora era avanzada, pero parecía un día de mercado en Burford, con las aceras llenas de hombres y mujeres, además de un borracho o dos dando tumbos. Louisa creyó ver el comienzo de una pelea con el rabillo del ojo. Nada más dejarlas, el taxi se alejó a la carrera, pues no quería recoger a nadie allí. Nancy llamó a la puerta cerrada, que abrió un hombretón vestido de etiqueta que les echó un vistazo rápido, tal vez algo dudoso al ver a Louisa, pero que terminó invitándolas a pasar con un gesto.

Dentro del vestíbulo había una ventanilla, tras la que se sentaba una linda jovencita con el cabello tan brillante como una moneda de cobre recién acuñada. La muchacha les dedicó una sonrisa llena de dientes y le pidió diez chelines a cada una —«la cuota de entrada»—, que se encargó de pagar Nancy.

—Rompí la hucha antes de venir —explicó.

—¿Seguro que no fue la de Unity? —preguntó Pamela, pero Nancy se limitó a esbozar una mueca burlona.

Ya se podía oír el ritmo veloz de una banda de jazz, entre la que sobresalían los acordes agudos de una trompeta que ascendía cantarina a medida que descendían por unos estrechos escalones, rodeados a ambos lados por sendas paredes pintadas de un rojo vivo como esmalte de uñas. Al final llegaron a una sala en penumbra, en la que un muro de humo, calor y ruido, embriagador como el vino, golpeó a Louisa en el rostro. Nancy dio un chillido y levantó la mano para saludar a alguien, antes de ser devorada por el vaivén de la multitud, un mar de cuerpos que se desplazaban al unísono. Pamela enlazó el brazo de Louisa con el suyo y le gritó al oído:

—Aquí no conozco a nadie, Lou.

—Sigue a Nancy —exclamó ella.

Y así se lanzaron juntas a aquel mar, y Louisa sintió un vago deseo de quedarse allí para siempre.

28

*T*al como predijo Nancy, su círculo de amigos se encontraba en el club: Sebastian, Clara, Ted y Charlotte. Phoebe también estaba allí. Se repartían entre dos mesas atestadas de copas de champán, llenas y medio vacías, al borde de la pista. Había más personas con ellos, nadie a quien conociera Louisa, pero todos lucían las marcas distintivas de su clase: rayas de *kohl*, labios del color de las ciruelas pasas y cabelleras cortas y rectas para ellas; rostros cetrino y trajes de etiqueta para ellos, con algún dandi ocasional. El blanco de sus ojos centelleaba entre el humo de los cigarrillos mientras contemplaban a Louisa y a Pamela, quien se sintió como si estuviera encaminándose al altar de los sacrificios. Clara se acercó a ellas y abrazó a Pamela, tras lo que les dedicó una mirada apologética y secreta. La última imagen que habían visto de ella había sido un tanto grotesca.

—La vida sigue, ¿verdad, queridas? —dijo. Entonces le echó un vistazo a Pamela—. Estás absolutamente divina. Sin duda causarás sensación. —El placer se reflejó en el semblante de Pamela. Luego miró a Louisa y añadió muy seria—: ¿Sabes que eres preciosa? Si te ondularas el pelo, nadie se daría cuenta de que eres una criada. —Louisa no supo cómo reaccionar, pero Clara no esperaba respuesta alguna, pues se volvió hacia el pequeño escenario en el que tocaba la banda y alzó los brazos al cielo cual maestra de ceremonias de un vodevil—. Habéis tenido suerte, esta noche actúa Joe Katz.

Aunque la voz de Clara rezumaba admiración, Louisa no se percató en ese momento, dado que una miríada de estímulos embargaba sus sentidos: la música estridente, el movimiento de los cuerpos, el humo y la sensación de peligro que le recorría la espalda.

—Toma.

Alguna persona que no pudo ver le puso una copa en la mano y, como tenía la boca seca, se la bebió de un trago, mareándose en el acto. Esperó que Pamela no lo hubiera visto. Nancy se encontraba en medio de la muchedumbre y hablaba a toda velocidad con Sebastian y con Ted, quien abrazaba a Dolly por la cintura. Según parecía, Dolly se mostraba menos tímida allí, y de cuando en cuando se daba la vuelta para dar una orden a algún camarero, pero por lo demás atendía embelesada cada palabra de su amado. Charlotte estaba sentada en una mesa, sola y taciturna, fumando con caladas cortas y frecuentes. Su actitud sugería que acababa de tener una trifulca o maquinaba cómo iniciarla. O puede que simplemente estuviera triste. Cuando iban en el taxi, Nancy les había revelado que la madre de Charlotte seguía encerrada en su habitación desde la muerte de su hijo, sin importarle gran cosa lo que fuera de su hija. Clara se llevó a Pamela de la mano hacia la pista, donde no tardaron en ser abordadas por dos mocetones repeinados que sonreían con picardía. Louisa vio que Pamela asentía con la cabeza a uno de ellos —por desgracia, más bajo que ella—, intentaba hacer preguntas corteses por encima de la música y era incapaz de oír las respuestas, de modo que tenía que pedirle que las repitiera. Louisa aprovechó para esconderse detrás de Clara, rellenó su copa y le echó un buen vistazo a Joe Katz y su banda.

En ese instante, Joe le daba la espalda al público mientras dirigía a los músicos. Había al menos una docena, sentados y elegantemente vestidos, cada uno con un instrumento: saxofón, trompeta, trombón. De repente, el ritmo cambió y Joe se dio la vuelta, agarró el micrófono y empezó a cantar. Fue entonces cuando Louisa se dio cuenta de que Joe era un hombre de piel negra, con los pómulos marcados, una dentadura blanca y recta, y una expresión en la mirada que parecía penetrarla y pedir su rendición. Cómo no, cantó una canción de amor y noches estrelladas, y cada nota sonaba como oro líquido.

Louisa notó que la cadencia se apoderaba de ella y se entregó al baile con los demás, contoneándose al son del jazz. Cada cabello de su cuerpo se erizó, y le ardía la piel como si fuera inflamable. Llevaba puesta una chaqueta encima de su sencillo vestido, pero se la quitó arrojándola sobre una silla. No le habría importado perderla para siempre. La voz de Joe se deslizaba entre los cuerpos como un pañuelo de seda. Louisa fue sintiéndose cada vez más presa de la música. Conforme se iba acercando al centro de la pista, intercambió miradas breves y sonrisas con el resto, tanto hombres como mujeres, amistosos y seductores. Comenzó a cubrirse de sudor, pero siguió danzando igualmente. Agitó los hombros y meneó las caderas hasta que tuvo la pasmosa revelación de que todos se movían como un único ser vivo multiforme. Su mente se vació de todo, salvo de la canción y la voz arrulladora de Joe. Todo lo demás dejó de importar menos el baile. De vez en cuando, un hombre se acercaba para bailar con ella, quien sonreía dejándole hacer hasta que tenía suficiente y se apartaba para continuar sola. Era feliz. En una ocasión, una mujer vestida de plumas lilas se le arrimó más que cualquier hombre, sacudiéndose junto a ella, y le susurró al oído: «Sigue así». Y eso fue lo que hizo.

Nadie sabía que era una sirvienta. Nadie sabía que se había criado en un barrio pobre. Nadie sabía las cosas que la asustaban cuando se tumbaba de noche en su cama, antes de que el amanecer la acariciara con sus dedos rosados. Nadie sabía que estaba exultante de felicidad en ese momento, de una manera que no había conocido nunca, y que temió no volver a sentir. Nadie sabía nada de ella, ella no sabía nada de nadie, y a nadie le importaba. Era perfecto.

Por supuesto, al final acabó.

La banda dejó de tocar, Joe anunció un descanso y los bailarines se dispersaron. A Louisa le dolían las piernas, el sudor de su espalda se enfrió y tenía la boca seca. Entonces vio a Clara y Pamela, que seguían juntas, y fue con ellas.

—¿Verdad que es maravilloso? —exclamó Pamela, agarrándola del brazo.

—¿Quién? —dijo Louisa, pese a saberlo ya.

—¡Joe Katz! —respondió ella jadeante. También había estado bailando y llevaba el pelo deliciosamente alborotado, con los rizos desordenados. Por lo visto, todo el mundo estaba enamorado de Joe, y Louisa advirtió que varias mujeres lo rodeaban mientras se acercaba a la barra.

—¿Dónde está Nancy? —preguntó, recordando sus deberes ahora que la música había cesado. No tenía ni idea de la hora que era. Pamela le indicó una mesa cercana, en la que vio a Nancy fumando, enzarzada en una conversación con Charlotte. No sabía si atreverse a interrumpir, cuando notó una palmadita en la espalda. Al principio no supo quién había sido, pero al bajar la cabeza se encontró con Harry, quien le sonreía de oreja a oreja. Harry era un amigo de Guy, su antiguo compañero de la policía ferroviaria, un joven menudo con aspecto de galán de Hollywood, de intensos ojos azules y un hoyuelo en la barbilla.

—¡Harry! —El hecho de ver a un conocido mejoró la experiencia en gran medida. Ya podía sentir que formaba parte del lugar.

—Pero si es la señorita Louisa Cannon —repuso él con suavidad, y le tomó la mano para besarla enarcando una ceja—. Encantado de verte.

—¿Cómo estás? —le dijo ella alegremente—. ¿Qué haces aquí?

—Toco con la banda. —Señaló el escenario con el pulgar—. No está nada mal, ¿eh? Ese Joe es fenomenal.

—¡Tocas en la banda! Pues no te había visto. ¿Con qué instrumento?

—Je, el caso es que Dios me hizo pequeño, y cuando me siento no se me ve. Soy trompetista. Dejé la policía y ahora me dedico a la música a tiempo completo. No me puedo quejar.

Louisa se dejó invadir por una oleada de placer nostálgico.

—Qué gusto volver a verte, Harry. ¿Cómo está Guy?

—Hace tiempo que no lo veo. Este no es su ambiente, pero ahora que vienes tú, deberíamos intentar traerlo más a menudo. Siempre se alegra mucho de verte.

—Lo sé —respondió, ruborizada—. Yo también.

Harry se fijó en su copa vacía.

—Espera, te conseguiré una bebida. —Acto seguido llamó a un camarero y pidió una botella de champán—. ¿Y por qué no? —añadió al ver la expresión de ella—. Hay que celebrar nuestro encuentro. —Cuando estuvieron servidos y lograron sentarse, Harry encendió un cigarrillo y la miró—. Ahora cuéntame qué hace una chica decente como tú en un sitio como este.

—¿Qué quieres decir?

—Echa un vistazo. Esto está lleno de indeseables: músicos, criminales, meretrices… Aun así, es un lugar seguro. La policía no viene nunca a hacer redadas.

—No tenía ni idea. —Louisa puso cara de sorpresa, que enseguida dio paso a una risita—. Esa es mi clase de gente —bromeó. Luego hizo una pausa y borró su sonrisa—. ¿A qué te refieres con que hay criminales?

—Bueno, ninguno como los mafiosos de Nueva York, aunque les guste fingir que lo son, por el glamur. Pero sí tenemos unos cuantos, traficantes de droga sobre todo. Y también está —se inclinó sobre el oído de Louisa— Alice Diamond. Es una clienta habitual. —Se enderezó dándose un golpecito en la nariz con el dedo.

A Louisa se le heló la sangre. Así que Alice Diamond solía pasarse por allí.

—Esta noche no ha venido, pero normalmente aparece los sábados. Después de rapiñar las tiendas de Bond Street, supongo. Dicen que es la cabecilla de una banda de cuarenta ladronas, aunque nadie lo diría al verla. Va siempre con vestidos de organdí y un diamante en cada dedo —añadió sonriente, satisfecho de sí mismo por tan jugoso cotilleo.

—¿Cuándo fue la última vez que la viste? —preguntó ella, sobria del todo.

—El fin de semana pasado. Se deja caer bastante. Creo que está encaprichada del bueno de Joe, pero ¿y quién no?

Louisa esbozó una leve sonrisa y dejó la copa. Si Alice Diamond venía con frecuencia, podría aprovechar para conocerla y descubrir una manera de liberar a Dulcie.

Lo único que sabía era que debía hacer todo lo posible por conseguirlo. Si no podía derrotar a Alice Diamond y su banda, tal vez tendría que unirse a ellas.

$\mathcal{A}$l despertar a la mañana siguiente, Louisa recordó aliviada que las tres habían vuelto a tiempo a la fiesta de Lower Sloane Street para despedirse de su anfitriona; o al menos, eso había indicado el reloj del vestíbulo. La situación no parecía haber mejorado mucho durante su ausencia, y Louisa dio gracias al cielo al pensar en la velada que podía haberse perdido. A pesar de todos los padrenuestros que había recitado en la escuela y en las visitas semanales a la iglesia con los Mitford —en las que lord Redesdale cronometraba los sermones del pastor («diez minutos y ni un segundo más»)—, Louisa no creía en Dios, pero después de oír la música de Joe Katz, sospechaba que había actuado otro tipo de magia espiritual.

Por otro lado, la había alterado la mención de Guy Sullivan por parte de Harry, y cayó en la cuenta de que hacía varios meses que no se veían. En muchos sentidos, enamorarse de Guy y casarse con él sería un final agradable, sencillo y probablemente feliz. A sus veintitrés años, sabía que su madre pensaba de ella que se le acababa el tiempo. Sin embargo, en su propia opinión, para un hombre el matrimonio marcaba el inicio de un nuevo capítulo, con una esposa que lo cuidara y niños a los que ver crecer, pero para una mujer equivalía a largos años de faenas domésticas. Cuando leía en los periódicos las historias de mujeres que ejercían de científicas o políticas, e incluso pilotando aviones en América, no dejaba de advertir que rara vez estaban casadas.

Al rato negó con la cabeza. ¿Qué más daba todo eso? Tenía trabajo que hacer.

Después de echarle una mano a Gracie en la cocina, llamó a la puerta de Pamela.

—Buenos días, Lou —le dijo ella, mientras se abotonaba la falda de *tweed* soltando algún gruñido—. Creo que hoy voy a desayunar un pomelo. Leí un artículo en *The Lady* en el que decían que sus jugos eliminan todo lo malo que comes después. —Louisa siguió el ejemplo del aya Blor de no prestar atención a esa clase de comentarios, pero de todos modos Pamela estaba demasiado ansiosa por hablar de la noche anterior—. Mamu no se enterará de lo que hicimos, ¿verdad?

—No tiene por qué, a menos que digas algo. —Louisa trató de imprimirle una nota de advertencia a su voz, con la esperanza de acallar a Pam.

—Claro que no. Al fin y al cabo, ella no lo entendería nunca. Fue como entrar en otro mundo, ¿a que sí? Esa música, y el baile… Tantos vestidos bonitos, y… Oh, los cócteles. —Se llevó la mano a un lado de la cabeza, con una mueca.

Pamela continuó repasando los detalles de los atuendos, las bebidas servidas y, cómo no, los canapés que aparecían de vez en cuando.

—Es una idea genial, tostaditas con paté y cucharadas de caviar sobre galletas. ¿Crees que la señora Stobie querría hacer algo así? A Papu le daría un síncope.

Louisa esbozó una sonrisa, aunque de repente le daba cierta pereza la idea de regresar a Asthall Manor. ¿Acaso se estaban aflojando sus lazos con los Mitford? No era consciente de haber tirado de ellos, pero tampoco tenía prisa por impedir que se soltaran.

—¿Sabes qué planes tiene la señorita Nancy para el resto del día?

—Poca cosa, creo —respondió Pamela—. Mencionó algo sobre tomar el té con Clara.

—¿Te gustaría salir a dar una vuelta? He tenido una revelación. —A Louisa se le había ocurrido algo, y ya no podía dejar de pensar en ello.

Pamela se sentó al borde de la cama.

—De acuerdo. Me vendrá bien que me dé el aire.

Al cabo de diez minutos, ambas estaban delante de una peluquería, sujetando sus sombreros con las manos mientras el aire de diciembre hacía revolotear sus abrigos. Dentro, a través del escaparate de vidrio, podían ver a mujeres elegantes sentadas en sillas y, detrás de ellas, a hombres blandiendo tijeras cual dioses griegos clamando venganza.

—¿Estás segura? —dijo Pamela.

—Sí, lo estoy. —Louisa sentía una espiral de emoción y risitas que le surgía en el pecho.

Al entrar, una joven alzó la vista desde el mostrador; tenía el pelo perfectamente peinado en ondas que brillaban como una castaña de indias recién caída.

—¿En qué puedo ayudarla, señora?

—Quiero un corte a lo *garçon*, por favor.

Las paredes estaban pintadas de lila, y había un caniche en miniatura tumbado en una cesta junto a la recepcionista, teñido su pelaje del mismo color. Pamela agarró a Louisa del hombro y lo señaló con expresión de alarma en el rostro.

—Es igual que el de Antoine de Paul —explicó la joven. Viendo que el nombre no provocaba reacción alguna, suspiró y añadió—: Ya saben, el famoso peluquero, monsieur Antoine.

Louisa pensó que imitar las técnicas de un estilista canino no era la mejor carta de recomendación que se podía tener, pero ya no iba a echarse atrás.

Pamela se sentó en un sofá blanco y bajo al lado del escaparate y se puso a leer el *Tatler*, mientras que Louisa era conducida a una silla ante un espejo. Su cabello suelto le llegaba por debajo de los hombros, ni recto ni rizado, de un color ordinario. Después de lavárselo, vio cómo iban cayendo largos mechones al suelo, tras lo que el secador y las tenacillas crepitantes le hicieron temblar las orejas con nerviosismo. Cuando acabó todo, Louisa se miró en el espejo sorprendida y admirada. Ahora tenía unas ondas brillantes que le daban un tono pardo más vivo, y las líneas contundentes del corte afilaban su mentón y le agrandaban los ojos.

Pamela levantó la mirada de su revista.

—Ay, mi madre. A Papu le va a dar un patatús.

Louisa se sentía tan bien, tan poderosa, que le susurró a Pamela como si compartieran un secreto:

—¿Quieres hacértelo tú también?

Pamela soltó un leve chillido.

—¡Oh! —Se ruborizó y luego se miró a sí misma con gesto desolado—. Me gustaría, pero no me atrevo. —Hizo una pausa—. El aya se pondría hecha una furia si me oyera hablar así. Ya sabes que siempre dice que nadie presta atención de todos modos.

Ambas se echaron a reír, como buenas conocedoras de las perlas de sabiduría del aya.

Al volver a las coloridas calles de Chelsea, contemplando la decoración navideña de las tiendas, Louisa estaba eufórica, y tampoco le vino mal atraer las miradas de un par de jóvenes que pasaron por su lado.

—¿Sabes? —dijo Pamela—, no puedo hacerme algo muy drástico en el pelo, pero sí podría encargar un vestido nuevo. —Sonrió con timidez—. Tengo algo de dinero de mi cumpleaños, y Sebastian hizo un comentario sobre el vestido que llevaba anoche que, sin ser llegar a ser grosero…

Louisa recordó algo de pronto. Lo había olvidado por completo, pero entonces rebuscó en su bolsillo un trozo de papel que escribió a lápiz al salir de la cárcel: «Señora Brewster, Pendon Road, número 92, Earl's Court».

—Sí —le dijo a Pamela—, Dulcie me habló de una modista que conocía. Las criadas nos contamos información importante como esa.

—¿Dulcie? ¿La criada que…? —Pamela no acabó la frase.

—Sí, pero no pasa nada. Tengo el nombre de la costurera de la señorita Charlotte, y sé que tiene un vestido preparado para ella. Podemos hacerle el favor de recogerlo y encargar algo para ti. No hay nada de malo en ello, ¿no crees?

—No. —Pamela esbozó una sonrisa cordial—. En absoluto. Gracias, Lou-Lou.

—Estupendo —respondió Louisa, llena de alegría y esperanza, sintiendo esa magia que solo podía traer un cambio de aspecto—. Vamos pues, que en la tardanza está el peligro.

Y así, caminando del brazo, con una nueva ligereza en los pies, las dos muchachas emprendieron su feliz marcha a la estación de South Kensington.

30

$\mathcal{P}$amela y Louisa tomaron el metro a Earl's Court y, siguiendo las indicaciones de un vendedor de billetes, recorrieron un par de callejuelas laterales hasta llegar al edificio de la señora Brewster. Había varios pisos, y sin duda uno o dos de ellos tenían clientes que iban y venían con regularidad, ya que una falleba mantenía abierta la puerta. Subieron a la tercera planta pisando la raída alfombra y vieron un cartelito de latón en el que había una tarjeta que rezaba BREWSTER. Tras llamar a la puerta oyeron un movimiento al otro lado y dos pestillos que se corrían. Una anciana asomó la cabeza por el quicio. Tenía una apariencia más beligerante que nerviosa, pero Louisa decidió concederle el beneficio de la duda.

—Hola, soy Louisa Cannon, y ella la señorita Mitford. Disculpe que nos presentemos sin avisar, pero venimos de parte de la señorita Charlotte Curtis.

La puerta se abrió del todo, y la figura diminuta, aunque firme, echó a andar por el pasillo sin esperar a ver si la seguían. Entró a un cuarto a la izquierda que era un poco más grande que el cuarto ropero de Asthall Manor, sin mucho más mobiliario. En el centro había una mesa larga de madera, unos cuantos rollos de tela doblados en un extremo y varios útiles de costura al lado. Ocupaba el cabecero una máquina de coser Singer de color negro y dorado, cuya solidez superaba a la de cualquier hombre de la casa. Resultaba evidente que el papel de las paredes se había encolado muchos años atrás, pues los bordes estaban levantados y cubiertos de mugre londinense. Colocados sobre los respaldos de las sillas, o colgados de clavos en la pared, había una variedad de vestidos que no habrían estado fuera de lugar en una tienda elegante de Knightsbridge. La misma modista llevaba un delantal blanco atado alrededor de su delgada cintura, con alfileres clavados en los tirantes y lazos que sobresalían del bolsillo. Al llegar a la mesa la tocó como si hubiera ganado una carrera y luego se dirigió al otro extremo. Louisa tuvo la impresión de que lo hacía para protegerse. No obstante, la señora Brewster les dirigió una sonrisa, y Louisa se fijó en que su piel, aunque arrugada, tenía un tono aceitunado, y pese a que su cabello estaba entreverado de canas por las sienes, el resto era negro como ala de cuervo, recogido en un moño alto sobre su cabeza. Cuando habló, les sorprendió oír un fuerte acento italiano.

—¿Vienen de parte de la *signorina* Curtis? —las interrogó, con un brillo en los ojos.

—Sí —respondió Pamela. Louisa y ella habían acordado contar aquella mentirijilla de antemano—. Me gustaría encargar un vestido nuevo, algo más a la moda. Ya lo ve.

Señaló su traje de lana verde oscura, muy adecuado para la misa de domingo en Asthall Manor, pero no tanto para una tarde en Londres. Louisa sintió una punzada de tristeza al oírlo, quizás porque marcaba el final de la infancia de Pam. Apenas unos meses atrás, no le importaba en lo más mínimo su atuendo, siempre que estuviera en el exterior montando a su querido caballo o conversando con la señora Stobie sobre la comida del domingo.

—Lo entiendo muy bien, *signorina* —dijo la señora Brewster, quien juntó las manos y echó un vistazo por la sala, hasta que posó los ojos entornados en un vestido de terciopelo devoré plateado, sencillo pero deslumbrante, con cuello redondo, no muy escotado, y de talle bajo—. ¿Algo así? —Rodeó la mesa y lo sostuvo delante de Pamela.

—Sí, ¡justo así! —contestó ella, con un tono de deleite en la voz.

—Este no puede ser porque es para la señorita Peake, pero podemos hacer uno parecido, ¿sí? —Se acercó a sus telas y levantó una larga medida de terciopelo de color miel, casi igual que el cabello de Pamela—. Este, creo —dijo, situándolo sobre el cuello de la chica—. Con esto tal vez… —Extrajo de su bolsillo un lazo de satén de un rosa vivo—. ¿Algo así para el cinturón?

La última vez que Louisa vio a Pamela tan contenta fue al alabar el brillo de un *éclair* de chocolate poco antes de comérselo.

—¿Puedo ir al baño? —preguntó. En realidad no lo necesitaba, pero pensó que Pamela debía disfrutar de un momento a solas con su modista, ser una adulta y tomar sus propias decisiones.

—Al fondo a la izquierda —le indicó la señora Brewster, afanada ya con el terciopelo, y los alfileres entre los labios.

Louisa se tomó su tiempo, contemplando su reflejo en el espejo con su nuevo peinado, probando distintos ángulos e incluso usando un espejo de mano que encontró en el lavabo para verse bien el pico de la nuca. Según decía Diana, ya era casi una mujer de mediana edad, pero pensó que quizás no lo parecía. ¿Se atrevería ella a pedirle un vestido a la señora Brewster? Seguramente no sería muy adecuado que una joven y su doncella compartieran modista. Al final salió del baño, pero se detuvo de golpe ante la puerta entornada que había enfrente, donde un chiquillo de unos tres años la miraba con timidez.

—Hola —le dijo con ternura, agachándose—. ¿Cómo te llamas?

El niño no respondió, y siguió mirándola con sus enormes ojos azules. Llevaba el pelo negro cortado al rape, sin rizos infantiles, pero tenía pecas donde estarían sus nudillos al cabo de unos años, y unas pestañas espesas como cortinas. Iba con unos pantalones cortos a juego con sus ojos, aunque Louisa se dio cuenta de que los habían remendado más de una vez, y la camisa era casi transparente a causa de los constantes lavados.

—Yo soy Louisa —prosiguió, pero el niño se retiró de pronto y cerró la puerta.

Cuando volvió, la señora Brewster estaba acabando de tomarle las medidas a Pamela.

—¿Quién es la criatura? —preguntó, aun dudando de si debía hacerlo, pero sin poder contener su curiosidad.

—El *bambino* no es mío —repuso la modista—. Lo cuido a cambio de unas monedas, aunque lo gasto casi todo en alimentarlo. No es fácil para una anciana como yo, pero desde que *mio caro signore* Brewster pasó a mejor vida, he de ganar lo que pueda… —Su voz se quebró, y cuando volvió a hablar fue para acordar un precio por el vestido y la fecha de recogida una semana más tarde. Louisa inquirió si tenía algún vestido o factura pendiente de la señorita Charlotte Curtis, cosa que alegró a la señora Brewster, tras lo que le entregó un papel. Cumplida su tarea, ambas muchachas fueron acompañadas a la puerta y volvieron a la calle.

Pamela agarró a Louisa del brazo.

—Vamos rápido a casa de mi tía para arreglarnos. Esta noche quiero ir al 43 otra vez.

Louisa sabía que su obligación era negarse, pero ¿cómo iba a hacerlo? La idea le hacía tanta ilusión como a la joven que tenía a su cargo.

31

*E*n esa ocasión, las tres jóvenes estaban preparadas. Louisa llevaba dinero en el bolsillo, Pamela se había comprado unas medias de seda y Nancy llamó a Clara para asegurarse de que ella y los demás estarían allí. Evidentemente, Louisa no contaba con ropa nueva y tuvo que conformarse con su traje de los domingos, que al menos tenía un cuello y puños de encaje blanco que creaban un bonito contraste, y que metió en la maleta porque el aya Blor le había recomendado una vez que siempre llevara consigo algo elegante al ir a Londres, «por si acaso». Y además estaba su nuevo corte de pelo, el cual la hacía sentir tan atrevida como cualquier chica de su tiempo. Con algo de suerte, Joe Katz tal vez se fijase en ella esa noche.

Las dos hermanas cenaron con su tía, quien ya había regresado de su cita con el coronel, y después se retiró dándoles las buenas noches. Tal como habían planeado, fingieron irse a la cama, pero se pusieron sus vestidos nada más entrar en el cuarto.

Louisa las esperaba en la esquina de Elvaston Place a la hora convenida, después de haberse escabullido del piso por su cuenta. Aunque no hacía un frío extremo, la promesa de la diversión que estaba por llegar le concedía a la noche un aire más invernal, de modo que se caló el sombrero por debajo de las orejas. Observó que había guirnaldas de Navidad colgadas en la puerta de un par de casas, y las farolas alumbraban la calle con su brillante luz blanca. Se saludaron con sonrisas nerviosas sin soltar palabra, como si su tía las fuera a oír desde cincuenta yardas y dos plantas más arriba, y echaron a andar con paso rápido.

Ya en el taxi, una emocionada Pamela le relató a Louisa la estratagema que habían utilizado:

—Hemos tenido que acostarnos con las colchas por encima, cruzando los dedos para que Iris no se asomara por la puerta. Si lo llega a hacer, ¡habría visto que Nancy llevaba los pendientes puestos!

Al llegar al Club 43, el alto portero las reconoció de un vistazo y las dejó pasar, tras lo que pagaron la entrada en la taquilla y bajaron por la angosta escalera cual clientas asiduas. Dentro, el humo y la música golpearon su rostro igual que la primera vez, a lo que Louisa respondió aspirando como si se tratara del aire fresco de una mañana de primavera en el campo. Al fin y al cabo, era una chica de ciudad. Tal vez eran los vapores de la gasolina y el polvo de los ladrillos los que le daban fuerza a sus pulmones.

La sala estaba todavía más llena que la noche anterior, las mesas y sillas de madera más alejadas del escenario. La banda parecía haber alcanzado el momento álgido de su repertorio, y esta vez Louisa se alegró de divisar a Harry tocando su trompeta, con los ojos cerrados y expresión concentrada, sudorosas las mejillas. Joe Katz, de pie en la tarima, el micrófono entre las manos, su cuerpo oscilando como el junco mecido por la brisa, cantaba con voz melosa y los ojos clavados en el público. Louisa pensó que la miraba durante un breve instante, fijándose en su nuevo peinado, pero enseguida se dijo que habrían sido imaginaciones suyas. Había tanta gente bailando que costaba moverse, por no hablar de contonearse o marcarse un foxtrot. La multitud se ondulaba al compás de la música casi como un solo cuerpo, y la voz de Joe Katz era una piedra que lanzaba a sus aguas.

Y entonces la vio. Alice Diamond. Lo natural habría sido que fuera difícil distinguir a alguien entre la multitud, pero era la mujer más alta de todas. Aun así, bailaba bien y Louisa se dio cuenta de que tenía los pies ligeros a pesar de su tamaño. Llevaba el pelo arreglado a la moda, el rostro maquillado con carmín y pestañas postizas, y aunque seguía siendo irremediablemente del montón, la expresión de felicidad pura que suavizaba sus rasgos la hacía parecer más a gusto en su piel. Louisa advirtió que la acompañaban tres mujeres, elegantes también, que ni bailaban ni paraban quietas, como si estuvieran de guardia. ¿Sería ella de verdad? Y si lo era, ¿por qué no reparaba nadie en tan sorprendente hecho?

Louisa estuvo a punto de echarse a reír ante su propia estupidez. Ese precisamente era el motivo de que Alice Diamond frecuentara el Club 43: porque la dejarían en paz, como se dejaba en paz a los demás. Las paredes oscuras, la iluminación tenue, el ritmo de los cuerpos que se agitaban al son de la música embriagadora; la atmósfera del local acogía a todos por igual, fuera cual fuese su procedencia.

Nancy y Pamela empezaron a desplazarse entre la marabunta, entrando y saliendo de los núcleos en movimiento mientras los camareros portaban sus bandejas en alto y la gente iba y venía de la pista de baile. Louisa contó a los amigos de las jóvenes como si estuvieran en una excursión del colegio. Sebastian, Charlotte, Clara, Phoebe y Ted estaban en el mismo rincón de la noche antes. Clara saludó a las hermanas con afecto y levantó los pulgares al ver el corte de Louisa, cosa que la complació. Por mucho que se empeñara en evitarlo, le resultaba agradable recibir cierta atención.

Pamela se detuvo y se volvió hacia Louisa.

—¿Tienes por ahí la minuta de la modista? —le preguntó—. Podría aprovechar para dársela a Charlotte.

Louisa la sacó de su bolsillo, se la entregó y vio cómo Pamela se acercaba a Charlotte, sentada a una mesa con expresión sombría y los ojos maquillados fijos en Sebastian. Él tenía los suyos vidriosos, y le pasaba el brazo sobre los hombros a una mujer pintada como una puerta, que lucía un escote de infarto. Esta intentaba hacerle señas a un camarero, pese a que la mesa ya estaba llena de bebidas, una jarra de café y una caja de bombones abierta aunque intacta. Louisa iba a darse media vuelta, cuando la mujer atrajo su mirada apartándose de pronto de Sebastian, a quien le soltó una sonora bofetada, y después se marchó. Quienes estaban más próximos se quedaron un tanto petrificados, pero Sebastian se limitó a encogerse de hombros y, tambaleándose un poco, cogió una silla y se sentó. Charlotte fue a sentarse a su lado y pareció mostrarle la minuta que le había dado Pamela, pero él la rechazó con la mano. Al mismo tiempo, Louisa lo vio echarse la otra mano al bolsillo, como si comprobara que seguía llevando algún objeto dentro.

Percatándose de que había estado mirando fijamente, Louisa se volvió hacia el centro de la sala en busca de Alice, a quien creyó ver hablando con alguien. Sin embargo, tenía la cabeza gacha, de modo que no estaba segura. En ese momento le dieron una palmada en la espalda y se sorprendió al encontrarse con Phoebe, sudorosa, con los bucles del pelo pegados a la frente, la palma extendida, observándola con gesto elocuente. En su mano había una cajita plateada, con la tapa abierta y lo que parecían ser polvos de talco en su interior.

—¿Gustas? —le dijo arrastrando la voz—. Es mercancía de la buena. Me la ha dado Seb.

Louisa se escandalizó sin poder evitarlo.

—No, gracias. —Sabía que había sonado como una remilgada, pero, con un poco de suerte, Phoebe estaría demasiado ofuscada para darse cuenta.

La chica cerró la cajita y empezó a menearse con la canción, entrecerrando sus ojos vidriosos.

—¿Sabes qué? Yo era una de las Merry Maids del local.

—¿De veras? —Louisa, por educación, hizo lo posible por aparentar interés.

—Así es, por eso pensaba que tú y yo… somos casi iguales. —Dejó escapar una carcajada amarga mientras señalaba al resto—. Dicen ser mis amigos, pero no lo son. Nunca olvidarán de dónde vengo. Solo me utilizan por mi belleza. —Se arrimó a Louisa guiñando el ojo, y esta temió que se le cayera encima—. Por eso no me invitaron al teatro.

—Entiendo. —Louisa trató de no comprometerse demasiado, pues sabía que las conversaciones con borrachos rara vez acababan bien. Sin embargo, entonces le preocupó no ser lo bastante amable, y puede que Phoebe así lo creyera. A despecho de vestir la ropa adecuada, de su belleza y hasta de las invitaciones a pasar el rato con Nancy y su grupo, jamás llegaría a ser «uno de ellos».

—Me alegro de que estés mejor del tobillo.

Phoebe se echó a reír tapándose la boca con el dorso de la mano.

—Era mentira.

—¿Cómo?

—Pues que es cierto que me tropecé con el perro, pero a mi tobillo no le pasó nada. Solo quería estar a solas con Sebastian. Pero esa estúpida fulana no lo suelta ni un momento. —Hizo una mueca mirando hacia donde estaba Charlotte hablando con Sebastian, quien seguía mostrándose indiferente—. De hecho, creo que voy a ir para allá ahora mismo.

De modo que Phoebe había mentido acerca de su tobillo torcido...

La música concluyó de repente y Phoebe se alejó a toda prisa, dejando a Louisa cohibida entre la ausencia de sonido y el trasiego de personas a las mesas y la barra. No podía ir a sentarse con Pamela y Nancy, pero tampoco quería perderlas de vista. A pesar de que estaban juntas en aquello, no podía fiarse de que Nancy no fuera a darle esquinazo.

Así pues, se dirigió a donde estaba la banda, y entonces fue ella la que le dio una palmada en la espalda a Harry, el cual se secaba la frente con un pañuelo.

—Tenemos que dejar de vernos así —le dijo risueño—. ¿Qué haces aquí otra vez?

Louisa levantó las manos en el aire como si se disculpara.

—Las chicas querían venir, y yo he de cuidarlas.

Él le dedicó una mirada de complicidad y se dio media vuelta con gesto cómico.

—Vaya, vaya. —Emitió un silbido ahogado—. Pero si te

has cortado el pelo. Está usted muy guapa, señorita Cannon. Y tanto que sí.

Louisa agradeció el piropo con un leve contoneo.

—Es usted muy amable, señor.

—Es posible que Guy se pase esta noche —prosiguió Harry—. Después de que vinieras, le escribí para proponerle que nos viéramos el fin de semana. Debo añadir que llevaba mucho tiempo intentándolo, y ahora veo que solo tenía que mencionar tu nombre para conseguirlo...

—Ya es suficiente, Harry —repuso Louisa—, no te burles más. Pero la verdad es que tengo ganas de verlo.

—Pues vamos a por él. Me quedan diez minutos, y además, si está aquí, será mejor que me asegure de que esté a salvo de las Merry Maids.

—¿Quiénes son?

—Oficialmente, son bailarinas empleadas por el club. Extraoficialmente... —Harry le guiñó el ojo haciéndose entender.

—De acuerdo, pero yo no puedo moverme de aquí. Debo vigilar a las chicas. Si ves a Guy, dile que venga a buscarme.

—Recibido —dijo, y se marchó, abriéndose paso con agilidad entre la gente.

Louisa se apoyó contra la pared, sintiéndose a salvo en la penumbra, feliz de contemplar a los demás fumando y bebiendo. Estaba absorta en sus pensamientos cuando una voz amable le preguntó:

—Perdone, señorita, ¿tiene fuego?

Al principio no vio a nadie, hasta que cayó en que la voz venía de atrás y de abajo, de alguien que se sentaba aún más oculto en la sombra. Unos dientes blancos esbozaron una sonrisa luminosa. Joe Katz.

—Cuánto lo siento, pero no —farfulló ella. Rayos. ¿Por qué demonios no llevaba cerillas en el bolso?

—No se preocupe usted, encanto. En realidad no debería, el médico dice que no es bueno para la garganta.

—Ya —dijo, maldiciéndose a sí misma por no responder con gracia como haría una *flapper*.

—¿No había estado antes por aquí? —añadió Joe, todavía sentado, con el cigarrillo apagado en la mano.

—Anoche —reconoció ella, atreviéndose a continuar—. Creo que su música es maravillosa, señor Katz.

—Joe, por favor.

—Joe.

—Qué dulce suena en sus labios. —Se rio entre dientes y se levantó—. Mucho gusto en conocerla, ¿señorita…?

—Cannon. Louisa Cannon. Es decir, puedes llamarme Louisa. —Rayos, no daba una.

—Louisa. —Su nombre rodó por la lengua y las cuerdas vocales de Joe—. Me temo que debo volver al escenario. —Durante un segundo creyó que iba a besarla, pero al final le tomó la mano y fue eso lo que besó, con labios suaves y cálidos. La misma sensación que le provocaría su boca sobre la suya.

32

*A*l cabo de un instante, Louisa notó que cambiaba el ambiente, como si todos hubieran recibido una señal secreta, y la sala volvió a rebosar, preparados todos para beber o bailar de la mano de su pareja, a la espera de que la música marcara su siguiente movimiento.

Entonces, Louisa levantó la mirada y se sobresaltó: Guy se hallaba a unos pasos, con cara de pasmo. Más alto que la mayoría, sus gafas redondas reflejaban el resplandor de las lámparas de las mesas y de los abalorios y las joyas de las mujeres. Enseguida se encaminó hacia él procurando no pensar en Joe Katz, como si de alguna manera Guy fuera a ser capaz de leer en su mente la imagen del beso.

—Guy —lo llamó—, soy yo, Louisa.

—Te has cortado el pelo —dijo, demasiado sorprendido para saludarla.

—Sí. —Louisa tuvo que elevar la voz por encima de las insistentes frases de trompeta que se enroscaban entre las notas metálicas del piano. Resultaba imposible mantener una conversación normal—. He venido con las señoritas Mitford. —Ladeó la cabeza en su dirección, aunque ignoraba si seguían allí.

—Ya veo. Eso me preguntaba… —Se acercó un poco, frunciendo el ceño con gesto preocupado—. Leí lo que pasó en los periódicos. Imagino que tuvo que ser algo horrible. ¿Cómo están todos?

Louisa fue a responder, cuando la interrumpió una joven bonita que apareció y le extendió la mano.

—Hola, soy Mary Moon —dijo—. Trabajo con Guy.

—Hola —contestó Louisa, sin tener muy claro lo que significaba aquello.

Le echó una ojeada a Guy, pero su rostro no revelaba nada. Mary Moon —qué nombre tan ridículo— llevaba un vestido supuestamente estiloso, aunque a ella le pareció chabacano, con demasiados dibujos, lentejuelas y florituras.

Mary dio una palmada y contempló la sala, boquiabierta. Guy le indicó a Louisa que se aproximara y le susurró al oído:

—Harry dice que se rumorea que Alice Diamond se encuentra aquí esta noche.

De modo que sí era ella.

—¿La has visto? —preguntó Louisa.

Él negó con la cabeza.

—No, pero vamos a buscarla. Es un poco raro ir de incógnito en un antro como este, pero… no queda más remedio. —Louisa se fijó en que sostenía un sombrero de copa.

—Pensaba que habías venido porque Harry te lo había pedido. —Se sintió un poco mezquina por mencionarlo, cuando estaba claro que Guy pretendía impresionarla con sus labores policiales.

—Pues sí, pero ya que estamos aquí… Siempre se está de servicio y todo eso. —Él parecía incómodo.

—¿Pedimos algo de beber? —sugirió ella.

Guy estuvo de acuerdo y le encargó a un camarero que trajera un cóctel de frutas para los tres. Después de que este se fuera, Mary le dijo que debería haber pedido ginebra o champán como los demás, para disimular.

—Pero eso sería ilegal —protestó él—. Son más de las diez.

—No estás de servicio —apuntó Louisa.

—Siempre se está de servicio —insistió, aunque renunciando a discutirlo. El camarero volvió con una bandeja, una jarra de cristal llena de un líquido rojo oscuro y tres vasos, aparte de la cuenta. Guy entornó los ojos para leerla y soltó un jadeo—. ¿Dos libras? ¿Está de broma?

El camarero se encogió de hombros.

—Yo no pongo los precios —replicó, con un acento que Louisa reconoció como italiano. ¿Por qué había tantos italianos últimamente?

Guy se llevó la mano al bolsillo y pagó lo que se debía. Luego le dio un sorbo a su vaso y estuvo a punto de escupirlo.

—¡Es ginebra! —exclamó, furioso con ellas por reírse.

—Se ve que es así como lo hacen —dijo Mary, que imitó el ademán exagerado del camarero y dio un sorbo ella misma. Aquello hizo que Louisa pensara un poco mejor de ella.

Guy se irguió al instante y se subió las gafas, que tendían a resbalar hacia la punta de su nariz.

—Si me disculpáis, voy a echar un vistazo por ahí.

—Voy contigo —respondieron Louisa y Mary al unísono. Guy las miró con el ceño fruncido.

—Gracias, pero no hace falta. Es algo que debo comprobar yo solo. Regresaré pronto.

Ambas contemplaron cómo se alejaba. Aunque seguía sonando la música, Louisa pensó que se había acostumbrado al sonido, y de algún modo amortiguaba las notas más altas y discordantes.

—¿Verdad que es maravilloso? —le dijo Mary, mirándola por encima del vaso.

Louisa se quedó de una pieza al oírlo.

—Sí, supongo que sí.

—Hay pocos como en él, me refiero en la policía —prosiguió, como si recitara un pequeño discurso. ¿Lo habría ensayado? Por supuesto que no—. Es amable y gentil. Pero también divertido. —Clavó los ojos en Louisa—. Tengo entendido que sois buenos amigos. ¿Sabes si…? Bueno, si se está viendo con alguna chica.

—No lo sé —contestó ella enojada—. ¿Por qué iba a saberlo?

—Oh, es simple curiosidad, nada más. —Mary se acercó el dulce mejunje a los labios pintados de rosa.

—Me voy a bailar —dijo Louisa—. Tú puedes esperar a Guy si quieres.

Acto seguido se apartó de la señorita Moon, molesta.

Entonces se dio cuenta de que ya no podía bailar con el mismo abandono que antes, demasiado envarada para perderse en la música, así que decidió centrarse en Nancy y Pamela. Las había estado siguiendo con el rabillo del ojo, pero ahora veía que Nancy bailaba con un caballero, bastante cerca de las mesas, mientras que Pamela y Charlotte hablaban sentadas. Mejor dicho, Pamela ponía cara de circunstancias y la que hablaba era Charlotte. Antes de que pudiera llegar, llegó Clara y la hizo a un lado.

—Hola, Louisa —la saludó, afectuosa—. Yo que tú no iría para allá ahora mismo.

—¿Cómo?

Clara señaló a Charlotte con la cabeza.

—No se fía mucho de ti. Verás, piensa que eras amiga de Dulcie, y eso le preocupa. ¿Esa factura de la modista que le ha dado Pamela?

Louisa volvió a enojarse.

—¿Por qué?

—Ay, pero no te ofendas, cielo. Son momentos difíciles. Imagino que lo entenderás.

—No —dijo Louisa—. No lo entiendo.

Clara la miró con frialdad y su voz sonó entrecortada, con un acento espeso, si bien continuaba siendo estadounidense.

—No te olvides de quién eres. Si quieres saberlo, a la señorita Charlotte le extraña que Dulcie supiera dónde encontrar las joyas. Estoy segura de que hay una explicación perfectamente razonable, pero, como podrás entender…

Como si le hubieran arrojado una manta sobre la cabeza, Louisa se sintió ahogada y atrapada. Aquel lugar, que le había parecido un refugio tan solo veinticuatro horas antes —un escondite cálido y seguro, sin nada más que la música y personas que no juzgaban nada salvo el baile—, se convirtió en el escenario de crueles acusaciones que la pusieron en su sitio.

—Dígales a las señoritas Mitford que las estaré esperando en el tocador de señoras —indicó—. Debemos marcharnos antes de una hora.

Al tiempo que empezaba a andar, el compás de la música se

aceleró, y los bailarines que la rodeaban multiplicaron el ritmo. Mary seguía al borde de la pista, bastante fuera de lugar, y Louisa vio a Guy dirigiéndose de nuevo hacia ella. No parecía sentirse cómodo con el traje y llevaba las gafas empañadas.

Louisa apretó el paso para alcanzarlo antes de que llegara hasta Mary.

—Louisa —dijo él. No esperaba encontrarla allí.

—¿Sucede algo?

Guy hizo una pausa y miró por encima del hombro.

—Me ha parecido ver a otro policía de incógnito en el local.

—¿Algún conocido?

—En realidad no, tiene un puesto más alto, al frente de la brigada antivicio, en la comisaria de Savile Row.

—¿Hay algún problema porque esté aquí?

—Supongo que no, pero puede que no le haga gracia verme en su terreno. Será mejor que me vaya. —Se hizo un silencio, mientras escuchaban un solo de la trompeta de Harry—. Lo siento, Louisa. Me alegro mucho de haberte visto.

—Yo también. Otra vez será. Adiós, Guy.

Sin comprobar siquiera si Mary los estaba mirando, Louisa se desplazó lo más deprisa que pudo entre la multitud, subió dos tramos de escaleras y entró al tocador de señoras. ¿Por qué estaba tan disgustada? No lo sabía.

La estancia estaba casi igual de atestada que la pista, con mujeres que luchaban para mirarse en el espejo y aplicarse más carmín o cepillarse el pelo; otras se sentaban en los dos sofás de terciopelo rosa y charlaban animadamente en grupos de tres y cuatro. Había una pequeña cola para entrar a los excusados, y una mujer en mitad de la sala que parecía estar recolocándose las medias corchete a corchete, con la falda remangada hasta la cintura. No se oía música, pero sí el ruido de abajo, y varias mujeres estaban fumando, de modo que se respiraba cierto ambiente festivo. Cuando la mujer acabó de arreglarse las medias y se incorporó, Louisa se sorprendió al ver que se trataba de Babyface, a quien le había señalado Dulcie en el Elephant and Castle. Los tatuajes que le cubrían ambos brazos podían haberla descubierto, pero esa noche los llevaba ocultos por largos guantes de gala. Sin duda, las Cuarenta sabían ponerse elegantonas cuando querían. Por supuesto, era lógico que, si Alice Diamond estaba allí, también lo estuvieran sus secuaces, pero igualmente resultaba chocante tenerla cerca, tan emocionante como terrorífico. Louisa había leído acerca de las montañas rusas que había en los Estados Unidos, y de la gente que se montaba en sus vagones para que les dieran vueltas de campana. Quienes lo habían probado describían una sensación de terror y náuseas que terminaba en euforia al aterrizar a salvo. Ahora ya entendía lo que querían decir.

Era posible que Babyface conociera a Dulcie, y al perista con el que había quedado para intercambiar el dinero y las joyas. Sin embargo, ¿cómo iba a preguntarle algo así? No podía. La frustración le estrangulaba la garganta.

Otra mujer se aproximó corriendo a Babyface. Louisa se hallaba lo bastante cerca para oírlas.

—Los muy idiotas están aquí —dijo la segunda, jovencísima y ataviada con un caro vestido de terciopelo rojo, aunque hablaba con un fuerte acento del sur de Londres.

—¿Quién les ha dejado pasar? —preguntó Babyface, casi en un gruñido.

—No lo sé, pero la señora M no está, y el portero no los habrá reconocido. Ahora mismo están abajo montando una escena. ¿Y si ven a Alice?

—No es nada a lo que no pueda hacer frente, pero será mejor que bajemos. Se supone que solo deben mover la mercancía, no venir aquí, sobre todo después de esa trifulca. Se va a poner hecha una furia, y no quiero que tenga que pelear esta noche.

Ambas se marcharon, al tiempo que Babyface chasqueaba los dedos y varias otras las seguían, guardándose los pintalabios a toda prisa. Louisa salió detrás, con la cabeza funcionando a tanta velocidad como los pies. ¿Qué querría decir eso de que «solo debían mover la mercancía»?

Cuando las mujeres llegaron a la planta baja, no tardaron en percatarse del cambio que se había producido en el ambiente.

La música seguía sonando alta y rápida, pero la gente que bailaba se había apiñado para alejarse lo máximo posible de un grupo de jóvenes pendencieros que habían tomado varias mesas. Aunque vestidos con trajes oscuros y bien peinados, tenían un aire rudo y estaban claramente ebrios. Louisa vio a uno de ellos riñendo con un camarero, y unos cuantos más habían agarrado a otras tantas mujeres por la cintura, a las que intentaban besar o restregarse con ellas entre carcajadas, sin importarles que sus compañeras de baile hicieran muecas y quisieran apartarlos. Un señor corpulento al que Louisa había visto antes, de cejas oscuras y pelo canoso, se dirigió hacia ellos flanqueado de camareros, y entonces comenzó una pelea.

La música, lejos de parar, adoptó un ritmo más insistente, que acompañaba a los puñetazos que volaban y a las mesas y sillas que caían. Unas pocas mujeres rompieron a chillar, pero pronto se marcharon juntas del local. Louisa bordeó la contienda y agarró a Nancy y a Pamela del brazo.

—Tenemos que irnos de aquí —dijo, tirando de ellas.

Pamela parecía preocupada, y Nancy molesta, pero a Louisa le dio igual. Al llegar a las escaleras, la gente daba empujones y codazos, pero ella se sentía más segura por haber salido de allí.

En ese momento divisó a Babyface un poco por delante, enganchada a la cintura de quien solo podía ser Alice Diamond, a la que había visto antes. Después, cuando todos llegaron al vestíbulo, donde intentaron recuperar sus abrigos, ambas mujeres habían desaparecido. No podían haber tomado la puerta principal, ni subido por las escaleras al tocador, porque Louisa las habría visto. Luego vio a Dolly Meyrick surgiendo de un rincón oscuro del fondo, atusándose el pelo como si recuperase el aliento. La chica de Ted. Tenía que haber una conexión, estaba segura.

$\mathcal{A}$ la mañana siguiente, a Louisa le tocó hacer el equipaje de Nancy y Pamela para su regreso a Asthall Manor. Las muchachas se habían levantado temprano —a fuerza de costumbre— y habían bajado a desayunar con su tía. Ninguna de ellas estaba especialmente interesada en prolongar la visita, por lo que Louisa sabía que no disponía de mucho tiempo para prepararlo todo. Debían tomar el tren de las diez desde Paddington y, una vez de vuelta a casa, retomaría su rutina habitual en el cuarto de los niños. Como era lógico, el aya Blor estaría deseando descansar un poco después de que su ayudante hubiera pasado tantos días en Londres. No obstante, a Louisa todavía le quedaba una cosa que hacer antes de marcharse. Así pues, luego de cerrar la maleta de cuero marrón y dejarla en el suelo, Louisa salió al vestíbulo en silencio. Había un solo teléfono en la casa, de modo que resultaba imposible mantener una conversación privada, pero quizás podía arriesgarse mientras que Iris desayunaba con las chicas.

—Con la comisaría de Vine Street —le dijo a la telefonista.

—Ahora mismo le paso, señorita —respondió la voz aguda.

Entonces se oyó un chasquido y una conexión, y un agente de policía le preguntó qué quería.

—¿Puedo hablar con el sargento Sullivan?

Se produjo una pausa desde el otro lado. Seguramente, el hombre esperaba que le informaran de algún objeto extraviado o un delito cometido.

—¿Le puedo ayudar en algo, señorita?

¿Por qué siempre daban por hecho que era señorita y no señora?

—No, me temo que no —replicó ella, lo más rudamente que pudo.

—De acuerdo. Espere un momento.

Distinguió el golpe sordo del aparato sobre el mostrador y los andares pesados del agente que salía en busca de Guy. Al rato, nuevos pasos y el rumor del auricular al ser levantado.

—¿Dígame? Aquí el sargento Sullivan. ¿Quién es?

—Guy, soy Louisa.

—¿Va todo bien?

—Sí, sí, pero creo que deberías saber lo que ocurrió anoche.

—¿El qué?

—Al poco de que te fueras vino una chusma que se puso a dar problemas. Hubo una pelea y salimos huyendo.

—Cuánto lo lamento. —Su tono era de alivio—. ¿Estáis bien entonces?

—Sí, estamos bien. Pero juraría que Alice Diamond también estuvo allí anoche.

—¿De verdad? ¿Cómo lo sabes?

—Alguien me la señaló. —Como era obvio, no podía decirle que ya sabía qué aspecto tenía—. Cuando estaba en el tocador de señoras, una mujer explicó que iba a producirse una pelea, y dijo: «Se supone que solo deben mover la mercancía, no venir aquí». Después se marchó todo el mundo.

—Tiene sentido —repuso Guy, emocionado—. Las Cuarenta trabajan con peristas, intermediarios que venden la mercancía que roban ellas. Me dieron el chivatazo de que suelen frecuentar el Club 43.

Louisa asimiló la información, tratando de descubrir cómo encajaba con lo demás. En ese momento no fue capaz de hacerlo, pero sabía que no debía olvidarlo.

—La cuestión es que Alice Diamond estaba delante de nosotras al bajar las escaleras, y sé que no salió por la puerta principal ni subió al tocador. La habría visto.

—¿Qué quieres decir?

—Creo que Dolly Meyrick la sacó del 43 a hurtadillas, a través de una salida secreta.

Se produjo un breve silencio mientras Guy pensaba en ello.

—¿Pudiste verlo?

—No exactamente. Primero estaba allí, luego ya no, y entonces apareció la señorita Meyrick, la hija de la dueña. Se encarga del local mientras su madre está en París.

—Supuestamente —apostilló Guy.

—Bueno, puede que sí. Resulta que vi a la hija salir de una esquina oscura, un poco agitada. Y no creo que hubiera otra manera de salir de allí.

En ese momento le pareció una pista un poco endeble, pero era más de lo que había visto la bobalicona de la señorita Moon. Por no mencionar el hecho de que aquello complacería a Pamela. Tal vez lord De Clifford cancelaría el compromiso al enterarse de lo que había hecho su prometida.

—Gracias, señorita Cannon, lo investigaremos. —Louisa entendió que se dirigía así a ella porque habría otros escuchando.

En ese momento se oyó un ruido desde el comedor, el de los cubiertos que se posaban sobre los platos al terminar el desayuno.

—He de irme. Espero que sirva de algo. —Colgó antes que él pudiera responder, y al mismo tiempo que Gracie, la criada, salía al vestíbulo y le dedicaba una mirada severa.

—Estoy esperando a las señoritas —dijo, con toda la autoridad que fue capaz de reunir—. Debemos partir hacia la estación pronto.

Por lo que parecía, cada uno de sus actos la situaba al borde del desastre.

Tras la conversación, mientras que Louisa se preparaba para salir con Nancy, Pamela y su equipaje rumbo a Asthall Manor, Guy se preguntaba cuál debía ser su próximo paso.

Supuso que Harry estaría enterado de la pelea, así que le mandó un recado para que lo telefoneara a la comisaría lo antes posible. No había oído nada acerca de que el club hubiera avisado a la policía, pero tampoco le extrañaba. La señorita Meyrick no desearía llamar la atención sobre el hecho de que servían alcohol fuera del horario permitido.

Harry solía dormir hasta tarde después de tocar, de modo que Guy tuvo que esperar hasta las cuatro de la tarde para que se pusiera en contacto con él.

—Hola, Guy. ¿Qué tripa se te ha roto ahora? —bromeó Harry con su guasa habitual—. ¿Vas a preguntarme por la señorita Cannon otra vez?

Sin embargo, Guy no estaba de humor.

—He oído que anoche hubo un altercado en el 43. ¿Sabes algo al respecto?

—No irás a hacer que me arrepienta de haberte llamado, ¿verdad? Te invité como amigo, no como policía.

Guy decidió abstenerse de repetir la cantinela de que «siempre estaba de servicio».

—Claro que no. No pienso hacer nada, pero me interesa el tema.

—Fue la banda de los Elefantes, la de los muchachos —explicó Harry—. No suelen venir mucho, y si la señora Meyrick está en la puerta no les deja pasar. Pero ahora está fuera, oficialmente al menos, y quien estuviera anoche no se daría cuenta. Menudo escándalo montaron. Lo dejaron todo hecho un desastre. Siempre lo hacen.

—¿Qué hay de Alice Diamond? Louisa dice que le dijiste que también estaba allí.

Hubo una breve pausa, hasta que Harry respondió:

—Sí, viene a menudo. Es fácil de distinguir y todo el mundo sabe quién es. Pero sus chicas se portan bien, a menos que haya una pelea. Entonces luchan como hombres. Pero hace tiempo que no pasaba. Supongo que esta semana habrá habido una disputa entre ambos bandos.

—De acuerdo. Gracias, Harry.

—No irás a ponerte a hacer preguntas por ahí, ¿verdad?

Guy cruzó los dedos.

—No, no te preocupes. No pienso fastidiarte el trabajo.

—¿Eso es todo?

—Eso es todo, amigo. —Guy colgó el teléfono. Ahora tenía algo que contarle a Cornish.

Tras comprobar el estado de sus botas y de la hebilla de su cinturón, Guy llamó a la puerta del comisario. Su corazón, si bien no le había llegado a la boca todavía, se había alojado en algún punto de su garganta, y libraba una encarnizada batalla con su nuez. Sabía que Cornish estaba dentro, pero no oyó ningún ruido, por lo que volvió a llamar. Entonces recibió un «Adelante» en tono impaciente desde el otro lado.

El despacho del comisario no era mucho más grande que su escritorio, y había pocos muebles. En la pared colgaba un retrato del rey, y una ventana daba a la parte posterior de otra ala del edificio, bajo la que había un furgón policial aparcado. Cornish revisaba unos papeles con expresión aburrida. Apenas si levantó la cabeza al entrar Guy, y cuando lo hizo, fue para decir «Ah, conque es usted» y proseguir con sus papeles.

—Buenas tardes, señor —lo saludó Guy, tieso como un soldado.

Cornish farfulló algo en respuesta, pero sin mirarlo.

—Tengo información sobre Alice Diamond que podría serle útil, señor.

Al oírlo, Cornish dejó lo que estaba haciendo y alzó la mirada expectante.

—Parece ser que frecuenta el Club 43 de Gerrard Street, lugar donde se la vio anoche.

El inspector soltó un suspiro y soltó los papeles.

—¿De veras? ¿Y qué estaba haciendo allí?

Guy cayó en la cuenta de que no lo había preguntado.

—Nada, señor. Es decir, que no lo sé, señor. Acabo de recibir la información, confirmada por dos testigos, de que estuvo en la sala de fiestas, y de que se marchó cuando comenzó una pelea.

—¿Estaba robando algo? ¿Se la oyó jactarse de sus fechorías?

—No que yo sepa, señor. —Aunque no hacía calor en la habitación, ahora le sudaban las axilas.

—Me gustaría poder decir que su información es útil, pero ya sabíamos que está en Londres. El hecho de que Alice Diamond se encontrara en un cabaré no nos vale de nada. A menos que estuviera bebiendo alcohol… —añadió esperanzado.

—No puedo confirmar eso, señor.

—Entonces es absolutamente inútil, carajo —vociferó Cornish—. Lárguese y no vuelva hasta que descubra algo que merezca la pena.

34

*D*urante el día, el número 43 de Gerrard Street no era más que otro adosado miserable del Soho. La mugre pintaba las aceras de negro y había poco movimiento. Entre otras cosas, aún faltaban dos o tres horas para que los libertinos hicieran acto de presencia en busca de los placeres de la carne. Haciendo caso omiso del timbre que anunciaba la sastrería del señor Gold en la planta superior, Guy llamó con firmeza a la puerta del Club 43, cuyo hueco ocupó al instante y por completo un individuo que parecía hecho a medida para tal efecto.

—¿Ja?

Debía de ser Albert el Alemán, el famoso portero del cabaré.

Guy iba uniformado de pies a cabeza, lo que hacía poco probable que Albert el Alemán no adivinara cuál era su oficio. Desde luego, no se había presentado allí para pedir un trago.

—Vengo a ver a la señorita Meyrick.

La puerta se cerró en sus narices, y Guy se quedó plantado como un pasmarote, hasta que volvió a abrirse al cabo de un minuto, y el gigante le indicó que le siguiera. Pasaron por delante de la taquilla, de las escaleras que llevaban a la pista en el sótano y a los aseos de la primera planta, y entraron en una especie de salita, de paredes forradas con papel pintado de flores y dos sofás con cojines de todos los tamaños. También había una chimenea ante una alfombra de piel de tigre, que le hizo recordar aquella coplilla dedicada a la escandalosa escritora (¿Te gustaría pecar / con Elinor Glyn / sobre una piel de tigre? / ¿O preferirías / errar / con ella / sobre alguna otra piel?). Sus hermanos solían cantarla, hasta el día que los oyó su madre y les atizó un capón a cada uno. Sentada, gracias a Dios, en un sofá, y no repantingada en la piel de tigre, estaba una joven de cabello negro ondulado con mano experta, vestida con un elegante traje de lana verde oliva. Lejos de parecerse a las Merry Maids de la sala de fiestas de su madre, tenía aspecto de ir a presidir la reunión de un consejo. Una idea absurda. Ninguna mujer había asistido nunca a la reunión de un consejo. Guy se obligó a centrarse en el asunto en cuestión, olvidando los encantos del fuego y el perfume embriagador del jarrón de azucenas que reposaba en una mesa cercana.

La joven se puso en pie y le dio la mano.

—Buenas tardes, agente. ¿Qué puedo hacer por usted?

Guy se sintió torpe.

—Buenas tardes. ¿Es usted la señorita Dorothy Meyrick?

—Sí, pero todo el mundo me llama Dolly. Siéntese, por favor —le dijo, indicándole el otro sofá.

Acto seguido, Guy se hundió en los cojines sin remedio. A no ser que se colocara en el mismo borde, sentarse derecho era imposible, y esa postura le habría resultado bochornosa a causa de su altura. Era como luchar contra una nube.

—Cuánto lo siento —se disculpó ella, risueña—. Mucho me temo que son más cómodos que prácticos. ¿Puedo ofrecerle una copa? Tenemos un magnífico whisky de malta.

—Gracias, es usted muy amable, pero no. —Guy recuperó el equilibrio, o eso esperaba él, y sacó lápiz y libreta.

—Por favor, señor agente —ronroneó Dolly—, deje usted eso. Seguro que podemos hablar tranquilamente antes de que empiece a escribir nada. —Lo dijo de tal manera que negarse habría parecido poco razonable, así que no tuvo más remedio que guardarlos en el bolsillo.

—Tengo entendido que anoche visitó su establecimiento Alice Diamond.

La joven lo miró impávida.

—Perdone, agente, pero no esperará que me acuerde de todos mis queridos clientes. Ayer atendimos al menos a un centenar de personas.

—Pero usted los recibe en la puerta, ¿no es cierto? Los ve al llegar.

—Así es… Pero no sé su nombre, ¿cómo se llama? La conversación sería más agradable si lo supiera.

—Soy el sargento Sullivan. —Guy hacía lo posible por no dejarse ganar tan fácilmente, aunque empezaba a costarle.

—Tiene usted toda la razón, sargento Sullivan. Debería haber estado allí anoche, pero estaba ocupada con otras gestiones. Supongo que se podrá figurar lo complicado que es para mí dirigir el negocio sin mi madre. Una parte del personal no está acostumbrada a recibir órdenes de una joven como yo, y a veces tengo que llevar a alguien aparte para asegurarme de que haga lo que le pido. —Hizo una pausa—. ¿De verdad que no quiere un poco de whisky? ¿O una copa de vino?

—No, gracias.

—Pues verá, ayer fue Susie la que se encargó de cobrar la entrada, y, por desgracia, dejó pasar a un grupo de alborotadores que causaron cierto revuelo. No volverá a estar en la puerta.

—¿Sabe usted quiénes eran? —preguntó Guy, empezando a entender lo hábiles que podían ser algunos para sortear cuestiones incómodas.

—Vienen de vez en cuando, pero tampoco demasiado. Nada que no podamos manejar. —Su voz era puro caramelo. Entonces ladeó su cuerpo hacia la chimenea y lo miró inclinando la cabeza—. En realidad no nos falta protección, sargento Sullivan. Hombres como usted, tan amables que cuidan de nosotras a cambio de pequeños favores. Nuestra casa puede ser de lo más agradable. ¿Querría usted hacer lo mismo?

—¿Cómo dice, señora? —Guy estaba atónito.

Ella se echó a reír como si le hubiera contado un chiste.

—De momento soy señorita, aunque no por mucho tiempo. Estoy prometida con lord De Clifford.

Guy ya conocía ese detalle que estaba destinado a bajarle los humos. «Este no es el rostro de la dueña de un cabaré —parecía decir—, sino el de la futura esposa de un par del reino. Y usted no es más que un vulgar agente de policía.»

—¿Acaso le sorprende? —añadió entornando los ojos.

—Por supuesto que no. —Torpe otra vez—. Mi enhorabuena, señora. Es decir, señorita Meyrick.

—Gracias —repuso ella educadamente—. Hay quienes se han mostrado contrarios, por decirlo de alguna manera. Pero ya nos hemos ocupado de ellos.

—Ya veo. —Guy no tenía muy claro cuál era el mensaje que quería transmitirle. Aquella mujer hablaba en un código que no lograba descifrar.

—Tenga por seguro que nosotras cuidaremos de usted si vuelve por aquí. Y siendo el hombre *sympathique* que es, tan fuerte además… estoy segura de que usted también cuidará de nosotras.

Guy no supo qué responder a eso, pero tampoco tuvo la oportunidad de hacerlo.

—Y ahora, mi querido sargento, debo rogarle que me disculpe. Tengo una noche muy ajetreada por delante y he de prepararme. Albert le espera detrás de la puerta.

Después se puso en pie, y él entendió que le tocaba hacer lo propio, a costa de otra humillante pelea con tres cojincitos. Tras eso le estrechó la mano y se marchó de allí, sin haber sacado fruto alguno.

35

A su vuelta a Asthall, el ambiente empezaba por fin a animarse tras la trágica muerte de Adrian Curtis, y todos esperaban la llegada de la Navidad con ilusión.

La señora Stobie se dedicaba a refunfuñar por el incremento de sus labores, pero había un flujo constante de olores exquisitos procedentes del horno. Pamela se colaba en la cocina a cada oportunidad, y aunque la cocinera se quejaba de que ya hacía bastante sin tener que darle lecciones, Louisa distinguió en ella una sonrisa de aprobación cuando la muchacha le presentó una bandeja de pasteles de carne con un tono dorado perfecto, tan rizado el hojaldre como el dobladillo de una falda.

Una mañana, al poco de regresar de Londres, Nancy entró en la cocina después del desayuno, donde se encontró con Louisa y con Pamela, quien andaba curioseando en la despensa, en busca de una bolsa de pasas. Cuando salió triunfante, Nancy le lanzó una mirada desdeñosa.

—¡Jesús, qué vieja eres! Cualquiera te tomaría por una criada.

Louisa notó que Ada se ofendía un poco por el comentario, pero fue Pamela la que contestó:

—¿Y qué tendría de malo si lo fuera?

Nancy hizo caso omiso y agitó una carta que llevaba en la mano.

—Es a ti a quien buscaba, Lou-Lou. Jenny vendrá mañana a tomar el té. Va a visitar a sus suegros con Richard y les gustaría pasarse antes por aquí. Como sois viejas amigas, he pensado que querrías saberlo.

—Pues sí, gracias —respondió Louisa, a pesar de que hacía mucho que no se veían, y de que estaba un poco molesta porque Jennie no le había escrito ni una sola vez. Aunque fueron juntas a la escuela y se criaron en las mismas calles de Chelsea, su amiga había ascendido de posición al casarse con Richard Roper, un arquitecto bohemio. Y si bien seguía siendo la dulce Jennie de siempre, ahora se movía en unos círculos muy distintos, en especial desde que se fueron a vivir a Nueva York tres años atrás. Sin embargo, si tenían la oportunidad de hablar, Louisa pensaba aprovecharla con gusto. Al fin y al cabo, fue Jennie quien le presentó a Nancy, lo que la llevó a obtener el puesto de niñera en Asthall. Tenía que estarle agradecida, ¿no?

En realidad, todo resultó ser más fácil de lo que esperaba. Después de que Jennie y Richard tomaran el té con los señores en la biblioteca, Louisa fue convocada con un toque de campana. Aquello solía marcar el final de la hora diaria que pasaban las más pequeñas con sus padres, pero en esa ocasión lady Redesdale dijo que se encargaría ella de subirlas al cuarto de los niños, mientras que lord Redesdale y Richard se fumaban un puro en el despacho. De esa manera, Jennie y Louisa pudieron disfrutar de un momento de intimidad, un gesto muy amable por parte de su patrona, que seguramente había instigado Nancy. Louisa sabía que era una tontería, pero la aturullaba el hecho de tener que sentarse en la biblioteca, aunque solo fuera delante de Jennie, quien estaba lejos de ser su dueña. Por otro lado, ambas jóvenes habían dejado de ser iguales, tal y como atestiguaba el delantal de Louisa frente al atuendo chic de Jennie, un vestido de cachemira color castaño a juego con un abrigo ribeteado de visón. Además, pensó con tristeza, el hábito de la servidumbre se había introducido hasta en su manera de tratar con sus amistades. Para no tener que decidir entre sentarse o quedarse de pie, fingió ordenar un cesto de costura en el suelo mientras charlaban. Se estaba preguntando si podría abrirle el corazón a su amiga cuando Jennie le hizo su propia confesión.

—Tengo que contarte una cosa, querida —susurró—. Estoy embarazada. Todavía no se nota porque es pronto, y Richard no quiere que lo anunciemos antes de que lo sepan sus padres. Ese es el motivo de que hayamos venido a verlos.

Louisa se puso en pie para darle un abrazo.

—¡Enhorabuena! ¿Para cuándo será?

—Para finales de julio. Dicen que los niños de verano son criaturas felices. —Jennie estaba radiante, con un resplandor que iluminaba su piel de porcelana.

—Sin duda lo será teniéndote como madre —respondió Louisa. Se alegraba mucho por ella.

—Eso espero. —Una sombra cruzó sus facciones—. Pero hay algo que me preocupa… La educación que recibimos nosotras fue muy distinta. ¿Y si lo hago mal?

—Todas las madres piensan así, pero Richard estará a tu lado. Estoy segura de que lo harás perfectamente. Y también puedes contar conmigo: sé todo lo que hay que saber sobre cómo bañar a un niño.

—Sí —se rio ella—, aunque supongo que contrataremos a una niñera, y no tendré que hacer nada de eso.

Louisa sabía que Jennie no pretendía ofenderla al señalar que, por mucho que a ella le pagaran por bañar a los hijos de otras mujeres, ella no iba a cuidar del suyo propio, pero aun así le dolió. Sin embargo, ¿a quién podía recurrir si no? Necesitaba confiarse a alguien que entendiera tanto el mundo en el que había nacido como el mundo en el que trabajaba ahora. Al mismo tiempo, no dejaba de darle vueltas a una idea, y ansiaba desahogarse de alguna manera.

—Me gustaría comentarte un asunto… —comenzó a decir, sin saber bien si debía o podía hacerlo.

—¿De qué se trata, querida?

Lo más brevemente que pudo, y un poco a trompicones, Louisa le relató los acontecimientos de las últimas semanas, desde que conoció a Dulcie y visitaron el Elephant and Castle, hasta la muerte de Adrian Curtis, el Club 43, el extraño comportamiento de los amigos de Nancy, Alice Diamond y las Cuarenta Ladronas. Incluso mencionó su encuentro con Joe Katz. Jennie no la interrumpió apenas, salvo para aclarar algún dato asombroso aquí y allá. Cuando terminó, se hallaba al borde de las lágrimas.

—¿Qué puedo hacer, Jennie? —le imploró.

—La verdad es que no lo sé. ¿A qué parte te refieres? Son tantas cosas…

—Lo que pasa, como has dicho tú, es que hemos cambiado, pero no siempre encajamos en este ambiente. Sé que tengo una vida mejor que mi madre, que mi trabajo es más llevadero y que los Mitford me tratan bien, pero luego veo a esas mujeres…

—¿Qué mujeres?

—Las Cuarenta Ladronas, y hasta las bailarinas del cabaré. Parecen tan independientes… Visten una ropa preciosa y hacen lo que quieren. No están sometidas a nadie.

—Louisa, son ladronas y prostitutas —replicó Jennie con ira—. Ya sabes que esa no es vida. Las dos tuvimos que luchar para escapar de eso. —Miró a su alrededor, temerosa de que alguien la oyera. ¿Acaso ignoraba su marido cómo vivía antes de conocerlo?—. ¡Que no se te pase por la cabeza!

—No te pongas así. Es que siento que no encajo en ningún sitio. No sé qué hacer.

—Esto es lo que vas a hacer —le dijo, casi escupiendo las palabras—: contarle a la policía lo que sabes de Dulcie y las Cuarenta. ¿Qué pretendías, guardarte el secreto? ¿No se te ha ocurrido pensar que esté mintiendo?

—No puedo hacer eso, la matarían. —Louisa nunca se había sentido tan ridícula.

—Louisa, Dulcie se unió a las Cuarenta. No sabes si es de fiar. ¿Por qué estás tan segura de que no fue cómplice del crimen? ¿No te parece demasiada coincidencia? Echa mano de unas joyas, y al rato aparece al lado de un cadáver.

—Sí, pero es más complicado que eso. Hay algo que no cuadra, lo sé. Por ejemplo, vi que esa noche llevaba un reloj en la muñeca. ¿Para qué iba a hacerlo, si no para saber la hora?

Aquel cambio de tercio confundió a Jennie.

—¿Qué quieres decir?

—Creo que había acordado reunirse con alguien al pie del campanario, y de ahí el reloj. No era con Adrian, porque no tiene sentido que se vieran dentro de la casa y luego otra vez en la capilla. Alguien tenía que recoger las joyas robadas. Así es como se deshacen las Cuarenta del botín: a través de intermediarios. Creo que quien mató a Adrian fue la misma persona que se había citado con Dulcie.

—¿Y por qué no lo dice?

—Porque eso significaría delatar a las Cuarenta o a uno de sus peristas, sea quien sea. Y entonces la matarían a ella y a su hermana.

Jennie reflexionó sobre la cuestión.

—Mucho me temo que está acabada de una manera o de otra, pero si ha escogido ese camino, debe de ser porque está protegiendo a alguien. —Hubo unos instantes de silencio—. A sí misma, evidentemente. ¿No te das cuenta de que te ha echado a ti el muerto de contarle a la policía lo de las Cuarenta?

—¿A qué te refieres?

—Te llevó a ese pub, ¿recuerdas? Te habló de la banda y luego te pidió que le preparases un encuentro con Adrian Curtis.

Louisa rumió sus palabras.

—¿Estás insinuando que quería que fuera yo la que cantase para no tener que hacerlo ella? ¿Crees que Dulcie estaba enterada de los planes de matarlo, y que pretendía desvelarlos a través de mí?

—Exacto.

—Pero para eso tendría que confesarle a los Mitford que dejé entrar a una ladrona en su casa a sabiendas. Aunque yo no sabía que iba a robar nada.

Jennie se mostró implacable.

—Sin embargo, eso es justo lo que hiciste, y ahora me siento culpable, porque fui yo quien te recomendó. Después de todo lo que han hecho por ti, ya podías estar más agradecida. Los Mitford se merecen algo mejor, y yo también.

Jennie se marchó sin despedirse y Louisa se quedó sola, contemplando el fuego.

36

*E*n la comisaría de Vine Street, Guy y Mary se comían un sándwich sobre una mesa atestada de carpetas marrones, que ya habían reunido las migajas de varios almuerzos. Guy estaba deseando volver a las calles, pero le daba pena por Mary, a quien le habían ordenado claramente que permaneciera en comisaría por si había que tratar con algún niño perdido o alguna mujer que hubiera sido víctima de un delito. A pesar del papel fundamental que había desempeñado en la detención de Elsie White, el comisario dijo que no podía tener a todos sus agentes tras las Cuarenta Ladronas, y Mary se había quedado confinada.

—Es tan desesperante —decía, con la boca llena de pan blanco y jamón—. Sé que tiene que haber mujeres traficando cocaína en el 43, pero no puedo hacer nada a menos que me lo indiquen los jefazos.

—No sé, Mary, es una labor peligrosa —objetó Guy—. Yo que tú no tendría tantas ganas.

Ella suspiró y miró por la ventana, masticando.

—Me gustaría poder salir de aquí de vez en cuando.

Un agente se acercó a la mesa.

—Siento interrumpir la fiesta —sonrió con sorna—, pero tiene usted una llamada, Sullivan.

Guy, rojo como la grana, se puso en pie a la vez que se sacudía los restos del regazo.

—Perdón, vuelvo enseguida.

Al llegar al mostrador, levantó el auricular que parpadeaba.

—Al habla el sargento Sullivan —dijo en tono formal. Quizás fuera Dolly Meyrick, que acababa de acordarse de que Alice Diamond había estado en su local haciendo algo por lo que pudiera detenerla.

—¿Guy? Soy yo, Louisa.

—Ah, hola. —Se le vino a la mente la imagen de Joe Katz besándole la mano.

—Escucha, tengo que decirte algo importante. Es un asunto policial, pero no quiero hacer una declaración oficial.

—Me temo que no te entiendo. —En ese momento recordó todas las complicaciones que solía acarrear la muchacha.

—Ya, yo tampoco. —Se oyó un sonido que bien podía haber sido un sollozo o una risa ahogada—. Tú atiende y después me ayudas a decidirme. Por favor.

Como era la hora de comer, la comisaría estaba tranquila.

—Claro. ¿Qué pasa? —Se hizo el silencio al otro lado—. ¿Louisa? ¿Sigues ahí?

—Sí, aquí estoy. Se trata de Adrian Curtis, de su asesinato. Sé algo acerca de Dulcie Long, la criada a la que acusaron. También la acusan de robar a uno de los huéspedes que había esa noche, cosa que admite.

—Lo recuerdo.

—Hay un dato que debería haberle contado a la policía, pero no lo hice. Dulcie pertenece a la banda de las Cuarenta Ladronas, y yo lo sabía desde antes de que viniera a Asthall. De hecho, me llevó a su pub.

—¿Cómo que su pub?

—Un bar que frecuentan todas, el Elephant and Castle. Si quieres encontrar a Alice Diamond y a las demás, es allí donde se juntan, casi todas las noches.

—¿Qué relación tiene eso con Adrian Curtis?

Louisa tragó saliva con dificultad. Ahora venía la confesión más importante.

—Antes de la fiesta, Dulcie me pidió que le preparase un cuarto para poder reunirse con él a solas esa noche. Tuve que engañarlo para que fuera.

—¿Qué? —preguntó incrédulo.

—Me dijo que necesitaba hablar con él, pero que él se negaba. Ella era empleada de su madre y su hermana, pero él vivía en Oxford, de modo que no podía verlo. Habían tenido... ya sabes.

—Me lo imagino.

Louisa dio gracias al cielo porque estuvieran hablando por teléfono, y que así Guy no tuviera que ver la vergüenza que teñía su rostro.

—Entonces fue cuando él la pilló robando y la pegó. Por eso la policía cree que es culpable, porque ya habían tenido una discusión.

—Continúa. —La voz de Guy iba sonando cada vez menos amable.

—¿Y si Dulcie hubiera acordado reunirse con un perista de las Cuarenta para entregarle las joyas que robó durante la fiesta? Me insinuó que siempre que había un robo, las criadas eran las primeras sospechosas.

—Y con razón, según parece —le espetó él.

—Sí, de acuerdo. La cuestión es esta: si ella ya sabía que iba a robar, también debía encargarse de librarse del botín antes de que nadie se diera cuenta. Encontrarse con un perista habría solucionado ese problema.

—Sé que las Cuarenta se han hecho pasar por sirvientas en casas señoriales —repuso Guy—. Es una manera fácil de hacerse con objetos valiosos.

—Aparte, el otro día me acordé de que Dulcie llevaba un reloj esa noche, aunque antes no llevaba ninguno. En su momento me fijé en que le estaba grande, como si se lo hubieran prestado. Ahora creo que lo necesitaba porque había acordado reunirse con alguien a una hora concreta.

—Se supone que debía recoger a la señorita Charlotte, ¿no?

—Sí, pero para eso le bastaba con el reloj de la casa. Supongo que iba a entregar las joyas a las Cuarenta o a uno de sus intermediarios.

—Sigo sin ver qué tiene que ver eso con Adrian Curtis.

—Yo tampoco lo sé exactamente, pero pienso que Dulcie iba a verse con el perista en el campanario. Desde donde arrojaron a Adrian Curtis.

—Pero ¿por qué querrían que Curtis estuviera allí?

—Puede que Dulcie no, pero el perista sí. Sospecho que iba a reunirse con algún hombre, pero el asesinato se produjo antes. Y te juro que no sabía que iba a robar a los invitados. Creía que quería hablar a solas con Adrian Curtis, nada más. Me dijo que quería ir por el buen camino, y que le gustaba su trabajo de doncella. Pero su hermana se casó con un hombre que no pertenecía al círculo de las Cuarenta, y cuando ella quiso irse también, las cosas se pusieron feas, y no tuvo más remedio que demostrar su lealtad. Ahora la han acusado de asesinato y no puede contarle a la policía que fueron las Cuarenta porque la matarían a ella y a su hermana. Y yo acabo de caer en que ella quería que te lo dijera. Bueno, no a ti, sino a la policía. Por eso me llevó a ese pub.

—Eso me encaja. Pretende incriminar a las Cuarenta por medio de ti —dijo Guy, empezando a reunir todas las piezas en su cabeza—. Pero aún no comprendo cómo se vio envuelto Adrian Curtis en todo eso.

—No me gusta pensar en esto, pero… —respondió ella despacio, midiendo las palabras— la verdad es que tuvieron un encontronazo, y puede que le deseara algún mal. Sigo sin creer que planeara matarlo, pero quién sabe.

—De cualquier manera, Dulcie Long tuvo que actuar como cómplice, tanto si lo empujó por el campanario como si lo hizo el perista.

—Supongo que sí —dijo Louisa, con una voz que apenas se dejó oír.

—Y tú sabías que era una ladrona, y aun así la dejaste entrar a una habitación de la casa sin compañía —añadió él—. Lo que significa que también estás implicada.

No se oyó respuesta desde el otro lado, más que una respiración agitada.

Guy tuvo que obligarse a mostrarse frío. Debía averiguar todo lo que pudiera cuanto antes.

—¿Qué hay del hombre? ¿Lo vio alguien, o fue una invención de Dulcie?

—Nadie lo vio.

—Así pues, Dulcie no tiene coartada, estaba compinchada con las Cuarenta y tú lo sabías. —Hizo una pausa, comprobando que no había dejado de respirar—. Le abriste las puertas de la casa. Traicionaste a todo el mundo. ¿Cómo pudiste hacerlo, Louisa?

Sin embargo, estaba predicando en el desierto. Louisa había colgado.

Guy tenía las manos sudorosas y el corazón desbocado. Ahora debía pensar bien cuál sería su próximo paso. El caso no era suyo, así que no podía meterse, pero Cornish le había ordenado que le echara el guante a algún perista de las Cuarenta. Si se podía probar que Dulcie Long estaba relacionada con la banda, la joven sería condenada y colgada en un periquete. Y él quería ser quien lograra esa condena.

37

La señora Brewster había terminado el vestido de Pamela, y la muchacha estaba empeñada en recogerlo a tiempo para las Navidades y el baile de la cacería, aun cuando Nancy juraba que era un bodrio de fiesta, «plagada de viejos que quieren casar a sus hijas, rodeados de chicas obedientes clavaditas a ellos». Si por ella hubiera sido, Nancy habría ido a Londres todas las semanas, de modo que Pamela sabía que solo tenía que aliarse con su hermana para convencer a su madre de que les permitiera volver una última vez antes de pasar todas las festividades enclaustradas en Asthall. Por supuesto, Louisa iría con ellas.

—¿No os parece que pedirle a Iris que os aguante de nuevo sería abusar? —inquirió lady Redesdale. A pesar de su reticencia, Louisa supo que Nancy había encontrado ya el punto débil de su coraza, y lo atacaba con todas sus fuerzas.

—Claro que no, Mamu —dijo Pamela, echando una mano—. Dice que le encanta tenernos allí porque le hacemos los recados y otras cosas.

—Bueno, si tan seguras estáis, que así sea. Pero no por mucho tiempo. Podéis marcharos mañana por la mañana y regresar a la hora del té del día siguiente. Voy a asistir a una reunión del Partido Conservador y quiero que me acompañéis.

La alegría por ir a Londres sobrepasó el fastidio habitual que solía provocar esa clase de peticiones, y Pamela le dio un beso de gratitud a su madre, quien la apartó con un gesto.

—Adelante, pues. No olvidéis preguntarle a vuestro padre si quiere algo del economato militar.

Durante el trayecto de ida, las tres viajaron juntas en un vagón de primera clase. Como era habitual, la conversación no tardó en girar en torno a la muerte de Adrian Curtis y los hechos ocurridos en esa noche.

—Aún no entiendo qué hacía Adrian en el campanario —dijo Nancy.

—Dulcie le propondría verse allí cuando hablaron en el cuarto de tía Iris.

—Sí, pero no estaban hablando, estaban riñendo. ¿Por qué ibas a querer verte con alguien con el que acabas de discutir? No tiene sentido. —Nancy fruncía el ceño de manera encantadora; hacía que volviera a parecer muy joven. Entonces se volvió hacia Louisa—. ¿No te has enterado de nada más, Lou? Estuviste con Dulcie después de la fiesta de Londres, ¿verdad? ¿Te dijo algo nuevo?

Louisa esperó llevar el cuello de la camisa lo suficientemente alto para no mostrar los rosetones que estarían dibujándose en su pecho sin remedio. Sabía que no había sido ella quien cometió el asesinato, y seguía creyendo en la inocencia de Dulcie, por lo menos en lo que al crimen se refería. Y, sin embargo, también sabía que había actuado mal.

—No, claro que no.

Pamela miró por la ventanilla, a las llanuras y las filas de setos que pasaban a toda velocidad ante sus ojos. Pronto se convertirían en las ordenadas fincas y villas de las afueras, antes de que el tren atravesara el último túnel y emergiera entre terrazas angostas como teclas de piano ennegrecidas, hasta su llegada a la estación de Paddington.

—Lo de la búsqueda del tesoro fue idea suya —murmuró Pamela—. ¿Sería posible que Adrian hubiera orquestado su propia muerte?

—No se puede ser más ridícula. Además, creo que Ted lo dijo antes —pontificó Nancy. Acto seguido agarró una revista y la hojeó sin mirarla.

No obstante, Louisa pensaba que las hermanas podían tener razón. Si lord De Clifford había propuesto la búsqueda del tesoro, y si Dulcie efectivamente se había reunido con un perista de las Cuarenta esa noche, el joven noble sería el vínculo más obvio, dado que la banda frecuentaba la sala de fiestas de su novia. Y luego estaba la extraña conversación que mantuvieron lord De Clifford y Clara, el pastel que había prometido no descubrir. Y eso por no hablar del puñal que vio en el bolso de clara. Tampoco podía descartar a Phoebe, antigua empleada del Club 43, quien le reconoció haber fingido una torcedura de tobillo. Todavía le quedaban muchos cabos que atar, pero estaba segura de que habría uno que los enlazara todos. Lo que ignoraba aún era si había sido un complot en contra de Dulcie, o con ella.

Tras dejar las maletas en sus alcobas y saludar cariñosamente a Iris, las tres emprendieron el camino hacia el taller de la señora Brewster. Nancy se unió a ellas para comprobar que Pamela no hubiera cometido un terrible error, tal como dijo con su bondad acostumbrada. Cuando llamaron a la puerta, la modista tardó un largo rato en abrirles, y al hacerlo se la vio más flaca que antes, o puede que solo más cansada. Las arrugas profundas proyectaban sutiles sombras sobre su rostro aceitunado, que empezaba a adoptar una palidez grisácea. No obstante, la mujer dio una palmada al verlas y las condujo hasta el taller con sus tambaleantes pilas de material. Nancy prorrumpió en exclamaciones ante los modelos colgados, acariciando los delicados terciopelos y las suaves sedas. Cuando la señora Brewster sacó el vestido de Pamela, la muchacha soltó un jadeo de felicidad al contemplar la caída de la tela color miel, y la genialidad del fajín rosa.

—Debe probárselo, *signorina* —dijo la costurera—. Por si hay que hacer algún ajuste. Aguja e hilo no me faltan —rio con una risa que sonó hueca.

Louisa, que se había quedado en el umbral, echó un vistazo al pasillo, preguntándose dónde estaría el pequeño. Llevaba unas cuantas prendas para él, vestigios del cuarto de los niños que nadie echaría de menos. Desde que lo vio, no había podido olvidarse de su mirada azul. Entonces salió, sabiendo que no la necesitarían en ese momento, y se situó delante de la habitación por la que se había asomado la última vez. Dudó un instante, llamó con cuidado y abrió la puerta. Dentro había una cocina diminuta, con una ventana que daba a la parte trasera de los pisos circundantes y bañaba al chiquillo de luz invernal, sentado a la mesa, con una cera en la mano y sus ojazos como dos soles.

El niño se sobresaltó.

—Hola —lo saludó—. No tengas miedo, soy una amiga. —Se agachó para ponerse a su altura. Él observó sus movimientos y aferró la cera con más fuerza, pero continuó mudo—. Soy Louisa, pero puedes llamarme Lou. ¿Y tú cómo te llamas?

Un temblor sacudió su labio inferior, mas no dijo nada. De repente, la puerta se abrió de par en par y apareció la señora Brewster.

—¿Qué está pasando aquí? —preguntó—. ¿Se ha puesto a alborotar? Ya sabes que no debes hacer ruido, *bambino*.

Louisa se incorporó.

—No ha hecho nada, señora Brewster. Solo quería saludarlo. Le he traído algo de ropa, cosas que ya no usamos. —Le entregó el liviano paquete, envuelto en papel de estraza. La anciana lo cogió y lo dejó en la mesa.

—*Grazie*. La ropa está bien, pero lo que necesitamos es comida.

Louisa se sintió como si le hubieran soltado un rapapolvo por no cumplir su responsabilidad para con el niño.

—¿Y eso? ¿No tiene bastante trabajo?

—¡Ah, el trabajo! Tengo de sobra. Demasiado, pero nunca es suficiente. El alquiler sube y sube todo el tiempo. El señor Brewster no me dejó nada, *niente*. Solo deudas de juego. Y la madre del *bambino* está en la cárcel y no me manda dinero.

Una idea se le vino a la mente al oírlo, pero la descartó por absurda.

—¿Qué va a hacer entonces? —la interrogó.

La señora Brewster miró al niño con tristeza.

—Le tengo cariño al pobrecillo, no sabe por qué vino a este mundo. Pero no puedo alimentarlo, y tendrá que irse al hospicio. O él o yo.

—¿Qué hay del padre?

—Qué más da, estará muerto o desaparecido. —Se encogió de hombros.

—No puede mandarlo al hospicio —susurró Louisa asustada, a pesar de que el chiquillo no entendería lo que significaba. Ella sí lo sabía bien. El hospicio era el gran temor, el hombre del saco de su infancia. Si perdías tu trabajo, si enfermabas, te llevaban al hospicio. Era el lugar donde los pobres iban a morir.

Volvió a recordar la idea anterior, la de que Dulcie la hubiera dirigido a la señora Brewster aposta, pero no para hacerle un favor a Charlotte.

—¿Dulcie Long es su madre? —soltó de pronto, sin poder evitarlo.

La costurera alzó las cejas, sorprendida.

—Pues sí, ¿cómo lo sabe?

De modo que ese era el motivo. Curiosamente, no fue el parecido del niño con la madre lo que plantó la semilla de la curiosidad en la mente de Louisa, sino lo mucho que se asemejaba al difunto Adrian Curtis.

38

*L*ouisa le echó dos terrones más a su ya azucarado té. Estaba sentada en la cocina de Iris Mitford, mientras que Nancy y Pamela almorzaban con su tía. La cocinera se hallaba allí también, pero intercambiaron pocas palabras. Era una escocesa taciturna, más interesada en los chicharrones del cerdo que en las cuitas de otra criada. Louisa, inquieta, seguía dándole vueltas a lo mismo. Desde luego, no tenía pruebas de que el niño fuera hijo de Adrian Curtis y Dulcie Long, salvo una corazonada, una conexión entre un par de ojos azules y otro. ¿Lo sabría Charlotte Curtis? Si ella estaba en lo cierto, estaría enterada seguro, porque Dulcie trabajaba en casa de los Curtis. Después de quedarse en estado, la habrían mandado fuera hasta que diera a luz, y luego habría vuelto. En realidad, ahora que lo pensaba de esa manera, parecía un disparate. Dudaba mucho que lady Curtis volviera a darle empleo a una doncella que se hubiera quedado embarazada de su hijo.

O tal vez sí, si era necesario silenciar a la doncella.

Por otra parte, aquello podría haberle dado un motivo a Dulcie para matar a Adrian. Si las Cuarenta hubieran descubierto que tenía un idilio con alguien ajeno a sus filas, su vida habría corrido peligro. Y si Adrian amenazaba con desvelar que era el padre, con más motivo aún. Pero ¿habría querido Adrian contárselo a alguien? Por lo que ella sabía, en esos casos se solía entregar al bebé en adopción y se tapaba todo, lo que podría explicar que Dulcie mantuviera a su hijo en secreto. Quizás le dijera a lady Curtis que lo había dado, que no había vuelto a verlo, ni mucho menos que pagaba para que cuidaran de él. ¿Le habría pedido dinero a Adrian para su niño? ¿Habría sido esa la causa de que discutieran?

Llegada a tal punto de confusión, necesitaba hablar con alguien que le diera respuestas, pero ¿quién? Si Dulcie hubiera sido de fiar, habría acudido a ella, pero ya se había dado cuenta de que había cometido un tremendo error al creer que ambas eran iguales por venir del mismo lugar, o que estaban hermanadas de alguna manera. No era así.

Y, sin embargo, por la razón que fuera, Dulcie no se protegía a sí misma. Más bien al contrario, se enfrentaba a su juicio sabiendo que la condenarían por asesinato sin que pudiera defenderse. Por mucho que Guy investigara su relación con las Cuarenta, era casi imposible que encontrara algo, y más difícil aún que pudiera probar su participación en el crimen. Necesitaban algo más concreto, y esa era quizás su única esperanza. Si Louisa pudiera demostrar que Adrian era el padre, o simplemente que Dulcie tenía un hijo, tal vez lograra salvarla de la horca.

Después del almuerzo, Louisa fue llamada al salón. Incluso un piso como aquel, ni grande ni pequeño, tenía zonas claramente demarcadas que hacían las veces de los grandes aposentos de un palacio. Al entrar, Pamela se puso en pie, y una voz dijo severa:

—¡No te levantes cuando entre un sirviente!

Tanto Pamela como Louisa se quedaron inmóviles como si jugaran al escondite inglés, hasta que el hombre que había hablado desapareció de su vista tras un rumor de periódico. Iris y Nancy tomaban café, un tanto apuradas ante tal estallido. Pamela le hizo un gesto a Louisa para que se diera la vuelta y saliera al pasillo.

—Lo siento —articuló en silencio.

Louisa negó con la cabeza, indicando que no tenía importancia. Y en realidad, no la tenía; no era más que otro ataque a su autoestima, algo a lo que ya estaba acostumbrada. Lo único que se preguntaba era si alguna vez el golpe sería tan grande que la derrumbaría del todo.

—Salgamos a pasear —le dijo Pamela—. No me cae bien el invitado de mi tía y preferiría irme de aquí.

Así pues, cogieron sombreros y abrigos y se marcharon cerrando la puerta con suavidad.

Fuera seguía habiendo claridad, un día húmedo y frío pero revigorizante, en el que las mujeres iban tapadas con sus abrigos de piel y los hombres se protegían con bufandas. Casi sin darse cuenta echaron a andar hacia los almacenes Peter Jones en Sloane Square, con sus preciosos árboles de Navidad en los escaparates. A las dos les gustaba la cafetería de la planta superior, desde la que se podían contemplar los tejados de ladrillo rojo de Chelsea.

—¿Qué es lo que ha sucedido esta mañana? —le preguntó Pamela mientras se sentaban, con una tetera y una jarra blanca y azul de leche entre ambas.

—¿A qué te refieres? —Lo sabía de sobra.

—Me ha parecido que discutías con la señora Brewster cuando me estaba probando el vestido.

Louisa se quedó callada, hasta que decidió que debía hablar con alguien y pensó que podía ser con ella. Pam era distinta al resto de las hermanas, y la apreciaba por ello. El aya Blor decía que era una roca, y no mentía: era el ancla de la familia. Mientras que Nancy y Diana podían ser frívolas y volubles, ella se mostraba tranquila y amable. Además, durante las últimas semanas se había revelado como una persona fiable que mantenía la calma en los momentos de crisis. A pesar de su propia inseguridad, cuando se trataba de los demás sacaba una fuerza formidable que Louisa encontraba admirable.

—Resulta que está cuidando de un niño de unos tres años, al que ya vi la vez anterior. No he podido dejar de pensar en él, así que hoy le llevé algo de ropa de cuando Tom era pequeño.

Pamela asintió con gesto de aprobación.

—Muy amable por tu parte.

—Pero eso no es todo —agregó—. La señora Brewster me contó que no es pariente del niño, sino que lo cuida a cambio de unas monedas. Esta mañana me ha dicho que la madre está en la cárcel, por lo que no puede mandarle dinero, así que está pensando en llevarlo a un asilo.

—Qué lástima, por Dios. —Pamela vertió un poco de leche en las tazas, las cuales ya estaban llenas de té reposado. Louisa no lograba acostumbrarse a servir la leche en segundo lugar.

—La cuestión es… —esperó un instante, tratando de hacer lo correcto—… que el niño es hijo de Dulcie Long.

Pamela dejó la jarra y la miró fijamente.

—¿Estás segura?

—Eso dice la señora Brewster, y no veo por qué iba a mentir.

—Cielos. Pobre criatura. Supongo que no volverá a ver a su madre.

—Ni a su padre tampoco. —Louisa cruzó los dedos para que su táctica surtiera efecto.

—¿Cómo lo sabes? ¿Quién es?

—No puedo estar del todo segura, pero me recuerda mucho a Adrian Curtis. —Louisa no le quitó ojo a Pamela, atenta a su reacción.

—¿De veras? Parece un poco increíble.

—¿Por qué?

—Bueno, pues porque no se puede demostrar. Pero ¿por qué lo dices? ¿Tiene el pelo negro?

—Es más por los ojos, creo. Aunque tendría sentido, ¿no crees?

—¿Por qué? Me he perdido. —Pamela le dio un sorbo al té y se enderezó, como una directora de colegio que reprendiera a una alumna.

—La señorita Charlotte le dijo a la policía que su hermano y su criada tenían un…

—Lo que los periódicos llaman «un entendimiento» —la ayudó Pamela.

—Exacto. Y puede que el niño tuviera algo que ver con lo sucedido esa noche. De hecho, puede que fuera el móvil.

—Pensaba que la considerabas inocente.

Louisa exhaló un suspiro y se colocó las manos en el regazo.

—Antes sí. Ahora no sé qué pensar.

—No creo que tengas que pensar nada, deberías contárselo a la policía. Aunque no sé si serviría de algo —dijo Pamela adusta, como si le molestara que Louisa le hubiera impuesto esa carga sobre los hombros. Y puede que tuviera razón.

Empero, ella ya no podía olvidarlo.

—Hay más cosas que no encajan… —añadió.

—¿Como cuáles?

—Creo que no todo el mundo ha dicho la verdad sobre lo que pasó en la fiesta…

—¿A quién te refieres?

—A los participantes de la búsqueda del tesoro —repuso Louisa, sin apenas atreverse a mirar a Pamela a la cara.

—Ten cuidado, Lou-Lou.

Entonces, lo soltó todo.

—Durante la vista, escuché por casualidad a lord De Clifford hablando con Clara acerca de no mencionar dónde estaban esa noche. Y la señorita Phoebe me confesó que había fingido torcerse el tobillo.

—¿Qué? —Pamela estaba atónita.

—Me dijo que solo fue una excusa para quedarse a solas con el señor Atlas. —Para bien o para mal, era un alivio contar la verdad.

—Bueno, pues ahí lo tienes. Reconozco que no es un buen motivo, pero al menos es una explicación. —Pamela dejó su taza a un lado—. Será mejor que confíes en la policía. A fin de cuentas, nos tomaron declaración a todos y seguro que habrán investigado. Si tanto te preocupa, deberías acudir a los cauces adecuados.

—Tienes razón. Hablaré con Guy Sullivan, él sabrá lo que hay que hacer.

—Bien —dijo Pamela—. Lo más sensato será dejarlo en manos de profesionales.

Louisa sabía que le habían parado los pies. Pasara lo que pasase, no debía volver a implicar a los Mitford. Por desgracia, no tenía muy claro que fuera posible.

39

*T*ras recibir el mensaje de Louisa, Guy fue a reunirse con ella en la esquina de Elvaston Place esa misma tarde. La muchacha se escapó un rato mientras las chicas cenaban con su tía, y él ya había terminado su jornada de trabajo. Louisa lo esperó debajo de una farola, confiando en no parecer una mujerzuela, con el abrigo abrochado hasta arriba, el sombrero bien calado y las manos en los bolsillos. Su aliento se transformaba en vaho y daba pisotones para calentarse, pero al cabo de unos minutos lo vio bajar por la calle. Seguía siendo un buen mozo aún sin el uniforme, alto y esbelto, cubierto con un sobretodo y tocado con un bombín de fieltro marrón. Llevaba lo que parecía ser una bufanda tejida a mano alrededor del cuello y el mentón, lo que por algún motivo resultaba enternecedor. Sus gafas despedían destellos a la luz, y, como de costumbre, no se percató de su presencia hasta que llegó casi a su lado, cuando esbozó una sonrisa de oreja a oreja que dejó ver la brecha que había entre sus dientes. Aquella sonrisa la llenó de esperanza. Había creído que no volvería a verlo después de su última conversación.

—Eres como los autobuses —dijo él—. No te veo nunca, y luego apareces dos veces seguidas.

—Muy gracioso —replicó ella—. ¿Quieres dar un paseo? Hace mucho frío para estar de pie, pero no tengo tiempo para un café.

Así pues, echaron a andar por las aceras londinenses, con sus baldosas de pizarra que rodeaban los altos edificios de columnas blancas. El Museo de Historia Natural, el rincón favorito de Louisa, quedaba a la vuelta de la esquina, con sus ladrillos de colores y las gárgolas que miraban con picardía a los transeúntes. De niña esperaba con ansias su visita anual para ver a los dinosaurios, aunque lo mejor era la vasta colección de moluscos de tonos delicados, que según decía su madre guardaban el sonido del mar en su interior.

No sabía cómo empezar, así que caminaron un rato en silencio hasta que Guy tomó la palabra.

—Mira, no te voy a negar que me disgustó lo que me dijiste. Sinceramente, no sé ni por qué estoy aquí, salvo porque soy incapaz de no acudir cuando me llamas —añadió con una sonrisa triste.

—Gracias. Comprendo que te cueste entenderlo, pero te aseguro que la alternativa era aún peor. Lo hice porque creía que su vida corría peligro.

—Lo sé. De hecho, no he podido pensar en otra cosa, y me pregunto si no era a Dulcie a quien planeaban arrojar por el campanario.

—Pero eso no explica qué hacía Adrian Curtis allí.

—Puede que fuera una coincidencia.

—No. —Louisa negó con la cabeza—. Además, quiero hablarte de otro asunto. No es más que una corazonada, pero necesito que lo sepas.

Entonces le contó lo de la costurera, el niño, la madre y su sospecha de que Adrian Curtis era el padre. Cuando acabó el relato, habían llegado a Cromwell Road y se acercaban a Knightsbridge, más allá del Museo Victoria y Alberto. Guy estaba absorto en sus pensamientos.

—Deberíamos volver —dijo ella, tirándole del codo. Pasados unos minutos, no pudo esperar más—. ¿Y bien? ¿Qué te parece?

—El problema es que hay mucho en lo que pensar, y ninguna certeza. ¿Crees que Dulcie reconocerá que el niño es suyo?

—No lo sé. Ella no me habló de él, pero la señora Brewster la conocía, y eso debe de significar algo.

—Pero ¿se habría arriesgado a ir a la cárcel por asesinato, siendo madre?

—Yo creo que no —respondió Louisa—, porque no ha abandonado a la criatura, sino que le buscó refugio. Pero supongo que se lo ocultó a la familia, porque nadie está pagando a la señora Brewster.

—Me pregunto si lo sabría Adrian Curtis, en caso de ser el padre.

—Es muy posible —dijo más animada, caminando casi de lado para poder ver a Guy, cuyo rostro entraba y salía de la penumbra al pasar bajo la luz amarillenta de las farolas—. Si ocurrió cuando Dulcie estaba empleada en su casa, tuvo que estar de acuerdo con que se marchara para luego volver. Le habría sido imposible disimular su estado.

—Es cierto —opinó Guy—. Pero no fue lo bastante hombre para casarse con ella.

—Por desgracia, no ha sido el primero en hacer algo así.

—Entonces, ¿crees que Dulcie es inocente? ¿Y qué pasa con el supuesto perista con el que iba a reunirse?

—No lo sabemos con seguridad. También he descubierto otros detalles que me hacen dudar.

—¿Por ejemplo?

—Dulcie no es la única persona relacionada con las Cuarenta. Lord De Clifford estuvo en la fiesta, y según Nancy fue quien propuso la búsqueda del tesoro. Y su prometida…

—Es Dolly Meyrick, la dueña del Club 43, al que suelen acudir las Cuarenta —replicó Guy.

—Por otro lado, escuché una conversación muy extraña entre lord De Clifford y Clara, en la que él le pidió que se callara dónde había estado esa noche, y ella le prometió que no «descubriría el pastel».

—No es nada concreto, pero coincido en que huele mal. En fin, si Dulcie es inocente, debe demostrarlo.

—Pero ¿cómo? —Louisa estaba dispuesta a hacer cualquier cosa. Si Dulcie era exonerada, ella también lo sería.

—Tal vez la ayudaría probar que su relación con Adrian era amistosa.

—¿Y de qué manera podría probarlo?

—Con cartas o alguna muestra de cariño que se intercambiaran. No lo sé. —Guy se alteró de pronto—. Es un fastidio, porque a veces puede haber dos personas que se aprecian mucho, aunque no haya nada que lo atestigüe. —Había alzado la voz sin querer, tras lo que le dio la espalda fingiendo examinar un portal.

Louisa le tocó la manga y él se volvió con una expresión de disculpa acorde a la de ella.

—Iré a ver a Dulcie —dijo—. Ella es la única que podrá darnos la clave de su inocencia.

—Y, sin embargo, no lo ha hecho. ¿Acaso prefiere cargar con las culpas a confesar que fue una de las Cuarenta?

—Eso parece. Pero yo no, y voy a hacer lo que pueda para salvarla. Podría haber sido yo la que está en su lugar, Guy.

—¿Qué quieres decir? —preguntó, desconcertado.

—Si no hubiera sido por ti y por los Mitford, habría acabado como ella, empujada a la mala vida por las circunstancias. —No estaba dispuesta a admitir lo cerca que estuvo de retomar esa vida, pero era consciente de ello—. Tengo que solucionar esto. Os lo debo a todos.

40

Cuando Louisa volvió al piso, los platos de la cena seguían sobre la mesa del comedor. Entró rápidamente a su alcoba, que en realidad era un almacén con una cama, dejó su abrigo y su sombrero, y se metió en la cocina. Con un poco de suerte, la cocinera le habría apartado algo de comer. Gracie, la doncella que venía todos los días, era bastante mayor que Louisa, y aún no habían intercambiado más palabras de las que exigía la cortesía. Y aunque por lo general agradecía la compañía, entonces se alegró de poder saltarse el comadreo. En el horno encontró un plato con jamón, recalentado y bastante seco, zanahorias cocidas y patatas. Sería suficiente.

No llevaba ni dos bocados cuando apareció Nancy.

—¡Conque estabas aquí!

—Perdón —dijo Louisa, tratando de engullir el jamón—. ¿Me buscabas?

—Desde hace un momento —respondió Nancy, agarrando una silla—. Pero no pares de comer, continúa.

Louisa pinchó unas rodajas de zanahoria blandurria, pero le dio vergüenza.

—Pam me ha hablado del niño que hay en casa de la señora Brewster.

—¿Qué? —Louisa, a punto de asfixiarse, tomó un trago de agua.

Nancy soltó una carcajada.

—No te agobies, el secreto está a salvo conmigo. ¿De verdad crees que el crío es de Adrian?

—No lo sé. Se parecen, pero no podría jurarlo.

—Ya imagino. ¿Se lo vas a preguntar a Dulcie?

—Me lo he planteado. No sé si valdrá de algo, pero estoy segura de que es inocente, y tal vez podría demostrar que no tenía intención de matar al padre de su hijo.

—Eso pensaba yo —dijo Nancy. Parecía estar encantada, y aparentaba ser más madura de lo que se sentía Louisa, con su abrigo negro londinense y su conjunto de falda y camisa de seda—. Por lo tanto, he decidido acompañarte a la cárcel.

Por suerte, en ese momento ya se había tragado la comida, eliminando el riesgo de asfixia.

—No sé si será buena idea.

—¿Y por qué no? También puede venir la Mujerona. Le vendría bien. Necesita ver algo de mundo.

—A vuestros padres les daría un síncope.

—No tienen por qué enterarse. Podemos ir mañana, antes de coger el tren.

—No creo que sea posible. Hay que pedir un permiso por adelantado.

—¿Ya has ido a verla antes?

—Sí —confesó Louisa, sin saber a dónde iba a parar la muchacha, pero segura de que no le iba gustar.

—Entonces estarás en la lista de visitas aprobadas, y en cuanto a mí…

—¿Qué?

—Soy más que capaz de camelarme a un funcionario de prisiones, ya lo verás.

A la mañana siguiente, después de una noche en vela, Louisa y las dos hermanas se fueron del piso tras decirle a Iris que pensaban ir al economato militar para rematar las compras navideñas. Esta expresó su sorpresa por el número de regalos que iban a darse ese año, pero las dejó marchar. Igual que hiciera Louisa en la ocasión anterior, caminaron hasta la estación de South Kensington y tomaron la línea de Piccadilly a Holloway

Road. El viaje se hizo largo con sus catorce paradas, y Pamela no hizo nada por evitarlo, pues lo pasó con la nariz metida en el libro de moda, *La señora Dalloway* de Virginia Woolf, aunque apenas si avanzaba de página. Nancy no dejaba de parlotear, pero Louisa no estaba de humor. ¿Qué iban a hacer si al final no podían entrar? Todo habría sido en vano, a riesgo de que una de ellas les soltara algo a sus padres y perdiera su empleo. Estaba segura de que a las familias aristocráticas no les hacía ninguna gracia que sus hijas se dedicaran a visitar a presas.

Cuando llegaron, Louisa notó que ambas sentían la misma impresión de miedo y sorpresa que experimentó ella ante el imponente edificio.

—Koko, no podemos hacerlo—dijo Pamela, agarrando a Nancy del brazo.

Sin embargo, pronunciar esas palabras equivalía a arrojar el guante a los pies de Nancy: solo servía para fortalecer su voluntad y brindarle otra oportunidad de burlarse de su hermana pequeña.

—No seas tan timorata. Alguien tiene que descubrir la verdad, y vamos a ser nosotras.

Las tres se unieron a la larga cola que había a las puertas. Nancy observaba a todo el mundo con sus ojos verdes, pero Pamela parecía asustada, mirando al suelo y evitando cualquier contacto. En el mostrador del interior, Louisa dio su nombre y el de Dulcie, y la dejaron pasar con un gesto. El guardia les echó un vistazo a Nancy y a Pamela, quien pareció encogerse como si deseara que la tragara la tierra.

—¿Van con usted? —preguntó, señalando con la barbilla.

—Sí —afirmó Louisa—. Son las señoritas Mitford, Nancy y Pamela.

El hombre repasó su lista.

—Aquí no aparecen. No pueden entrar.

Pamela se dio media vuelta, aliviada, pero Nancy tiró de ella.

—Vaya por Dios —dijo—. El tío Winston se va a llevar una decepción tremenda.

El guardia paró de escribir.

—¿Mande?

—Winston Churchill, el actual ministro de Hacienda —aclaró Nancy, con la inocencia pintada en el rostro—. Es nuestro tito, y nos ha pedido nuestra opinión acerca de las condiciones en las cárceles de hoy en día. Forma parte de sus obligaciones, ya sabe usted. Ha de estar al tanto de cuanto sucede en cada sector de la sociedad.

—¿Su tío de ustedes? —dijo el guardia, arrugando la nariz.

—Sí —contestó Nancy, con la altivez de la reina María—. Nuestro queridísimo tío.

El hombre miró a ambos lados.

—Supongo que por una vez no pasa nada. —Apuntó sus nombres en el registro—. Pero no olviden darle buenas referencias, ¿de acuerdo?

—Desde luego, ¿señor...?

—Marsh. Treinta y ocho años llevo aquí, me falta poco para jubilarme.

—Le felicito, señor Marsh —dijo Nancy, alumbrándolo con su sonrisa—. Es por aquí, ¿verdad?

Mientras entraban en la sala de visitas, le dio un codazo a Louisa.

—Te lo dije.

—No me parece bien. Winston Churchill no es vuestro tío.

—Primo político. Se acerca lo bastante. Lo importante es que estamos aquí.

Pamela pareció tranquilizarse después de dejar atrás al guardia.

—Qué lugar tan espantoso —murmuró para sí—. Apesta a repollo cocido.

—Evidentemente, no es un hotel de lujo —le dijo su hermana con condescendencia, haciéndola callar.

Louisa estaba más preocupada por cómo reaccionaría Dulcie al verlas aparecer a las tres sin previo aviso. Entonces se sentaron apiñadas en sillas de madera y la joven las miró con miedo, aunque al menos no se levantó para marcharse.

—¿Qué sucede? —les preguntó. Estaba más delgada que antes y su piel parecía de cera, como una criatura nocturna que jamás viera la luz del sol. Había algo en sus ojos que la hacía aparentar muchos más años que el trío de muchachas que tenía delante.

—Quieren ayudarte, Dulcie —dijo Louisa, con tanta calidez como fue capaz de transmitir, pese a que la otra se mostraba tan fría como el hielo—. No te alarmes, por favor, pero tengo que hacerte una pregunta.

Para su sorpresa, Pamela tomó la palabra:

—No tenemos mucho tiempo, así que será mejor darse prisa. Verá, señorita Long, hemos ido a ver a la señora Brewster.

La inquietud se dibujó en el semblante de Dulcie.

—Cuando estábamos allí, Louisa conoció a un niño pequeño. La señora Brewster dice que es usted la madre. ¿Es cierto?

—Sí —respondió ella, demasiado sorprendida para negarlo. El hecho de revelar el secreto hizo que se deshiciera en lágrimas—. ¿Cómo está mi hijo? Lo echo de menos. Hace tanto que no lo veo…

—Se encuentra bien —intervino Louisa—. Le he llevado algo de ropa. Se le ve bastante feliz con la señora Brewster.

—Pero he dejado de mandar dinero. No puedo hacerlo. Temía que fuera a librarse de él, y que lo perdería para siempre.

—La verdad es que mencionó el tema. —No tenía sentido fingir lo contrario—. ¿Hay alguien de tu familia que pueda echar una mano?

—No —dijo Dulcie—. No me he atrevido a contarlo. Si las Cua… —Se calló a tiempo—. Nadie debe saber dónde está. —Clavó la mirada en Louisa—. Hablo en serio.

—¿Y la familia Curtis? —preguntó Pamela.

Dulcie volvió sus ojos enrojecidos hacia ella.

—¿Qué pasa con ellos?

—¿Quién es el padre del niño? —pronunció Pamela en tono firme.

Dulcie miró a Louisa, quien le sonrió dándole ánimos.

—Adrian Curtis —confesó al fin, con un débil suspiro—. Él

conocía a Daniel. Así se llama mi hijo. Incluso se vieron algunas veces, aunque no podía reconocer que era suyo. Su familia lo habría desheredado, dejándolo sin dinero. —Sus últimas palabras sonaron amargas.

—La cuestión —dijo Nancy, asumiendo el mando— es que, si pudieras demostrar que Adrian era el padre, el jurado estaría menos predispuesto a creer que fuiste la asesina. En el peor de los casos, podrías salvarte de la pena de muerte.

La frase resonó entre ellas con pesadez.

—Pero es que no puedo —replicó Dulcie, disgustada aún pero más calmada. Después de todo, había pasado largas horas de soledad en su celda, resignándose a su destino—. Es mi palabra contra la suya, ¿y quién va a creerme a mí? Sobre todo ahora.

Respiró hondo, y fue evidente que intentaba recuperar la compostura. Se quedaron un rato sentadas en silencio, hasta que sonó un timbre y las sillas empezaron a arañar el suelo. Los treinta minutos habían pasado.

—Debemos irnos —dijo Louisa—. Lo siento, Dulcie.

—Ve a ver a mi hijo, te lo ruego. Dile que mamá lo quiere, y dale un beso. —Su voz se quebró.

—Claro —le prometió, convencida de su inocencia y más decidida que nunca a descubrir la verdad. Así pues, si no fue Dulcie, ¿quién había sido el culpable? ¿Las Cuarenta? ¿O uno de los invitados de la fiesta? Al fin y al cabo, estuvieron presentes aquella noche, y cualquiera de ellos pudo haber tenido la oportunidad de hacerlo.

41

*E*l trayecto de vuelta al piso de Iris fue silencioso, ya que Louisa, Pamela y Nancy aún seguían asimilando lo que habían visto y oído. Louisa sabía que las había sacado de su mundo, y aunque se sentía un poco culpable por ello, también se alegraba en parte. Tal vez ella les pareciera menos ajena entonces, simplemente una persona nacida en circunstancias distintas. No deseaba su compasión ni su pena, ni siquiera cambiar quién era, sino que la entendieran.

Pamela se mostró enérgica, y por una vez asumió el mando sobre Nancy, diciéndole que debían darse prisa en regresar. La prisión la había alterado sobremanera, y estaba ansiosa por retomar su «vida normal».

—¿Y qué es la vida normal, en realidad? —le replicó Nancy.

—Ahora ya no lo sé —dijo Pamela con un suspiro—, pero no me sentiré bien hasta que vuelva a subirme a la silla de montar.

Louisa preparaba las maletas mientras las chicas discutían cuando entró su tía.

—Hola, niñas —las saludó en tono amistoso—. He decidido ir con vosotras a Asthall Manor esta tarde. Vuestra madre ya está informada. Londres me agota durante las fechas previas a la Navidad, y creo que prefiero tumbarme en el sofá comiendo las tartas de la señora Stobie.

Louisa escuchó la noticia con atención. Si Iris acompañaba a Pamela y Nancy en el tren, ella podría quedarse más tiempo.

A la señora Windsor y a lady Redesdale no les iba a hacer mucha gracia, por no hablar del aya Blor, pero aquello era menos acuciante que lo que debía hacer por Dulcie.

Después de que Iris saliera de la habitación, les contó su plan a las hermanas. Nancy se limitó a enarcar la ceja, pero Pamela indicó que le daban ganas de partir en el primer tren.

Tras despedirse de ellas, habiéndole dicho a una sorprendida Iris que tenía una emergencia familiar, y con una nota en el bolsillo de Nancy para la señora Windsor, Louisa se sintió embargada por una deliciosa sensación de libertad. Antes de nada, tomaría el autobús a Piccadilly con la esperanza de encontrar a Guy en la comisaría de Vine Street. Lo siguiente sería ir a visitar a la señora Brewster a solas, e intentar descubrir alguna cosa entre las pertenencias del pequeño que pudiera demostrar su relación con Adrian Curtis, y tal vez ayudar a la costurera a encontrar una alternativa al asilo.

Después de preguntar por Guy en comisaría, este salió a la recepción donde lo aguardaba ella sentada en los bancos de madera, esperando no parecer una delincuente.

—Louisa —dijo él, contento de verla, pero también preocupado—. ¿Va todo bien? ¿Ha pasado algo?

No sabía ni cómo empezar.

—¿Tienes cinco minutos?

—Sí, desde luego —asintió—. Cuéntame.

—Dulcie ha reconocido que el niño es de Adrian Curtis.

—¿Lo puede demostrar?

—Claro que no, eso es imposible —repuso ella, exasperada—. Pero podría beneficiarla, ¿no crees? Nos estamos quedando sin opciones. La Navidad está al caer, y su juicio empieza en Año Nuevo.

El silencio de Guy no reveló acuerdo ni desacuerdo.

—Estoy segura de que protege a alguien, pero no sé si es a las Cuarenta o a otra persona —prosiguió.

—¿Qué te hace pensar así?

—Imagino que querría comentar alguna cosa del niño con Adrian, o incluso hacerle chantaje. Eso explicaría que necesitara verlo. Lo que no entiendo es por qué iban a reunirse de nuevo en el campanario después de haber reñido, y de que él la golpeara.

—Estoy de acuerdo —dijo Guy—. Esa parte siempre me ha chirriado. —El sargento Cluttock pasó por la recepción de camino a algún sitio y le lanzó una mirada inquisitiva a Guy, pero no los interrumpió—. De todos modos, si Dulcie fue a reunirse con alguna de las Cuarenta, ¿qué pintaba allí el señor Curtis?

—Eso tampoco lo sé —admitió Louisa.

Se quedaron un momento en silencio.

—¿Y si las Cuarenta sabían lo del crío? —preguntó Guy—. Puede que orquestaran la muerte de Adrian Curtis en venganza.

—¿En venganza por qué?

—Por engendrarlo y abandonarlos a ambos.

—No creo que las Cuarenta tengan tanta sangre fría. Son ladronas, no asesinas. —Era consciente de que podía parecer que las defendía, pero lo cierto era que había visto a esas mujeres en el pub. No le cabía duda de que eran criminales y pendencieras, pero no le dio la impresión de que también fueran sanguinarias.

—Pues si no fueron ellas, tal vez lo hicieron los Elefantes.

—Tal vez.

Louisa prefería no aferrarse demasiado a ninguna teoría. De repente, todo le parecían especulaciones sin base, una serie de palabras que contradecían a otras. Sin embargo, ella había pisado aquella cárcel, y había visto el rostro pálido de Dulcie. Para ella, era una cuestión de vida o muerte, no una partida de ajedrez.

—Sea como sea, la señorita Long sabe algo que no nos ha contado —añadió Guy. Louisa podía estar segura de que él también entendía la seriedad del asunto—. Quizás pueda hablar con ella.

No obstante, el ofrecimiento la inquietó. No quería que Dulcie pensara que sospechaban de ella.

—Hay otras cuestiones que no encajan... —añadió vacilante—. Sobre los demás invitados.

Guy la miró pasmado y se echó a reír.

—¡No creerás que fue uno de los amigos de Nancy!

—No creo que haya que descartarlos. —Louisa empezó a tirar de un hilo de su abrigo, apurada—. Por ejemplo, la señorita Phoebe confesó haberse inventado una torcedura de tobillo para quedarse a solas con el señor Atlas, lo que indica que no tiene coartada.

Guy se subió las gafas por la nariz.

—Reconozco que es preocupante, pero si estaba con el señor Atlas en el momento del crimen, tampoco supone una gran diferencia.

—En otra ocasión, vi un puñal en el bolso de noche de la señorita Clara.

Guy parpadeó.

—No cabe duda de que esa gente es de otro mundo. ¿Te explicó por qué lo llevaba?

—Insinuó que algún hombre, puede que Sebastian Atlas, había intentado hacerle algo, pero luego nos dijo que no volvería a suceder.

—¿Nos?

—A Pamela y a mí.

Él asintió con la cabeza.

—¿Cuál de ellos es Sebastian Atlas?

—El alto y delgado con el pelo muy rubio. Me temo que no me cae muy bien, pero no sé por qué. Se comporta de manera extraña. Una vez lo vi salir del teatro a escondidas para reunirse con un hombre al que pareció comprarle algo.

—No es tan difícil adivinar qué estaría comprando. —Guy se puso en pie—. Lo siento mucho, pero he de volver al trabajo. ¿Puedo acompañarte a la puerta?

—Por supuesto. —Louisa sonrió agradecida.

Mientras caminaban, él le susurró:

—Se supone que no debo investigar el asesinato, pero intentaré echar mano de los informes de la vista para saber quiénes estaban en la fiesta y qué coartadas tienen. Si Dulcie es inocente, debemos demostrarlo. Y si pensaba verse con alguien en el campanario, también debemos descubrirlo.

Al salir a la calle, Louisa se preguntó cómo podía sentirse tan ligera y feliz a pesar de las nubes y el viento cortante, hasta que cayó en la cuenta. Había alguien de su parte, y era extraordinario.

42

*L*ouisa se encaminó hacia la calle de la señora Brewster en un estado cercano al éxtasis. Tal vez tuviera algo que ver con el hecho de poder andar sin una criatura del brazo, sin recados de la señora Windsor, ni la obligación de estar en ningún otro lugar. Sabía que el tiempo que había pasado en el servicio había sido, en general, cómodo y fácil, y se sentía agradecida por el sueldo y la seguridad de la que disfrutaba. No tenía que romperse la espalda ni ensuciarse las manos, y todos la trataban con respeto, si bien con ciertas exigencias en ocasiones. Sin embargo, allí en Londres, no dejaba de fijarse en las jóvenes independientes que iban a sus empleos modernos y emocionantes, antes de volver a sus pisos para cambiarse y salir a bailar o a cenar. Era posible que aquel no llegara a ser nunca su mundo, pero en los últimos tiempos se había acercado bastante. En ese momento la alentaba otra cosa, no el miedo, como en el pasado, sino la ambición. Existía un mundo nuevo y maravilloso para una chica como ella, y tenía la ambición de alcanzarlo.

Abrió la puerta principal —que no parecía cerrarse nunca— y prácticamente subió las escaleras corriendo, hasta que llamó al timbre con tres tonos insistentes. La señora Brewster la miró sorprendida.

—Hola, ¿puedo pasar?

—Sí, sí, adelante. Perdone, pero no la esperaba...

Su voz se fue apagando y señaló el taller con el brazo. Aunque no estaba desordenado (las telas estaban dobladas con esmero), resultaba evidente que había estado trabajando. Había un vestido a medio hacer en la máquina de coser y retales por el suelo, donde Daniel jugaba con bloques que apilaba y dejaba caer con alegría infantil. Cuando Louisa se asomó por la puerta, el niño se volvió hacia ella, sonrió y la saludó con la mano.

—He ido a visitar a su madre —dijo.

La mujer no mostró reacción alguna, sino que levantó a Daniel del suelo.

—Venga conmigo. Vamos a tomar un té.

Louisa los siguió a la cocina, en la que la señora Brewster puso la tetera a calentar y le dio un mendrugo a Daniel. Al abrir el armario para sacar la caja de té, la joven se percató de que estaba casi vacío. De alguna manera, resultaba extraño que, aun teniendo tantas clientas de postín, como la señorita Charlotte, la costurera fuera tan pobre. Por otro lado, algo había mencionado acerca de las deudas de juego de su difunto marido. Tal vez estaba pasando por una mala racha. Y Louisa sabía bien lo angustioso que era no tener dinero. Entonces se sintió culpable por lo que se había gastado cortándose el pelo, y que podía haber entregado a la señora Brewster.

Louisa tomó a Daniel en su regazo y acarició sus sedosos cabellos. Luego le dio un beso en la frente y le sonrió.

—De parte de tu mamá —le dijo, aunque el chiquillo no respondió, concentrado en el trozo de pan que apretaba con el puño.

La anciana les dio vueltas a las hojas de té en el agua hirviendo, vació la tetera y sacó las hojas con una cuchara, cuando se le escapó un sollozo.

—No quiero abandonar al *bambino*, pero… —Unas lágrimas indiscretas asomaron a sus ojos, que se limpió enseguida.

—Lo sé. —¿Qué otra cosa podía decir? Louisa se sintió impotente.

De repente sonó el timbre, seguido de tres golpes en la puerta. La señora Brewster, sobresaltada, estuvo a punto de dejar caer la bandeja con las tazas.

—No se mueva —le advirtió, tras lo que se retiró a toda prisa.

Louisa sujetó a Daniel, quien se quejó e intentó escaparse cuando la mujer se fue.

—Quédate conmigo… —dijo ella, al tiempo que se oían voces desde el pasillo. La señora Brewster, hablando en una rápida combinación de inglés e italiano, más alta y aguda de lo habitual, se lamentaba de no poder pagar.

Las otras voces eran masculinas, con un fuerte acento del sur de Londres y una brusquedad aparente incluso desde el otro lado de la puerta. Louisa no estaba segura de cuántos serían —¿dos, tres?—. Daniel tiró el mendrugo y gimoteó con más fuerza. Ella intentó acallarlo, pero él logró llegar hasta la puerta y tiró del pomo. Las voces sonaban ahora amortiguadas. Habrían entrado en el taller, aunque la charla incesante de la señora Brewster solo podía significar que quería que se marcharan.

Louisa se distrajo unos instantes, cuando se dio cuenta de que Daniel había salido por la puerta berreando. La muchacha se quedó petrificada, preguntándose si debía ir a por él, pero ya era demasiado tarde.

—¿A quién tenemos aquí? —oyó a través del quicio, abierto unas pulgadas.

—Solo es un niño —dijo la señora Brewster, cada vez más aterrada.

—No será suyo, ¿verdad? No sabía que la ciencia médica obrara milagros —se burló uno.

—Se habrá pasado al negocio de los críos —dijo otro más joven.

Daniel había dejado de llorar. Tal vez lo hubiera tomado la señora Brewster, o se había callado a causa del ambiente. Louisa había aprendido en su trabajo que los niños eran sensibles al humor de los adultos, aunque no entendieran sus razones.

—¿Está sacando dinero por cuidarlo? —preguntó el primero.

La anciana no respondió, o Louisa no la oyó.

—Nos podría ser útil —dijo el segundo—. Mire, si la próxima vez que vengamos sigue sin tener lo que nos debe, nos lo llevaremos a él en su lugar. Un niño bonito como este siempre tiene demanda. Es justo, ¿no le parece?

De nuevo, no hubo respuesta. Al cabo de un momento, la puerta se cerró de golpe y Louisa se atrevió a salir al pasillo. Entró rápidamente al taller y vio a la señora Brewster abrazando a Daniel, quien ya no lloraba, pero tampoco parecía la feliz criatura con la que se había encontrado media hora antes. Había un paquete envuelto en papel de estraza al lado de la máquina de coser.

—Volverán —anunció la mujer, con unas sombras oscuras más pronunciadas bajo los ojos.

—¿Quiénes eran?

La costurera encorvó los hombros y agachó la cabeza, evitando su mirada.

—Los Elefantes. Normalmente viene otro, que me trae los materiales, pero les debo dinero. Son hombres crueles y me dan miedo.

—¿Quiere decir que trabaja con las telas que les traen esos hombres? —En realidad, lo que Louisa le estaba preguntando era si comerciaba con objetos robados.

La señora Brewster terminó por reconocerlo, a duras penas. Después alzó la vista, implorante.

—Tuve que hacerlo. No puedo permitirme comprar a las tiendas. Fue la madre del chiquillo quien me los presentó. Y el género es bueno. ¿Qué voy a hacer? Tengo que pagarles.

—Ya pensaremos en algo —dijo Louisa—. Se lo prometo.

En realidad, sabía que no tenía derecho a hacer tal juramento, pero no podía abandonar a aquel niño, especialmente si estaba amenazado por los Elefantes. A fin de cuentas, Daniel no tenía culpa de nada, sino que había nacido con mala suerte. Ella sabía bien lo que era eso. Lo más importante era sacarlo de allí, pero ¿dónde podría llevarlo?

43

Aunque no hubo de luchar para separar a Daniel de la señora Brewster, la emoción embargó a la anciana en el momento
de la despedida. La costurera le dio a Louisa una bolsa de tela
un tanto patética con las pertenencias del niño —algo de ropa,
unos pocos juguetes—, que también incluía una fotografía de
Dulcie entre dos hojas de papel, atada con un lazo y sin enmar-
car. De Adrian Curtis no había nada.

Una honda pena se reflejó en el rostro de la señora Brewster al mirar hacia el cuarto en el que estaba Daniel.

—Voy a extrañarlo.

—Lo sé —dijo Louisa—. Estoy segura de que Dulcie le
estará agradecida por todo lo que ha hecho. Ha sido muy
amable por cuidar tan bien de él.

La anciana no pronunció respuesta alguna. Daniel jugaba con sus bloques, haciendo caso omiso de la conversación
que se desarrollaba en su presencia. Incluso cuando Louisa
se agachó a su lado y le tocó el brazo, siguió concentrado
en su tarea, equilibrar un ladrillo rojo de madera sobre uno
amarillo.

—*Bambino*, escucha a la señorita —le llamó la atención
la señora Brewster.

Entonces se volvió hacia Louisa, quien se vio reflejada en
los pozos azul claro de sus ojos.

—Daniel, te voy a llevar con tu familia para que cuiden
de ti.

El niño se dio la vuelta y cogió otro bloque.

—Tenemos que irnos ya, pero te compraré un bollo para merendar, de chocolate. ¿Te gusta el chocolate, Daniel? —Louisa percibió que se le quebraba la voz al hablar. Si se negaba a ir con ella, no sabía lo que iba a hacer. Al final levantó al pequeño del suelo con mano firme y colocó sus piernecillas alrededor de su cintura. Él se retorció y sacó el brazo, abriendo y cerrando una mano gordezuela. Un aullido comenzó a formarse en sus labios temblorosos—. Dele un bloque, por favor —dijo ella.

La señora Brewster le entregó uno de color rojo, que Daniel agarró con ambas manos. Entonces apoyó la cabeza en el cuello de Louisa y sostuvo la pieza roja sobre su corazón, como si no fuera a soltarla nunca.

Se dio cuenta de la gravedad de lo que había hecho una vez en la calle. Ahora dependía de ella una criatura de tres años, y sabía que, si su plan fallaba, no tenía más opciones. Lo único que importaba era salvar la vida de Dulcie, y el niño iba a ser la clave.

Empezaba a anochecer, así que le compró un bollo a Daniel en una cafetería cercana. No era una cena como es debido, pero se lo comió con gusto desde el suelo de una cabina telefónica. Louisa solo sabía que el apellido de Dulcie era Long, y si era una de las Cuarenta Ladronas, su familia debía de vivir en Lambeth, a menos de media milla del Elephant and Castle. Tras consultar el listín, encontró tres direcciones en la zona, de las que tomó nota. Luego llamó a la comisaría de Vine Street y dejó un mensaje para Guy, pidiéndole que se reuniera con ella, y con Mary Moon, en la estación de Lambeth a las once en punto de ese mismo día. Con algo de suerte, le daría tiempo a llegar a la cita.

Había sido un largo día para ella, y Daniel estaba agotado y pesaba, por lo que decidió tomar un taxi de Earl's Court a Lambeth. Estaba gastando un dinero que pretendía mandarle a su madre, pero por el momento enterró la culpabilidad en el fondo de su mente. Ya se encargaría de eso más adelante.

El trayecto hasta el sur del río llevaba casi una hora. Tuvo que convencer al conductor pagándole la mitad de la carrera por adelantado, puesto que se resistía a cruzar el puente («Nadie querrá subirse desde allí y tendré que hacer la vuelta de balde»). Louisa se retrepó en el asiento y contempló las luces que embellecían el Embankment, mientras que Daniel dormía profundamente. La noche parecía más oscura al otro lado del puente. El taxi no tardó en recorrer estrechas callejuelas por las que apenas si se veían otros vehículos. En un par de ocasiones tuvieron que detenerse para pedir indicaciones.

Cuando llegaron a la primera casa, dejó a Daniel dentro y le rogó al conductor que la esperase. Sin embargo, la mujer que abrió la puerta le dijo que los Long se habían mudado unos meses atrás y que no sabía adónde. En la segunda dirección no contestó nadie y la casa aparentaba estar desierta. Louisa se asustó. ¿Qué iba a hacer si no encontraba a la hermana de Dulcie?

La tercera casa, en el número 33 de Johanna Street, estaba a oscuras salvo por una luz en una ventana de arriba, en la que se observaban sendas medias lunas amarillas por encima de las cortinas echadas. En ese momento, el conductor se apiadó de ella, apagó el taxímetro y la esperó junto a la acera, con el motor en punto muerto y Daniel tumbado en el asiento de atrás, roncando con suavidad. Louisa llamó a la puerta, temblorosa, y se quedó allí lo suficiente para ver a un señor bajar la calle desde el otro lado. Tras llamar una vez más, por fin oyó unos pasos que descendían por las escaleras y el sonido de los cerrojos.

Abrió la puerta un hombre menudo vestido con un pijama de rayas de franela, que el aya Blor se habría muerto de ganas por lavarlo y plancharlo.

—¿Qué? —dijo en tono hostil.

—Soy amiga de Dulcie —repuso Louisa.

—¿Con quién va? —preguntó, sacando un poco más la cabeza.

—Con nadie.

—¿Y entonces qué hace ahí ese taxi? —Parecía más nervioso que agresivo, y Louisa pudo ver las canas de su barba incipiente.

—Me está esperando. Por favor, no hay nada que temer. Estoy buscando a su hermana, Marie.

Sus palabras le provocaron un sobresalto.

—Yo no sé nada de Marie.

Acto seguido cerró la puerta y echó los cerrojos con vehemencia.

Como era lógico, debía de pensar que Louisa era una de las Cuarenta intentando localizar a Marie. ¡Pero qué estúpida había sido! Acto seguido levantó la solapa del buzón y gritó a través de ella.

—¡No soy una de ellas, lo prometo!

No hubo respuesta. Ya solo podía probar una cosa.

—Tengo a Daniel conmigo. El hijo de Dulcie. Por favor, tiene que ayudarlo.

Evidentemente, el hombre no se había apartado de la puerta, que volvió a abrir en un segundo.

—¿Tiene al hijo de Dulcie?

—Sí —contestó ella, aterida y asustada, preguntándose si había hecho lo que debía, pero sin saber qué otra cosa podía haber hecho—. Está en el taxi.

—¡Señor bendito! Tráigalo.

Al cabo de unos instantes, Louisa se hallaba en la cocina, el taxi se había marchado y Daniel dormía en un diván de la salita, tapado con una manta. Marie se había despertado para bajar con ella y el hombre que ahora sabía era el padre de Dulcie, William. Louisa no disponía de mucho tiempo —Guy la estaría esperando en la estación de Lambeth, y solo podía rezar para que aguantara un poco más—, pero les contó cómo había conocido a Dulcie, que creía en su inocencia y que había salvado a Daniel de acabar en un asilo.

—Nunca nos dijo dónde estaba —explicó el padre—. Temía

que Alice y las demás lo utilizaran para dar con ella si lo descubrían. Estábamos preocupados por el pequeño.

Marie asintió con la cabeza.

—Lo mejor es que esté con nosotros. Somos su familia.

—¿Saben quién es el padre?

Marie y William se miraron.

—Ese tal Curtis, ¿no? Aunque él nunca lo reconocería. Se lavó las manos en cuanto pudo.

—Verán —dijo Louisa—, quiero demostrar que no fue Dulcie quien lo hizo. Me refiero al crimen.

—No fue ella —replicó Marie—. Mi hermana no es así. Sé cómo pueden ser los demás, pero Dulcie, no. Quiso salirse de allí desde el principio. Y la culpa es mía… —La joven contuvo un sollozo, y su padre le frotó la espalda.

—Creo que Dulcie sabe quién es el culpable, pero no puede decírselo a la policía —añadió Louisa.

—¿Que lo sabe? —Marie se secó las lágrimas con el dorso de la mano.

—Eso creo. Sospecho que iba a reunirse con alguien esa noche, un intermediario entre ella y las Cuarenta. Puede que hubieran acordado que se llevara las cosas que robó para venderlas. Y creo que fue ese hombre quien mató a Adrian Curtis, pero no puede decirlo porque si las Cuarenta se enterasen de que abre la boca, el castigo sería mucho peor que cualquier sentencia de un juez.

—Si fue uno de los Elefantes, son más que capaces —susurró Marie con amargura—. Pero ¿qué podían tener en contra de él?

—Tal vez descubrieron que era el padre del hijo de Dulcie —sugirió Louisa—. O puede que quisieran vengarse de ella por salirse de la banda. O de él por no querer saber nada del niño.

—Puede que sí —asintió Marie—. La gente habla.

William dejó caer la cabeza entre las manos.

—Lo que intento decir es que yo podría acudir a la policía. Si digo que lo vi, la responsabilidad sería mía, no de Dulcie.

El padre se la quedó mirando, con las pupilas tan dilatadas que sus ojos se habían tornado negros.

—¿De verdad haría eso por ella?

—Las Cuarenta no pueden hacerme daño —respondió Louisa—. No saben quién soy.

—¡Pero lo sabrán! —dijo Marie, asustada, sin poder chistar a su padre, quien habló al mismo tiempo, en voz alta y firme. Louisa lo escuchó perfectamente.

—Billy Masters. Ese es el tipo al que deben buscar.

44

*E*se mismo día, pero más temprano, Guy y Mary discutían de buen humor en la comisaría de Vine Street.

—Por favor, Guy, llévame otra vez al 43 —le dijo ella, con las manos unidas en ademán de súplica y poniéndole ojitos.

Guy se echó a reír, aunque seguía sin entender a qué venía tanta insistencia.

—¿Por qué tienes tantas ganas de ir?

Mary se llevó las manos a los bolsillos, amohinada.

—Por nada en especial, pero no puedo ir yo sola.

—No sé si es un buen sitio para que vayan las chicas buenas.

—Puede que no, pero si quiero ser una buena policía, debo ser una mujer de mundo.

Guy se lo estuvo pensando. Él también quería volver al cabaré, porque si existía algún vínculo entre lord De Clifford, Dolly Meyrick y las Cuarenta Ladronas, el 43 era el lugar más adecuado para encontrarlo. Además, la compañía de una muchacha le haría parecer un cliente normal. Por otro lado, le inquietaba la idea de volver a toparse con aquel oficial de policía. Estaba bastante seguro de que George Goddard, el líder de la brigada antivicio, no se encontraba en el 43 por cuestiones profesionales, y si así era, espiar a un agente de rango superior en un cabaré se le antojaba algo indiscreto, como observarlo en su propia casa. Y aunque Guy no aprobaba que le diera a la botella a deshoras rodeado de las Merry Maids, tampoco era asunto suyo. Asimismo, Harry le había advertido que no le contara nada a sus colegas por si se descubría que había hablado de más. Cada vez estaba más convencido de que había gato encerrado, pero sospechaba que era el único que no estaba dispuesto a pasarlo por alto.

—De acuerdo —cedió al fin—, nos vemos en la estatua de Eros a las ocho y media y vamos juntos.

—¡Gracias, Guy! —Mary pegó un brinco y estuvo a punto de darle un beso de agradecimiento, mas se contuvo a tiempo.

Por lo que parecía, la joven tenía algún plan oculto, aunque él ignoraba de qué podía tratarse.

A la hora convenida, Guy la esperaba en Piccadilly Circus, disfrutando de las luces parpadeantes de los carteles publicitarios y del alegre ajetreo de la gente que salía de fiesta. Él mismo se sentía discretamente elegante, ataviado con un traje en el que se había gastado un dineral hacía poco tiempo. Incluso su hermano Bertie hizo un comentario sobre el corte y la calidad de la cachemira gris, aunque logró evitar las preguntas de por qué —y para quién— se había acicalado tanto. Sus hermanos solían beber en los pubs de Hammersmith, y los cabarés del Soho quedaban bastante lejos de su ruta habitual. Había preferido no mencionar a Mary, tal vez para no fastidiarlo, o porque aún no tenía claro lo que sentía por ella. Y para colmo, había empezado a pensar en Louisa otra vez. De todos modos, como se obligó a recordar, esa noche estaba de servicio.

Ensimismado como estaba, no se dio cuenta de que tenía a Mary delante, haciéndole señas y riendo.

—Pero mira que eres cegato.

Guy procuró no mostrarse sorprendido, pues, aunque ya la había visto antes con ropa de calle, y aunque habían estado juntos en el 43, resultaba evidente que la joven se había aplicado para la velada. Llevaba el flequillo muy recto y sendos caracolillos junto a las orejas, aparte de un sombrero plateado con un amplio velo de tul que le cubría la cara hasta la barbilla.

El efecto que producían sus labios rojos resultaba arrebatador. Pese a tener el abrigo abotonado, pudo ver sartas de cuentas plateadas asomando por debajo del dobladillo, y unos zapatos de tacón. Más que nada, parecía emocionada como una chiquilla, cosa que disipó sus dudas de un plumazo.

Al momento echaron a andar hacia el cabaré, o, mejor dicho, Guy andaba y Mary correteaba detrás, haciendo ruido con sus tacones y dando unos saltitos de lo más desconcertantes. Se había acostumbrado a oírla pisotear el suelo con sus botas, que según se quejaba ella, estaban hechas de un cuero duro e incómodo. En el trabajo se recogía el pelo hacia atrás sin un solo mechón suelto, y el maquillaje estaba prohibido. Y a pesar de que los muchachos de la comisaría se burlaban de ella y la gente de la calle la miraba con la boca abierta cuando iba de uniforme, Guy se había acostumbrado a su aspecto práctico durante sus turnos compartidos. Entonces no supo qué decir y se encontró titubeando entre hacerla disfrutar de la salida, como era obvio que deseaba ella, o mantener la seriedad que exigía la labor policial.

El gigantesco espectro que habían llegado a conocer como Albert el Alemán hacía guardia en la entrada de la sala de fiestas, y aunque le lanzó una mirada desconfiada a Guy, les abrió la puerta. Dolly Meyrick estaba dentro, cobrando los diez chelines a cada cliente. Después de los destrozos de la última vez, no parecían dispuestos a correr más riesgos. La joven sonrió de oreja a oreja al ver a Guy.

—Me alegro de verle de nuevo, y además ha traído a su novia —añadió inclinando la cabeza hacia Mary.

Guy se apartó de ella por acto reflejo y empezó a protestar, hasta que vio el semblante ofendido de su compañera.

—Solo estaremos un rato —respondió—. Uno de los músicos es amigo mío.

—Permítame que llame a alguien para que le busque una buena mesa, sargento Sullivan —le ofreció Dolly, una mujer que, a despecho de su juventud, parecía poseer el mismo carisma y la diligencia de su madre.

—No hace falta… —dijo él, pero Mary le tiró del brazo, haciéndolo callar. Por su parte, él no estaba muy convencido de que debieran aceptar la hospitalidad de la dueña del cabaré. Seguro que incumplían alguna ley por ello. En esa ocasión debía asegurarse de no beber alcohol. Ni de bailar con una de las Merry Maids. De hecho, no podía ni mirarlas. Rayos. ¿Por qué había aceptado venir?

Dolly chasqueó los dedos y una joven surgió de la penumbra, con un vestido rojo de *flapper* y una cinta en la cabeza adornada con una pluma negra de avestruz. Cuando se acercó, Guy tuvo que mover la cabeza para que no le hiciera cosquillas en la nariz.

—Síganme —les dijo tras intercambiar unas palabras con Dolly.

Y así, Guy y Mary no tuvieron más remedio que bajar las escaleras al sótano detrás de ella. No estaba tan abarrotado como la última vez, aunque había bastante gente bailando al son de la orquesta, y Joe Katz cantaba al micrófono. La *flapper* los condujo hasta una mesa con dos sillas y emprendió el vuelo, tal como pensó Guy sombríamente, igual que un ave rapaz. Echó una ojeada por la sala, pero no logró ver a Alice Diamond, si bien no podía atestiguarlo a causa de la oscuridad y su mala vista. Mary dejó su abrigo en el guardarropa y se sentó con el sombrero puesto y las piernas cruzadas, mirando de un lado a otro.

—¿Qué intentas ver? —le preguntó Guy.

—Solo miraba a la orquesta. —Sus mejillas se cubrieron de rubor—. ¿No decías que Harry iba a estar aquí?

«Ah», pensó Guy para sí.

—Sí, tiene que estar. Al fondo. —Se abstuvo de señalar que la corta estatura de Harry dificultaba divisarlo.

Sabía que debía tener la cortesía de sacar a Mary a bailar, pero lo salvó la llegada de un camarero con una botella de champán y dos copas.

—Invita la casa —dijo, antes de desaparecer.

Mary miró a Guy, acercándose la copa a los labios.

—¿Podemos bebérnoslo, por favor?

—De momento estamos en el horario permitido —replicó él—. No necesitas mi permiso. Yo mismo estoy de servicio.

Se arrepintió en el acto. ¿Por qué tenía que ser siempre tan mojigato? Mary sintió que le habían echado un rapapolvo y dejó la copa. Parpadeó unas cuantas veces y miró al frente.

La música cesó de repente. Joe anunció un pequeño descanso y los bailarines abandonaron la pista, de vuelta a las mesas o a la barra de la primera planta. Fue entonces cuando Guy se fijó en un hombre rubio al que creyó reconocer del círculo de amigos de Nancy y Pamela Mitford. Estaba sentado, pero se levantó cuando llegaron a la mesa dos mujeres que habían estado bailando, y que también le resultaban familiares. Sin la menor duda, la morena era la hermana del joven asesinado en Asthall Manor. Tenía un aspecto reservado, aunque tampoco podía culparla, dadas las circunstancias. La otra chica era muy guapa, rubia y menuda, con un vestido que le hizo recordar los pétalos de rosa que caían a finales de verano. Mientras los observaba, Dolly Meyrick fue hasta ellos y se sentó sobre las rodillas de otro hombre al que no había visto, un muchacho más joven con un traje elegante de buen corte. Había algo en el ambiente del grupo que le resultó desconcertante. Suponía que se conocían bien entre ellos, pero se comportaban con cierto envaramiento, como si no se sintieran cómodos. La rubia bonita bebía a traguitos frecuentes, recorriendo la sala con sus ojos azules, esperando a que llegara alguien para rescatarla. Dolly y su pretendiente eran los únicos que parecían felices, abstraídos de los demás, susurrándose naderías al oído. El hombre rubio tenía el semblante demacrado y macilento, y le apartaba la mano a la hermana del difunto —Charlotte, así se llamaba—, quien le daba golpecitos en la manga con gesto perezoso, como una gata adormilada.

—¡Hola, amigo! ¡Qué alegría verte por aquí!

Guy se sobresaltó al recibir un sopapo en el lateral de la cabeza. Harry estaba delante de él, sosteniendo una taza de la que se derramaron unas gotas sobre su traje.

—¡Ten cuidado! —exclamó Guy, con bastante brusquedad.

—Bueno, bueno, pero no pierdas los estribos —respondió Harry, guiñándole el ojo a Mary, quien soltó una risita.

Guy los miró a ambos.

—Ya os conocíais, ¿verdad?

Harry y Mary se miraron con complicidad.

—Podría decirse que sí —admitió su amigo, y Mary se ruborizó de nuevo. Recordaba haberlos presentado en el 43 la última vez, pero ahora se preguntaba si habrían vuelto a verse desde entonces.

—En ese caso, os dejo solos. Disculpad.

Antes de que Harry pudiera detenerlo, Guy se marchó de allí, veinte minutos después de haber llegado, deseando alejarse de la muchedumbre y del humo, y poder respirar el aire fresco de la noche.

45

Guy empujó a Albert el Alemán a un lado y miró a su alrededor. La calle, como era habitual, estaba de lo más concurrida con el trapicheo nocturno. A pesar de haberse marchado a toda prisa, aún no estaba de humor para que acabara la noche. Podía notar la adrenalina que corría por sus venas, y se dio cuenta de que probablemente debía volver a entrar para asegurarse de que Mary llegara a casa sana y salva. Se sentía furioso consigo mismo por no pasar más tiempo intentando descubrir a alguna de las Cuarenta o sus asociados ahí dentro. Sin embargo, ¿cómo podía hacer su trabajo de policía, si se suponía que no debía estar en aquel lugar? Necesitaba un momento para pensarlo, así que cruzó hasta una cafetería cercana y pidió un chocolate caliente. Cuando la camarera enarcó las cejas, le espetó:

—Sí, un chocolate caliente. No quiero ron ni nada por el estilo.

—Lo que usted diga —le respondió ella, guardándose la libreta en el delantal.

Guy encontró una mesa al lado de la ventana y se sentó cerca del cristal, desde donde al menos podría hacer algo útil, como observar las idas y venidas del 43. Todavía no eran ni las nueve y media y la venta ambulante no estaba aún en pleno apogeo. Lo estaría cuando las salas de fiesta echaran a su clientela, sobre las tres de la madrugada. Guy sabía que la costumbre era visitar dos o tres locales hasta encontrar alguno donde sirvieran comida china o huevos con jamón. En su opinión, aquel modo de vida era de libertinos. En la mesa siguiente había otro hombre solo, con el sombrero puesto y el cuello del abrigo levantado. Pensó que se trataría de un policía, o de un cliente que estuviese esperando a que las chicas de la calle empezaran su turno.

Guy apuró su chocolate caliente, disfrutando del crujido del azúcar al fondo de la taza. Mientras reunía las monedas para pagarlo, se fijó en dos figuras agazapadas en las sombras, a unos pasos del Club 43. Albert el Alemán miraba en la dirección contraria, lo que le hizo preguntarse si estaría actuando de vigía. Una de las figuras no llevaba sombrero, y su cabello rubio relucía incluso en la oscuridad —Sebastian Atlas, sin duda—, mientras que el otro era más bajo y parecía más ligero de pies. Se produjo una especie de intercambio entre ellos, pues vio al señor Atlas entregándole dinero a cambio de algo. Por lo tanto, lo que presenció Louisa no fue un hecho aislado. Sin pararse a pensarlo, arrojó las monedas sobre la mesa, agarró su sombrero, corrió afuera y cruzó la calle, evitando por poco que lo atropellara un automóvil que le soltó un bocinazo. Ambos hombres levantaron la mirada y huyeron en direcciones opuestas. Guy quería atrapar al vendedor, por lo que de momento dejó libre al amigo de Nancy.

El otro bajó por Gerrard Street, seguido de cerca por él, esforzándose por mantenerlo en su campo de visión. Las aceras estaban lo bastante ocupadas para frenarlo al ir esquivando a los transeúntes, de modo que Guy iba ganando terreno, hasta que dobló una esquina y creyó haberlo perdido.

Entonces se oyó un estrépito más adelante, seguido de un «¡Oiga! ¿Adónde cree que va?», y Guy se percató de que su sospechoso se había dado de bruces contra un agente uniformado que acababa de inmovilizarlo. Toparse con un policía podía ser mala suerte, pero hacerlo con dos suponía un grave descuido.

—¡No lo deje marchar! —exclamó Guy—. Soy el agente Sullivan, de la comisaría de Vine Street.

—Delo por hecho —le respondió.

Cuando llegó hasta ellos, el fugitivo tenía las manos esposadas a la espalda.

—Yo no he hecho nada —protestó.

Guy vio que era joven, de unos veintiún años como mucho, más bajo que él, con la cara picada por la viruela y los ojos apagados. A pesar de la halitosis que despedía, sus ropas eran de calidad, con un cuello levantado del que asomaba un forro de seda roja. Supuso que sería para camuflarse mejor entre sus elegantes clientes.

—Yo creo que sí —replicó Guy—. ¿Qué estaba vendiendo ahí detrás?

—Nada.

Guy le registró los bolsillos y sacó un paquete de tabaco, una caja de cerillas y algunas monedas.

—Eso es todo, jefe —dijo el muchacho—. Y ahora, suéltenme.

Guy se limitó a suspirar y metió la mano en el interior del abrigo, donde encontró una pitillera esmaltada, dentro de la que había unos paquetitos de papel.

—¿Qué hay aquí?

El joven se mostró sorprendido.

—No lo sé. Alguien me lo habrá puesto ahí. Ahora que lo pienso, ni siquiera es mi abrigo. Me habré equivocado al cogerlo.

—Se acabó. Usted se viene con nosotros.

De vuelta en la comisaría, Guy se encargó del interrogatorio junto con el sargento Oliver, el agente de guardia aquella noche. No había tenido más remedio que dejar marchar al otro policía, dado que pertenecía a otro distrito. Los paquetes contenían cocaína, tal y como confirmó Oliver llevándose una pequeña cantidad a la lengua. Tras eso, no tardaron en acusarlo de posesión y venta de estupefacientes, aunque el culpable, Samuel Jones, lo negó todo sin dejar de proclamar su inocencia a los cuatro vientos. Guy tomó nota de las pertenencias de

Jones, desde los cigarrillos hasta un fajo de billetes de una libra, cuando se dio cuenta de que lucía unos llamativos gemelos.

—¿De qué son? —preguntó.

—Lapislázuli —contestó Jones, orgulloso—. Son de los buenos.

—¿Dónde los compró?

—En ningún sitio, me los regalaron —dijo, bajando la mirada.

—¿Quién se los dio? —insistió Guy.

—¿A usted qué le importa?

Guy quería impresionar a Oliver, o más bien, que se supiera que era alguien que sabía lo que se hacía. No iba a dejar que el muchacho se librara tan fácilmente.

—¿De verdad quiere que esto sea más difícil de lo que tiene que ser? —dijo, imprimiéndole a su voz toda la dureza de la que era capaz—. Podemos esperar una semana hasta el juicio, durante la que estoy seguro de que disfrutará de su estancia en el hospital de la cárcel…

—No puedo decirlo, y aunque pudiera, no lo haría —replicó Jones—. Fue una persona de posibles. Una persona agradecida —añadió sonriendo, y Guy vio que el sargento Oliver sonreía también.

—¿Con quién estaba usted esta noche, en las proximidades del cabaré?

Jones se mantuvo en silencio.

—Un cliente habitual, ¿cierto? —Guy señaló los gemelos, las piedras azules engarzadas en oro como un mar rodeado de arena—. Fue él quien se los dio, ¿no?

Jones siguió sin soltar prenda.

—Me lo tomaré como un sí.

El sargento Oliver volvió a sonreír, pero, esta vez, a favor de Guy.

—Puede tomárselo como quiera —respondió Jones con desprecio.

—Lléveselo —le dijo Guy al agente de uniforme—. El juez se encargará de él por la mañana.

El muchacho gritó y pataleó, pero el sargento lo sacó a rastras de la sala de interrogatorios.

Guy rellenó un informe oficial con los efectos personales de Jones y lo guardó todo en un sobre de manila. Todo, menos los gemelos. Quería enseñárselos a otra persona. Tenía la sensación de que podrían ser de ayuda. No obstante, antes de nada, recibió un mensaje.

—De parte de la señorita Louisa Cannon —le informó un joven agente—. Dijo que era urgente.

Las instrucciones estaban claras, pero no así su significado: «Reúnete conmigo en la estación de Lambeth North a las 23 horas. Trae a la agente Moon». Esperaba poder llegar a tiempo. ¿Para qué querría Louisa que Mary estuviera allí? Iba a tener que descubrirlo.

46

*E*l domicilio de los Long quedaba a unos pocos minutos de la estación. Louisa fue hacia allá a toda prisa, protegiéndose con su abrigo del viento cortante, y rezando para que Guy siguiera esperándola. Al llegar, no sabía cuánto se habría retrasado, pero por su expresión supuso que serían bastante más de las once. Mary Moon estaba a su lado, pisoteando el suelo con los pies, calzados con algo más bonito que sus botas de uniforme habituales, los brazos cruzados sobre el pecho y las manos en los bolsillos. Louisa corrió hasta ellos sorprendiéndolos a ambos, pues habían estado mirando en la dirección opuesta.

—Lo siento mucho —jadeó ella—. Ahora os lo explicaré todo, pero, primero, gracias por venir.

—¿Qué es lo que ocurre? —preguntó Guy.

Al oír su voz, se dio cuenta de que el mensaje lo había preocupado, cosa que lamentó.

—Tenemos que subir a un autobús —dijo—. Vamos al Elephant and Castle. Os lo contaré por el camino.

Sentados en la planta superior del autobús, Mary y Louisa juntas, Guy detrás, los tres se volvieron para poder verse las caras. Solo había una persona más, un hombre que fumaba al fondo, con los ojos entrecerrados y la cabeza apoyada sobre el cuello levantado del abrigo, como si pretendiera fingir que ya estaba en la cama.

Louisa les relató en susurros urgentes la historia de Daniel, su encuentro con el padre y la hermana de Dulcie y, por último, el nombre que le habían dado: el de Billy Masters.

—Quiero ir al Elephant and Castle para descubrir algo de él. Si es el culpable, seguro que circularán rumores al respecto.

—¿Cómo? No puedes plantarte allí y empezar a hacer preguntas sobre Billy Masters —dijo Mary, horrorizada.

—Les diré que quiero unirme a la banda. Ya me conocieron, y sabrán que soy leal a Dulcie. A fin de cuentas, no le hablé a la policía de su relación con ellas. Eso tiene que contar para algo.

Guy negó con la cabeza.

—Es demasiado peligroso, Louisa. No puedo permitirlo, a menos que vaya contigo.

—Para nada, tu presencia sería lo peligroso —fue la sorprendente respuesta de Mary—. Eres un hombre, y llamarías demasiado la atención. —Se volvió hacia Louisa—. Deja que te acompañe yo. Dos siempre es mejor que una. Y más seguro, si la cosa se pone fea.

Guy abrió la boca para protestar, pero se lo pensó mejor.

—Si lo hacéis, yo tengo que estar cerca, por si pasara algo.

El trayecto fue breve, y los tres se bajaron en la parada que había en la rotonda central de la zona de Elephant and Castle.

Habían recorrido unos pasos cuando Louisa se detuvo.

—Guy, no quiero que sigas con nosotras más adelante. Es demasiado arriesgado. Nos veremos luego en la parada del autobús. Puedes esperarnos allí.

Él se mostró reacio, pero sabía que ambas mujeres eran duras de pelar. Rayos y truenos.

—De acuerdo —dijo—, aunque no me hace ninguna gracia.

—Podemos defendernos —replicó Mary, tomando a Louisa del brazo, y las dos lo dejaron atrás, mientras él se quedaba mirándolas, fastidiado.

Cuando Louisa y Mary doblaron la esquina, vieron que el Elephant and Castle estaba en pleno funcionamiento. La mayoría de los pubs dejaban de servir a las once, pero aquellos que respetaban poco la ley continuaban haciéndolo hasta mucho después de la hora de las brujas. Las ventanas estaban cegadas con cortinas oscuras, aunque vieron a tres mujeres abrir la puerta y entrar, dejando escapar una ráfaga de ruido y humo de tabaco al aire frío de la noche.

—Rápido —dijo Mary—. Si nos damos prisa, parecerá que vamos con ellas.

Echaron a correr y pararon la puerta cuando estaba a punto de cerrarse. Nada más pasar, algo las empujó de inmediato hacia atrás. Se trataba de la mujerona corpulenta que había conocido Louisa estando con Dulcie, y no parecía ni más agradable ni feliz de recibirla que entonces.

—Tú —pronunció, y Louisa pudo oler la ginebra en su aliento, casi pegada a su nariz—. ¿Qué haces aquí?

—Soy amiga de Dulcie —respondió ella, entrecortada—. ¿Te acuerdas de mí?

Louisa se percató con ardiente claridad de que había sobrestimado su posición ante las Cuarenta, y el hecho de que agradecieran su silencio respecto a Dulcie durante la vista judicial. Para ellas, no era más que una molestia, un insecto revoloteante. Y ella estaba atrapada en su red.

—Sé quién eres —dijo la mujer, como si fuera una amenaza—. ¿Y esta? —Señaló a Mary con la barbilla, entornando los ojos.

Mary se encogió un poco, pero a Louisa la impresionó su voluntad de acero. Al menos no había huido por piernas, como habría sido lo esperable.

—Una amiga —murmuró.

Para entonces habían aparecido dos mujeres más.

—¿Qué está pasando, Bertha? —preguntó una, flaca y con el rostro bien maquillado, pero sin rastro de amabilidad en su actitud.

—Ya me ocupo yo —replicó Bertha, cuadrándose—. No os preocupéis. —Agarró a Mary por la solapa del abrigo—. ¿Cómo te llamas?

—Vera —mintió.

Bertha le echó un vistazo a Louisa por si reaccionaba de alguna manera, pero ella mantuvo una expresión neutra.

—¿Podemos hablar en otro sitio? —le pidió Louisa.

—Podemos hablar aquí —dijo Bertha, sin soltar el abrigo. Las dos mujeres de atrás empezaron a alejarse, a la vez que otra más alta se encendía un cigarrillo—. Tenemos todo el tiempo del mundo —prosiguió.

—Queremos unirnos a las Cuarenta —respondió Louisa con osadía.

Bertha la miró, con los ojos color pasa desorbitados.

—¿Dónde os creéis que estáis? ¿En una especie de club de caballeros? Aquí no basta con pagar una cuota y ya está. —Se rio de su propia gracia.

—Lo sé, pero quiero un poco de lo que vosotras tenéis —dijo Louisa—. Ropas bonitas y algo de dinero. Mi madre era lavandera y tuvo una vida dura. Yo quiero algo mejor.

Había sido una declaración valiente, y Bertha pareció ablandarse unos instantes.

—Creemos que Dulcie es inocente —añadió Mary de improviso, asustando a Louisa.

Ella sabía que no era buena idea.

Las otras secuaces se pusieron tensas, y Bertha miró a Mary de arriba abajo.

—Conque sí, ¿eh?

Louisa y Mary estaban atrapadas. Las puertas del pub, pesadas sobre sus goznes, quedaban a sus espaldas y se abrían hacia dentro. Bertha se alzaba frente a ellas, formidable con sus muslos como jamones bien separados. Detrás, las dos mujeres que vibraban ante la perspectiva de una pelea en condiciones. Se hizo el silencio en el local. El incidente no había pasado inadvertido. Y eso no era lo peor.

Entonces se produjo un cambio en el ambiente. Las cabezas se voltearon, volaron los codazos, y se bebió con nerviosismo. Louisa ya conocía aquella señal. Iba a suceder algo, y ella se encontraba en pleno centro. Bertha había soltado a Mary, pero no tenían escapatoria, ni podían abrir la puerta sin que las agarraran del cuello. Ni siquiera se atrevió a mirar a Mary, aunque percibía su miedo, golpeándola como las olas de la playa de Brighton en invierno. No sabía qué hacer. Había entrado allí a ciegas, segura de ser una de ellas, convencida de que la entenderían y se pondrían de su parte. Sin embargo, su etapa de ladrona con tío Stephen quedaba muy lejos, y aunque existiera un idioma secreto entre criminales —que no lo había—, hacía tiempo que lo habría olvidado. ¿A quién quería engañar? Su mundo eran las dependencias de los criados y los horarios del cuarto de los niños, la consternación del aya Blor cada vez que se perdía la pieza de un puzle, y saber que lord Redesdale era perro ladrador, pero poco mordedor.

Encima había arrastrado a Mary con ella, lo que era aún peor. ¿Y para qué? Porque había querido enseñarle «lo que valía», como una bruta. Quería que Guy supiera que ella no solo era fuerte, sino también lista, y que Mary lo viera y se sintiera inferior en comparación. No fue otra cosa que vanidad. Qué estúpida, qué tonta había sido. Una tonta que se hallaba en peligro inminente.

Mientras se afligía pensándolo, Bertha se echó a un lado, abrió la boca para decir algo y volvió a cerrarla enseguida. Había preferido callarse. De pronto tenían delante a la mujer alta que ya había visto Louisa en ese mismo lugar, y en el 43, con sus ropas caras y un anillo en cada dedo. La reina en persona. Alice Diamond.

47

*L*ouisa se estremeció de miedo y se le puso el pelo de punta. Lo único que pudo hacer fue mirar a Alice Diamond mientras esta se cruzaba de brazos, con un destello de diamantes en sus largos dedos, de uñas cortas y pulcras. La reina de las ladronas las miró a ambas con sus ojos oscuros, sus labios una fina línea por la que no entraría ni un sello. Bertha empezó a hablar, pero Alice la acalló con una mirada.

Mary se había quedado petrificada. Además de muda e inmóvil, si hubiera estado más pálida, su piel se habría vuelto transparente.

Louisa intentó tragar saliva, pero tenía la boca seca. Intentó decir algo, pero solo le salió un graznido. Alice estalló en carcajadas, y Bertha emitió un sonido que pretendía ser una risa, aunque se acercaba más al disparo de una escopeta.

—Parece que esta noche tenemos invitadas ilustres, ¿no es cierto? —se burló Alice, ojeando a sus leales súbditas, a la espera de que celebraran su ocurrencia. Por supuesto, así lo hicieron.

—Estaban preguntando por Dulcie —gruñó la mujer del cigarrillo después de aplastarlo en el suelo.

Alice se inclinó un poco hacia delante, ya sin sonreír.

—Será mejor que lo olvidéis.

Louisa se atrevió a hablar. Total, tampoco había tanta diferencia entre la sartén y las brasas.

—No me creo que fuera ella. Creo que la han incriminado.

Alice no dijo nada, sino que chasqueó los dedos y le entregaron un cigarrillo ya encendido.

—Va a cargar con las culpas de un hombre. Eso es lo que creo.

Louisa era muy consciente de la presencia de Mary a su lado, con los codos apretados sobre los costados como si quisiera hacerse lo más pequeña posible.

Alice se sacó una hebra de tabaco de los labios.

—Continúa.

—No sé nada más —dijo Louisa—. Pero hay algo que no cuadra. Dulcie ha confesado lo de las joyas, pero no que haya asesinado a nadie. Creo que iba a verse con alguien esa noche, pero no puede decir con quién, porque la matarían, aunque pudiera escaparse de la horca.

El silencio que se produjo sonó como un rugido a oídos de Louisa. Aun así, prosiguió:

—Creo que usted conoce a esa persona. ¿Y si estuviera intentando involucrarlas a todas? ¿Acabar con las Cuarenta?

Bertha escupió en el suelo.

—Ningún hombre puede acabar con nosotras —dijo.

—¿Y si fuera Billy Masters? —preguntó Louisa.

—¿Quién te ha dado ese nombre? —gritó Bertha.

Antes de que pudiera reaccionar, surgió otra mujer entre ellas, tal vez curiosa por lo que ocurría en la puerta. Louisa apenas si se fijó en ella, pues seguía pensando en cómo explicar lo del nombre de Billy, pero Mary retrocedió como si hubiera encajado un golpe. La mujer se acercó a ella y la estudió con detenimiento, y luego tocó a Bertha en el hombro.

—Es de la bofia.

Alice se volvió hacia ella.

—¿Lo he oído bien? —preguntó.

—Sí, es la que me pescó en Debenham y Freebody.

Louisa no se atrevía a desviar la mirada, pero temía que Mary fuera a desmayarse. ¿Había algo que pudiera decir para que Alice entendiera que todo había sido un gran error y que ella solo intentaba demostrar la inocencia de Dulcie?

No, no lo había.

Con el rabillo del ojo vio que habían apartado unas cuantas sillas, y que una mujer se había arremangado para enseñar mejor los tatuajes negros y morados que se retorcían por su brazo. Pudo oír el suave resoplido del grifo de cerveza mientras la camarera seguía sirviendo pintas, y el chasquido ocasional de alguna cerilla al ser prendida.

El pub al completo estaba expectante, como el público que espera a que se abra el telón, sabiendo que había pagado su entrada y que ya había llegado la estrella de la función.

Sin embargo, el espectáculo de esa noche se había cancelado. Alice dio una palmada, y se rio al ver a Louisa y a Mary pegar un respingo.

—Tengo la impresión de que esta agente de policía está algo nerviosa, aunque no debería.

Bertha soltó un gruñido, pero uno de verdad, cual perro atado a una correa.

—No —dijo Alice—, si aquí somos muy amables. La policía no tiene nada que temer de nosotras. —Se volvió hacia Louisa—. Os invitaría a un trago, pero supongo que no queréis nada, ¿verdad?

Ninguna de ellas respondió, pues ninguna sabía cómo interpretar aquello.

—Estaría bien que os marchaseis ya —añadió la reina, bajando la voz.

Louisa empezó a darse la vuelta, al tiempo que miraba por encima del hombro por si se movía alguien, y abrió la puerta, por la que salió Mary disparada. Iba a echar a correr ella también, cuando Alice la agarró del brazo y le susurró al oído:

—Por otra parte, quien debería estar nerviosa es Dulcie. Nuestros chicos os siguieron, a ti y a su niño, hasta la misma puerta de su hermana. Ahora hay dos traidoras en esa familia, y no me gusta nada. Ni lo más mínimo.

Después la soltó con un empujón, y Louisa se lanzó a la calle sin importarle adónde iba, siempre que fuera lejos del Elephant and Castle y de toda su concurrencia.

48

*D*e alguna manera, Louisa logró volver por donde habían venido y llegó a la calle de la parada de autobuses. Tras comprobar que no la seguía nadie, se apoyó las manos en las rodillas e intentó recuperar el aliento. Le dolía el pecho y le ardían los ojos. Se incorporó al cabo de un momento, pero enseguida le dieron náuseas. Sin poder contenerse, vomitó por encima del muro de algún jardín y rogó para que hubiera caído en un parterre. Despacio y con las piernas temblorosas, caminó hasta el punto de encuentro, donde vio a Guy abrazando a Mary, quien apoyaba la cabeza en su pecho. No era lo que esperaba, pero tampoco podía culparla. Ella habría hecho lo mismo si hubiera llegado primero.

Mary se apartó de sus brazos al verla. Había estado llorando.

—Lo siento tanto, Louisa —dijo—. He sido una inútil, pero es que tenía mucho miedo… —Le sobrevino un nuevo arranque de llanto.

Guy parecía un globo desinflado.

—Tendría que haber ido con vosotras.

—No —respondió Louisa—, habría sido mucho peor. Quien me preocupa ahora es Marie. Tenemos que avisarla.

Mary se sonó la nariz y empezó a serenarse.

—¿Qué quieres decir?

—Al salir, Alice me ha susurrado que Dulcie la había traicionado, y que alguien me siguió desde la casa de la señora Brewster. Además, he soltado el nombre de Billy Masters, lo que no ha sentado nada bien. Y ahora, por nuestra culpa, Alice piensa que Dulcie ha hablado con la policía, y quiere vengarse de ella.

—Eso significa que existe un vínculo entre Dulcie, las Cuarenta y ese hombre, Billy Masters. Él es la clave. ¿Crees que se reuniría con ella en Asthall Manor?

Guy, que había pasado una media hora de espanto esperando a que Louisa y Mary regresaran, estaba deseando redimirse solucionando el asunto.

—El vínculo existe —dijo Louisa—, pero no sabemos más.

—No hay pruebas concluyentes —añadió Mary.

—No —suspiró Guy.

Ya era tarde, y el frío se había metido en sus huesos. Louisa se moría de hambre y cansancio, pero no tenía dónde dormir esa noche. Se le ocurrió la vaga idea de tomar el último tren a Shipton, que habría salido hacía tiempo.

—Quédate conmigo —la invitó Mary—. Mi cuarto es pequeño, pero puedo poner una manta y unos cojines en el suelo.

Así pues, se despidieron de Guy y tomaron dos autobuses hasta la habitación que tenía Mary, en un edificio donde solo vivían enfermeras y las pocas mujeres policía que había en Londres. Apenas si había espacio entre la cama, el lavabo y la cómoda, pero la muchacha lo mantenía limpio, con ramitas de acebo y bayas en un tarro de mermelada. De todos modos, Louisa no se fijó demasiado en los detalles, porque era más de la una de la madrugada y estaba agotada. Mary le dijo que las paredes eran finas, así que procuraron no hacer ruido, aunque insistió en prepararle un lecho cómodo y hasta le ofreció un chocolate caliente del hornillo de gas que había en la habitación. Sin embargo, Louisa se quedó dormida con las botas puestas antes de que Mary pudiera acabar la frase.

49

*C*uando Louisa entró a Asthall Manor por la puerta de atrás a la mañana siguiente, la señora Stobie, quien aún estaba preparando el almuerzo, enarcó las cejas ante la visión de la desaliñada niñera.

—Dichosos los ojos —dijo en tono severo—. El aya Blor no te ha delatado, así que más vale que se lo agradezcas.

Louisa apenas si pudo asentir, derrengada como estaba tras un sueño inquieto y el trayecto en el primer tren de la mañana, sin haber desayunado, además de la caminata hasta la casa bajo la lluvia y el frío. Subió al cuarto de los niños renqueante, con la esperanza de poder colarse en el baño para asearse con un paño y agua caliente y revivir antes de anunciar su regreso. Tom, Diana, Nancy y Pamela estarían en la biblioteca, o caminando por ahí. Debo, Unity y Decca estarían en el aula de estudio coloreando, lo que se había convertido en su pasatiempo habitual durante las vacaciones navideñas, cuando el clima era demasiado húmedo y desagradable para salir al aire libre entre el desayuno y la comida. No obstante, el paseo vespertino se respetaba siempre, lloviera o tronara.

Louisa se encontró el cuarto en silencio, así que se metió en su dormitorio y se cambió de ropa después de refrescarse la cara con agua helada. El aya estaba en la esquina del aula de estudio, pasando el rato afilando los lápices con una navajita. Debo corrió hacia ella nada más verla y le abrazó las piernas con fuerza, mientras que Unity y Decca la saludaron con la mano, pero sin dejar de colorear. Era como si nunca se hubiera marchado a Londres.

Y, sin embargo, su estancia en Londres lo había cambiado todo. Estaba aterrada por Marie y por Daniel. Debía avisarlos de que Alice Diamond sabía que tenían al hijo de Dulcie, obviando que había sido ella la idiota que la condujo a ellos. Aquellos hombres la habrían visto salir de casa de la señora Brewster. Lo peor era que las Cuarenta también creían que Dulcie les había dicho —a ella y a una mujer policía— el nombre de Billy Masters. Sin duda, ese tipo sería más importante para la banda que Dulcie. Y ahora, la vida de ambas corría peligro. En Asthall Manor se hallaba a salvo, pero aquellos pensamientos le rondarían la cabeza hasta acabar provocándole pesadillas.

—Espero que tu pariente esté mejor —dijo el aya.

Louisa asintió, procurando mostrarse indiferente.

—Al final no era tan grave como parecía —respondió, confiando en no descubrirse a sí misma. Nancy siempre decía que el aya era la única persona capaz de avergonzarla por portarse mal, y Louisa entendía perfectamente a qué se refería. Por lo menos solo había perdido un día, y no tardaría mucho en recuperarlo. Sabía que el aya Blor estaba acostumbrada a contar con ella, pero, ahora que Debo había dejado de ser un bebé y las demás eran mayores, no pudo evitar el sentirse menos necesaria. Desde luego, siempre habría cosas que limpiar, y otras tareas como planchar la ropa de los niños y zurcir las sábanas. No obstante, ninguna de esas labores era demasiado pesada, y con la presencia casi constante de la institutriz, tenía pocos quehaceres. Quizás fue por eso por lo que se había permitido distraerse tanto durante su estancia en Londres.

Mientras que antes la rutina de las pequeñas solía calmarla con la inflexible puntualidad de sus comidas, paseos y baños, entonces la asfixiaba. Debo era una niña dócil y plácida, pero Unity y Decca empezaban a retirarse a su mundo secreto, y empleaban un lenguaje que nadie más comprendía. Sin embargo, tampoco eran del todo iguales, de modo que cuando estaban juntas, pasando las horas en su dormitorio compartido o en un rincón de la biblioteca, las carcajadas se convertían a veces en disputas, y se oían gritos y pisotones.

Tom había vuelto a casa por las vacaciones, aunque, a sus dieciséis años, ya se consideraba un hombre y prefería seguirle los pasos a su padre, a quien acompañaba en sus largos paseos y sus cacerías, en lugar de entretener a sus hermanas, quienes lo fusilaban a preguntas sobre la escuela y las comidas que le permitían tomar allí. Diana, de quince años, y con aspecto y comportamiento de mujer, lamentaba estar confinada en el cuarto de los niños, y casi nunca lograba que Nancy y Pamela la incluyeran en sus salidas. Así, solía dedicarse a leer sola en la biblioteca, con un mohín en ese rostro que comenzaba a adquirir el contorno perfecto de un busto de mármol. Cuando estaba en compañía de los demás, tendía al malhumor, cosa que exasperaba a su madre.

Aun y con eso, Louisa sabía que eran buenos y les tenía mucho cariño a todos. En realidad, albergaba la esperanza de que sus sentimientos encontrados no fueran más que una divagación de su mente. Pero, a pesar de ello, y de su temor por Marie y por Daniel, deseaba volver a Londres con toda su alma. Tal vez se había contagiado del mismo mal que padecía Nancy: la vasta belleza de la campiña le resultaba opresiva, y ansiaba la libertad que conllevaba la abarrotada pista de baile de un sórdido cabaré de Gerrard Street.

50

$\mathcal{F}$ue Ada quien informó a Louisa de la chocante noticia: Charlotte Curtis visitaría la casa ese mismo día.

—Justo antes de las Navidades —añadió la criada—. Si te digo la verdad, me parece un poco raro.

A Louisa le sorprendió que ni Nancy ni Pamela se lo hubieran mencionado, aunque era posible que estuvieran molestas con ella por su ausencia.

Charlotte llegó a la estación a las cuatro, donde la esperaba Nancy, acompañada de Hooper al volante. Faltaba una semana para Navidad, pero como su madre se estaba recuperando en un sanatorio de Francia, la muchacha había solicitado pasar las fiestas con los Mitford en Asthall. A todo el mundo le extrañó la petición, tal y como comentaron la señora Stobie y Ada en la cocina, y lord y lady Redesdale en el salón. ¿Por qué motivo querría volver en Navidad a la casa en la que había muerto su hermano? Louisa escuchó diversas teorías: desde que deseaba investigar las circunstancias del asesinato, hasta que echaba de menos las atenciones de lady Redesdale, quien había cuidado de ella en los días posteriores a la tragedia, o que no tenía otro lugar al que ir. Nancy creía que se trataba de algo mucho más sencillo: Asthall Manor quedaba a una distancia razonable de Oxford, y tendría ganas de ver a los amigos de Adrian.

Cuando llegó, resultó evidente que Charlotte seguía en pleno duelo. Cada una de las capas de su ropa exhibía una textura rica y suntuosa, de un luto tan profundo que casi parecía púrpura. Louisa pensó que todo se veía nuevo, con cada puño, cuello y dobladillo demasiados rígidos para haber sido lavados. El cabello le caía en gruesas ondas castaños hasta el mentón, y agrandaba y entristecía sus ojos una raya de *kohl*, la que era una moda poco vista fuera de Londres. La joven se movía despacio, pero con garbo, y señaló su equipaje con delicadeza, como si fuera una carga metafísica que tuviera que acarrear otra persona. Al mismo tiempo, se gobernaba con la serena confianza de una mujer a la que nunca se le había pedido que levantara nada más pesado ni menos extraordinario que un anillo de diamantes.

Lady Redesdale le había pedido a todo el mundo que se reuniera en la biblioteca, donde la atmósfera sería menos formal y más adecuada para recibir a aquella joven a la que apenas conocían. Así se lo había dicho con franqueza a la señora Windsor, quien se lo dijo a la señora Stobie, quien se lo dijo a Ada, quien se lo dijo a Louisa. Además, le preocupaba la idea de que las más pequeñas sintieran que la alegría de la Navidad se veía empañada por la presencia de la señorita Curtis, si bien agradecía la oportunidad de mitigar su culpabilidad ante el hecho de que el asesinato se hubiera producido en Asthall Manor. Si conseguían que Charlotte disfrutara de su estancia, puede que recordara las cosas de otra manera. A lord Redesdale le inquietaba más la idea de que una *flapper* pasara tanto tiempo en su casa, influyendo en las impresionables mentes de sus hijas, aunque también era posible que las criadas hubieran malinterpretado los gritos lejanos y los frecuentes portazos desde su despacho.

Sea como fuere, allí estaban todos reunidos en la biblioteca, donde reposaba el calendario de adviento sobre la chimenea, cuya decimoséptima ventana, en la que apareció un alegre petirrojo, había abierto Decca esa mañana. Louisa se ocupó de bajar a Debo, Unity y Decca del cuarto de los niños, repeinadas y tocadas con un lazo de terciopelo, con vestidos limpios, calcetines blancos y zapatos abrochados. Tom llegó de su paseo con Papu al tiempo que Pamela, que venía de los establos, mientras que Diana había pasado la tarde en la biblioteca, leyendo un libro sobre Isabel I tumbada en el sofá. Por lo menos, eso fue lo que le dijo a su madre. La institutriz estaba de vacaciones hasta enero, y las niñas habían insistido en que no tenían nada que «mejorar» hasta su regreso.

Ada les llevó una bandeja de bollos calientes con mantequilla, sobre la que se lanzaron después de que Charlotte la rechazara, la cual pidió solo una taza de té chino, con una rodaja de limón y sin leche. Louisa la observaba con disimulo, más convencida que nunca de su parecido con Daniel; más que en los bucles oscuros, en el mohín de la boca y en la tersa barbilla, iguales que los de su hermano. Incluso estando felices, el linaje de los Curtis siempre parecía un tanto resentido, ya fuera porque en su copa hubiera demasiado hielo, o porque se les desprendiera el dobladillo del traje en mitad de una fiesta.

La merienda transcurrió de manera irregular, siendo las niñas las únicas que parloteaban con entusiasmo, preguntándole a Charlotte qué regalos quería por Navidad o si prefería a los petirrojos a Jesucristo («¡En las tarjetas de felicitación, Mamu!», exclamaron tras las protestas de su madre). Tal vez fuera la desgana que se respiraba en el ambiente lo que indujo a Nancy a anunciar de pronto que estaba organizando una cena para la noche siguiente.

—¿Qué? —preguntó lady Redesdale, sabiéndose burlada. No le apetecía tener que enfrentarse a su hija delante de Charlotte.

—Sebastian y Ted están en Oxford, por lo que les será fácil venir —explicó Nancy sin inmutarse.

El semblante de Charlotte se iluminó de modo patente.

—He hablado con Clara esta mañana y me ha dicho que le gustaría asistir —prosiguió, aprovechando el silencio de su madre—. También podría invitar a Phoebe.

La garganta de lady Redesdale emitió un sonido gutural, pero Nancy la interrumpió.

—Ya lo he comentado con la señora Stobie, y dice que si nos conformamos con un asado de pollo, tiene comida para todos. Pondremos la mesa aquí para no molestaros a Papu y a ti.

Iris Mitford, que había observado la escena con la discreta elegancia que la caracterizaba, soltó una carcajada ante la insolencia de su sobrina, si bien no exenta de aprobación. Lady Redesdale frunció el ceño, aunque respondió con estoicismo.

—Supongo que te gustaría poder cenar con tus amigos antes de Navidad, ¿verdad, Charlotte?

—Significaría mucho para mí poder ver a todo el mundo —dijo ella. Louisa pudo ver, a través del enrojecimiento de su cuello, que ese era el auténtico motivo de su presencia en Asthall. Charlotte se volvió hacia Nancy—. Menos a Dolly, claro. Mucho me temo que tendrá que quedarse cuidando del negocio.

Nancy se echó a reír.

—De acuerdo, sin Dolly. Y ahora, vente conmigo. Vamos a llamar a los demás.

Louisa se preguntó a qué jugaba Nancy.

No tardó mucho tiempo en descubrirlo.

$\mathcal{A}$ la mañana siguiente, Louisa se hallaba en el armario de la ropa blanca, recolocando los estantes solo por ausentarse durante un par de horas. En realidad, era más un cuarto que un armario, con tres paredes cubiertas de amplias estanterías y una ventana en lo alto. El olor del algodón recién lavado hacía que añorase a su madre, y se había dado cuenta de que aquella profunda emoción le brindaba una peculiar combinación de consuelo y dolor. Cuando necesitaba subyugar otros sentimientos, era un truco que no le fallaba nunca. En ese momento, intentaba no pensar en Dulcie, aunque no había hecho otra cosa desde la madrugada, dándole vueltas al problema como un derviche sin encontrar solución alguna. No podía escribir a Dulcie porque todas las cartas las leía un oficial de prisiones, ni inventarse una excusa para volver a Londres sin arriesgarse a perder su empleo. Y, de todos modos, aunque pudiera advertirla, no serviría de nada. Solo conseguiría inquietar a la muchacha, quien sería incapaz de decírselo a su familia desde la cárcel.

Mientras se planteaba si colocar las sábanas individuales en uno de los estantes de abajo para que llegaran las niñas que quisieran echar una mano, apareció Pamela. Louisa sabía que a ella también le gustaba esconderse allí de vez en cuando, normalmente para leer algún libro y para huir de sus hermanas. Con las tuberías de agua caliente que recorrían su pared trasera, el armario de la ropa blanca se mantenía siempre cálido, a pesar de que el estricto lord Redesdale les tenía prohibido que encendieran el resto de los fuegos de la casa, fría como una llave. En esa ocasión, Pamela no llevaba ningún libro.

—Necesito tu ayuda, Lou —dijo.

Louisa trató de mostrarse lo más neutral posible antes de comprometerse. Las hermanas Mitford bien podían pedirle que reviviese a un ratón moribundo, como que rescatara a un conejo de la trampa de un guardabosques, con la misma facilidad con la que otros niños pedían que les ataran los zapatos.

Pamela cerró la puerta, y ambas se quedaron a escasos milímetros la una de la otra.

—Nancy quiere hacer una sesión de espiritismo.

—¿Qué? —Louisa no lograba entender que podía empujar a Nancy a probar tal cosa.

—Ya sabes, comunicarse con los muertos —susurró, como si los fantasmas pudieran escucharla, ocultos en las fundas de las almohadas.

—Sí, pero ¿por qué?

—Piensa que puede hablar con Adrian para descubrir lo que pasó.

—Pero ¿tú no creías en los fantasmas?

—¡Sí que creo! —respondió Pamela, muy seria.

—Entonces, ¿no te da miedo? —Louisa no estaba segura de si creía en los fantasmas, pero consideraba que practicar el espiritismo era tentar a la suerte, y no le gustaba. Ni a ella, ni a nadie. Al aya Blor le habría dado un patatús si se hubiera enterado.

Pamela se encogió de hombros.

—Pues claro que sí, pero ya sabes cómo es Koko cuando se empeña en algo.

Louisa titubeó. Era poco probable, pero si alguno había visto a Dulcie con el tal Billy Masters, o podía recordar algo de él, tal vez valdría la pena intentarlo. Con todos allí juntos, surgía la posibilidad de recabar información. Si tenía suerte, podría contarle algo a Guy, algo que fuera útil de verdad y que pudiera transmitirle a su jefe.

En ese momento se imaginó a sí misma uniéndose a la policía, pero desechó la idea.

—¿Cuándo lo va a hacer?

—Tendrá que ser después de que Mamu y Papu se acuesten. En la biblioteca, tras la cena.

—No me creo que vaya a decir esto, pero ¿qué necesitáis?

—Poca cosa, en realidad. Un mantel y cuatro velas. Estaremos Nancy, Charlotte, Sebastian, Ted, Phoebe, Clara y yo. Nancy también ha invitado a Oliver, qué vergüenza.

Louisa no respondió, pero la entendía. Pobre Pamela, condenada a estar siempre con aquel joven. En el fondo, ninguno de los dos parecía muy entusiasmado ante la perspectiva. El verano anterior hubo un día fatídico en el que se preparó un partido de tenis, cuando Pamela descubrió que todos los demás habían huido discretamente, dejándolos a Oliver y a ella solos en la pista. Además, oyó sus risitas desde el otro lado del seto y se sintió humillada.

—Sin embargo, resulta que no puede venir. Apuesto a que a su madre no le complacía la idea. Por eso necesitamos que estés tú también.

—¿Estás segura?

Pamela emitió un chasquido de impaciencia con la lengua.

—Tiene que haber un número par de participantes, y no es algo que le pueda pedir a Tom o a Diana. Ella es demasiado joven, y él se chivaría a Papu, porque ahora son uña y carne.

Esa clase de comentarios se le clavaban como una astilla bajo la uña.

—En tal caso, bajaré a la biblioteca con las velas cuando se retire la señora Windsor. Seguramente será sobre las doce. La hora de las brujas.

Pamela fingió poner cara de susto mientras abría la puerta para marcharse.

52

*C*omo no tenía nada que hacer durante la cena aparte de quedarse en el cuarto de los niños con el aya Blor y las pequeñas, Louisa no presenció la llegada de los demás invitados, pero se enteró del ajetreo de los viajes de Hooper a la estación para recogerlos a horas dispares. Y a pesar de la promesa de Nancy de que la señora Stobie no había puesto ninguna objeción en preparar un simple asado de pollo, la cocinera refunfuñó como el Etna mientras horneaba una tarta de manzana y le ordenaba a Ada que pelara las patatas. Sin embargo, tanto Louisa como Ada estaban contentas. A causa del temperamento impredecible de lord Redesdale, eran pocos los invitados que se recibían en casa, por lo que su llegada suponía un cambio bienvenido dentro de la rutina habitual. El embarazo de Ada comenzaba a ser aparente, por lo que iba a intentar sacar adelante todo el trabajo que pudiera antes de marcharse.

—Tendrás que ir a visitarme para contarme todos los chismes —le dijo de buen humor.

Louisa le sonrió, pero con el corazón pesaroso. ¿Sería ese el futuro que la esperaba a ella también?

A las doce menos cuarto, cuando estuvo segura de que Diana se había dormido por fin, Louisa bajó las escaleras. Antes se había producido una batalla terrible, ya que la niña quería unirse a Nancy y sus amigos, pero lord Redesdale se lo había prohibido de manera terminante, más allá de un simple saludo. Pese a que la fuerza de los lloriqueos de Diana era legendaria, en esa ocasión fue incapaz de conmover a su padre.

Louisa entró a la cocina y vio que la señora Stobie se había ido a la cama. No había ni rastro de la señora Windsor, y su salita estaba a oscuras, por lo que debía de haber terminados sus labores. Así pues, se dirigió en silencio al comedor, del que se llevó cuatro candelabros de plata y cuatro velas, además de un mantel limpio del aparador. Angustiada sin saber qué estaría haciendo Guy con respecto a la amenaza a los Long, y dado que no podía hacer mucho más, por lo menos trató de mantenerse ocupada.

Al llegar a la biblioteca, observó que Ada había retirado los restos de la cena. Pamela avivaba el fuego echando otro tronco a la chimenea. Al lado, Ted y Sebastian fumaban hablando entre ellos. En la mesa reposaban varias botellas de vino vacías y el decantador del oporto que iba por la mitad. Charlotte estaba sentada en el sofá, ataviada con su luto riguroso y fumando también. La joven no reaccionó ante la entrada de Louisa, pero Pamela pareció asustarse y empezó a negar con la cabeza, como si quisiera advertirla de algo, aunque ya era demasiado tarde. Nancy, que se sentaba debajo de la ventana con Clara, se levantó y dio una palmada.

—¡Qué bien que estés aquí! —exclamó.

Charlotte alzó la mirada con gesto inquisitivo.

—¿Qué pasa aquí?

—Koko, no creo que debamos… —Estaba claro que las reservas que tenía Pamela acerca de los fantasmas habían superado su aquiescencia anterior al plan del espiritismo.

—Tonterías —le soltó Nancy. A Louisa le recordó a cuando el aya chistaba a Unity por decir que Papá Noel era en realidad lord Redesdale—. Atención todos —prosiguió con calma—, vamos a hacer una sesión de espiritismo para contactar con Adrian.

—Y una porra. —Charlotte arrojó el cigarrillo al fuego—. Yo no creo en nada de eso. No es más que buscar problemas.

—¿No quieres hablar con tu hermano? —le preguntó Pamela, haciendo acopio de valor.

—Lo dices como si me negara a llamarlo por teléfono. Está muerto. No puedo hablar con él, igual que no puedo arrancarme la cabeza y llevarla en brazos.

—Bueno, pero si no es real, tampoco hay peligro, ¿no? —añadió Nancy—. Y si es real, tal vez descubramos algo.

—¿Como qué, exactamente? —Sebastian se estiró sobre el sofá y apoyó la cabeza en el regazo de Charlotte.

Louisa se quedó de pie, sin que nadie se fijara en ella, cada vez más consciente del peso de los candelabros.

—Pues quién lo mató, desde luego —dijo Pamela con osadía.

—Eso ya lo sabemos —replicó Seb, todavía en horizontal, con los ojos cerrados—. Y están a punto de condenarla a muerte.

—Louisa no cree que Dulcie sea culpable.

Nancy miró a la niñera al afirmarlo, en un desafío directo. Ella supo que se encendía de rubor, y deseó poder soltar la carga de sus manos.

Ted se dio la vuelta, dándole la espalda a la chimenea, y clavó la mirada en Louisa como si la viera por primera vez.

—¿Tú? ¿Qué sabes tú?

Louisa sintió la lengua gruesa y pesada en la boca, los labios tan secos que se le habían pegado entre sí. Intentó hablar, pero le costó hacerlo.

—Creo que el señor Curtis se cruzó con otra persona en el campanario, antes de que llegara Dulcie.

—¿Y eso por qué? —la interrogó Ted entornando los ojos.

Louisa nunca había deseado desaparecer en una nube de humo con tantas ganas como entonces.

—No es más que una hipótesis —farfulló. Maldita Nancy.

Charlotte extrajo otro cigarrillo de su pitillera de plata y Louisa vio que le temblaban los dedos. Tuvo que usar dos cerillas hasta que logró encenderlo.

—¿Por qué no me habíais dicho nada de esto? —susurró, arañando la caja con el fósforo.

—¿Y por qué no se lo preguntamos a Adrian? —propuso Nancy, levantándose para recoger los candelabros de manos de Louisa—. Es el momento perfecto para hacerlo.

53

*L*ouisa colocó el mantel blanco sobre la larga mesa donde se había servido la cena, y los cuatro candelabros encima. Pamela se encargó de encender las velas, y Nancy de apagar las lámparas. Charlotte se puso en pie y anunció que se retiraba a sus aposentos.

—No —le dijo Nancy con tono firme—. Lo creas o no, existe la posibilidad de que descubramos la verdad sobre la muerte de tu hermano. Tenemos que intentarlo.

—Ya sabemos la verdad —replicó Charlotte—. Nuestra criada lo lanzó al vacío desde el campanario. Por si lo habías olvidado, está en prisión a la espera de juicio, y nadie se sorprenderá cuando la cuelguen.

—¿Y si había alguien más en la capilla durante aquella noche? —intervino Pamela.

—No seas pueril —le espetó Ted, lo que desencadenó un parpadeo furioso en ella.

—Solo eres un año mayor que yo, ¿sabes?

Él emitió una especie de sonido conciliador, pero no dijo más.

Tanto Clara como Phoebe se levantaron a la par y fueron a sentarse a la mesa. Phoebe se mostraba desafiante, endurecida su belleza por la oscuridad de la sala. Louisa pudo adivinar que las grandes casas solariegas como Asthall no formaban parte de su hábitat natural. En una fiesta podía ser bella y vivaz; en una cena íntima, parecía perdida. De hecho, su acento incorporaba unos dejes londinenses que apuntaban a unos orígenes mucho más interesantes que las zonas agrícolas habituales.

Pamela se acercó a Charlotte y la tomó del brazo.

—Ven a sentarte. Nadie insinúa nada por el estilo, pero nos gustaría ayudar, si fuera posible. Danos una oportunidad, por favor.

—¿Cómo hablaremos con los espíritus? —preguntó Nancy—. No tenemos tabla de ouija.

—Podemos poner un vaso de agua en la mesa y pedirle al espíritu que lo mueva para responder nuestras preguntas. ¿Te importaría traerlo, Louisa? —dijo Pamela, sentándose después.

—Vamos, chicos, venid con nosotras —los llamó Clara con voz alegre, intentando rebajar la tensión—. Os estáis sulfurando todos, pero debéis recordar que lo hacemos por diversión.

Sebastian se aproximó con sus andares felinos.

—Me da igual, de un modo o de otro —dijo, tomando asiento al lado de Pamela.

Charlotte lo miró como si la hubiera traicionado.

Louisa trajo un vaso y los ocho se sentaron con las rodillas debajo de la mesa, casi a oscuras, con el resplandor del fuego y las velas como única iluminación.

—Ahora nos damos las manos —explicó Pamela— y le preguntamos a Adrian si está aquí con nosotros. En realidad lo haré yo, porque solo puede haber un médium, y soy la única que cree en esto.

Charlotte chasqueó la lengua, pero permitió que Pamela y Nancy le tomaran la mano, una a cada lado. Ted tomó la de Clara y la de Nancy. Louisa se sentó junto a Phoebe, quien estaba al lado de Pamela. Al otro extremo quedaba Sebastian.

—Adrian Curtis, ¿estás aquí?

Una vez aposentados en la penumbra, el ambiente se relajó un poco. No obstante, a Louisa la incomodaba sostener la mano seca de Sebastian por un lado, y la de Phoebe que la agarraba con fuerza por el otro. A pesar de la ferviente creencia de lord Redesdale y de Pamela en que Asthall Manor estaba encantada, se alegraba de no haber sentido nunca una presencia gélida y misteriosa. Nancy también se había declarado inmune a las apariciones. Al mismo tiempo, Louisa tenía una idea para convertir el experimento en algo útil, y si para ello tenía que dar un empujoncito en la dirección adecuada, que así fuera.

Se hizo un silencio total, durante el que el vaso de agua se mantuvo inmóvil como una piedra.

—Adrian, si estás aquí, manifiéstate a través del agua —repitió Pamela.

Nancy puso los ojos en blanco, pero Louisa vio que Charlotte miraba el vaso con expresión asustada.

La lluvia golpeaba la ventana y se oía un crujido de madera desde algún lugar, algo para lo que existían diversas explicaciones racionales, pero que hizo estremecer a más de uno. Todos clavaban los ojos en el centro de la mesa, cuando el agua tembló levemente. Nancy dio un respingo.

—¿Qué ha sido eso?

—Sssh —la chistó Pamela—. Adrian, si eres tú, queremos preguntarte acerca de… —Pareció dudar sobre qué frase emplear—. Acerca de la última vez que te vimos.

El agua se agitó de nuevo. Louisa se concentró en no despegar los pies del suelo. ¿Sería posible que alguien estuviera produciendo los temblores con las rodillas? Sí, era muy posible.

Y sin embargo…

Charlotte no apartaba la mirada del vaso.

—Queremos saber el nombre de la última persona que viste.

Sebastian quiso apartar las manos, pero Pamela y Phoebe se lo impidieron.

—¿No tendríamos que preguntar primero algo que ya sepamos? —murmuró Clara—. Ya sabéis, para comprobar que hay comunicación…

Ted soltó una carcajada como un ladrido.

—No estaréis hablando en serio, ¿verdad?

—Ya puestos, vamos a hacerlo bien —lo reprendió Nancy.

Pamela volvió a intentarlo.

—Queremos saber el nombre de la última persona que viste. Voy a decir las letras del abecedario. Indícanos el nombre moviendo el agua.

Un tenso silencio se instaló en la biblioteca.

—A.

Nada ni nadie se movió, y todos contuvieron el aliento.

—B.

En ese momento, el vaso tembló.

—B —confirmó Pamela con calma, tras lo que empezó por el principio, y el vaso no se movió desde la A hasta la I.

Los participantes se revolvieron en sus asientos, recolocando dedos y manos, ya fuera a causa del sudor o de un calambre. La respiración de Charlotte se tornó entrecortada.

Pamela recitó el alfabeto de nuevo hasta que el vaso volvió a agitarse con la letra L.

—Qué ridiculez —dijo Ted, poniéndose en pie—. Yo me voy. Alguien está moviendo el vaso, pero os aseguro que no es Adrian.

Acto seguido se alejó de la mesa, y Louisa vio el fulgor de una cerilla sobre su rostro al encenderse un cigarrillo.

Charlotte rompió a llorar y, tanto si fue ella como otra cosa, la mesa se sacudió derribando el vaso, y el agua se extendió con rapidez sobre el mantel, lo que la hizo gritar y cubrirse la cara con las manos.

—Basta ya —exclamó—. ¡Os ordeno que paréis! ¡Parad!

Clara se levantó y prendió las luces.

—Estoy de acuerdo. Vamos a tomar una copa y hacemos otra cosa.

Louisa se había levantado un segundo antes que ella y volvió a adoptar el papel de criada limpiando el estropicio, como si así pudiera hacerles olvidar su presencia. A fin de cuentas, fue la suave presión de sus rodillas contra el tablero la que produjo el efecto deseado.

No obstante, lo que realmente quería saber era por qué las letras «B. I. L.» hicieron temblar a Ted de pies a cabeza.

54

Guy sabía que no podía apostar a un policía en la puerta de Marie Long. Hacerlo solo habría exacerbado la furia de Alice Diamond en contra de la familia. Tampoco era posible situar a alguien de incógnito en las cercanías. Ningún automóvil pasaría desapercibido en Lambeth Street sin levantar sospechas. Además, Cornish no lo aprobaría nunca. No había pruebas contundentes, sino la vaga amenaza de que las Cuarenta podrían vengarse de los Long en algún momento. Lo que necesitaba saber era cuándo iba a atacar Alice y dónde. Y necesitaba encontrar a Billy Masters.

Había otro problema: las únicas personas que podían identificar a Billy eran Dulcie Long y su padre, pero ambos tenían sus razones para callarse.

Mary y Guy se reunieron en la comisaría al día siguiente, cansados e inquietos.

—Tenemos que avisar a la familia de Dulcie —le dijo Mary.

—No sé si serviría de algo, aparte de para asustarlos —argumentó Guy—. Ya saben que han cabreado a las Cuarenta.

—Pero ahora tienen al pequeño con ellos. Él también puede estar en peligro.

Guy suspiró.

—Si encontrásemos a Billy Masters, tal vez tendríamos al asesino de Adrian Curtis, o podría decirnos quién fue. Forman parte de la misma red. Así, Dulcie quedaría libre. Ella y su familia podrían hacer lo que quisieran.

—O no, si las Cuarenta creen que Dulcie ha entregado a Billy a la policía. ¿Adónde iban a ir los Long entonces? No pueden hacer un hatillo y cambiarse de casa. No es tan fácil, Guy. —Mary le lanzó una mirada de reproche—. Sabes que no.

—Sí, lo sé. Pero también sé que soy un agente de la ley, y que me dedico a resolver crímenes. Lo más importante es que encontremos a Billy Masters.

Ambos apuraron sus tazas. Llegados a aquel punto no iban a alcanzar un acuerdo, pero ¿acaso importaba? No tenían más pistas. El paradero del perista seguía siendo un misterio. Y, además, si había huido a causa del asesinato, podría estar en cualquier lugar del mundo.

—Solo hay una respuesta —sentenció Guy—. Tenemos que hablar con Dulcie, y puede que con su padre y hermana también.

—Los pondríamos en peligro.

—No tenemos alternativa —replicó él, decidido.

No le fue fácil convencer al comisario Cornish de que le diera permiso para interrogar a Dulcie Long en la prisión de Holloway, ya que, oficialmente, la criada encarcelada estaba siendo investigada por asesinato por la división local de Oxfordshire. Sin embargo, puesto que Cornish llevaba su propia investigación criminal sobre Alice Diamond y las Cuarenta, la cual incluía a Dulcie, contaban con un argumento de peso para involucrarse.

—Es algo que siempre suscita suspicacias —le explicó—. Esos provincianos son tan territoriales con sus casos como un perro de caza. Será mejor que consiga algo que valga la pena.

—Sí, señor —respondió Guy—. Sé que nos estamos acercando, señor.

De todos modos, no le había hablado a Cornish del encuentro de Mary con Alice Diamond en el Elephant and Castle. ¿Cómo iba a hacerlo? Habían ido sin una orden y sin protección. No tenía ningún derecho para haber mandado allí a Mary. Cuanto más lo pensaba, más idiota se sentía. ¿Y si les hubieran dado una paliza a Louisa y a ella? En su lugar, le contó a Cornish que le había llegado el chivatazo de que Billy Masters era uno de los peristas de la banda, a través de un informador del Club 43. Con eso bastaba. De cara a sus superiores, no hacía falta que fuera nada relacionado con el asesinato. Por lo menos, hasta que pudiera presentar la prueba irrefutable que estaba buscando, y que ahora estaba más convencido que nunca de poder conseguir. Sin duda, aquello le supondría un ascenso al Departamento de Investigación Criminal, lo que conllevaría una buena paga. Sobre todo, le granjearía respeto.

Una vez concedido el permiso, solo restaba una llamada telefónica y podría poner rumbo a la prisión de Holloway, donde lo esperaría Dulcie Long en una sala de interrogatorios. Se sintió un poco culpable por no invitar a la agente Moon, pero quería hacerlo en solitario.

El cielo blanquecino remarcaba con crudeza el oscuro propósito de la cárcel, inquietando a Guy y recordándole por qué se hallaba a ese lado de la ley. En Holloway no había señales de la próxima llegada de la Navidad, sino el tintineo de las llaves en el cinturón del carcelero a través de un laberinto de pasillos y puertas cerradas. Al llegar a la sala de interrogatorios, vio a Dulcie esposada a su silla, desmejorada y derrotada. Guy saludó con la cabeza al guardia de la esquina y se sentó con la libreta preparada.

—Gracias por recibirme, señorita Long —dijo.

Dulcie torció un poco el gesto.

—Me temo que no tenía elección.

Guy soltó una tos y optó por no insistir en la cuestión.

—Vengo a preguntarle por su relación con las Cuarenta.

—¿Qué? —Resultaba evidente que Dulcie no se lo esperaba, aunque intentó enmascarar su sorpresa—. No tengo ninguna relación con las Cuarenta.

—Señorita Long, soy un buen amigo de Louisa Cannon. Me lo ha contado todo. Negarlo ahora no le servirá de nada.

El pánico se dibujó en el rostro de la joven. Aquel secreto revelado, que tenía el objetivo de protegerla, la dejó más asustada que antes. Las lágrimas comenzaron a rodar por sus mejillas.

—Mi familia…

—Haremos todo lo posible por protegerlos —afirmó Guy.

—¿De qué manera?

No supo qué decir, así que tiró por el camino fácil.

—Es confidencial.

—No van a hacer nada. —El miedo se convirtió en furia—. Están todos comprados. A nadie le importan los de mi clase. —Le lanzó un escupitajo, y el guardia dio un paso adelante.

—Déjelo —repuso él extendiendo la mano.

El guardia volvió a la esquina mientras Guy se limpiaba las gafas.

—Señorita Long, le recomiendo encarecidamente que colabore conmigo. Es lo único que podrá garantizar la seguridad de su familia. —Volvió a levantar el lápiz y la libreta, como si empezara de nuevo—. Sabemos lo de su hijo.

—¿Es que esa pécora se lo ha soltado todo? —Dulcie parecía realmente sorprendida, como si jamás hubiera imaginado que pudieran traicionarla hasta ese punto.

—Me contó lo necesario para poder salvarla de la pena capital.

—Da lo mismo —repuso ella sin emoción—. Si no son ustedes los que acaban conmigo, lo harán los otros.

—La existencia de su hijo demuestra que Adrian Curtis y usted tenían… un entendimiento. El jurado podría ser más indulgente a causa de ello.

—Seguirán creyendo que soy culpable.

—Entonces debe contarme todo lo que sepa de Billy Masters.

Aquellas palabras llamaron la atención de Dulcie.

—Me han dicho que está relacionado con usted —prosiguió Guy—. ¿De qué lo conoce?

—No lo conozco. —Dulcie hizo una pausa, esperando ver cómo reaccionaba él.

—Solo quiero que me diga dónde puedo encontrarlo. Al menos, aquí dentro está a salvo de las Cuarenta, ¿no es cierto?

Dulcie se rio con amargura.

—No estoy a salvo en ningún sitio, y no voy a decirle nada. Déjeme en paz, por favor.

—Señorita Long —le suplicó Guy—, su hijo Daniel está con su hermana Marie. Es ella quien cuida de él ahora. Tiene que contarme lo que sepa para que pueda protegerlo.

—Daniel, no. —Su voz se quebró—. No puede estar ahí. Si alguien descubre que he hablado con usted, correrá un grave peligro. Lo digo en serio. —El terror se apoderó de su cuerpo, y le costaba respirar—. Por favor, no permita que le ocurra nada a mi hijo.

—Para eso tendrá que decirme dónde puedo encontrar a Billy Masters.

55

*D*olly Meyrick, sentada en el sofá del cuarto trasero del Club 43, observaba a Guy con expresión serena.

—El nombre me resulta familiar —respondió al fin—. Pero me temo que no puedo decirle mucho más. Como ya le he explicado, a pesar de tener una clientela fiel, no conocemos personalmente a todo el que cruza nuestras puertas. Además, la que es la dueña es mi madre. Yo me limito a cuidar del negocio hasta que ella regrese de París.

Guy se había negado a pelearse de nuevo con los cojines, de modo que se quedó de pie delante de ella, sosteniendo su sombrero de policía con las manos.

—Tengo motivos para creer que se trata de un miembro de la banda de los Elefantes.

—Esos muchachos no son bienvenidos aquí.

—Sin embargo, aquí han estado.

Dolly cambió de postura y cruzó las piernas.

—Sí, pero no estaban invitados.

Guy se decidió por probar otro enfoque.

—¿Qué hay de Alice Diamond y sus chicas, las Cuarenta Ladronas?

—Rara vez las hemos tenido aquí a todas —se rio Dolly, como si Guy estuviera actuando de manera infantil.

Él hizo caso omiso de la puya.

—Pero sí han contado con la presencia de Alice Diamond. —No era una pregunta.

—Así es. Esa mujer sabe cómo comportarse. Nos gusta

abrirle la puerta a todo el mundo, siempre que se cumplan nuestras normas.

—¿Están del lado de la ley esas normas, señorita Meyrick? —Guy podía mostrarse irónico cuando quería.

Dolly no se dejó enredar.

—Sargento Sullivan, por muy agradable que sea charlar con usted, tengo asuntos que atender para esta noche. ¿Hay algo más específico con lo que pueda ayudarle?

—Necesito saber dónde puedo encontrar a Billy Masters. Si usted no lo sabe, tal vez conozca a alguien que lo sepa.

Dolly se puso en pie y se alisó la falda.

—De acuerdo. Vamos a hablar con Albert el Alemán. Sígame.

Abajo, en el sótano, había varias personas preparando la sala para más tarde: fregando suelos, vaciando ceniceros, limpiando lámparas. A falta de los bailarines y la orquesta, una brillante bombilla colgada del techo revelaba los desconchones de la pintura en las paredes y los arañazos de las baldosas, impregnado el aire del olor rancio del tabaco. Albert el Alemán leía un periódico sentado en una esquina, mientras bebía café de una taza diminuta para su tamaño. Sin el traje de chaqueta y lejos de la entrada, su tamaño intimidaba un poco menos que de costumbre. Dolly lo llamó, le presentó a Guy y los dejó para que se apañaran entre ellos.

Albert el Alemán lo miró con suspicacia y sin soltar prenda. Guy estuvo a punto de disculparse, hasta que se recordó a sí mismo que era un agente de ley y que no tenía nada que temer. Ni siquiera a un portero que medía casi dos metros.

—Intento encontrar a un tipo llamado Billy Masters —dijo.

El hombretón se mantuvo inexpresivo como una estatua.

—Pertenece a la banda de los Elefantes, aunque es posible que vaya por libre —insistió Guy—. Conoce a la que fue criada de una de sus clientas habituales, la señorita Charlotte Curtis.

—No sé cómo se llaman. —Fiel a su apodo, hablaba con un fuerte acento alemán—. No es asunto mío.

Al instante se dio la vuelta y retomó la lectura de su periódico. Guy empezaba a impacientarse.

—Oiga, amigo, no vengo a crear problemas, pero podría hacerlo si quisiera. Le recomiendo que me eche una mano.

El portero alzó la vista hasta el techo y pareció pensárselo. Luego bajó el mentón y miró a Guy con sus fríos ojos azules.

—No. No sé quién es. No puedo ayudarlo.

Guy hizo otra pausa.

—Hace poco detuve a un camello por aquí cerca. Salió de su establecimiento, acompañado de otro cliente habitual. Samuel Jones.

Albert el Alemán no dio respuesta alguna y continuó mirando al frente.

Guy prosiguió como si estuvieran manteniendo una charla cordial.

—Ese hombre llevaba consigo varios paquetes de cocaína, ¿sabe? Me pregunto de dónde habrían salido. Según dicen los periódicos, Alemania es el mayor productor de cocaína de los últimos tiempos. Allí son menos estrictas las leyes, y la mercancía entra aquí por diversos cauces.

Una de las comisuras de la boca del alemán se contrajo por voluntad propia.

—Siendo así, quizás debamos echar un vistazo en su habitación del piso de arriba. ¿Cree que encontraríamos algo útil?

—No tienen orden de registro —dijo con voz pastosa.

—Bueno, yo no me preocuparía por eso —repuso Guy—. Siempre puedo dejarme caer por aquí todas las noches, hasta que descubra que permiten que se cometan un par de actividades ilícitas después de medianoche.

—¿Qué es lo que quiere?

—Encontrar a Billy Masters.

—No sé dónde está. Viene aquí de cuando en cuando.

—¿Vendrá esta noche?

El portero se encogió de hombros.

—Tal vez.

—Entonces vendré también, y usted me indicará quién es.

La boca del alemán volvió a crisparse.

—Como quiera.

—Gracias —le dijo Guy—, me ha sido usted de gran ayuda.

Ahora, por fin se hallaba un poco más cerca.

56

*L*a mañana siguiente a la sesión de espiritismo transcurrió sin incidentes. Evidentemente, Nancy le juró a su madre que la cena había sido un éxito clamoroso. Pam le contó a Louisa que se quedaron una hora más, mientras intentaban recuperar un ambiente más festivo que no llegó a materializarse. Ambas aprovecharon para hablar un poco en el armario de la ropa blanca después del desayuno, el lugar en el que se habían acostumbrado a reunirse.

—Papu estaba terrible esta mañana —dijo Pamela con una risita—. Descubrió a Seb acicalándose delante de un espejo y lo llamó «rata de alcantarilla».

—Bueno, si hay alguien que pueda hacerle frente a lord Redesdale, es él. ¿Y cómo ha amanecido lord De Clifford?

—¿A qué te refieres? —Torció el gesto—. No irás a empezar tú también, ¿verdad, Lou? Ojalá todo el mundo dejara de intentar emparejarme con alguien de una vez. Está prometido a Dolly Meyrick.

—No lo hago —sonrió Louisa—. Perdona, solo lo pregunto porque anoche lo vi un tanto agitado.

—Sí, ¿verdad? Pero esta mañana parecía estar bien, tranquilo incluso. No deberíamos haber hecho lo que hicimos. Ahora me siento fatal.

Louisa dobló la última funda de almohada de la pila.

—Será mejor que vuelva al cuarto de los niños, por si me necesitan. —Esbozó una sonrisa triste—. Aunque supongo que no.

Sin embargo, al entrar se encontró con una carta para ella, apoyada sobre el reloj de mesa del aya Blor. Llevaba el matasellos de la prisión de Holloway, y contenía un mensaje muy breve.

Louisa:
Ve a por Daniel.
Dulcie.

Volvió a guardar la nota en el sobre, temblorosa, y este en su bolsillo. No le cabía duda de que Dulcie tenía motivos para preocuparse, pero, aparte de eso, no podía pensar con claridad. Bajó corriendo por las escaleras y se dirigió al vestíbulo, en el que por suerte no había nadie. Descolgó el auricular con cuidado y, después de que la conectaran con la comisaría de Vine Street, pidió con voz ahogada que la pasaran con el sargento Sullivan.

Pero no estaba.

Así pues, le dejó un mensaje en el que le explicaba que había recibido una carta de Dulcie, en la que le advertía que se llevara a Daniel.

—¿Nada más? —le preguntó el agente desde el otro lado de la línea.

—Nada más.

¿Qué otra cosa podía decir? Sin embargo, si no conseguía que Guy acudiera rápido a Johanna Street, iba a tener que ir ella misma. La cuestión era cómo hacerlo. Si pedía otro día libre, la señora Windsor la echaría a la calle. Comenzó a pensar. Sebastian iba a regresar a Oxford, en compañía de Ted. Charlotte se quedaba en la casa, claro. Por lo tanto, la única opción era Clara. Louisa debía obtener su ayuda a toda costa.

—Adelante —respondió Clara con tono alegre cuando Louisa llamó a su puerta—. Anda, si eres tú. ¿Querías algo? —Estaba inclinada sobre la maleta abierta encima de la cama, doblando sus vestidos color pastel.

Louisa vaciló un instante, hasta que recordó que Dulcie —y Daniel— tenían mucho más que perder que ella. De todo el grupo, pensaba que Clara era la más amable; quizás, al ser americana, veía a Louisa más como una persona que como una criada. Además, sus aspiraciones teatrales indicaban que disfrutaba del drama y la intriga.

—Tengo que pedirle un favor.

Clara la miró, atenta, aunque sin comprometerse todavía.

—He de ir a Londres, pero no puedo pedirle más tiempo libre a la señora Windsor, el ama de llaves.

—¿Por qué quieres ir a Londres?

—No puedo decírselo, señorita Clara. Le prometo que lo haría si pudiera, pero es un asunto muy grave.

—No sé cómo puedo ayudarte. —Clara cerró la maleta y echó los cerrojos.

—Había pensado que podría decirle a lady Redesdale que se siente débil y necesita auxilio para volver a casa, por si se desmayara en el tren, y yo podría ofrecerme a acompañarla.

—Vaya, pues no sé… —La voz de Clara se fue apagando, pero Louisa supo que había picado el anzuelo.

—Se me ha ocurrido pedírselo a usted por su talento para la interpretación.

Clara sonrió ante el halago.

—Es cierto. Yo soy una actriz de verdad, no como Phoebe. ¿Sabías que antes se dedicaba a bailar en el Club 43? —Se llevó un dedo a los labios, indicándole que no lo contara por ahí—. Y ella se cree que fue por eso por lo que la rechazó Adrian cuando se le insinuó. Si vieras cómo se puso, ¡hecha una furia! En realidad, no era ese el motivo, y ella no tardó en ir a por Seb… —Clara se calló de pronto, recordando con quién estaba hablando—. Perdona, olvida todo eso. —Entonces se atusó el pelo, avergonzada, y frunció la boca—. De acuerdo, lo haré. Voy a ayudarte.

57

*L*ouisa le dio vueltas a la carta de Dulcie durante horas, preguntándose qué le habrían dicho para que la mandara. Ya había mencionado una vez que las Cuarenta podían dar con ella dentro de la cárcel, de modo que, si se traían algún plan entre manos, podrían hacérselo saber antes de que ocurriera. Pero ¿serían capaces de atentar contra una casa en la que había un niño? Lo dudaba bastante. Sin embargo, Alice Diamond pensaba que la había traicionado, y Louisa sabía bien cómo actuaban esas bandas. La lealtad tenía más peso que la sangre.

El talento interpretativo de Clara no la decepcionó, y Louisa obtuvo pronto el permiso para acompañarla en el tren. Lo que no le había dicho a la señora Windsor era que no pensaba volver en el siguiente. Pero eso ya daba igual. El trayecto se le hizo largo, con Clara preguntándole a qué venía tanta urgencia, y ella evitando cada interrogación hasta que la americana se ofendió. Tras despedirse de ella a la primera oportunidad que tuvo, ya en la estación, Louisa volvió a intentar comunicarse con Guy, mas fue en vano.

Y ahora que estaba allí, se preguntó si no había hecho el tonto dándose tanta prisa. A primera vista no se apreciaba nada raro; las farolas alumbraban la calle limpia y barrida. Aun así, se estremeció al situarse delante del número 33, pues su abrigo de lana se quedaba corto frente a los nervios y el frío que sentía. Entonces dio unos golpes y esperó mientras se oían unos pasos por el pasillo. William Long abrió la puerta con una servilleta colocada en el cuello de la camisa y la expresión perpleja del que es interrumpido en mitad de una tarea. Tenía restos de mostaza en las comisuras, cerca de la barba incipiente.

—Louisa. —Su voz no indicó alegría ni fastidio al verla—. ¿Ha pasado algo?

Ella miró a sus espaldas, como para confirmar que había venido por su propia voluntad, sin que la coaccionara nadie, y después se volvió de nuevo hacia él. Por lo que parecía, no había recibido ninguna carta de Dulcie. ¿Y por qué no?

—No, no pasa nada. Pero… quería saber cómo se estaba adaptando Daniel.

William sonrió de oreja a oreja.

—Ah, pues es muy buen chico. Entra, por favor. Casi hemos terminado de merendar, pero seguro que queda algo.

Louisa iba a rechazar el ofrecimiento cuando le llegó el aroma a salchichas y se le hizo la boca agua. En la cocina, al fondo de la casa, había una amplia mesa cuadrada, alrededor de la que se sentaban Marie, con Daniel en el regazo, y un joven que le presentaron como Eddy, el hermano de Dulcie, quien se detuvo lo justo para soltar un gruñido a modo de saludo y volvió a inclinarse sobre su plato, usando el tenedor como una pala. Louisa estaba tan acostumbrada a los refinados modales de los Mitford a la mesa, que había olvidado que su padre también solía comer así, famélico tras un largo día.

En ese momento ya no sabía qué pensar. Después de las horas de pánico y preocupación que había pasado hasta llegar allí, de repente se encontraba ante una escena de armonía familiar. ¿Habría sido todo fruto de la imaginación de Dulcie? ¿Había malinterpretado ella la carta? Se llevó la mano al bolsillo, como si el hecho de tocarla fuera a darle una respuesta. Si William y Marie estaban tranquilos, no tenía por qué asustarlos sin necesidad.

A falta de un plan mejor, optó por sentarse y esperar un poco. Tal vez así descubriría algo. Daniel estaba masticando un trozo de salchicha, al que se aferraba como un Enrique VIII en miniatura, pero abrió los brazos al verla. Marie se lo entregó con un leve gesto de alivio, y Louisa pudo advertir la redondez de su tripa, que se frotó con las manos libres.

—Empieza a pesar demasiado para mí —suspiró.

Louisa cargó con el niño sin dificultad, pero aceptó la silla que le indicó William y se sentaron juntos en ella.

—¿Cómo está el pequeño? —preguntó, con ganas de distraerse conversando.

—Bien —respondió Marie—. Pobrecillo, ha ido de un lado a otro como una peonza, pero ya está en casa. —Se puso en pie y dejó el plato vacío de su hermano en la pila—. ¿Quieres merendar? —le dijo a Louisa—. Te preparo algo enseguida. La sartén aún está caliente.

—Si no es molestia… —Oía los rugidos de su estómago.

—Claro que no —sonrió Marie.

William se quitó la servilleta del cuello y se levantó de la silla ruidosamente.

—Os dejamos que habléis, chicas. Eddy y yo nos vamos al otro cuarto. —Acto seguido le hizo una señal a su hijo, quien se incorporó en silencio y salió tras él.

—¿Has sabido algo de Dulcie? —dijo Louisa, después de que se marcharan los hombres.

Marie estaba pinchando las salchichas, que ya empezaban a soltar la grasa.

—Ni una palabra. Le escribí para decirle que teníamos a Daniel y que no se preocupara, pero nunca se sabe si les llegan las cartas. Si contestas mal, te castigan así y nadie se entera.

—¿Si contestas mal? —repitió Louisa, procurando sonar tranquila.

—Dulcie tiene bastante carácter. Siempre le digo que lleve cuidado, pero ella hace lo que quiere. No puedo contarte mucho más. Aquí tienes. —Marie colocó un plato delante de ella, con dos salchichas doradas y dos rebanadas de pan con mantequilla—. ¿Quieres salsa?

—No te digo que no, gracias —respondió Louisa, sorprendiéndose a sí misma por lo rápido que volvía a las costumbres anteriores a los Mitford. Dejó a Daniel en la silla de al lado, quien ahora mordisqueaba un juguete que había perdido la forma a base de bocados. Comió rápido y con gusto, disfrutando del picor de la mostaza en su nariz cuando se echaba demasiada. Una vez saciada, se reclinó hacia atrás y observó a Marie mientras terminaba de fregar. Se respiraba un ambiente de paz y tranquilidad, con el único sonido del agua salpicando la pila. Daniel se puso a lloriquear y lo subió a su regazo, donde se acomodó con placidez.

—¿Quieres que lo acueste? —preguntó—. Me gustaría echarte una mano.

Marie se secó las manos con un trapo colgado de una silla.

—Te acompaño. Eddy y papá querrán venir a rapiñar un pedazo de pan con mantequilla. La merienda nunca es suficiente para ellos.

Así pues, subieron a la planta de arriba y Marie le enseñó su habitación a Louisa, en la que dormía con Daniel, en una cama improvisada sobre el suelo. Era una estancia pequeña, de paredes grisáceas, aunque ella le había dado unos cuantos toques femeninos: una bufanda extendida sobre un espejo y una estrella de Navidad fijada a la ventana. La bombilla del techo no tenía pantalla y las cegó durante unos instantes tras la oscuridad del pasillo. No había ni rastro de efectos masculinos en la estancia. Louisa se sintió un poco como en casa, allí en Johanna Street, y veía a Marie como a una igual. Esa era la única explicación posible de lo que pudo llevarla a hacer una pregunta impertinente:

—¿Dónde está tu marido?

Marie se tumbó en la cama con pesadez.

—No lo sé. Hace meses que no lo veo. Ni siquiera estamos casados de verdad. Solo lo digo porque… ya sabes. —Se señaló el vientre—. Supongo que volverá cuando sepa que todo ha ido bien y que es suyo. Esas cosas se saben, ¿no? Siempre se parecen al padre al nacer.

Louisa asintió con la cabeza.

—Sí, claro. —Echó un vistazo en derredor y vio una palangana con un poco de agua turbia.

—¿Quieres que traiga algo de agua caliente para lavarle la cara?

—Tendrás que bajar las escaleras —dijo Marie, recostándose. De repente parecía encontrarse mal—. Perdona. Solo estoy de cinco meses, pero me agoto enseguida. Papá dice que no como lo suficiente, pero todo me revuelve el estómago.

—No tardo nada —le aseguró Louisa, colocando a Daniel en la cama, donde se tumbó junto a su tía, y se le fueron cerrando los ojos mientras la mano de Marie acariciaba sus suaves rizos oscuros. Entonces recogió la palangana y se la apoyó en la cintura para tener una mano libre con la que abrir la puerta, cuando un estrépito la sobresaltó desde la calle, haciendo que se derramara el agua helada por el vestido. La última vez que sucedió algo parecido fue la noche que asesinaron a Adrian.

Había sonado como un disparo, pero se dijo que no fuera tonta, ya que seguramente sería el petardeo de un coche. No obstante, al momento oyó gritos y se dio cuenta de que al fin había ocurrido lo que estaba esperando. Habían llegado las Cuarenta.

*G*uy dobló la nota y se la guardó en el bolsillo, poniendo buena cara a pesar de que la angustia se arremolinaba en su cabeza cual nubes de tormenta. Mary estaba en una de las oficinas de la parte de atrás, ordenando expedientes y preparándose para volver a casa, cuando entró él.

—He recibido un mensaje de Louisa. Parece que Dulcie le ha escrito una carta en la que solo decía «Ve a por Daniel».

—¿Y qué significa eso?

—No lo sé. Puede que se haya puesto nerviosa después de interrogarla, y esté exagerando un poco.

Mary pensó en ello.

—Me parece que debe de ser algo más que eso. Dulcie tiene que saber que no sería fácil para Louisa llevarse a Daniel. ¿Crees que la hermana se lo entregaría sin más? ¿Y a dónde iba a llevarlo?

—¿Qué quieres decir? ¿Que se habrá enterado de algún plan de las Cuarenta para secuestrarlo?

—O de Billy Masters. Puede que haya llegado a sus oídos que lo buscamos.

Guy se frotó la nuca.

—Pero ¿de verdad piensas que le harían daño a una criatura?

—No, no lo pienso —respondió Mary—. Pero, aun así, Dulcie debe de saber que le ha pasado algo o que está a punto de pasarle.

—¿Tendrá algo que ver con la advertencia que le hicieron

a Louisa la noche del Elephant and Castle? ¿Lo de que Alice Diamond planea vengarse de su familia?

—¿Qué podrían hacer? —La inquietud asomó a los ojos de Mary.

—¡No lo sé! —exclamó Guy, frustrado y temeroso—. Disculpa. Pero podría ser cualquier cosa, ¿no crees?

—Entonces, tenemos que ir hasta allí. —Mary guardó los últimos bártulos que le quedaban por recoger.

—Es peligroso —dijo él—. No sabemos cuántas de ellas habrá, ni cómo ni cuándo. Desde luego, prefiero que tú no vayas.

Mary torció el gesto, pero no discutió.

A Guy le dio vueltas la cabeza mientras trataba de pensar con rapidez, tropezando con diversos escollos, intentando decidir cuál era la mejor manera de responder a la llamada de socorro de Dulcie. Miró el reloj de pared de la comisaría: acababan de dar las seis. Su turno acabaría en breve. Sin embargo, no podían ir a Johanna Street ellos solos, sino que necesitarían refuerzos. Cornish ya se había marchado, de modo que no podía pedírselo. El inspector del turno de noche argumentaría que, en caso de grave peligro, Dulcie Long habría informado a las autoridades de la prisión para que alertaran a la policía de Lambeth. Y ni siquiera se trataba de su distrito. No había pruebas suficientes para actuar.

—¿Qué planes tienes para esta noche? —le preguntó a Mary.

—He quedado con Harry en el 43 —respondió ella, con cierta timidez—. Pero puedo cancelarlo si me necesitas.

—No, acude a tu cita. Puedes echar un ojo por si aparece alguna de las Cuarenta. Yo iba a ir más más tarde, para buscar a Billy Masters.

—Puedo buscarlo yo.

—No creo que a los jefes de Harry fuera a hacerles mucha gracia que su novia empezara a señalar clientes con el dedo. Limítate a vigilar, y luego me cuentas si presencias algo sospechoso.

—No soy su… —empezó a decir, pero se lo pensó mejor—. Te mantendré informado.

Guy volvió a casa corriendo. Tenía que vestirse con ropa de paisano antes de acercarse a Johanna Street. Hiciera lo que hiciera, no podía aparecer con el uniforme puesto. Si lo hacía, y las Cuarenta estaban allí, convertiría una chispa en una bola de fuego. Tampoco quería ir solo, de modo que se llevó a *Socks* con él. A pesar de que pasaba muchas horas fuera de casa, y de que era su padre quien solía pasear y alimentar al perro, *Socks* era indudablemente suyo. En cuanto abría la puerta, una bola de pelos negriblancos saltaba sobre él pidiendo caricias detrás de las orejas, antes de tumbarse panza arriba con una mirada expectante a la que Guy era incapaz de resistirse. Aunque era de carácter tierno, los años que había pasado en compañía de Stephen, el tío de Louisa, le habían enseñado a sentarse tranquilo junto a su amo, como si estuviera dispuesto a atacar a una señal. Eso podría serle útil allá donde iba.

—Te has perdido la cena —le dijo su madre desde lejos al entrar.

—Lo siento, mamá —contestó él, desabrochándose los cordones a toda prisa y colgando la chaqueta de un gancho—. Tengo que irme enseguida.

Asomó la cabeza por la puerta de la sala de estar. Su padre estaba sentado a la mesa de madera que había bajo la ventana, con un periódico abierto y un lápiz en la mano. Ahora que se había jubilado, le gustaba rellenar el crucigrama todas las tardes. «Te mantiene la cabeza en su sitio», como solía decir. Bertie, el menor de los hermanos, y el único aparte de Guy que no se había casado todavía, se sentaba en un taburete bajo enfrente de su madre. Ella enrollaba un ovillo de lana, y él tenía la expresión resignada que era común a todos sus hijos. La mujer alzó los ojos para mirar a Guy, con una arruga de preocupación en el ceño.

—¿Tienes algo que decirme? —le preguntó, en plena faena, apoyando los codos sobre las rodillas.

—Nada —replicó Guy—. No volveré tarde. Me llevo a *Socks* conmigo. —Al oírlo, el perro levantó las orejas y se puso a cuatro patas como un muñeco de resorte. Guy subió a cambiarse a su habitación, y al bajar se lo encontró esperando paciente junto a la puerta de la calle. El joven cogió su abrigo y su sombrero y cerró la puerta con suavidad después de salir.

El viento soplaba cortante mientras corría de vuelta a la parada, pero al menos se alegró de ver las luces cálidas de un autobús que se aproximaba. *Socks* se subió de un salto, y Guy se agarró a la barra del fondo, aunque ambos hicieron guardia durante el trayecto, negándose a sentarse. La gente circulaba deprisa por las calles, volviendo a casa, pero había cierta ligereza en el ambiente, producto de la llegada inminente de la Navidad: el olor a castañas asadas en el aire, un coro que cantaba villancicos a la puerta de una iglesia, el soniquete de las monedas dentro de un cubo. Aun así, Guy no pudo detenerse a disfrutarlo, pues solo pensaba en Daniel, y sentía miedo.

$\mathcal{M}$arie se incorporó en la cama.

—¿Qué ha sido eso?

—No lo sé —respondió Louisa, cuando la silenció una nueva andanada de gritos más fuertes desde la calle. Daniel también se mostró alerta, y miró a su tía esperando que le diera una pista: ¿eran ruidos malos, o una especie de juego? Marie no dijo nada, pero lo acunó sobre su pecho.

Louisa volvió a dejar la palangana a un lado y se acercó a la ventana, sin atreverse a abrirla para asomarse, pero deseando saber qué ocurría. Johanna Street era una calle de lo más normal, de casas bajas apenas indistinguibles, menos por las ventanas y puertas principales que presentaban distintos grados de pulcritud, como un grupo de colegiales en fila. Louisa sabía que todos los vecinos se conocerían de vista, si no de nombre, y que los niños se pasarían todas las tardes jugando o peleándose entre la maleza, sin tener que preocuparse demasiado por si venía algún coche. De noche, las mujeres cerrarían las casas y echarían las cortinas, mandarían a los niños a la cama y se sentarían en sus salitas, disfrutando del recogimiento de su hogar. Siempre había gente con malas intenciones por ahí fuera, de modo que era mejor tener los ojos y los oídos bien abiertos si no querías tener que tratar con la policía. Sin hacer preguntas, ni contar mentiras.

Esa noche no fue así.

Las ventanas se habían abierto de par en par, descorridas las cortinas, y podía verse el resplandor amarillento de los ojos que observaban desde el otro lado. Louisa divisó a dos o tres hombres, recortada su silueta por la luz que brillaba a sus espaldas, preguntándose tal vez si debían unirse o retirarse. O ponerse a gritar desde la seguridad de sus puertas cerradas. La muchacha se colocó en el extremo de la ventana, levantó la fina cortina y miró hacia abajo. Alrededor del número 33 se había reunido una multitud de unos treinta hombres y mujeres, sobre todo hombres, pensó, mientras que las mujeres gritaban desde atrás con sed de sangre. Entonces se dio cuenta, pasmada, de que Bertha, Elsie y Alice Diamond se hallaban entre ellas. Parecían iracundas, tal vez borrachas, y se dedicaban a azuzar a los hombres, algunos de los cuales blandían largos garrotes. El filo de una navaja relució un instante para volver a desaparecer después.

Louisa se quedó paralizada y las lágrimas acudieron a sus ojos. Era el fin, su vida iba a terminar. Y, por si fuera poco, había arrastrado a Daniel con ella, y llevado el terror a las puertas de aquella casa. Se volvió hacia Mary con la mirada perdida.

—¿Tiene llave tu habitación?

Marie se había acurrucado junto a Daniel, acariciándole la cabeza y susurrándole que todo iría bien.

Pero no, no iba a ir bien.

—¡Marie! —gritó Louisa, pese a que resultaba difícil hacerse oír entre los gritos, que eran cada vez más altos y desesperados—. ¿Tienes llave?

Marie alzó la vista, con los ojos enrojecidos, y negó con la cabeza. No.

—¿Hay alguna habitación de esta planta que tenga cerradura?

No.

Louisa arrastró la cómoda hasta la puerta y buscó otra cosa, lo que fuera, para atrancarla. Encontró una maleta, una mesilla y algunos libros, que apiló sobre la cómoda. Por lo menos, podrían aumentar la confusión, o hacer que alguien tropezara al entrar. Mientras seguía buscando algo de más peso, la multitud emitió un rugido y se oyó un ruido de cristales rotos, así que volvió corriendo a la ventana. Fuera se encontraba un hombre trastabillando hacia atrás, sosteniéndose la cabeza con ambas manos, mientras la sangre le caía entre los dedos. En ese momento fue como si se produjera una descarga, y la turba de hombres y mujeres se unió en una sola fuerza terrible, que hizo temblar los cimientos de la casa. Habían echado la puerta abajo.

William y Eddy. Estaban abajo, y serían los primeros. Louisa esperó que fueran fuertes, que pudieran pelear. Pero los superaban en número y la multitud era feroz, cada vez más estruendosa y cercana. Louisa pudo distinguir algunas palabras: «Traidores» y «Matad al viejo».

Ya no cabía duda. Ella era la siguiente.

60

Guy cruzó Londres desde Hammersmith a Lambeth en autobús y metro, con un mapa en el bolsillo trasero del pantalón. En el vagón había estudiado el mapa y memorizado la ruta de la estación a Johanna Street. Recordaba que Louisa le había dicho el nombre de la calle en la que vivían los Long, pero no el número de la casa. Si llegaba allí y no había indicios de peligro, sería que no pasaba nada, y podría hacer guardia sin llamar la atención durante unas horas. Si había problemas, pensó con gravedad, estaría muy claro cuál era la casa.

Con el fiel *Socks* a su lado, que no se detuvo a olisquear ni una sola vez, recorrió a toda prisa las calles secundarias, al amparo de las sombras. Aunque hacía frío, el paso ligero calentó a Guy, así que se desató la bufanda, que se quedó colgando a su costado mientras caminaba. Había poco ruido y pocos coches, con algún viandante ocasional que iba fumando con el sombrero bien calado. Entonces, al acercarse a su destino, *Socks* echó las orejas hacia atrás, y a él se le heló la sangre en las venas. Pudo oír fuertes voces, gritos furiosos y burlas, aunque no entendía las palabras. Avanzó con cuidado por el borde de la calzada, lejos de los puntos de luz que arrojaban las farolas, y se asomó por la esquina de Johanna Street.

A diferencia de las calles anteriores, las viviendas estaban iluminadas y los vecinos miraban por las ventanas, con uno o dos desde las puertas abiertas de sus casas, contemplando la terrorífica visión de una treintena de hombres y mujeres que rodeaban el número 33. Unos cuantos empuñaban botellas rotas —algunas estaban tiradas por el suelo— y otros blandían largos garrotes, gruesos y pesados. Vio a una mujer a la luz de una farola, con el rostro retorcido y grotesco ante la promesa de violencia que se presentaba a sus ojos. Había otras mujeres al fondo, con los brazos en alto, que jaleaban a los hombres animándolos a acabar con los traidores. A la cabeza de la multitud se hallaba una mujer más alta que las demás, cuyos gritos eran más ansiosos y sanguinarios que los del resto. La imagen era apocalíptica, como ver a una manada de lobos cercando a unas pocas ovejas regazadas y condenadas. Fueran quienes fueran, los habitantes de aquella casa no tenían ninguna posibilidad.

Guy volvió sobre sus pasos lo más raudo que pudo hasta donde recordaba haber visto una cabina de teléfono. No había muchas y distaban bastante unas de otras, por lo que había tenido suerte de fijarse en ella. Su mano sudorosa resbaló por el picaporte, se lanzó al interior y levantó el auricular, mientras que pulsaba el botón repetidamente con la otra mano, llamando a gritos a la telefonista. Le respondió una voz tranquila y eficiente que lo conectó con la comisaría más cercana. Guy le dio las señas y explicó la situación en pocas palabras, aunque dejando clara su urgencia.

—Manden a varios hombres, y coches —dijo—. ¡Lo antes posible, por favor!

También dio su número de placa, para que supieran que iba en serio.

Cuando volvió al comienzo de Johanna Street, solo pudo rezar para que no fuera demasiado tarde. Al doblar la esquina, se oyó un estruendo de cristales rotos y vio que habían abierto una ventana a patadas. Desde la planta de arriba, alguien subió la hoja de otra y arrojó un tarro que aterrizó en la cabeza de uno de los hombres, quien aulló de dolor. La multitud rugió enfervorecida, como un motor que cobrara vida. Entonces, sin previo aviso, se alzó una mano que sostenía una pistola y lanzó un disparo. Acto seguido se produjo un brevísimo silencio, y una mujer que estaba en el umbral de la casa opuesta volvió a entrar cerrando con un portazo. Luego continuaron los aullidos, amenazas que se asemejaban más a sonidos de bestias que a palabras. La puerta se vino abajo con un crujido escalofriante. Guy miró hacia arriba y vio lo que menos deseaba ver: Louisa contemplaba a la turba que ocupaba la calle, agazapada tras una cortina. Estaba atrapada y él no podía hacer nada.

61

*L*a casa en la que estaban no era grande. Solo había dos tramos de escaleras que ascendían desde el recibidor, al lado de la cocina y la salita. Louisa sabía que a Marie, a Daniel y a ella no les quedaban más que unos minutos mientras que William y Eddy contenían el ataque, pero era evidente que serían vencidos. No tenían teléfono ni merecía la pena hacerles señas a los vecinos que observaban desde las ventanas circundantes. Tampoco tendrían línea y probablemente habrían decidido ya que los habitantes del número 33 de Johanna Street se estaban llevando su merecido, pues ninguno de ellos había salido a dispersar a los amotinados.

Por el amor de Dios, ¿es que Guy no había recibido su mensaje todavía? ¿No había llamado nadie a la policía?

Desde luego que no. Por los mismos motivos por los que nadie lo hacía en los edificios Peabody cuando ella vivía allí. Nadie quería ver a los muchachos de azul, ni aun en las circunstancias más terribles. Si había que saldar cuentas, preferían hacerlo ellos mismos, de modo rápido y directo. Sin juzgados, jueces ni esperas.

Marie sollozaba en silencio, sin esperar que nadie la oyera o la consolara. Daniel se acurrucaba en sus brazos, callado pero con los ojos abiertos.

Aunque no habían transcurrido más que unos minutos desde el disparo, a Louisa le pareció revivir su vida entera durante esos instantes, recordando a su madre, a los Mitford, incluso a su tío Stephen. ¿Qué harían cuando supieran lo que le había pasado?

Se oían gritos amortiguados desde abajo, junto a ruidos que podían ser cualquier cosa: un hombre cayendo al suelo, una cabeza golpeando una pared. No había nada que pudieran hacer salvo esperar.

Guy se quedó petrificado en la calle. Vio que los hombres se colaban en la casa, mientras que las mujeres seguían berreando inclementes. Louisa se había movido de la ventana, cuando de pronto lo invadió la rabia y se lanzó corriendo hacia allá, volando casi, con *Socks* trotando a su lado con las orejas gachas. Estaba a punto de llegar hasta la muchedumbre —una o dos mujeres se volvieron para mirarlo y distinguió el brillo plateado de una navaja— cuando se oyeron las sirenas. Todos supieron que el final estaba próximo. La mayoría emprendió la huida antes de que tres coches de policía entraran a la calle, dos por un extremo, uno por el otro. Los agentes salieron de ellos de un salto y empezaron a perseguirlos.

Guy se abrió paso a empujones, y sintió un dolor agudo en la mejilla y patadas en las piernas mientras apartaba a las mujeres, pero apenas si se dio cuenta, ni le importó que lo atacaran. Lo único que sabía era que debía encontrar a Louisa y a Daniel. Por lo menos, tenía que intentarlo. El interior estaba a oscuras menos por una lámpara de gas en el pasillo, y por todas partes reinaba el caos, entre gritos de furia y dolor. Al subir a la segunda planta, un tipejo se dio la vuelta y pegó un respingo al verlo. El intruso intentó esquivarlo para bajar, pero Guy lo frenó con un puñetazo que emitió un satisfactorio crujido. El otro cayó escaleras abajo, tropezando con los pliegues de la raída moqueta.

—Atrápalo —ordenó Guy, sin volver la vista atrás. Delante no quedaba más que una puerta cerrada, tras la que sabía que estaría Louisa, y quería ser el primero en entrar. *Socks* había oído a su amo y saltó sobre el fugitivo, enseñando los dientes con un gruñido en la garganta. Cuando se puso a empujar la puerta, llegaron cuatro policías que detuvieron al tipo. *Socks* se volvió y subió las escaleras como un cohete, para ponerse a ladrar ante la puerta cerrada.

Marie alzó los ojos, y Louisa y ella se miraron, tan alertas como un gato cazando un ratón. Se oía el sonido distante de una sirena de policía, pero cada vez estaba más próxima.

Después, el golpeteo de las botas sobre los escalones. Louisa se sentó en el suelo apoyando la espalda en la cómoda y los pies en la cama, haciendo acopio de todas sus fuerzas para mantener la puerta cerrada. Luego cerró los ojos, pues era lo único que podía hacer para no ponerse a gritar de terror. Entonces distinguió los pasos de uno o dos hombres, aunque no resultaba fácil saberlo, entre los chillidos de la multitud, las sirenas que se acercaban y la lucha que se desarrollaba en la planta baja. Un perro empezó a ladrar detrás de la puerta, advirtiendo de su presencia, cuando sintió que alguien empujaba desde fuera. Louisa intentó resistirse con toda su alma, hasta que un grito llegó a sus oídos:

—¿Está Daniel ahí? ¡Dejadme pasar, no soy uno de ellos! ¡Abrid la puerta!

Sin embargo, no estaba segura de si podía confiar en aquella voz.

Desde la calle se oyeron otros gritos que decían «¡Policía!», y los demás sonidos se fueron apagando a medida que la turba se dispersaba.

De repente dejaron de empujar y los pasos se alejaron por el pasillo, para volver a lanzarse sobre la puerta con más ímpetu que antes, con una fuerza que le sacudió los pies. Louisa se levantó, preparada para huir, cuando volvió a oír la voz que llamaba a Daniel desde el quicio, y supo quién era. La puerta se abrió un poco más, y *Socks* se metió dentro, ladrando y arañando la alfombra con las patas.

Louisa apartó la cómoda lo suficiente para dejar pasar a Guy. Mientras seguían sonando las sirenas en el exterior, se arrojó sobre su pecho y dejó que la rodeara entre sus fuertes brazos. Las lágrimas le rodaron por la cara a la vez que él agachaba la cabeza y le susurraba al oído con ternura:

—Estoy aquí. La policía está aquí. Lo siento, lo siento mucho. Ya ha pasado todo.

62

—*S*algamos de aquí —dijo Guy, tras lo que ayudó a Marie a levantarse de la cama y le entregó a Daniel, quien gimoteaba en voz baja—. Eres un niño muy valiente —le susurró con afecto.

El alboroto había cesado, y ya solo se oían los gritos de dolor de William y Eddy, que habían sufrido graves heridas, y pedían una ambulancia, vendas y también agua. La casa estaba llena de agentes de policía. En la planta baja, dos sargentos sujetaban contra el suelo al tipo que había intentado escapar de Guy, y que no dejaba de chillar y patalear. Finalmente hicieron que se pusiera en pie para que Guy, Marie y Louisa pudieran pasar, pero, cuando lo hicieron, Daniel exclamó:

—¡Billy!

Todos se volvieron para mirar al niño, a excepción del detenido, que torció la cabeza a un lado.

—Esperen un momento —dijo Guy.

Entonces se acercó al tipo, que ahora estaba quieto y resollaba sin quitar la vista del suelo.

—Míreme —le ordenó, a la vez que la adrenalina, el miedo y el alivio corrían por sus venas como si de un tónico de invencibilidad se tratara—. Le he dicho que me mire.

El otro alzó la cara, aunque apartando la mirada, y Guy pudo contemplar las facciones cenicientas y ratonescas del hombre al que había arrestado por vender drogas a la salida del 43.

—¿Samuel Jones? —le preguntó, con la mosca detrás de la oreja.

Marie se acercó también.

—Ese no es Samuel Jones —dijo con desprecio—. Es Billy Masters.

Cuando llegaron, la comisaría de Tower Bridge estaba en plena celebración tras haber pescado a los miembros clave de las Cuarenta Ladronas y de los Elefantes. Sin embargo, a pesar del ambiente festivo, Guy no pudo interrogar a Billy Masters como habría querido. Mientras que el detenido era llevado al coche de la policía, Louisa le había contado lo sucedido durante la sesión de espiritismo, y estaba ansioso por saber más.

—Este no es su distrito, ¿no? —le soltó un inspector especialmente soberbio, que casi lo echó a patadas del edificio. Al final no tuvo más remedio que telefonear al comisario Cornish, a quien interrumpió en pleno disfrute de un exquisito pudín con natillas en su club de caballeros. Poco después, se acordó que Guy podría interrogar a Billy como parte de su investigación sobre las Cuarenta, y a cambio, Cornish le entregaría a la policía de Tower Bridge la información que tenía acerca de Alice Diamond y su banda, de tal modo que, reuniendo todas las pruebas, pudieran «encerrarla y arrojar la llave al Támesis».

Cuando Guy, con una mejilla vendada, se sentó frente a Billy Masters en la sala de interrogatorios, había sido una noche larga para ambos. Un agente de uniforme hacía guardia en la esquina, a cuyos pies dormitaba *Socks* acurrucado. A Billy le habían encontrado una navaja escondida, y Eddy lo había identificado como uno de sus agresores, unos cargos que se llevarían a juicio lo antes posible. De eso no cabía duda. Lo que Guy necesitaba descubrir era si además había cometido un asesinato. El comisario Cornish también estaba allí, con la pajarita suelta y un puro encima de la mesa entre ellos.

—Ya nos conocemos, como recordará —dijo Guy.

Billy, con las manos esposadas detrás de la silla, le devolvió la mirada, respondiendo con un levísimo movimiento del hombro.

Guy tenía su libreta delante, y nunca se alegró tanto de anotar cada detalle, por mucho que Harry se burlara de él por ser cuadriculado.

—En la noche de autos, el 15 de diciembre, fue visto vendiendo cocaína a un cliente del Club 43, y al ser arrestado, declaró ser Samuel Jones, del número 48 de Maryland Street.

Billy no hizo comentario alguno. Cornish cogió el puro, lo golpeó contra la mesa y lo encendió lentamente, rodeando la llama con las manos sin tener por qué, como si se hallara ante un acantilado ventoso, en lugar de en un cuartucho mal ventilado de la comisaría de Tower Bridge. Más estilo que sustancia.

—Ahora podemos confirmar que su nombre es William, o Billy, Masters —prosiguió Guy—. ¿Correcto?

—Si usted lo dice.

Guy sabía que no se lo iba a poner fácil, pero Billy Masters no sabía lo obstinado que podía ser él. Era su momento y quería que el comisario Cornish lo presenciara.

—La cocaína que portaba usted para vendérsela a la clientela del 43, o a cualquiera, le fue suministrada por el señor Albert Mueller. ¿Correcto?

—Quiero hablar con mi abogado.

—A ver, hijo —intervino Cornish, al que el papel de poli malo le venía que ni pintado—. Usted no tiene abogado. Ya lo tendrá cuando lo necesite. Ahora mismo, le recomiendo que responda a nuestras preguntas si lo que quiere es ir a la cárcel y no a la horca. ¿Entendido?

Billy no soltó prenda, pero le dio un tic nervioso en el ojo derecho.

—El señor Mueller ha confesado ser su proveedor, y ha identificado a varios de sus posibles clientes. —Guy estaba mintiendo, pero lo consideró necesario. Quería que Billy se sintiera más acorralado que una gallina con un zorro en el corral. No, mejor dicho, con dos zorros—. Le recomiendo que nos diga la verdad, porque pronto le haremos preguntas más difíciles, y le conviene que confiemos en su palabra.

—No pienso hablar —dijo Billy, como todo un forajido.

—De acuerdo —replicó Guy, pasando hojas de su libreta—. Cabe señalar que estoy bastante seguro de que la señora Sofia Brewster, del número 92 de Pendon Road, podrá identificarlo como su proveedor de materiales robados. Unas telas que parecen proceder de los almacenes Debenham y Liberty's, por nombrar dos. Hurtadas por distintas integrantes de las Cuarenta Ladronas y entregadas a usted para librarse de ellas. Veo que es usted un hombre muy ocupado.

El tic empezó a manifestarse con más frecuencia.

Cornish encendió su puro y se puso a hablar mientras seguía expulsando el humo por la boca.

—La cuestión es que tenemos a Alice Diamond, y todos los demás van a caer como fichas de dominó. Es el final de su reinado, y ya no hay escapatoria para los de su calaña. Pero si confiesa, yo podría convencer al juez para que sea indulgente con usted. O si no, podemos sacarle la verdad a la fuerza. ¿Cuál de las dos opciones prefiere?

Aunque a Guy le habría gustado que Cornish dejara el interrogatorio en sus manos y se ahorrara las tácticas intimidatorias, en el fondo no pudo sino envidiarlo. El hecho de que hubieran detenido a la misma reina de las ladronas, acusada de cargos de peso, ya era motivo suficiente de alegría. Además, él se había ganado una palmadita en la espalda por ser quien hizo la llamada, pese a que perdió algunos puntos cuando Cornish se enteró de que había llamado de camino al lugar, advertido por Louisa, y no como resultado directo de sus pesquisas.

—Entonces, ¿admite usted suministrarle artículos robados a la señora Brewster, los mismos que recibe de las Cuarenta Ladronas? —prosiguió Guy.

Billy soltó aire.

—Puede que haya ido alguna vez a casa de la señora Brewster, para echarle una mano.

Hubo un momento de silencio, durante el que Guy se planteó si debía meterse en harina o no. Y sin embargo, ¿para qué esperar? ¿Para reunir valor? ¿Acaso no había demostrado al fin que lo tenía?

63

—¿*D*ónde estuvo la noche del viernes 12 de noviembre?

Billy alzó la vista con rapidez al oírlo.

—¿Qué?

Guy le repitió la pregunta.

—Ni idea. Puede que por el Soho, si era noche de viernes. —Pero ya no parecía tan seguro de sí mismo.

—¿Sabe quién es la señorita Dulcie Long?

—Más o menos —graznó Billy.

—Pues verá, creemos que usted iba a reunirse con ella en el campanario de Asthall Manor, donde le entregaría las joyas que robó esa noche en la casa.

Billy se quedó callado como un muerto, pero el miedo brillaba en sus ojos con más claridad que una antorcha.

—Lo que no sabía ella era que usted también pretendía verse con algunos invitados de la fiesta que se celebraba en ese momento. Lord De Clifford, por ejemplo, el prometido de la señorita Dolly Meyrick, dueña del 43. Tal vez quisiera suministrarles cocaína, como solía hacer con los señores Sebastian Atlas y Adrian Curtis…

—¡No! —gritó Billy, sin poder moverse de la silla.

—Y estos gemelos fueron el pago que recibió, ¿no es así?

Guy sacó de su chaqueta los gemelos de lapislázuli que le confiscó a Billy aquella noche; los había llevado encima desde entonces, como un talismán, esperando que le trajeran suerte o inspiración divina para resolver el caso. Era posible que al final hubieran servido de algo.

—Sin embargo, no contento con eso, cuando el señor Curtis no le entregó el dinero que usted esperaba, tuvieron un altercado y lo arrojó por el campanario.

—No, no, nada de eso.

Billy empezaba a estar aterrado, con la cara colorada. Guy se dio cuenta entonces de lo joven que era. A pesar de toda su bravuconería, apenas si tenía edad para afeitarse.

—¿O se cayó él solo? —se metió Cornish por medio. Guy trató de disimular su descontento, aunque no le hacía ninguna gracia que le ofreciera esa salida a Billy.

—No fue así cómo pasó.

—¿Y cómo fue? Cuéntenos, señor Masters, se lo ruego.

Guy supo que estaba al mando. A partir de ese momento, todo sería más sencillo. Tendría a su hombre y Cornish no tardaría en ascenderlo al Departamento de Investigación Criminal.

—A ver, es cierto que sabía que esa gente estaría allí, y había pensado en pasarles algo de cocaína. Poca cosa, lo justo para un sobresueldo, ya me entienden.

Guy y Cornish lo miraron fijamente, con una expresión que indicaba a las claras que no lo entendían.

—No es que ellos supieran que iba a ir, pero Dulcie me habló de la fiesta. Y sí, había quedado en verla. Me lo dijo… —Se detuvo y soltó un gruñido, como si le costara continuar—. ¿Es verdad que han trincado a Alice Diamond?

Guy y Cornish asintieron en perfecta simetría.

—Bueno, pues Alice Diamond me dijo que Dulcie iba a hacer un trabajito para ellas, así que hablamos por teléfono y acordamos vernos en el campanario. Siempre que falta algo, los cuartos de las criadas son el primer sitio en el que miran.

—Continúe —lo animó Guy.

Tras otro gruñido, Billy dijo:

—Teníamos que encontrarnos a las dos de la mañana, así que dejé el coche a una milla y fui andando a la capilla, pero calculé mal y llegué antes de tiempo. Cuando iba a subir la torre, oí como una especie de pelea entre dos hombres, y no quise meterme. Entonces me escondí detrás de un banco, al cabo de un rato se hizo el silencio, y al levantar la cabeza vi…

—¿Qué vio, Billy? —Guy sabía que estaba a punto de lograr algo importante, como si los rodeara una muchedumbre dispuesta a estallar en vítores.

—A un tipo corriendo.

¿Nada más? ¿Un tipo corriendo?

—¿No vio a Dulcie Long? —preguntó Guy.

—No llegué a verla. Le había prestado un reloj para que supiera la hora, pero me adelanté.

—¿Y por qué no lo había dicho antes? Si es una de las Cuarenta, ¿por qué no acudieron en su defensa?

Billy dejó escapar un juramento entre dientes.

—No tienen ni la menor idea, ¿verdad? En realidad les convenía tenerla encerrada. Estaba amenazando con dejarlo y enderezarse, y eso es algo que las pone muy nerviosas. Fueron ellas las que me mandaron callar.

—A mí me suena todo a cuento chino —saltó Cornish—. No lo hizo usted, pero vio a «un tipo» huyendo del lugar del crimen.

Billy pegó un grito como si estuviera sufriendo.

—¡Yo no fui! Oigan, ya me han pillado con lo de la señora Brewster y lo demás. Y sí, a veces trabajo para las Cuarenta, y hago recados en las salas de fiesta. Pero no soy un asesino, y nunca lo seré.

—¿Quién fue entonces? ¿Quién era el tipo? —Guy tuvo que contenerse para no echar la mesa abajo.

—No lo sé. La capilla estaba a oscuras, y llevaba algo así como una capa, o una capucha. Solo sé que era un hombre, y que corría rápido —contestó entrecortado.

Cornish se puso en pie y se abotonó la chaqueta.

—Muy bien, pues yo me marcho. Sullivan, impútele a este hombre los delitos que ha confesado. Será mejor que informe también al inspector del distrito de Asthall Manor, quien querrá encargarse del caso a partir de ahora. Puede que le interese interrogar al señor Masters él mismo. —Saludó con la cabeza al agente de uniforme—. Buenas noches a todos.

No fue Dulcie Long, ni tampoco Billy Masters.

¿Quién había matado a Adrian Curtis?

Guy iba a tener que volver a Asthall Manor para averiguarlo.

64

THE EVENING STANDARD,
jueves 24 de diciembre de 1925

ECHARON LA PUERTA ABAJO
INVASIÓN DE MORADA
SENSACIONAL RELAT POLICIAL

Tal como refirió ayer la policía judicial de Tower Bridge, en Londres, tras un insólito asalto a una vivienda perpetrado por más de una veintena de individuos de ambos sexos, se acusa a Alice Diamond (23), Bertha Scully (22), Billy Masters (23) y Phillip Thomas (30) de agresión contra William Long y su hijo, Edward Long, en el domicilio de estos en Johanna Street, Lambeth, la noche del lunes 21 de diciembre, provocándoles cortes con arma blanca en cabeza y hombros. Además, Scully y Masters fueron acusados de agredir al sargento Sullivan, y Scully de obstrucción a la justicia. Asimismo se acusó a todos por daños a la propiedad del número 33 de Johanna Street, que ascienden a un total de 8 libras, 17 chelines y 6 peniques. Maggie Hughes, de 27 años, también se enfrenta al primer y el último cargo.

Lord Redesdale dobló el periódico y lo dejó en la mesita que había al lado de su sillón.

—Parece que vuestro amigo Sullivan fue todo un héroe —observó con frialdad. La noticia de que Louisa había tenido algo que ver con el motín no fue bien recibida por sus patrones. La joven sabía que se escandalizaron al descubrir que su niñera había mantenido un estrecho vínculo con Dulcie Long.

Todos los Mitford, tanto hijos como padres, se habían reunido en la biblioteca para tomar el té, cuando Louisa les llevó el periódico a fin de comunicarles las últimas noticias. A pesar de que era la víspera de Navidad, el frenesí previo a las fiestas había terminado, de modo que lady Redesdale decidió no extender más invitaciones a su hogar aparte de las cacerías. En su opinión, aquel era un periodo en el que se dejaba de trabajar, exceptuando al servicio. Las más pequeñas, Unity y Decca, ya empezaban a adoptar la apariencia jugosa de lechones sobrealimentados, pues se resistían a acatar las insistentes órdenes de su padre para que salieran al aire libre, y preferían leer tiradas en el sofá, hasta quedarse ciegas como presagiaba él. Al fondo, sobre la larga mesa, había un enorme puzle, completado en dos terceras partes, y Debo se sentaba bajo el árbol profusamente decorado, sopesando cada uno de los regalos envueltos. Diana y su tía Iris mantenían una animada conversación, durante la que repasaban en detalle alguna cuestión, aunque Louisa sospechaba que no sería nada más relevante que las últimas tendencias en moda y peinados. En efecto, Diana no ocultaba el hecho de que ya estaba preparándose para debutar en sociedad, algo para lo que solo faltaban dos años y medio, aunque no dejaba de vaticinar que moriría de aburrimiento mucho antes.

Nancy se había mostrado hastiada y quejumbrosa, irascible con todos menos con Tom, quien por algún motivo gozaba de sus favores. Pamela era la única que parecía feliz, después de haber pasado el día entero de caza. El hecho de que su cabello se crispara bajo el sombrero y de que le ardieran los muslos no hacía sino aumentar su placidez. Por otra parte, la muchacha le había dicho a Louisa que no tenía ninguna intención de regresar a Londres, harta ya del oropel de sus cabarés, y que ahora solo quería montar a caballo y cultivar verduras en el huerto.

Nancy y Louisa habían ensayado la siguiente escena con antelación; tenían la esperanza de acorralar a los señores de modo que les resultara imposible frustrar sus planes.

—Disculpe, mi señor —comenzó Louisa—, pero ha ocurrido algo que deben saber.

Lord Redesdale la miró con mala cara, y su mujer dejó el libro que estaba leyendo.

—¿Sí? —dijo.

—Verán, el sargento Sullivan tenía la sospecha de que fue Billy Masters quien cometió el crimen, pero él lo niega.

—Es lógico que lo niegue, la culpable fue esa horrible doncella —repuso lady Redesdale, erigiéndose en juez y jurado.

—Nosotras no creemos que fuera ella —terció Nancy.

—¿Nosotras? —masculló su padre, aunque sin lograr acallarla.

—Hay varias cosas que no encajan. ¿Para qué iban a reunirse de nuevo en el campanario, después de haberse visto y discutido antes?

—Para vengarse de él —dijo Tom, que había estado escuchando en silencio desde el sofá.

—Aunque así fuera, ¿por qué querría él verse con ella en el campanario? —añadió Nancy—. Seguro que pensaba encontrarse con otra persona.

Louisa tomó la palabra.

—Cuando lo interrogaron, Billy Masters confesó otros delitos, menos el de asesinato...

—Pues menuda sorpresa —bufó lord Redesdale—. Esos rufianes no reconocen esas cosas tan fácilmente.

Louisa, educadamente, fingió no haberlo escuchado.

—También confesó haberse citado con Dulcie para hacerse cargo de las joyas, pero afirma que llegó a la capilla antes de lo acordado y que oyó una trifulca en lo alto del campanario. Dos voces masculinas, luego un silencio, y un hombre a la carrera. Dice que lo vio a oscuras, pero que llevaba una especie de capa con capucha.

—¿Qué intentas decirnos, Louisa? —La preocupación de lady Redesdale se reflejaba en las arrugas profundas que se dibujaban a ambos lados de su boca.

—El sargento Sullivan les ruega su permiso para volver a esta casa. Le gustaría reunirse con los invitados de aquella fiesta para investigar los hechos.

—¿Y qué hay del policía del pueblo, ese tal Monkton o como se llame? —Lord Redesdale empezaba a farfullar.

—El inspector Monroe —lo corrigió Louisa.

—Ese mismo. Al fin y al cabo, esta es su jurisdicción, ¿no? Si él cree que fue la criada, que además está a la espera de juicio, no entiendo por qué demonios tiene que venir ese Sullivan a ponerlo todo patas arriba.

—Esa es la cuestión, Papu —intervino Nancy, levantándose, embargada de emoción—. No tendría por qué hacerlo, pero está claro que Dulcie es inocente, y creemos que el sargento Sullivan puede resolver el misterio. Por eso he invitado a todos mis amigos a una fiesta de fin de año.

—¿Cómo has dicho? Y supongo que ya lo habrás hablado con la señora Stobie y la señora Windsor. —La ira de lady Redesdale resultaba evidente—. Algo así supondría mucho ajetreo para ellas.

—No —masculló Nancy, sabiéndose atrapada—. Se negaron a aceptar hasta que no lo supierais vosotros.

—¡Y muy bien que hicieron, maldita sea! —vociferó Papu, golpeando los brazos del sillón y logrando que Unity y Decca se incorporaran desde el sofá cual muñecas de resorte.

—Mira, Papu, el hecho es que van a venir todos, y el sargento Sullivan se encargará de entrevistarlos.

—¿En serio estás diciendo que uno de tus amigos fue capaz de cometer un acto tan atroz? —inquirió Iris—. Me parece mucho suponer.

—¡Pues claro que no! —exclamó Nancy, enrojeciendo de la

impaciencia—. Solo quiere volver a repasar los hechos de esa noche, por si se pasó algo por alto.

Para el asombro de todos, Pamela se puso en pie y dijo:

—Yo no estaría tan segura, Koko —y se marchó.

—Pues nada —saltó Diana, quien no había abierto la boca hasta entonces, escuchando cada palabra con avidez—. Vamos a tener a un asesino en casa.

65

*E*l día de fin de año, Guy tomó el tren de Paddington a Shipton con cierta inquietud. A pesar de que tanto Louisa como la señorita Nancy le aseguraron que era bienvenido, no terminaba de creérselo del todo. Según le explicó Louisa, la primogénita de los Mitford estaba encantada de tener una excusa para montar otra fiesta, aunque tuvo que admitir que la señorita Pamela se mostró más reservada. Sin embargo, su mayor preocupación no era la de aguar la fiesta, sino que el inspector de la zona, quien había llevado la investigación del crimen, se ofendiera al enterarse de que pensaba interrogar de nuevo a los testigos en Asthall Manor. En el mejor de los casos, podría parecerle poco ético; en el peor, un motivo de despido. Por esa razón, prefirió no incluir a la agente Mary Moon, pese a que lamentaba dejarla atrás después de todo lo que habían logrado juntos. Al mismo tiempo, sentía que estaba a punto de solucionar el misterio, y si lo hacía, su carrera despegaría sin duda alguna. Y entonces podría decirle adiós a regar las plantas de la comisaría y a dirigir el tráfico en Piccadilly Circus.

No obstante, para mayor seguridad, había decidido viajar sin el uniforme, de modo que pudiera alegar que estaba allí por ser amigo de Louisa y no como policía. La muchacha le dijo que iba a reservarle una habitación en la posada del pueblo, y, aparte de eso, no podía hacer otra cosa más que prepararse.

La cuestión era la siguiente: ¿de quién debía sospechar?

Había podido leer el sumario de la vista judicial, en el que figuraba la declaración del inspector Monroe resumiendo el paradero de los invitados a la hora oficial del crimen y cuando se descubrió el cadáver. Así pues, sacó sus propias notas para estudiarlas, aunque no iba a resultarle fácil hacerlo. El vagón estaba hasta la bandera, y Guy se había quedado atrapado contra la pared del fondo junto a una corpulenta señora con un abrigo rosa chillón y sombrero a juego. Además, llevaba un bolso en el regazo del que cogía un caramelo de menta cada dos minutos, y cada vez le clavaba el codo a Guy en el costado. Por si fuera poco, el ruido que hacía al chupetearlos era igual de fastidioso. Cuando se retorció para extraer su lápiz del bolsillo de la chaqueta, cerca de las caderas carnosas de su vecina, fue ella quien lo fulminó con la mirada por molestar. En ese momento, recordó por qué prefería ir a pie a todas partes.

Volvió a repasar sus notas, basadas en los informes policiales y las cosas que le había contado Louisa.

Clara Fischer
Sin coartada. Estaba sola en el comedor cuando se oyeron los gritos de DL.
Móvil: tuvo una aventura con AC. ¿Venganza? Lleva un puñal en el bolso (pero es actriz). Tal vez comparta un secreto con lord DC sobre su paradero durante esa noche.
Billy afirma haber visto correr a un hombre, aunque con capa y capucha. ¿Posible disfraz?

Lord De Clifford
Sin coartada. Estaba solo en el cuarto ropero.
Móvil: puede que AC amenazara con revelar el vínculo existente entre Billy y su prometida. ¿Contrataría a Billy para matar a AC? La búsqueda del tesoro fue idea suya. Se vio a un hombre huir con capa y capucha, y él iba disfrazado de Drácula.

Phoebe Morgan

Coartada original: torcedura de tobillo. Más adelante confesó que era mentira. Segunda coartada: estaba en el salón con SA. ¿Pudo haberse escabullido después de que se marchara él?
Móvil: venganza. Fue rechazada por AC. Antigua bailarina del 43, pudo contratar a BM para hacerlo.

Oliver Watney

Sin coartada. Estaba solo en el cuarto del teléfono.
Sin móvil. Descartado.

Nancy Mitford

Coartada: estaba en la salita de día con Charlotte Curtis.
Sin móvil. Descartada.

Charlotte Curtis

Coartada: estaba en la salita de día con Nancy Mitford.
Sin móvil. Visiblemente afectada en todo momento. Descartada.

Sebastian Atlas

Coartada: estaba en el salón con Phoebe Morgan. Charlotte Curtis declaró verlo salir de allí, pero fue visto por PM al cabo de unos minutos cuando le dio su regalo de cumpleaños, tras lo que volvió al salón.
Móvil: ninguno claro. Amigo íntimo de AC. Descartado.

Pamela Mitford

Sin coartada. Estaba sola en la sala de fumadores.
Sin móvil. La evaluación de su carácter la descarta.

Guy leyó sus notas una y otra vez. Cuando Hooper fue a recogerlo de la estación, y la luz de la tarde comenzaba a declinar con la llegada del crepúsculo invernal, ya sabía quién era su hombre. Y ahora iba a ir a por él.

66

*L*ouisa estaba en la cocina cuando llegó Guy, sirviéndole un vaso de leche a Debo, sentada a sus pies. Él llamó a la puerta vacilante, pero al no recibir respuesta, entró por sí mismo, acompañado del chasquido de su calzado londinense sobre las baldosas.

—Ya estás aquí —dijo Louisa, acercándose a él sonriente—. Supongo que Hooper te habrá recogido sin problemas.

—Eso no lo tengo tan claro —se rio entre dientes—. No ha parado de protestar por todos los viajes que le ha tocado hacer esta mañana a la estación, pero al menos he llegado de una pieza, así que no me quejo.

—Siéntate y te pongo una taza de té, la tetera acaba de hervir. Has llegado en buen momento. La señora Stobie está con la señora Windsor en su salita, planificando la cena, y Ada ha subido al cuarto de los niños. Yo iba a llevar a la señorita Deborah a dar un paseo por el jardín.

Guy dejó su maleta en el suelo y se sentó.

—Hola, señorita Deborah —saludó a la pequeña, que extendió la mano con timidez para que la estrechara.

—Hola —le respondió ella, antes de volverse hacia Louisa—. ¿Quién es este señor?

La niñera se echó a reír.

—Es un amigo mío, el sargento Sullivan.

Debo no dijo nada, pero se subió a la silla de al lado y empezó a beberse la leche a sorbitos, como un gato.

Louisa colocó la taza y el plato sobre la mesa, junto a una jarrita de leche.

—¿Has sabido algo de Daniel y de Marie? —le preguntó él.

—Solo me ha llegado una carta, pero están bien. Siguen en Johanna Street. Dice que siempre han vivido ahí, y que nadie podrá ahuyentarlos de su hogar. Pero en fin, supongo que con Alice Diamond y las demás entre rejas, ya no tienen de qué preocuparse. Daniel está a gusto con ellos. Ahora lo que hay que hacer es devolverle a su madre.

—Lo sé. Te prometo que no pienso en otra cosa.

—Podrías acompañarme a dar una vuelta con la señorita Deborah después de tomar el té. Me gustaría hablar contigo antes de que llegue todo el mundo. Luego puedes ir al pueblo a ver tu habitación, cuando tenga que volver al cuarto de los niños.

—Me parece perfecto —dijo Guy con una enorme sonrisa.

Fuera hacía frío, pero al menos no llovía, y los abrigos les bastarían para protegerse del helor durante media hora de paseo por el jardín. Al verlas andar unos pasos por delante, con la mano de Debo entrelazada con la de Louisa, Guy pensó, con un vuelco en el corazón, en lo que podría ser. Sin embargo, no tardó en alcanzarlas y comenzaron a rodear la casa los tres juntos. Cuando se aproximaron a la puerta del muro que daba al cementerio, ambos siguieron hacia delante en mudo acuerdo.

—Ve a contar los ángeles por mí —le dijo Louisa a Debo, quien echó a correr entre las tumbas y las lápidas, como era su costumbre.

—Así que aquí es donde ocurrió todo —observó Guy.

—Sí, justo ahí. —Estaban casi en el mismo punto sobre el que cayó Adrian. Guy alzó la vista hacia el campanario y la ventana por la que fue arrojado. El cielo grisáceo que se veía detrás contribuía poco a aligerar el ambiente.

—Creo que fue lord De Clifford. No tiene coartada, porque se encontraba a solas cuando se produjo el asesinato. Y lo que es más: fue él quien propuso la búsqueda tesoro mientras aún estaban en Londres, aparte de ser el más relacionado con Billy Masters. Puede que lo tramaran juntos.

—¿Crees que Billy era su cómplice?

—Es posible. Y aunque no formara parte, por lo que me contaste de la reacción de lord De Clifford durante la sesión de espiritismo, es posible que Adrian Curtis estuviera amenazándolo con revelar la conexión que había entre Billy y Dolly Meyrick. En todo caso, esa conexión existe, y sospecho que no deseará que se conozca.

—Y además, Charlotte Curtis dijo que su hermano estaba muy en contra de que se casara con Dolly Meyrick, cosa que pudo hacerlo enfadar.

—Pero ¿cómo consiguieron que Adrian Curtis subiera al campanario? Esa es la pieza del rompecabezas que no logro encajar —expuso Guy, mirando aún la repisa. Desde luego, estaba lo bastante alta para matar a un hombre que cayera por ella, por muy robusto que fuera.

—¿Sabes qué llevaba encima cuando lo encontraron?

—Sí, copié la lista del sumario, pero no sirve de nada.

Deborah, que seguía buscando ángeles, miró a Louisa y exclamó con alegría:

—¡Siete!

—¡Muy bien! —le respondió ella—. Venga, continúa buscando.

Guy se sacó la libreta.

—Tengo la descripción de su ropa, un tanto extraña porque iba disfrazado de cura. Pero en los bolsillos había: un pañuelo, una caja de cerillas, una pitillera de plata con sus iniciales grabadas, un portapalillos también de plata y un papel escrito a máquina, donde ponía «Búscame donde está la cruz y reza para que no doble por ti». Eso es todo.

—A ver, repíteme esa pista.

—Búscame donde está la cruz y reza para que no doble por ti.

—No tiene sentido.

—¿A qué te refieres? —dijo Guy, estudiando las palabras

de nuevo por si encerrasen algún secreto más profundo—. Es obvio que la respuesta es el campanario.

—Exacto, pero resulta que todas las pistas apuntaban a un objeto. Cada participante tuvo que inventar un acertijo sobre algún objeto común. Y como eran varias personas, debían poder encontrarlos todos y entregárselos al señor Atlas y a la señorita Morgan, que esperaban en el salón, antes de ir a por el siguiente.

—Es decir, que había ocho jugadores y todos tenían ocho pistas.

—Nueve pistas en realidad, porque Phoebe Morgan iba a jugar, pero al final no lo hizo. Nancy me lo explicó. Cada uno buscaba una cosa distinta en cada momento, para que no hubiera dos personas detrás de una huevera al mismo tiempo.

—¿Una huevera?

—¿Qué quieres que te diga? Si algo he aprendido aquí, es que los aristócratas hacen cosas muy raras para divertirse.

Guy sonrió al oírlo.

—Sigue hablándome de esa pista.

—Pues resulta que su respuesta es un lugar, y no un objeto que se pueda recoger. ¿Sería Adrian Curtis el único que tenía esa pista? Tal vez se la diera alguien a propósito para matarlo.

En ese momento, Deborah fue corriendo hacia Louisa, se abrazó a sus piernas y levantó la cabeza para mirar a su querida niñera.

—¡Nueve ángeles, Lou-Lou! He encontrado a todos los ángeles, y hay nueve. ¿Y sabes qué? También he encontrado a un diablo.

67

A las ocho de la tarde del día de fin de año, Nancy estaba en la biblioteca frente a la chimenea, con un largo vestido negro de raso drapeado, sus guantes de botones morados y un collar que le prestó lady Redesdale, de diamantes y rubíes engarzados en espigas de oro que rodeaban su delicada garganta. Llevaba el pelo ondulado y recién cortado a la altura del lóbulo, lo que realzaba su lindo mentón y el rojo de sus labios. Parecía, en fin, la señora de una gran mansión. Como sabía Louisa, la sorpresa que les tenía reservada a sus invitados iba a ser el pináculo de su vida social: algo que superaría con creces los juegos infantiles y las fiestas de disfraces que estaría disfrutando la aristocracia londinense en ese mismo instante. También era el motivo por el que había pedido que todos fueran de etiqueta.

—La vestimenta ha de ser adulta y sofisticada —como dijo en tono sabiondo mientras se arreglaba. Louisa estuvo a punto de reírse, pero Nancy ya tenía veintiún años y sus amigas del campo estaban empezando a casarse. Tal vez ella pensara que debía hacer lo mismo.

Sin embargo, había un motivo oculto para la velada, y era que Louisa y Guy Sullivan esperaban en una antesala a que se reunieran todos. Habían colocado la larga mesa al fondo, delante de la ventana, cubierta con un mantel y lista para que la señora Stobie sirviera la cena que había accedido a preparar de mala gana, si bien se apaciguó un poco al saber que lord y lady Redesdale no necesitarían de sus servicios esa noche. Sus excelencias iban a cenar con los Watney, pero se tomarían una copa con el resto de los invitados antes de marcharse. Pamela llegó algo después, con el vestido que le hizo la señora Brewster. Se lo había puesto para asistir a un par de las fiestas que se celebraban tras las cacerías —a las que Nancy se negaba a ir—, y pese a que algún día se vería viejo y ajado, aquella noche seguía siendo nuevo y bonito, y contaba con la virtud de disimular su busto generoso, tan contrario a la moda del momento. El rosa del fajín hacía juego con sus labios carnosos, y sus ojos brillaban más azules que nunca, luego de todo un día al aire libre con su caballo. Diana había obtenido permiso para quedarse durante el aperitivo, pero tendría que retirarse cuando empezara la cena. Los cabellos rubios de la muchacha eran largos y espesos, y aunque aún tenía que aprender a domar sus cejas, su figura comenzaba a ser la de una esbelta mujercita, de modo que incluso con un sencillo vestido amarillo de manga corta se intuía ya la arrebatadora belleza que no tardaría en sacudir el mundo. Entonces se mostraba nerviosa, posada al borde del sofá, y jugueteaba con las borlas de los cojines.

Los siguientes en aparecer fueron Sebastian y Charlotte, quienes, perfectamente aparejados en altura y complexión, semejaban dos abedules jóvenes del bosque; él con traje de chaqueta blanco, ella de plata. Sebastian, no obstante, parecía a disgusto, pero Louisa no sabía si era por estar en Asthall o por estar con Charlotte. A pesar de los rumores de compromiso, era poco el afecto que se apreciaba entre ellos. Phoebe y Clara iban a compartir habitación, así que llegaron juntas. Phoebe lucía su cuerpo de bailarina con un largo vestido de seda en color champán; Clara iba envuelta en gasa como era su costumbre, azul celeste en esta ocasión, con una cuerda trenzada en tono plateado rodeándole las caderas. Lord De Clifford —Ted— vino el último, tan elegante como siempre, ataviado con el traje de mejor calidad, aunque sus ojos oscuros exhibían las marcas del insomnio, con la piel pálida bajo el pelo negro, repeinado y reluciente de brillantina. De hecho, a Louisa le extrañó que estuviera allí, teniendo en cuenta cómo se había excluido a su prometida, Dolly Meyrick. Sin embargo, al verlo dirigirse directamente hacia Charlotte nada más entrar, supuso que podría ser por ella. Tanto si se debía al amor fraternal, forjado en los veranos de su infancia, como a algún impulso más ardiente, lo que estaba claro era que él la protegía.

Louisa se reprochó tales pensamientos. Solo porque Guy y ella creyeran que iban a resolver el asesinato, no tenía derecho a hacer tantas suposiciones. Al fin y al cabo, también era posible que se equivocaran.

Una vez reunidos todos, la señora Windsor les sirvió champán mientras conversaban a media voz alrededor de la chimenea. El ambiente era de expectación y ganas de fiesta. De pronto corrió una ráfaga de viento al abrirse la puerta y entró Oliver Watney. Aun con sus ropas de gala y sus gafas redondas, similares a las de Guy, el pobre impresionaba poco. Tras disculparse por la tardanza, anunció que el coche esperaba fuera para llevar a los señores a cenar con sus padres.

—Es hora de irnos —dijo lord Redesdale, con un regocijo mal disimulado. No le gustaba esa gente.

—Feliz año a todos —se despidió lady Redesdale en tono alegre, pero con el ceño fruncido. Todavía no se había recuperado de la impresión después de que Adrian muriese tan cerca de su casa, y ni a ella ni a su marido les gustaba ser objeto de habladurías ociosas, ni en el pueblo ni más allá de él. Como solía decir el barón: «Uno debería aparecer en los periódicos en tres ocasiones, al nacer, al casarse y al morir». Nancy siempre arrugaba la nariz al oírlo.

—Sí, feliz año. —Lord Redesdale dejó su copa en una mesita y se irguió—. Portaos bien. Y tú no vuelvas a hacer la gracia de cambiar la hora, Nancy.

La joven lo miró con expresión candorosa.

—No sé de qué me hablas, Papu.

—Y tanto que lo sabes. Esa tontería de adelantar los relojes media hora. No es bueno para el mecanismo, y luego nunca los pones bien. El que hay en el salón estuvo varias semanas marcando tres minutos de menos después del cumpleaños de Pamela.

335

Aquella referencia a la fatídica noche de la muerte de Adrian, aunque leve, hizo que un escalofrío recorriera la sala. Aun así, Nancy extendió los brazos con gesto despreocupado.

—Tranquilo, viejo. Y ahora, fuera de aquí y pasadlo bien. Ya nos veremos mañana en el almuerzo.

Detrás de la puerta, Louisa y Guy se miraron conteniendo el aliento. Pronto se convertirían en el centro de todas las miradas.

68

Cuando los señores salieron de la biblioteca con Diana, seguidos de la señora Windsor, siempre obsequiosa con sus patrones, Pamela se situó en el campo de visión de Louisa y Guy para indicarles que pasaran, al tiempo que Nancy les pedía a los demás que se acomodaran.

—Tenemos algo preparado para esta noche —anunció en tono majestuoso—. Podríamos decir que es una función, aunque vosotros seréis los únicos actores. Imagino que ya os sabréis vuestras frases.

—Estupendo —exclamó Clara—. Ahora podréis ver lo que sé hacer, en lugar de burlaros de mí —añadió mirando a Ted.

Guy soltó una tosecilla.

—Discúlpeme, señorita Mitford, pero no creo que debamos subestimar la seriedad de este asunto.

Las caras de todos los invitados se volvieron hacia él, pasmados.

A diferencia del resto, Guy no iba de etiqueta, sino con su mejor traje. Al menos para él, claro. Louisa llevaba su ropa de trabajo habitual, pero su pelo corto y su bonito rostro no tenían nada que envidiarle a cualquier belleza de la alta sociedad. Al menos para Guy.

Nancy, que no quería perder su puesto de maestra de ceremonias, lo animó a continuar con el brazo.

Blanco de todas las miradas, aunque reconfortado por la presencia de Louisa a su lado, Guy prosiguió alzando un poco la voz.

—Buenas noches. Intentaré no robarles mucho tiempo.

Observó los rostros expectantes y sofocó una tos, a pesar de que le parecía tener un pelo encajado en la garganta. Justo entonces, Sebastian se inclinó para encenderse un cigarrillo con una vela que había en la repisa de la chimenea, y cuando la llama le iluminó el rostro, Guy supo que efectivamente había sido él a quien vio comprarle cocaína a Billy Masters a la salida del 43.

—Puede que no lo sepan, pero hace poco participé en la captura de varios delincuentes notorios de Londres…

—Cierto, algo había oído —lo interrumpió Clara, animada—. Hubo una trifulca y detuvieron a la cabecilla de una banda, la famosa Alice Diamond. ¡Una mujer!

Las mejillas de Guy se encendieron de rubor.

—Así es —confirmó—. Pues bien, esa misma noche arresté a un hombre llamado Billy Masters… —Tal y como esperaba, Ted reaccionó a la noticia. No fue más que un leve gesto, camuflado tras un largo trago a su bebida, pero gesto al fin y al cabo—. Además de imputársele diversas acusaciones, descubrí que había estado presente en la capilla cuando murió el señor Curtis.

En ese momento hubo reacciones de todo tipo por parte de todos. Nancy se limitó a mostrarse satisfecha por haber sorprendido a sus invitados. Charlotte pareció molestarse y Clara se acercó a consolarla, pero la otra le apartó la mano. Phoebe esbozó una sonrisa, como si no supiera que estaban hablando de un asesinato real. Sebastian enarcó una ceja y arrojó la colilla al fuego. Oliver Watney se puso a toser, como si se hubiera atragantado. Ted empalideció hasta la lividez y comenzó a farfullar.

—¿Qué pintaba allí ese tipo? ¿Lo sabe acaso? ¿Qué es lo que pretendía?

—Esa es la cuestión, mi señor —dijo Guy. Louisa le había explicado bien quién era quién—. Masters afirma que acordó reunirse con la señorita Dulcie para hacerse cargo de las joyas que hurtara ella. Este individuo formaba parte de la banda que hemos mencionado, y era quien se encargaba de mover su mercancía. No obstante, tenemos razones para creer que alguno de los presentes podría conocerlo, por lo que debemos esclarecer la posible relación que pudiera existir entre ustedes y él, a fin de descartarlos de la investigación.

Ted se puso en pie, pasando del blanco al rosa en un instante.

—¡Esto es un ultraje! ¿Qué es lo que insinúa? Ya no hay tal investigación, sino una mujer a la espera de juicio y condena. El caso está cerrado. ¿Cómo se atreve a acusarnos de esa manera?

Nancy soltó una risita, cosa que enfureció aún más a Ted.

Acto seguido, el joven corrió hasta la bandeja que había dejado antes la señora Windsor con decantadores de whisky y de oporto, y se sirvió un vaso largo.

—Tenemos motivos de peso para creer que Dulcie Long es inocente de asesinato —añadió Guy.

—¿Qué motivos son esos? —preguntó Charlotte, sus ojos dos pozos de aguas profundas.

—Billy Masters ha declarado que no llegó a reunirse con la señorita Long a la hora señalada porque entró en la capilla antes de tiempo, cuando oyó al señor Curtis discutiendo con otro hombre, y cómo luego este cayó al vacío mientras el otro huía.

—¿Podría identificar a ese hombre? —Sebastian no había vuelto a sentarse desde que se encendió el último cigarrillo.

—No del todo, señor, puesto que iba cubierto con capa y capucha.

—Entonces, prefiere creer en la palabra de un delincuente convicto que dice que oyó algo en la capilla y que vio a alguien corriendo. Claro que sí, agente, nos tiene a todos pillados. —Sebastian se echó a reír volviéndose hacia Nancy—. En serio, querida, ¿es esta la diversión que nos prometías? ¿Por esto me he perdido la fiesta de Leolia Ponsonby?

Nancy se mostró compungida y Charlotte lo fulminó con la mirada, frente a la indiferencia de él.

Louisa le dio una palmadita en la espalda a Guy, dándole ánimos para continuar.

—Si están ustedes de acuerdo, hemos pensado en hacer una reconstrucción de los hechos de esa noche…

—No —exclamó Charlotte con firmeza, poniéndose en pie—. Nancy, no sé a qué juegas, pero me parece de muy mal gusto, y no pienso seguir participando en esta farsa ni un minuto más. Por si no te habías dado cuenta, es mi hermano el que murió. —Ahogó un sollozo y se fue a por la bandeja de las bebidas, donde Ted la rodeó con el brazo, mientras que Sebastian no le quitaba ojo de encima—. Ponme uno largo —murmuró.

Guy se quedó sin palabras. En ese momento se dio cuenta de que se había dejado seducir por la casa, creyendo que después de atrapar a Billy Masters era imparable, y que sería capaz de resolver el caso. Qué ridiculez. ¿Por qué iban a querer revivir todo aquello? Y si alguno era culpable, tampoco lo iba a confesar así como así.

No, iba a tener que hacerlo a la vieja usanza: por deducción.

69

*P*ara sorpresa de Louisa, la primera en romper el silencio fue Pamela.

—¿Acaso no queréis que se solucione esto? —preguntó a la sala.

—Pero es que ya está resuelto—alegó Clara—. Dulcie Long está en prisión.

—¿Es que no has escuchado nada? Billy Masters ha reconocido que Dulcie no estaba allí cuando se cargaron a Adrian.

—Parece que los ingleses no os andáis con paños calientes cuando habláis de la muerte —murmuró Clara—. De donde yo vengo, usamos expresiones más delicadas, como «fallecer».

—De eso se trata —replicó Nancy—. Lo que ocurrió no tuvo nada de delicado. Por eso hay que resolverlo. —Se giró hacia Guy—. ¿No le parece posible que Billy Masters fuera el culpable y esté intentando despistarlos?

Guy se revolvió inquieto. Nancy le hacía sentir como si estuviera en el banquillo de los acusados, y ella fuera una severa abogada.

—Posible es, desde luego.

—No hablamos de una persona muy honrada, ¿no? Puede que el resto de su confesión no sea más que una burda treta para ocultar su delito más grave. —Nancy estaba en racha y los demás la escuchaban con atención. Entonces se desplazó al centro de la sala y se dirigió a su público—: Todos estábamos allí, y todos somos inocentes. Por eso digo que ayudemos al sargento Sullivan a reconstruir los acontecimientos de aquella noche. Si le decimos exactamente dónde estábamos en cada momento, puede que por fin sepamos si fue Billy Masters o Dulcie Long quien lo hizo.

—O los dos juntos —añadió Ted.

—También puede ser —convino Pamela.

Charlotte dejó su vaso de cristal tallado con un golpe.

—Vosotros podéis hacer lo que queráis. Yo me niego a formar parte.

Al instante salió de la biblioteca y atravesó el claustro, supuestamente de camino a la casa y su habitación.

Clara fue a seguirla, pero Nancy la retuvo.

—Déjala. No podrá irse a ninguna parte. Ya no hay más trenes y Hooper no la llevará a Londres hasta mañana. Que se calme un poco y luego que vuelva.

Phoebe se acercó a Ted y le rodeó el cuello con su largo brazo, apoyando su linda cabecita sobre su pecho.

—No estés triste, querido.

—No lo estoy —respondió él secamente, empujándola. Phoebe se encogió de hombros y fue a servirse otra copa de champán, conteniendo las lágrimas.

—¿Qué tal su tobillo, señorita Phoebe? —preguntó Louisa, lo bastante alto para que lo oyera todo el mundo.

La joven alzó la cabeza, sorprendida.

—Bien. En realidad, no fue nada.

—No lo fue, porque en realidad no se torció el tobillo —intervino Guy.

Nancy lo miró con desconfianza.

—¿Qué es esto? ¿Qué está pasando?

Guy hizo caso omiso y siguió hablando.

—Usted le dijo a la señorita Cannon que fingió lastimarse con el objetivo de quedarse a solas con el señor Atlas en el salón. —No era una pregunta.

Phoebe, incapaz de eludir la cuestión, soltó una risa amarga.

—Pues sí, ¿y qué?

—Tienes suerte de que Charlotte se haya ido —señaló Clara, granjeándose una mirada de odio de Phoebe.

—Lo que significa que no tiene coartada —añadió Guy con confianza—. Pudo haber salido del salón en cualquier momento y reunirse con el señor Curtis en el campanario.

Louisa pensó que Phoebe no tenía ningún amigo entre los demás. Nadie acudió en su defensa. Sebastian sonrió burlón y se encendió otro cigarrillo, observándola con frialdad.

—¿Qué clase de pregunta es esa? —Phoebe empinó su copa y le dio un largo trago.

—No es una pregunta —repuso Guy—. Sabemos que estuvo sola en el salón en algún momento, porque el señor Atlas salió a darle un regalo de cumpleaños a la señorita Pamela. ¿Aprovechó usted esos minutos para ausentarse?

En vez de responder que sí o que no, Phoebe tomó otro trago y miró a su alrededor.

—Pero ¿es que nadie va a decir nada?

Sin embargo, nadie dijo nada.

—De acuerdo —contestó furibunda—. Me fui del salón poco después que Sebastian. —Hizo una pausa y pareció pensárselo un momento antes de continuar—. Salí al jardín por la puerta vidriera. Hacía frío y solo llevaba puesto el disfraz, así que no quería estar fuera mucho tiempo, pero necesitaba estar a solas para…

—¿Para? —la incitó Guy.

—Para empolvarme la nariz, usted ya me entiende. Y como no quería tener que compartirlo, preferí que nadie me viera —añadió, tratando de aparentar calma sin conseguirlo—. Ese condenado inspector me habría denunciado si se lo hubiera dicho. Y no podía permitir que mi madre se enterara.

—¿Empolvarse la nariz? —repitió Pamela en voz baja.

—Cocaína —le explicó Nancy—. ¿Es que no sabes nada?

Pamela se puso roja y se quedó callada.

—Pero ojo, que a mí no me parece bien —añadió su hermana enarcando una ceja.

—Pues no creas que soy la única —replicó Phoebe. Luego se sentó en el sofá, cerca de la lumbre, y frustró cualquier intento de conversación mirando las llamas fijamente.

Guy había terminado con la primera, pero todavía le faltaban cinco.

70

*L*a señora Windsor entró en la biblioteca, pero si se sorprendió por el silencio reinante y por la presencia de Guy y de Louisa delante de los invitados como si estuvieran dando un discurso, no lo demostró. Era demasiado profesional para ello.

—La cena se servirá en un momento —anunció, dirigiéndose a Nancy.

—Gracias, señora Windsor —contestó ella, con la seguridad de una marquesa.

El ama de llaves volvió a salir y un rumor de expectación recorrió la sala.

—¿Esperamos a Charlotte? —preguntó Clara.

—No —dijo Sebastian.

—Eres un hombre de pocas palabras —observó Nancy con una sonrisa, que él no correspondió.

El silencio comenzó a espesarse, hasta que Guy tomó la palabra de nuevo. Louisa se sintió orgullosa de su serenidad, pese a que sabía cómo debía de sentirse ante aquellos jóvenes glamurosos, a los que cualquier periódico desearía retratar en sus páginas de sociedad. Tan solo esperó que los acontecimientos de la noche no les hicieran acabar a ellos en los titulares.

—Les pido disculpas a todos, pero debo aclarar algunos detalles más —dijo Guy. Acto seguido sacó su libreta y pasó unas cuantas páginas.

Oliver, quien no había abierto la boca hasta entonces, exclamó:

—Pero vamos a ver, ¿se supone que estamos jugando a algo? Porque a mí me parece un asunto muy serio. Es decir, no sé qué pensarán los demás, pero yo preferiría echar un parchís. —Esbozó un intento de sonrisa, algo difícil para su rostro, y Pamela le dedicó una mirada amable.

—No estamos jugando.

—Ah, bueno. En ese caso, será mejor que continúen —repuso Oliver agitando el brazo como si les diera permiso, tras lo que le dio un pequeño ataque de tos. Pamela le acercó un vaso de agua y volvió a sentarse, con las manos cruzadas en el regazo.

—Lord De Clifford, ¿le importa que repasemos sus movimientos durante aquella noche?

—Si insiste —claudicó Ted, sentado ahora al lado de Clara—. Pero he de decir que estoy empezando a hartarme, al igual que los demás. Ya discutimos largo y tendido con el inspector. —Se reclinó en el sofá y le habló al aire, lanzando las palabras como flechas de un arco—. Sinceramente, dudo mucho que tenga usted autoridad oficial para llevar esto a cabo. Pronto se celebrará un juicio y muchos de nosotros prestaremos declaración como testigos. Toda esta conversación podría ir en contra de la ley.

Louisa sabía que aquel era su punto débil, y se preguntó si acusarían a Guy de hacerse pasar por policía por interrogar a testigos sin llevar el uniforme puesto. Unos testigos que, además, pertenecían a una investigación en curso que no era suya. ¿Podrían considerarlo una obstrucción a la justicia? Lo único que tenían a su favor era la última pieza del rompecabezas, por la que estaban seguros de haber descubierto al culpable. Si lograban hacerle confesar esa noche, quizás el juez pasara por alto los métodos utilizados…

Guy siguió insistiendo.

—Según tengo entendido, cuando se oyeron los gritos de la señorita Long desde el exterior, usted se encontraba solo en el cuarto ropero. ¿Es correcto?

—No pienso responder a esas preguntas absurdas.

—Es por un buen motivo, mi señor, ya que existen pruebas palpables de que usted conocía a Billy Masters de antes.

Ted se puso en pie.

—¿Qué pruebas son esas?

—Masters ha confirmado que se reunió con usted en el Club 43 en varias ocasiones. Me refiero, claro está, a la sala de fiestas que regenta la madre de su prometida.

—No niego que vaya al 43 de cuando en cuando, pero también lo hacen todo tipo de maleantes —protestó Ted, riendo sin ganas—. No por eso los conozco a todos. Por supuesto que él sabrá quién soy yo, porque todo el mundo lo sabe. Dolly ha estado llevando el negocio durante los últimos meses. Supongo que le habrá dicho eso para hacerle creer que posee cierta influencia, pero no es así, maldita sea.

—¿Cómo sabe usted la influencia que tiene? —Guy estaba entrando en su papel de detective. Cuanto más fuertes eran los golpes que le asestaban, más rápido los esquivaba.

Ted se llevó las manos a la cabeza unos instantes.

—Dios mío. Mire, ese tipejo ha estado causándole problemas a Dolly, presentándose en su local, traficando y buscando gresca. Siempre parece que está en seis lugares al mismo tiempo, y nunca es donde debería estar. He tenido que pararle los pies en alguna ocasión, y ahora estará diciendo eso en venganza.

Guy asintió como si lo entendiera, pero prosiguió como si no lo hubiera oído.

—En tal caso, pudo haber tenido la oportunidad de contratar a Masters para que asesinara al señor Curtis.

Ted soltó una carcajada, aunque nadie supo si era de nerviosismo o de alivio.

—¿Por qué motivo iba a hacer yo tal cosa? Adrian era un buen amigo. Se podría decir que crecimos juntos.

—Sin embargo, su amigo se oponía a que contrajera matrimonio con la señorita Meyrick, cosa que proclamaba a los cuatro vientos sin reparo alguno. Así, es posible que esa cercanía entre ambas familias fuera precisamente lo que ponía en peligro sus intenciones, por lo que no tuvo más remedio que deshacerse de él. O puede que le amenazara con divulgar los sórdidos manejos del 43, frustrando para siempre sus planes de boda.

Había sido un largo discurso para Guy y tomó aire al terminar, deseando poder sacar el pañuelo para secarse la frente.

Ted negó con la cabeza.

—Se equivoca usted de cabo a rabo.

—Tiene razón, Guy —intervino Nancy—. Creo que esto ha ido demasiado lejos. No puede acusar a mis invitados de esa manera. Será mejor que lo dejemos aquí. Además, la señora Windsor no tardará en servir la cena.

Los demás se agitaron, aunque con cierta rigidez, pues habían pasado varios minutos sin moverse embelesados.

—No —dijo Pamela. Nancy le echó una mirada guerrera—. Debemos permitir que el sargento Sullivan siga adelante. Es importante que cada uno de nosotros quede libre de toda sospecha… Si es que todos estamos libres de sospecha, claro.

—Por favor, Mujerona, esto no es un juego…

—Ya lo sé. Por eso insisto en que lo hagamos como es debido. —Pamela había defendido su postura y pensaba mantenerla—. Sargento Sullivan, le ruego que continúe.

—Gracias, señorita Pamela. Según consta en su declaración, lord De Clifford se hallaba solo en el momento del crimen. Sin embargo, hay algo que no logro entender: Louisa estaba entonces en la cocina, por lo que le habría visto u oído al entrar o salir del cuarto ropero, pero no fue así. ¿No se da cuenta? Me gustaría descartarlo, pero no puedo.

Todos se quedaron quietos como estatuas.

—No se encontraba solo —terció Clara—. Estaba conmigo en el comedor. Él y yo…

Vaciló un instante, esperando la señal del hombre que había sentado a su lado.

—Será mejor que lo digas, Clara. Cargaré con las consecuencias.

—Nos estábamos besando, pero no podíamos contarlo a causa de Dolly. —Lo miró con tristeza, ruborizada—. Antes me gustabas, ¿lo sabías?

—Lo sé —respondió Ted, avergonzado.

Así pues, era culpable, pero no de asesinato.

71

*P*amela se acercó a Louisa y le susurró al oído:

—Creo que deberíais dejarnos unos minutos para que nos tranquilicemos. ¿Por qué no salís un momento, y voy luego a buscaros?

Louisa asintió con la cabeza y se marchó de la biblioteca con Guy, tomando el sendero que llevaba a la cocina.

—Si no te importa, iré a ver si la señora Stobie necesita mi ayuda.

Louisa había cumplido con su labor de acostar a las niñas, pero no se acostumbraba a ese extraño nimbo entre ser una criada y estar presente en la cena, aunque ni ella ni Guy eran invitados exactamente.

—¿No trabaja Ada esta noche? —le preguntó él.

—Vaya por Dios, ¿estás presumiendo de tu memoria de policía? Impresionante, de verdad.

Guy le respondió con una sonrisa alegre.

—Trabaja esta noche, sí. Al estar embarazada, está haciendo todo lo que puede, mientras pueda. Cuando llegue el niño, no será fácil para ellos, solo con el sueldo de Jonny. —Se calló en seco—. Pero sí, tienes razón. Ahora no me necesitan. ¿Qué quieres hacer?

—Me gustaría echar un vistazo a las habitaciones en las que se celebró la fiesta, para ver por mí mismo dónde estaba todo el mundo y reconstruir la noche lo mejor posible.

Louisa miró hacia la puerta de la cocina, como si la señora Windsor pudiera oírlos. No lo habría aprobado.

—Bueno, pero sin hacer ruido.

En el vestíbulo seguían ardiendo las brasas de las dos chimeneas y brillaban las lámparas, esperando el regreso de los señores de la casa. No obstante, el resto de las estancias a las que conducía, el salón, la salita de día, el comedor, la sala de fumadores y el armario del teléfono —que no era un armario, sino un cuartito en el que habían encajado una silla y una mesita— estaban todas a oscuras. Aun con su chaqueta de punto, Louisa sintió un escalofrío. Daba la impresión de que las habitaciones perdían todo su calor cuando no había nadie en ellas. Al entrar al salón, prendió solo una de las luces, de modo que las paredes amarillas se alumbraron como una suave puesta de sol. Guy se fijó en la puerta vidriera, junto a la mesa sobre la que reposaba la máquina de escribir de Nancy, casi oculta por un biombo.

—La pista de más —señaló—. Cualquiera pudo escribirla durante la búsqueda del tesoro, mientras iban y venían. Nadie la ha mencionado, pero es posible que Monroe no lo preguntara.

—No creo que hiciera muchas preguntas —respondió Louisa—. Tenía muy claro quién era la culpable, y las únicas respuestas que buscaba eran felicitaciones por su buen trabajo.

—Conoces bien a la policía. Alguien podría pensar que has estado pasando tiempo con uno. —Sus ojos se encontraron con los de ella en la penumbra—. Y esa vidriera… La señorita Morgan lo tuvo fácil para entrar y salir. ¿A dónde lleva?

—Al jardín.

—¿Hay más puertas así que den a otras partes de la finca?

La joven hizo memoria.

—No, solo está la de la cocina, que también da al jardín.

Guy se llevó las manos a los bolsillos y recorrió el salón con la mirada por última vez.

—Entonces, todos los jugadores comenzaron desde aquí. ¿Sabes cuál era la respuesta de la primera pista?

Ella asintió.

—Un látigo. De hecho, había varios lugares donde podían

encontrarlo. El cuarto ropero, los establos, incluso en el despacho de lord Redesdale. La señorita Pamela sabría que allí guarda uno que no usa. Tiene valor sentimental.

Fuera se oyó el ulular de un búho, suave y profundo. Guy dio un respingo, y Louisa recordó lo que sentía una persona de ciudad al estar en el campo, con sus sonidos misteriosos.

—Cuando entraste al comedor y viste a la señorita Pamela y al señor Curtis, ¿crees que habían resuelto la primera pista y estaban con la segunda?

—Sí —afirmó ella, alegrándose de que las sombras cubrieran el rubor que aún le producía el recuerdo de su participación en los acontecimientos de esa noche—. Cada pista apuntaba a un objeto, y me fijé en que el señor Curtis se guardó un tenedor en el bolsillo antes de salir.

—Sin embargo, no había ningún tenedor en su poder cuando lo encontraron más tarde, tal vez porque se lo entregó al señor Atlas y a la señorita Morgan tras su altercado con la señorita Long. Es decir, que retomó el juego y vino aquí a por la tercera pista.

Ella volvió a mostrarse de acuerdo.

—¿Crees que sería entonces cuando salió para subir al campanario?

—No sabría decirlo. Pamela vino a buscarme a la cocina justo después de oír el altercado, y ya no me moví de ahí. No sabía en qué lío se había metido Dulcie, pero no podía ir a buscarla. Ella misma me dijo que no quería ser vista para no levantar sospechas, y que llevaría cuidado.

—Pero ahora sabemos que esperaba reunirse con Billy Masters, si no con el señor Curtis…

El frío se metía en los huesos, y Louisa deseó poder ir a calentarse con las brasas que aún ardían en el vestíbulo, pero no quiso interrumpir las reflexiones de Guy.

—¿Cuánto tiempo transcurrió entre que te despediste de Dulcie y la oíste gritar? —le preguntó él.

—No estoy segura, pero calculo que unos tres cuartos de hora.

—Por lo tanto, la cuestión es: ¿dónde estaba todo el mundo en ese momento?

Justo entonces, el salón se inundó de luz y vieron a Pamela en la puerta, que había encendido otra lámpara y los observaba a ambos con curiosidad. ¿Habría estado escuchando?

—Os acordáis de lo de Nancy con los relojes, ¿no? —dijo.

Ahora ya sabían lo que ocurriría a continuación.

72

𝓜ientras que Pamela iba a la biblioteca a llamar al resto, Louisa recorrió la primera planta encendiendo luces. Solo podía cruzar los dedos para que los señores regresaran bien pasada la medianoche, y para que la señora Windsor, creyéndolos en la biblioteca, se quedara en su propia salita con la señora Stobie, celebrando la entrada del nuevo año con una copita de jerez. Charlotte no había vuelto a ser vista ni oída, aunque era posible que apareciera en cualquier momento. Si lo hacía, tendrían que arriesgarse a importunarla otra vez, pero se trataba de una cuestión de vida o muerte.

La primera en llegar fue Nancy, con los ojos brillantes por el vino de la cena.

—¿De verdad es necesario esto? —preguntó.

—Me temo que sí —asintió Guy—. Es la única manera de descubrir la verdad.

—Supongo que los demás accederán, a excepción de Sebastian, al que no se puede obligar a que haga nada que no quiera.

—No pasa nada, yo interpretaré el papel del señor Atlas.

Nancy se partió de risa.

—Perdón —se disculpó—, pero es que no podrían ser más distintos.

Guy decidió pasarlo por alto.

—Señorita Cannon, ¿podría hacer usted de la señorita Curtis, ya que sigue ausente?

Louisa dijo que sí y continuó ordenando el salón, recolocando alguna cosa fuera de sitio. En realidad, no quería pararse a pensar en lo que estaban haciendo.

Clara, Phoebe, Ted, Oliver y Pamela entraron juntos, algo más relajados que antes, pese a que Ted volvió a fulminar a Guy con la mirada. Todavía se acordaba de lo cerca que había estado de acusarlo de un delito tan terrible. Al momento se aposentaron en los sofás, pero no tardaron en sentir el frío.

—¿Hay alguna manta por aquí? —pidió Clara—. En serio, estas casas inglesas… ¿Acaso no os importa la comodidad en el hogar?

—A Papu no —se rio Nancy.

Sebastian llegó el último, fumando un cigarrillo.

—No sé qué es lo que te hace tanta gracia —le soltó. Nancy intentó responder, pero él la interrumpió—. Yo no disfruto recordando la muerte de un buen amigo.

—Pero sí del capital que va a heredar tu prometida —apostilló Phoebe.

Él la miró con placidez.

—No estamos prometidos.

—Pues no creo que Charlotte lo sepa. —Phoebe hablaba con el tono de quien hubiera observado a la señorita Curtis con más atención de la que ambas habrían querido.

—Claro que sí. —Sebastian se sentó en un sillón y cruzó las piernas—. Rompimos después de Navidad.

—¿Y entonces por qué has venido, truhan? —Ted intentó ser jocoso, pero no lo logró del todo.

Sebastian hizo una pequeña mueca.

—No se encuentra bien. Pensé que era mejor no perderla de vista.

Guy emitió un carraspeo.

—Si no les importa, me gustaría comenzar. Veamos: el único momento de la noche en el que tenemos claro dónde se encontraba todo el mundo es a la una y media, que fue cuando se cambiaron los relojes.

—Para marcar la una de nuevo —añadió Nancy.

—El viejo truco de las fiestas —dijo Clara—. Pero no creo que funcione, dado que todos lo conocemos.

—Hooper no. Así podía darle algo más de tiempo a Charlotte antes de que la llevara a casa de los Watney.

—¿La vio alguien mientras lo hacía? —le preguntó Guy.

—No creo. Los demás estaban repartidos por toda la casa, aunque no sé dónde.

—Cambió la hora del vestíbulo y la del salón, ¿no es cierto?

—Sí.

—¿Podría volver a hacerlo igual que entonces? Quizás la ayude a recordar si vio a alguien.

Nancy salió al vestíbulo, cambió la hora y regresó al salón al cabo de unos instantes.

—Recuerdo que Seb y Phoebe estaban aquí, y Charlotte también. Acababa de encontrar su segunda pista.

—¿Dirían que fue entonces cuando estaban ustedes en el comedor, señorita Fischer y lord De Clifford?

—Los dos entramos en busca de nuestra segunda pista. Creo que a mí me había tocado la misma que tenía Adrian antes, la del tenedor, y que Ted buscaba un servilletero.

—Esa fue la segunda pista de la señorita Pamela, que ya había encontrado —apuntó Louisa.

—Así pues, el señor Curtis había recibido su tercera pista y se había marchado del salón —dijo Guy. No obstante, optó por no mencionar cuál pensaba que había sido esa pista—. En tal caso, voy a necesitar que tanto lord De Clifford como la señorita Fischer vayan al comedor. ¿Se acuerda usted de sus pistas, señor Watney?

Oliver se puso pálido.

—Sí, adiviné cuál era la respuesta de la primera, pero aún tenía que hallar un látigo. Me costó un buen rato.

—¿Y eso? —preguntó Pamela—. Deberías haber sabido dónde encontrarlo. Nuestras casas no son tan distintas.

Oliver suspiró agitado.

—La verdad es que no tenía ganas de participar en tamaña necedad, así que decidí retirarme al armario del teléfono.

Pamela lo miró con expresión comprensiva.

—¿Para llamar a alguien?

—No. Me puse a leer el listín telefónico. Me resultó de lo más relajante.

Cuanto más sabía de la clase alta, más excéntricos le parecían sus miembros, pensó Guy.

—¿Le importaría volver al armario del teléfono, señor Watney?

Oliver hizo lo que le pidieron, de mala gana.

Guy se quitó las gafas y se frotó los ojos. La tensión empezaba a pasarle factura, y la cena temprana que le había servido la señora Stobie quedaba muy lejana. No le habría venido mal una copa de vino, pero nadie le había ofrecido.

—Muy bien, hemos llegado a la una y media de la madrugada. Lord De Clifford y la señorita Fischer están en el comedor, donde permanecerán por algún tiempo. El señor Watney está en el armario del teléfono, donde también permanece. El señor Atlas y la señorita Morgan están aquí. Y entonces entra usted, señorita Nancy, y retrasa el reloj media hora. ¿La vio alguien hacerlo?

—Ellos estaban en plena conversación, Phoebe en el sofá con las piernas en alto, y Seb sirviendo unas copas, pero no estoy segura de si me vieron.

—¿Puede repetir lo que hizo?

Nancy cogió el reloj de la repisa de la chimenea y lo adelantó en un santiamén, de espaldas al salón. Entonces marcaba la una.

—He intentado hacerlo de la manera más parecida posible —dijo.

—¿Qué sucedió después?

—Seb me dio la siguiente pista, y me fui al despacho de Papu para buscar la respuesta. Creo que era una caja de cerillas o algo parecido. —Contempló las caras de los demás—. De acuerdo, ya me voy para allá.

—Un momento —la interrumpió Louisa, haciéndose a un lado—. Dijo que se encontraba con la señorita Charlotte cuando se oyeron los gritos.

—Así es, volví de nuevo a por la siguiente pista, que me entregó Phoebe. Charlotte también estaba, y nos fuimos juntas a la salita de día. Habíamos decidido seguir jugando entre las dos.

—¿Por dónde se fueron? —quiso saber Guy.

—Por allí, claro —dijo Louisa, señalando una puerta interior que comunicaba ambas estancias.

—Entonces no salieron al vestíbulo. ¿Y Sebastian no estaba aquí cuando volvió por segunda vez?

—Creo que fue entonces cuando vino a verme —replicó Pamela—. Al encontrarme en la sala de fumadores, dijo que ya era oficialmente mi cumpleaños y me dio un regalo.

—Correcto —asintió Guy—. Según consta en su declaración, el señor Atlas sacó una caja de debajo de una mesa que había escondido en el recibidor, y que contenía un broche. ¿Se fijó en la hora que era?

—Sí, el reloj del vestíbulo marcaba la una y cuarto, pero sabía que Nancy la habría cambiado, por lo que en realidad serían las dos menos cuarto.

Sebastian se puso en pie.

—¿Alguien más quiere una copa? No sé si podré seguir aguantando esto.

Acto seguido, y sin esperar a que le respondieran, se marchó del salón.

—Lo siento, señorita Pamela —se disculpó Louisa—, pero debe salir al vestíbulo. Y la señorita Nancy…

—De acuerdo —accedió Nancy, algo molesta—. Me voy a la salita de día.

Tras quedarse a solas con Louisa y con Guy, Phoebe se sentó en el sofá, con un cigarrillo en una mano y una copa de vino medio vacía en la otra. Sus labios formaban una línea.

—Señorita Phoebe —comenzó Guy—, ahora necesitamos que nos explique lo que ocurrió a continuación.

—Poca cosa, en realidad. Ya lo saben casi todo. Después de que viniera Nancy y cambiara la hora, algo de lo que, efectivamente, no me percaté, apareció Adrian y le di su siguiente pista. No estaba de buen humor y se fue pronto, algo normal teniendo en cuenta que acababa de discutir con Dulcie, como descubrimos luego. Más tarde vino Charlotte y supongo que también la daría su pista, pero no lo recuerdo bien porque no estaba muy atenta…

—¿Cuánto tiempo se quedó?

—Calculo que unos minutos. Ella comentó que ya era más de la una, y que Seb tenía que darle el regalo a Pamela. Ambos se marcharon, y yo aproveché la ocasión para escabullirme al jardín.

—¿Se puso abrigo al salir? —preguntó Louisa, sintiendo el frío y recordando que aquella noche de noviembre no había sido más cálida.

—Llevaba un chal, pero tuve que alejarme un poco, hasta que encontré un sitio donde… ya saben, a escondidas. No quería que nadie me viera por la ventana.

—¿Cuánto tiempo estuvo fuera?

Phoebe le dio las últimas dos caladas al cigarrillo y lo apagó.

—Pues no lo había pensado antes, pero ahora que lo mencionan, me parece raro. Resulta que estuve al menos veinte minutos fuera, pero cuando volví al salón, el reloj marcaba poco más de la una y cuarto. No sé por qué me fijé, pero lo hice. Fue como si solo hubieran pasado unos instantes. Supongo que lo achaqué al truco de las fiestas de Nancy.

—¿Había entrado alguien mientras tanto?

—¿Cómo voy a saberlo?

Louisa y Guy intercambiaron una mirada.

—Tenemos que llamar a los demás —dijo Louisa.

—Y al inspector Monroe —añadió Guy.

—¿Y eso por qué? —preguntó Phoebe, extrañada—. ¿Qué es lo que he dicho?

—Ahora sabemos que el señor Atlas estuvo fuera de esta habitación durante al menos media hora, sin embargo, Pamela y usted afirman haberlo visto con pocos minutos de diferencia. Alguien tuvo que ayudarlo cambiando el reloj dos veces, y solo pudo hacerlo una persona.

—¿De qué está hablando? Yo no fui. —Phoebe soltó una carcajada—. De veras que no fui yo. Adrian no era santo de mi devoción, pero tampoco lo odiaba hasta el punto de matarlo.

Guy la miró desde detrás de las gafas, y sus ojos azules irradiaban seguridad.

—No me refiero a usted.

73

*P*hoebe, Louisa y Guy salieron al vestíbulo a través de la salita de día, donde antes recogieron a Nancy. Allí encontraron a Pamela sentada en una dura silla de madera junto al hogar, al que acababa de echar otro tronco. Guy llamó a la puerta del armario del teléfono, del que surgió Oliver un tanto abochornado.

—¿Se ha acabado? ¿O es que ya estamos en Año Nuevo?

—Todavía no —dijo Guy con tono sombrío.

Louisa entró al comedor a llamar a Ted y a Clara, quienes se sentaban cada uno a un extremo de la larga mesa, ambos con una actitud fría y nerviosa.

—¿Qué es lo que ocurre? —preguntó él, en repetidas ocasiones, pero Louisa no supo qué decir, así que no respondió.

Cuando se reunieron en el vestíbulo, Guy alzó la voz y anunció:

—He telefoneado a la comisaría. En este momento están intentando localizar al inspector Monroe, pero en cualquier caso mandarán a un agente pronto.

Nancy dio un respingo al oírlo.

—¿Qué demonios es esto?

No obstante, ni Guy ni Louisa se dignaron en darle una explicación, ni a ella ni a los demás.

—¿Dónde está el señor Atlas? —interrogó Guy.

Pero nadie pudo decirlo.

—¿Cómo vamos a saberlo? —replicó Ted—. Nos tenía encerrados a todos. —Entonces se quedó boquiabierto—. Cielos, lo dice por eso, ¿no?

Un escalofrío de terror se extendió entre ellos.

—Voy a mirar en la habitación de Charlotte —dijo Pamela.

—Te acompaño —se ofreció Louisa.

—No. Si aparezco sola y está con Seb, no sospecharán nada. Pero si pasan cinco minutos y no he vuelto, subid a por mí.

Pamela se marchó dejando allí a los demás, quienes se quedaron escuchando sus pasos sobre los escalones de madera, que solo cubría una alfombra raída y estrecha. Ninguno habló, y casi ninguno respiró. Sin embargo, apenas había subido cuando volvió a bajar de inmediato.

—No está en su habitación.

Entonces se oyó un ruido desde fuera, sobresaltándolos a todos.

—¿Qué ha sido eso?

—¿Un búho? —sugirió Guy.

—No.

Pamela se dirigió a la puerta principal y salió unos instantes. Cuando regresó, estaba pálida como la cera, pero su voz sonó calmada al decir:

—He oído a dos personas gritando.

Guy se puso en marcha a toda prisa, apartándola de su trayectoria al tiempo que se disculpaba. La escarcha se había instalado sobre la hierba de la entrada, y las ramas desnudas de los árboles se batían levemente con el viento cortante. La noche era oscura, la luna escasa, y sus ojos veían menos de lo habitual. Escuchó con atención y oyó unos gritos. Procedían del otro lado del muro del jardín. Donde estaba el cementerio.

Louisa salió también y fue con él, tomándolo del brazo. Ella también oyó voces. Sin decir una palabra, echaron a correr cogidos de la mano, abriendo ella el camino.

Los gritos —de un hombre y una mujer— se hicieron más fuertes a medida que se acercaban. A sus espaldas quedaban los lamentos de Nancy y sus invitados, aunque mucho más apagados. La humedad del césped amortiguó sus últimos pasos apresurados, y cuando llegaron ante la puerta de la capilla, los gritos no habían cesado aún.

Todavía en silencio, Guy y Louisa se soltaron la mano y atravesaron la puerta abierta con sigilo. Dentro reinaba una oscuridad casi absoluta, a la que sus ojos tardaron en acostumbrarse. El sonido venía del otro extremo y de arriba. El campanario.

74

*L*ouisa y Guy recorrieron el pasillo despacio y con cuidado, apoyándose en el borde de los bancos para avanzar. Entretanto, una nube se apartó de la luna y un pálido rayo de luz traspasó las vidrieras de colores, cuando alcanzaron las escaleras que conducían al campanario. Al cabo de unos segundos llegaron arriba y vieron a Charlotte de pie en la cornisa, dándole la espalda al aire de la noche. Se advertían en su semblante huellas de llanto, con los párpados enrojecidos y las mejillas surcadas de lágrimas. La brisa agitaba sus suaves rizos negros, y temblaba su cuerpo bajo el vestido de gala. Había apoyado los pies desnudos en el alféizar, y las manos en los márgenes de piedra de la ventana. Delante de ella, pero sin intentar detenerla, se hallaba Sebastian, con las manos en bolsillos y la furia dibujada en su rostro anguloso.

El joven había visto a Guy subir a la torre seguido de Louisa, e irradiaba una cólera que amenazaba con derribarlos a ambos.

—Mujerzuela estúpida —le dijo a Charlotte, quien se estremeció con un sollozo.

Louisa quiso correr hacia ella, pero Guy la detuvo.

Seb les lanzó una mirada funesta. A media luz, parecía un espectro vengativo.

—¿Por qué no vuelven al agujero miserable del que salieron? Ya han causado bastante daño.

—No hemos sido nosotros —replicó Guy—, sino usted.

—No sé de qué demonios me habla.

Charlotte había dejado de gimotear y contemplaba a Guy con ojos febriles y asustados.

—Lo único que no entiendo todavía es por qué quería matar a su amigo.

Sebastian dio un paso hacia ellos. Louisa retrocedió sin poder evitarlo.

—No sé qué insinúa, pero le aconsejo que mida sus palabras.

Charlotte estaba en silencio, con la cara aún húmeda.

Guy había cuadrado los hombros y separado los pies para afianzarse al suelo. Si Sebastian intentaba atacarlo, no lograría derribarlo.

—¿Por qué lo hizo, señor Atlas? ¿Fue por venganza, o por envidia?

Seb se echó a reír.

—¿Quién iba a tener envidia de ese pelmazo? No era más que un vicioso y un desgraciado. Me importaba tan poco como yo a él.

Algo cambió en el ambiente desde ese instante, desatando una corriente de electricidad entre los cuatro. Si se debía al frío, a la noche, a lo angosto del campanario o al hecho de saber que el juego había terminado, Louisa no lo sabía. Tal vez fuera por todo a la vez.

—Pensaba que eran amigos —comentó Guy.

—Nos resultábamos útiles el uno al otro —respondió Seb.

Las rodillas de Charlotte se doblaron, y pareció estar a punto de caer al vacío. Un grito escapó de sus labios, pero Louisa corrió a socorrerla y la agarró de la cintura, salvándola de sufrir el mismo destino que su hermano. Ambas rodaron por el suelo, mientras que Charlotte jadeaba a causa de la impresión y de la fría dureza de las baldosas. Entonces se puso de rodillas y se pasó las manos por la cara.

—Y yo pensaba que me querías —gimió.

—Como si tú supieras lo que es eso —le dijo Seb con desprecio, sacándose una pitillera de plata del bolsillo. Se colocó un cigarrillo entre los labios y lo encendió con un mechero que soltó un fuerte olor a gasolina. A la pálida luz de la llama, sus ojos parecían negros y crueles—. En vista de que has decidido no saltar, me parece que voy a volver a la casa.

Echó a andar al momento, pero Guy se lo impidió asiéndolo del brazo.

—Antes tendrá que darnos algunas explicaciones.

—Suélteme.

—Verá, nuestra teoría es que se quedó usted en el salón para poder escribir otra pista a máquina, con el propósito de atraer a Adrian Curtis hasta aquí. La única pista cuya respuesta no era un objeto, sino un lugar.

Seb expulsó el humo a un lado y miró a Guy con frialdad, quien le había liberado el brazo pero se mantenía cerca de él, cortándole el paso. Charlotte había parado de llorar y escuchaba también, con la piel de gallina en sus brazos desnudos. Louisa se agachó junto a ella, con los nervios en tensión por lo que pudiera pasar.

—Usted ya sabía que Dulcie Long iba a reunirse con Billy Masters en el campanario, ¿no es cierto? ¿Fue él quien se lo dijo?

Seb parpadeó al oírlo y tiró el cigarrillo al suelo, aplastándolo con el pie.

—Louisa lo vio comprándole algo a Billy a las puertas del teatro Haymarket, y sé que hizo algún trato con él a la salida del 43, porque lo detuve esa misma noche tras verlos a ambos.

Sebastian pareció sorprenderse, tal como pudo apreciar Guy en su rostro antes de que pudiera ocultarlo.

—¿Y qué más da si le compré algo? No significa nada.

—Creo que fue usted quien le dio a Billy los gemelos que le había regalado su amigo, el señor Curtis. En agradecimiento por informarle de que se hallaría aquí en la noche del 21 de noviembre, y en pago por otra cosa que le entregaría después. Billy pensaba que usted esperaba recibir cocaína a cambio, pero lo que quería en realidad era que otra persona cargara con las culpas del asesinato que planeaba cometer.

—Jamás había oído semejante disparate —resopló desdeñoso—. Voy a bajar ya.

Charlotte se puso en pie, con la tez de un color ceniciento. Louisa sabía que, si la tocaba, estaría fría como el hielo.

Guy se sacó del bolsillo los gemelos de lapislázuli que le había confiscado a Billy y se dirigió a Charlotte.

—Creo que pertenecían a su hermano.

Ella gritó, doblándose por la cintura.

—Sin embargo, todo salió mal, ¿no es así? Billy apareció antes de tiempo y le vio huir. Había intentado disfrazarse como lord De Clifford, aprovechando la suerte de que este hubiera dejado su capa en el vestíbulo junto a la puerta principal, pero lo que usted no sabía era que Clara Fischer y él estaban juntos en el comedor en ese momento. Se suponía que cada uno estaría jugando en solitario.

Entonces fue Louisa quien percibió la inquietud de Sebastian. Desde luego, ya no parecía tan seguro de sí mismo como antes.

—Y a usted no le importó que acusaran a Dulcie Long, ¿verdad, señorita Curtis? De hecho, resultó ser la solución más práctica para su problema. —Guy, por el contrario, rebosaba confianza.

—¿De qué está hablando? —inquirió Charlotte en tono ahogado.

—Del hijo que tuvieron su hermano y Dulcie, su sobrino Daniel. Tal vez pensó que ponía en peligro su herencia, la que iba a recibir cuando muriera su hermano.

—Es su palabra contra la mía —replicó ella. A pesar de su aspecto deslucido, su voz había recuperado el timbre acerado—. ¿A cuál de las dos creerán? —Acto seguido, como si se hubiera soltado de una cuerda a la cual se aferraba, suspiró y contempló a Sebastian con expresión angustiada—. Además, ¿a qué herencia se refiere? Mi hermano se lo gastó todo, y cuando él lo descubrió… —Empezó a llorar otra vez, aunque más quedamente—. No quiso saber nada más de mí y rompió el compromiso.

—No recuerdo habértelo pedido nunca —se burló Sebastian—. No soy de los que hincan la rodilla.

—Me lo prometiste —gimoteó Charlotte, pero él le dio la espalda.

Fuera se oyó un coche que aparcaba sobre la gravilla que cubría la entrada de Asthall Manor. La policía había llegado. Luego, los pasos de los invitados al subir por las escaleras. Cuando coronaron el campanario, no cabía duda de cuál era el ambiente con el que se encontraron. Nancy, Ted, Clara, Pamela, Phoebe y Oliver se colocaron contra la pared del fondo, conteniendo el aliento y sin atreverse a hablar.

—¿Quiere que le explique a todo el mundo cómo lo hizo? —preguntó Guy.

Sebastian se encogió de hombros.

—Usted sabía que Nancy retrasaría los relojes media hora a la una y media.

Louisa se dio cuenta de que la muchacha se puso rígida al oírlo.

—Por otro lado —prosiguió Guy—, también sabía que era algo conocido por todos. Si surgía alguna discrepancia en cuanto a la cronología, estaba seguro de que lo achacarían a ese truco. Su error, por así decirlo, consistió en prestarle demasiada atención a los detalles. Usted fue el único de los invitados que utilizó la hora como coartada.

Pamela dio un paso al frente.

—¿Se refiere a cuando dije que había visto a Sebastian en el vestíbulo a las dos menos cuarto? Es decir, el reloj marcaba la una y cuarto, pero yo sabía que estaba adelantado treinta minutos.

—Sí, pero en realidad eran las dos. La señorita Charlotte lo había adelantado otros quince minutos. Por lo tanto, cuando Phoebe vio a Sebastian salir del salón poco después de la una, dio la impresión de que Pamela lo había visto al poco tiempo, cuando, de hecho, había transcurrido media hora.

—Explíquese mejor —dijo Pamela.

—La señorita Charlotte le concedió a Sebastian el tiempo

suficiente para subir al campanario y sorprender a Adrian Curtis. Sabemos que hubo una breve lucha, pero él estaba borracho, y para cuando se diera cuenta de lo que pretendía su antiguo amigo, ya habría terminado todo.

El rostro de Sebastian parecía esculpido en piedra, pero Charlotte dejó escapar un grito.

Guy se volvió hacia ella.

—Lo planearon juntos.

Pese a que no era una pregunta, Charlotte respondió con un gesto casi imperceptible.

—Me dijo que se casaría conmigo si había dinero, para lo que solo necesitábamos que Adrian… —Se detuvo y miró a Sebastian, quien seguía dándole la espalda—. Lo único que teníamos que hacer era librarnos de Adrian, y entonces conseguiríamos todo lo que deseábamos. Él siempre había odiado a mi hermano, aunque lo escondía bien, mientras pudiera obtener lo que quisiera de él. Y yo lo sabía, pero no me di cuenta de que también me odiaba a mí. —Al final estalló en sollozos que retorcieron su cuerpo como una serpiente moribunda.

Pronto se oyeron los pasos pesados de la policía ascendiendo por las escaleras.

—Sebastian Atlas —dijo Guy delante de ocho testigos—, queda detenido como sospechoso por el asesinato de Adrian Curtis y por conspirar su muerte en compañía de Charlotte Curtis.

Esa noche se durmió poco en Asthall, salvo por las más pequeñas, quienes disfrutaron de un sueño reparador hasta la mañana siguiente. Por suerte, Tom se había quedado en casa de un amigo del colegio, pero Diana estaba que rabiaba por haberse perdido semejante acontecimiento en su propia casa, y por segunda vez además.

Después de que bajaran todos del campanario, la policía se llevó a Sebastian y a Charlotte a la comisaría. El agente Monroe felicitó a Guy por su buen trabajo —quizás de mala gana— y lo invitó a participar en los interrogatorios. Cuando retornaron los señores, se encontraron con una gran conmoción bajo su techo, que seguía sacudiendo al grupo de amigos.

Lord Redesdale se mostró tan furioso como apenas sorprendido ante el hecho de que aquellas «ratas de alcantarilla» hubieran cometido el mayor de los pecados. Tal y como le espetó a su primogénita: «No esperaba menos de tus supuestos amigos, Koko. No quiero volver a verlos por aquí nunca más». Lady Redesdale se apresuró a acompañarlo a sus aposentos, aunque con el rostro desencajado por la calamidad que había acontecido en su hogar.

Oliver Watney se marchó para su casa lo antes posible, cosa que preocupó a Pamela, pues temió que lo ocurrido hubiera sido demasiado para sus nervios. Clara, Ted, Phoebe y Nancy se pasaron la noche hablando en la biblioteca, hasta que la señora Windsor se levantó a las seis de la mañana y los mandó a la cama.

Louisa se despertó temprano, se vistió rápidamente sin hacer ruido y entró al cuarto de los niños para preparar el desayuno. El aya Blor había amanecido ya. Perdió el sueño cuando llegó la policía, y se quedó a oscuras en su salita, esperando asustada a que Louisa o Pamela subieran y le contaran lo sucedido. Y cuando llegaron, repasando emocionadas cada detalle de la velada, fue el aya quien preparó un chocolate caliente para las tres, insistiendo en que se sentaran y se lo tomaran hasta que se calmaran lo suficiente para irse a dormir.

—Entiendo que se trata de un hecho aislado y poco frecuente —dijo Pam, con un resplandor en sus ojos azules como la flor de aciano, pese a lo intempestivo de la hora—, pero creo que opino como Papu. Los amigos de Nancy no son de mi gusto. La verdad es que prefiero quedarme en casa. —Un ligero rubor le encendió el rostro—. Pero no se lo digáis a Nancy, o se burlará de mí.

Louisa la entendía. Pamela estaba convirtiéndose en mujer, y tenía derecho a decidir cómo quería vivir su vida. Nunca había poseído el agudo ingenio ni la ambición social de su hermana mayor, pero disfrutaba con alegría del ambiente rural en el que había crecido. Era buena amazona y no se avergonzaba del placer que le producían la comida y la cocina. El aya Blor le dio una palmadita en la rodilla y le aseguró que algún día correría sus propias aventuras. Sin embargo, por el momento, quedarse en casa sería lo mejor, sí.

Para Louisa era distinto. Sentía que había llegado el final de su vida en el campo. Al margen de otras cuestiones, en cuanto lady Redesdale se enterase, como era inevitable que hiciera, de que había dejado entrar a Dulcie en una habitación vacía hasta la que luego condujo a Adrian Curtis, enseguida se plantearía si quería seguir teniéndola en su familia.

Louisa bajó al pueblo después de desayunar. Era el día de Año Nuevo, y todo el mundo estaba en pie preparándose para la cacería. Hasta Pamela había madrugado para visitar los establos al alba. Louisa, por su parte, fue a la fonda en la que se hospedaba Guy y pidió que lo llamaran. Él apareció al cabo de un momento, un tanto desastrado y con la ropa arrugada, como si hubiera dormido con ella.

—¿Louisa? Te ruego que me disculpes por mi aspecto, pero anoche volví tarde de la comisaría. El señor Monroe quiso que lo ayudara con las declaraciones. Al final confesaron los dos, así que todo salió a pedir de boca.

—¿Qué será de Dulcie?

—La liberarán pronto. Ya ha cumplido condena suficiente por el robo.

—Buen trabajo, Guy.

Louisa se alegró por Dulcie. Por fin iba a reunirse con Daniel. A lo mejor podría dedicarse a coser con la señora Brewster, encarrilar su vida y alejarse de los Elefantes. Aunque tampoco es que fueran a molestarla demasiado, ahora que la policía había caído sobre ellos.

—Gracias —sonrió él—. Supongo que debería regresar a Londres. No estoy seguro de cuántos trenes saldrán hoy.

—Podemos averiguarlo, pero antes me gustaría hablar contigo. ¿Damos un paseo?

Guy cogió su abrigo, su sombrero y su bufanda, y salieron a las calles. Hacía uno de esos días que mostraban en su máximo esplendor todo lo que Louisa amaba de Asthall. La escarcha matutina que cubría la hierba no se había derretido todavía, los niños del pueblo chillaban con alegría al ver pasar a los cazadores y la piedra de Cotswold relucía con calidez, como siempre, incluso a la luz azulada del invierno.

—Voy a presentar mi dimisión —le dijo ella.

Guy enarcó las cejas en silencio.

—De todos modos, dudo mucho que quieran que me quede. Aunque la culpable no fuera Dulcie, sino Sebastian y Charlotte, imagino que pensarán que traigo demasiados problemas a la casa.

—No estés tan segura. Llevas allí mucho tiempo y has sido de gran ayuda.

—Lo sé, pero me siento preparada para cambiar de aires. Quiero volver a Londres.

Guy se detuvo para mirarla. Habían subido una pequeña colina, y el manto de cultivos cercados de setos se extendía tras la figura recortada de Louisa, con la punta de la nariz rosada a causa del frío y los ojos guiñados contra el sol.

—¿Qué piensas hacer?

—Se me ha ocurrido formarme para convertirme en mujer policía. —Ella se rio al ver el gesto sorprendido de Guy—. Aún no estoy segura del todo.

—Casi se podría decir que te vas a cambiar de bando…

—Tienes razón, casi. Pero ya sabes: «Si no puedes con el enemigo, únete a él».

Él se rio también. Entonces le rodeó los hombros con el brazo y contemplaron juntos el paisaje lejano, hasta que los dos supieron que no podían seguir posponiendo el resto de sus vidas por más tiempo.

Epílogo y nota histórica

*E*l 2 de marzo de 1926, Alice Diamond fue condenada a dieciocho meses de trabajos forzados por agresión, robo, daño a la propiedad y amotinamiento. Sus cómplices, Bertha Tappenden y Maggie Hughes, también fueron imputadas por el ataque a la familia Britten (en quienes basé a los Long), ocurrido el 20 de diciembre de 1925. Aquel día marcó el fin del imperio de Alice como reina de las Cuarenta Ladronas.

Lord De Clifford contrajo matrimonio con Dorothy (Dolly) Meyrick en un juzgado de Londres en marzo de 1926. Puesto que solo tenía diecinueve años y se casaba sin el consentimiento de su madre, tuvo que mentir sobre su edad y más adelante se le impuso una multa de 50 libras esterlinas. La pareja tuvo dos hijos, pero se separaron en 1936.

Pamela Mitford y Oliver Watney estuvieron prometidos durante un breve periodo en 1928, hasta que su madre lo convenció de lo contrario. Pamela se mostró de acuerdo, dado que ella misma estaba teniendo dudas.

Kate Meyrick, la dueña del Club 43, situado en Gerrard Street, salió de prisión en abril de 1925, tras lo que residió en París hasta 1927. Su hija, Dolly, dirigió el negocio en su ausencia. A principios de 1929, George Goddard, el alto mando de la brigada antivicio de la comisaría de Savile Row, fue encarcelado por corrupción, y Kate Meyrick condenada a quince meses de trabajos forzados por soborno.

Aunque algunas partes de este libro se basan en personajes y hechos históricos reales, todas las conversaciones que en él se incluyen son fruto de la imaginación. El asesinato de Adrian Curtis es ficticio.

Comentario sobre las fuentes históricas

*A*unque me documenté con varios libros para escribir esta novela, me siento especialmente en deuda con las siguientes obras:

Bad Girls: A History of Rebels and Renegades, de Caitlin Davies. John Murray.

Dope Girls: The Birth of the British Drug Underground, de Marek Kohn. Granta Books.

The Mitford Girls: The Biography of An Extraordinary Family, de Mary S. Lovell. Abacus.

Alice Diamond and the Forty Thieves: Britain's First Female Crime Syndicate, de Brian McDonald. Milo Books Ltd.

Las Mitford. Cartas entre seis hermanas, edición de Charlotte Mosley, traducción de Andrés Barba y Carmen M. Cáceres. Tres hermanas.

Nights Out: Life in Cosmopolitan London, de Judith R. Walkowitz. Yale University Press.

A Woman At Scotland Yard, de Lilian Wyles. Faber and Faber.

Agradecimientos

*P*or su inspiración, ayuda y paciencia, deseo expresar mi más sincera gratitud a Ed Wood de Sphere/Little, Brown, junto con Andy Hine, Kate Hibbert, Thalia Proctor y Stephanie Melrose. También a Caroline Michel y Tessa David de PFD, y a Hope Dellon y Catherine Richards de St Martin's Press. Sue Collins y Celestria Noel me ayudaron a investigar y corroborar datos históricos (aunque todos los errores que pueda haber son míos).

A Simon, Beatrix, Louis, George y Zola… ¡gracias!

Queremos compartir más momentos contigo.

Únete a la comunidad de Penguin Libros y encuentra tu siguiente lectura.

¡Únete hoy!

Penguin
Random House
Grupo Editorial